鸡往后刨

张贤春　著

自认言行无谬，结果南辕北辙。

——题记

中国文联出版社

图书在版编目（CIP）数据

鸡往后刨 / 张贤春著. -- 北京：中国文联出版社，
2022.11

ISBN 978-7-5190-5034-4

Ⅰ. ①鸡… Ⅱ. ①张… Ⅲ. ①长篇小说－中国－当代
Ⅳ. ①I247.5

中国版本图书馆 CIP 数据核字(2022)第 210669 号

作　　者　张贤春
责任编辑　阴奕璇
责任校对　吉雅欣
装帧设计　青年作家网

出版发行　中国文联出版社有限公司
社　　址　北京市朝阳区农展馆南里 10 号　　邮编　100125
电　　话　010-85923025（发行部）　　010-85923091（总编室）
经　　销　全国新华书店等
印　　刷　三河市嵩川印刷有限公司

开　　本　710 毫米 x 1000 毫米　　1/16
印　　张　20.75
字　　数　307 千字
版次印次　2023 年 1 月第 1 版第 1 次印刷
定　　价　68.00 元

序 言

波澜壮阔的乌江地域生存画卷

安元奎

贤春兄发来三十万字的长篇新作《鸡往后刨》，嘱我写几句。语气温婉，电话那头想必还有熟悉的温和一笑。我很想提醒他，此事要找名家，而且小说于我而言完全是个外行，何况这么厚的大部头。我心里在打鼓，却又一口答应了，一点没打顿。方言里的"打顿"是隐含一点迟疑、犹豫、推辞或勉强的。"顿"读作těn，意思倒和普通话大体相同，但还是多一些无法言传的民间趣味。小地方的作家用普通话书面表达时，常有这种词不达意或隔靴搔痒的无奈。

但小地方作家并非没有属于自己的成功路径。博尔赫斯《两个做梦的人》是个短篇，取材于《一千零一夜》。说从前有个人，自家庭院埋藏着大量财宝而不自知。他梦见有个嘴里叼着金币的人指引他说，他的财富在远方。按照这个梦中人的指点，他长途跋涉，穿过沙漠、海洋，遭遇了盗匪等种种离奇经历，甚至差点死去，终于到达了远方，却没有见到财富的影子。但他遇到了另一个做梦的人，对他说出了一个奇怪的梦，说他也做了一个怪梦，梦见一个庭院里埋着珍宝。说者无意，听者有心，他惊讶地发现那个人讲述的梦境竟然是自家的庭院。他从中悟出这也许是某种神谕，于是立即返程，终于在自家院中，找到了属于他的财宝。

这个具有象征色彩的寻宝故事，也许同样适用于我们的创作者。很多时候，我们的文学探索往往指向遥远的陌生地带，偏偏忽略了我们身边和脚下的土地。比如我们相当一部分本土作者就拥有乌江这一文学宝藏而未必自知。乌江是一条历史悠久、文化积淀厚重的大河，绵延两千多年的盐油古道，芸芸众生在此生息繁衍，演绎了多少悲欢离合、爱恨情仇。然而，直到今天，人们仍在呼唤与这条江相匹配的大作品横空出世，如沈从文之于湘西，莫言之于山东高密。我们虽然坐拥一座文学的富矿，但大多数作者"一生都无法抵达自己的经验而任其在沉睡中湮灭"（格非）。因为这些独特的创作源泉与生存经验，需要我们经历精神上的远足后，再去重新发现、重新寻找。而贤春兄显然经历了类似的精神探索，并自觉回到了属于他的创作原乡——乌江。在这个意义上，贤春兄无疑是乌江作家中先行的探索者之一。

长篇小说有着宏大的结构，众多的人物，繁杂的线索，广阔的社会内容与博大的主题思想，需要作家具有更出色的驾驭能力以调动五花八门的艺术手段，因此需要耗费作家很多心血与功力，这对写作者的艺术造诣和写作功力是一种严苛的考验。因此，长篇小说是一种大制作，一种文学的大器。所以，长篇小说数量虽然浩如烟海，而成功者却屈指可数。曹雪芹毕其一生就一部《红楼梦》，陈忠实把所有的思考都交付了《白鹿原》。一位知名散文家也写过不少长篇，但其内在的品质并未得到一致的认可。他说做大袍子不必太注重小纽扣是否精致，也许有其道理，也有可能是在为他那些并不怎么成功的长篇做自我辩解。长篇是个鸿篇巨制，如同雄伟的庙堂建筑，那些复杂的榫卯结构更需要严丝合缝、匠心独运。由是，我对每一位写长篇的作者都心存敬意。

《鸡往后刨》是贤春兄长篇小说《猪朝前拱》的姊妹篇，也是他的第三部长篇。前些年出版的《青龙坝》（又名《猪朝前拱》）已经取得初步的成功，颇受好评，赢得了众多的读者。这次姊妹篇《鸡往后刨》的问世，让我对他增添了几分佩服。

小说以乌江商人廉杰才的财富兴衰与家族命运沉浮为主线，反映了乌江流域 20 世纪 20 年代至 50 年代经济社会的变迁。在他的笔下，兵、匪、官、商各行其道，普通百姓命如蝼蚁、朝不保夕。他生动地复原了那个时代林林总总的乌江丛林社会，鲜活再现了一个时代、一片地域的生存图画。

小说塑造了 20 世纪前半段乌江流域众多人物群像。主人公廉杰才是作者着力塑造的乌江商人，他的一生浓缩了一代乌江商人的命运。有天下商人精明能干、无奸不商的共性，也有自己独特的个性。为了家族的繁衍与发展，他周旋于兵匪官民之间，勤俭持家、精打细算，让我们窥见了乌江一代商人的精神风貌。

王天堂是另一个很有意思的人物，作者将其塑造得栩栩如生。他城府深，心机重，诙谐幽默，喜欢开玩笑，说荤段子。作者调动生活积累，把乌江流域民间一些广为流传的素材巧妙运用到他的身上，雅俗共赏，让这个人物打上浓郁的乌江印记，让读者特别是本土读者似曾相识，好像这个人物就在我们周围，曾经在哪里见过，鲜活的形象跃然纸上。从某种意义上来看，这个人物塑造得更为出彩，更为成功。

廉杰才的女儿廉舜，命途多舛，历经逼婚、退婚、私奔、被劫、出家、色诱、复仇种种，作者通过她写出了人生的丰富与复杂性。

作者塑造了晋成皇、尚山卒、李甲等土匪形象，但并没有概念化、脸谱化，这些原本都是贫民百姓，因为生活中遭遇种种不公而被逼上山。他们杀人越货，制造了许多人间悲剧，但其自身又何尝不是一个悲剧，不免令人唏嘘不已。

雷春和是乌江的外来者，一个信使的角色，担负着乌江与外部世界的联络任务。小乌江连着大长江，小城镇通往大武汉。作者不是孤立地表现狭小的乌江地域，而是以小见大。表象的乌江只是冰山一角，更多的社会内容在冰山下面。发生在乌江边的每一件小事，都投射出大时代的影子。小说涵盖了更加广阔的社会背景和时代变迁，小说的格局因此变大。

贤春兄笔下的几十个人物，有官有商，有兵有匪，关系盘根错节，人物形形色色，全都梳理得一清二楚。每个人物命运的升降，背后都有时代的变迁作为支撑。这是一种驾驭能力。

所谓"世事洞明皆学问，人情练达即文章"，读贤春兄的文字，还能感受到他从民间生活中汲取的智慧，以及对乌江文化的熟练把握。比如民间接亲的那一套古老的礼节或者说套路、程序，以及产生的种种节外生枝、矛盾纠葛，场面描写得绘声绘色，人物内心世界烘托得淋漓尽致，为读者展现了一幅妙趣横生的乌江婚俗画卷。关于生漆掺假、验假的过程写得极为内行，如果没有丰富的阅历断不会写得如此精当。王天堂吃酒送礼时的种种心机，廉杰才的得体应酬，都表现得惟妙惟肖。那些日常生活中的玩笑话，被贤春兄不露痕迹地嫁接到作品中，升华为幽默艺术。"猪朝前拱，鸡往后刨"，民间俚语道出人生的形形色色。他还把小地方的家长里短，与大社会的党派之争巧妙融合，拓展了作品的宽度与厚度。

与贤春兄相识三十多年了。在文学上，贤春兄勤奋、高产，早期擅长杂文，褒贬有度、语多机锋，有时犀利到一针见血、入木三分，令人拍案。后来他专事长篇，一发不可收。这样的勤奋与执着，为人称道。

尤其需要浓墨重彩的一笔是，生活中的贤春兄是个厚道人，官场民间去留无意，与人为善，性格随和。从没见他与谁红过脸，也没听人说过他有什么不是。即便为他人背锅，也背得轻松自如，若无其事。两届"海选"，他均以得票第一当选德江作协主席，出力出钱做了许多分内分外的好事，十年后力辞让贤，留下许多佳话，成为一个标志性的德江好人。前些年他被推为德江乡贤，可谓实至名归。但他随和而不随波逐流，温和一笑的背后，是做人的低调，做事的严谨。而作为多年的朋友，我得补上一句：贤春兄是个靠得住的人。如今有的人可以无愧地头顶许多桂冠，但未必能承受"靠得住"三个字的重量。因为这个缘故，我斗胆以外行的身份，越界为贤春兄的新作写上这些话。虽没有两肋插刀那么严重，但为方家所晒的风险是确实存在的。

贤春兄所在的德江有种珍贵特产——天麻，地表上示人以很小的花，泥土深处却藏着大货。我以为，贤春兄与其神似。

朴实和低调是一种美德，也是一种自重和自信。

2022 年元月于铜仁

（作者系中国作家协会会员、铜仁幼儿师范高等专科学校教授）

目　录

第一章　生财无道

1.飞来横财

"我们合伙做笔无本生意，不知你有没有兴趣。"雷春和将灰色中山装脱下搭在椅背上，袒胸露背，现出青色下装上箍着的牛皮带。他还未坐稳就说出这句话来，继而说："这天气太热了。交秋三日下凉三尺，交秋都两个月了，我看这热不仅没有下来，倒还涨了三寸。"

闪门转身的廉杰才，被雷春和没头没脑的话说愣了，不过也就是一小会儿，随即嘲笑道："去云岩关坐垭口？"他说的坐垭口，是本地方言，意思是设卡为匪，抢劫。

"那倒不用，你这身子板板也不是那块料。"雷春和指了指桌子边的靠椅。

廉杰才没有回答，走到桌边，提起茶壶，给雷春和的瓷杯里倒了半杯，又给自己茶杯里添了满杯，将青布长衫上蜻蜓似的布纽扣解开，露出肩胛骨和胸脯，下面是齐膝黑色短裤。坐下将双脚从布鞋中亮出来踩在上面，倾身调了下玻璃灯罩下控制灯芯的小铁圈，屋里亮堂了不少。

雷春和父亲是汉口一家钱庄的老板，同时经营着一家生漆商号。商号有一批专营生漆的雇员，这些雇员被派到西南各地，网罗商户，开辟货源。廉杰才的父亲廉奇石结识了从汉口雷家商号来乌江县联系货源的雇员。

这人说生漆是优良的防腐剂。这个廉奇石知道，用生漆漆的家具、棺木不易腐烂，有钱人家还用来漆房屋柱子、板壁。至于这人把生漆说成无业不用，还出口日本等国的说法，他听得云里雾里，一时难以想象。但乌江县盛产生漆他是清楚的，购销差价也是明白的，这又是一个商机。

不得不说，廉奇石一家自曾祖父起，对商机的把握都较为准确及时。

廉奇石曾祖父是四川人，三岁时其父母亲人在瘟疫中去世，他被迫流浪在外，从家乡一路乞讨来到乌江县城，其时已有十一二岁的年纪，问他姓什么，他不知，只记得父母在世时喊他水牨。这肯定不是姓，水牨是雄性水牛的代称，这是乡村父母根据八字先生的建议为小孩易活易成人而取的贱名。

县城廉家铁匠铺师傅，见他老实勤快，身体健壮，将他收作了学徒，不久收为养子。他成为铁匠铺师傅并当家后，将赚得的钱用来添置了几亩田土。

廉奇石祖父当家时，有三年连续风调雨顺，粮食丰收，粮价便宜如常年的荞麦。根据以往三年丰收必有两年歉收的经验，他借钱囤积了大量粮食。次年春旱加夏旱，方圆上千里受灾，待到第三年开春，粮价暴涨。他以粮换地，以平常是五年甚至十年的产量换一亩，常年产量田每亩是五挑（每挑100斤稻谷），玉米为三挑，此时他开出的是一斗大米（约85斤）或两斗包谷换一亩土地的低价。为防地多的人家换粮囤积，尽可能让更多的饥民得到粮食，从第三亩起，每斗地价由一斗降到半斗，第五亩起压到一升，最终将五百余亩田地收归自己名下。对无地可换或地远不便管理的，他以粮换料，以饭食抵工价，价钱也不到平常年景的五分之一。一年下来，将之前的茅草房拆除，在下街建起了一栋长三通间的木瓦房，前面近街，后面临坎。近街空旷，赶场日可看各色男女老幼人头攒动；临坎倚窗，可观乌江水涨雾消，大小船只往来。

廉奇石祖父在县城已是小有名气的财主，请了数名长工，农忙季节则短工无数。尽管有人背后说他投机取巧、乘人之危落井下石之类的损话，多数人却念叨他是好人，有人还称他为活菩萨，救了不少饥民。换句话说，同一个灾年，得到他换地换物换工的人家，都没有出现绝户，而邻县因灾得不到粮食而绝户的现象却是不少。还有就是，即使普通年景，同样是租赁土地，别人的租金是一亩一担，为一百斤，他只收八十斤。

廉奇石祖父死后，他父亲除了收地租，还开始放利息钱，比起有人收百分之十的月息来，他只收百分之五以内，口碑也不错。另外，他开始利用余钱带着长工短工赶东场西集，收购生漆、桐子、乌柏、棕片、五倍子这些农副产品和中药材，用马驮到邻县近县城卖给坐商。

廉奇石接管家中经营事务后，为抓住雷家商号雇员提供的商机，动用家中所有积蓄，在亲友处借了些利息钱，前往全县各大集镇收购生漆，再运往汉口交售，又将布匹、百货等商品带些回来出卖。这样，钱上生钱，利上滚利，他家的财富越积越多，乡下农庄已有两处，田土上千亩。

天有不测风云，壮年的廉奇石患上了痨病，吃遍了城中医生开的中药，仍不见好转，仍然胸痛、咯血、盗汗，身体逐渐消瘦。有人说贵阳、重庆、汉口那些大城市有洋药，通过打针吃药有可能治好。可他听说只是可能，怕人财两空，何况还要耗时跋山涉水，途中遭遇翻船、兽咬、匪抢、染病，各种死法都有可能，死了尸骨还难归家，于是断了去大城市医治的想法。

廉杰才的岳父是双龙场的孟医生，说让他开两服中药试试。廉奇石心想，城中名医都无法，他一个村医亲家能有多大能耐？公开谢绝面子上又过不去，就抱着试试的心理让他开了几服中药。虽然通过外敷内服，痨病症状消失了，可身体依旧瘦弱，不能走远路，使重力，连想问题多了都头昏胸闷。孟医生说："我有枯木不死之技，无返老还童之术。"

廉奇石只好将生意全权交给而立之年的独子廉杰才打理。廉杰才接手生意后，打算从多方面扩大经营，但因家中积蓄不多，业务仍难做大。

廉杰才去过两次汉口，雷春和是第一次来乌江。他家做着那么大的生意，只身冒险来这偏僻之地，其动机是廉杰才想象不到的。他家有那么多雇员，不可能为联系生意而来，也不会为催促自家归还并不多且按时付息了的借款，连他说来这里看看山水风光、风土人情、散散心的说辞，都有些让人起疑。当他说做一笔无本生意时，廉杰才才明白他来这里的醉翁之意。

雷春和起身将窗子推开，向外看了看，无人，只有虫鸣。廉杰才说："前面和左边都是高坎，后面和右边屋里无人，你放心说好了。"

雷春和关窗回身坐下，将头伸向侧首的廉杰才压低声音说："我那钱庄，有位储户，与你同名同姓。"

廉杰才一笑，"天下同名同姓的多得像乌江上的打鱼船，从来没有数清过。"

雷春和示意他不要插话，"那个廉杰才在我家钱庄存了一笔款子，已经五年了，没有来取，也无人问过，连人影都没有看到过"。

"可能是人家的养老钱，暂时用不着。"廉杰才猜测。

"他是生意人，还不明白钱生钱的道理？当初存的是活期，就是为了方便随时取出来嘛。"

"那他人去哪里了？"

"这谁说得准？"

廉杰才问："有多少？"

"当初是一万六千八百块。"雷春和又补充道，"大洋，袁大头。"

"那么多啊！"廉杰才惊讶。

"也不算多的。在我家钱庄存上十万八万块的军政要人，扳起手指也数不过来。"

"那现在加上利息有多少？"廉杰才急切地问。

"一万七千八百九十四块。"雷春和回答。

"你的意思是我去为你取出来？"廉杰才试探着问。

"你误会我的意思了。你没有听出这钱数额谐音的意思？'一起发就是'了。"雷春和压低声音说，"钱只有我俩配合才能取出来。也就是用你的户籍证明，那人的印鉴，就可取出来了。至于分配嘛……"他卖了下关子。

"看在你父亲雷老板这么多年借钱支持，照顾我家生意的情面上，我给你取出来就是了。"廉杰才继而笑道，"当然喽，如果兄弟你觉得我跑得辛苦，给双草鞋钱我也不推辞。"

"你说这话就见外了，我父亲和廉伯伯他们的交情不一般，他们与孙中山先生同庚，都是同治五年（1866）生人，称兄道弟这么多年，情谊只增未减嘛。我弟兄俩呢，虽见面不多，但我哪次对杰才兄怠慢了？都是江湖中人了，还不知道有福同享、有难同当的道理？"

廉杰才暗笑，雷春和也怕他到时不同意，或是今后那个廉杰才来取时，他一人难以交差，连一个"审查不严被同名同姓的人冒领"的借口都没有。廉杰才配合他疑惑地问："叔父和兄弟这些年对我家的关照，没齿难忘。只是到哪里去找他的印鉴？"

"这你放心。"雷春和将右手伸进中山装左边衣襟口袋，掏出皮包，从皮包里摸出折叠成方形的黄纸并展开，露出大拇指般大的方形"廉杰才印"红印。"印章我已经刻好，到时去我家里，补一个遗失申请，重新给你做一张存单就可取了。"

廉杰才心想，"这雷春和真狡猾，怕被自己暗算，将印鉴留在家中，补办存单，两人如不一起合作，不要指望能取出这笔钱。如果不好好保障他的安全，这钱不就成乌江晨雾，太阳一出就散了？"

"我还是有些担心，如果今后人家来问，我们如何交差？"廉杰才皱着蚕眉问。

雷春和嘴角一撇道："咸丰以来，发生了多少大事？死了多少人？不说鼠疫大流行有多少家绝户，就是太平天国、捻军、小刀会，每次一闹十多年，英国、法国为鸦片打中国、火烧圆明园，有多少人做了无头鬼？沙俄、日本强迫中国签订割让土地条约，昨天还是中国人的地，今天就变成外国佬的了。"

"这个我明白，辛亥革命，日本和俄国在东北打仗，那死的人，都是血流成河。"

"就是嘛！最近十年来，那些震动全国的大事，每年都有一两起，你知道那个廉杰才是死在哪一起？"雷春和说。

"也许他参加了孙大总统的同盟会？"廉杰才自作聪明地猜测道。

"你翻的是哪年的皇历哟，那个六年前已经改为中国国民党了。"雷春和笑道，"四年前还成立了一个中国共产党呢。"

"我觉得他们有些荒谬。"廉杰才笑道，"传说，共产党要建立一个种地不交粮，鳏寡孤独残疾皆有所养，没有人剥削人，没有人压迫人的社会。"

"这些胡闹你莫管他。这个党那个党，今天成立明天就散了的多得很。在我的记忆中，至少有百多个了，连名字都没有记住。这个你完全可以放心——我是说那个廉杰才还在不在世的问题。"雷春和转到先前的话题上，"十年前革命党在我们那里搞的那个起义，这十年来又发生了很多大事。中华民国成立了，清朝皇帝溥仪退位了，才过五年又登基了，不久又被废了。孙中山当大总统了，不久又被迫辞去了，袁世凯当大总统了，不两年又当皇帝了，不到一百天又死了，黎元洪又当总统了……"

"这有点像戏文。"廉杰才说。

"戏上演好演，这社会上演是要死人的，死成千上万的人。"

"你的意思是？"

"今天你打我，明天我打你，人没有被乱枪打死，恐怕吓都吓憋气了。"

"他万一没有死呢？"廉杰才还是有所顾忌，"我是说万一。"

"这有什么，他自己的印鉴，自己签的字，还能赖上我不成？"雷春和向廉杰才双眼眯着不停地点头。

"跑得了和尚跑不了庙。他可以找到取款人的地址寻上门来呀？"

"山高皇帝远，人生地不熟，他有胆子找来吗？万一他找上门来，你就坚称是你自己的，你这个坐地猫还怕他过山虎不成？"雷春和挠了挠后颈窝，说，"人无横财不富，马无夜草不肥。做什么事都畏首畏尾的，还能成大事？"

廉杰才这才点点头。

没有茶水了，雷春和将没有倒出几滴茶水的茶壶放在桌子上，用舌头舔了舔有些干燥的嘴唇。

正准备问什么时候前去办理的廉杰才，才感觉到自己也有些口干舌燥，准备喊人倒茶来，开门一看吃了一惊。只见长工辛霍站在门口正准备推门，问有什么事。回说："老爷咳得脸都起土色了，喊你快点过去。"

2.财如流水

廉杰才疾步来到父亲卧室，发现父亲坐在火盆边，盆内炭灰上也有多处痰迹，但并未如辛霍所说的咳得缩成一团。他站在那里骂辛霍胡说。廉奇石指了指床边的凳子说："你坐下。他一个十几岁的崽崽哪敢乱讲？是我喊他那样说的，怕春和拉着你摆龙门阵，没完没了。"

廉奇石挥手让辛霍出去后，说出喊廉杰才来的原因，王天堂又来找他了，想请他救自己父亲一命。

王天堂的父亲去青龙场做生意，返回途中经过松林时，被土匪晋成皇绑架，晋成皇狮子大开口，说少了五千块大洋的赎金，就等着收尸吧。可他家没有这么多大洋，目前连拿出五百块都困难，钱都用在建房买地上了。

乌江县城位于乌江西面的缓坡上，有五条街。从乌江江边往上先后是下街、中街和上街。下游比下街低三十多步石梯的是北江街，上游比下街高出一排房子的是东江街。其他街道名称与地理位置直接相关，只有这东江街让不知情的人以为在江东，其实它位于乌江的西岸，县城的南部。真正的江东，是一坝没有房屋的良田，远处美人峰那道山梁的山脚，才有一些零星的人家。货船从涪陵溯乌江到了此处，再也不能上行。这里就成了装卸货物的集散地，各类人群渐渐聚居，逐渐形成中下游接合部最繁华的县城。

县城最显目的建筑，当数王天堂家的"三重堂"。

在乌江千步石梯的半坡，有一座锥形的小山，人们称为尖山堡。临山那边山脚是上街，临江这面是中街，半山与中街间，是一片缓坡。缓坡上，有三幢横建的楼房，每栋两层五通间，前栋木板楼梯设置在后面中部，后两栋两边建有厢房。每栋都有悬空的走廊，走廊设栏杆，走廊下方是悬空的吊脚。后两栋正房与厢房三面走廊相连，老百姓称之为"走马转角楼"。

走廊下面，是正房阶沿坎，房侧有通往上层房屋的石板走道。正房与厢房形成的本是一个"撮箕口"，但前面是矮五步石梯的正房，就形成了两个"四合院"。

"四合院"内，板壁上，雕刻着镂空的渔樵耕读或花鸟鱼虫的花窗。阶沿坎铺设的是厚石板，都是用平錾铲平的，铺设在阶沿坎立面的石板，还雕琢有花草。院坝也准备铺石板，坝沿计划立放雕花石栏杆。在两个石坝的四角，还将修建花坛，坛栽四季不落叶的桂花之类。

正房坐西向东，随坡建造，被人们称之为"三重堂"。

这块地之前的主人迁往他乡，王天堂的祖父将这片土地买了下来。第三年将旧房拆除，开始建新房。之前说只修一栋，还是长三间，可不几天就说要修五栋长五间房子加厢房，形成四合院的"五重堂"，请省城来的人画了图纸。入冬，还陆续买了两百多亩田地，加上之前的，有了近三百亩田地。

大家想不明白：王家怎么就一夜暴富了？唯一可信的，是传说他祖父晚上趁着月光挖地基时，挖到了一坛银子。

三栋正房建成办酒席时，王天堂的祖父很高兴，被亲友举杯祝贺，轮番劝酒，喝得酩酊大醉，被扶到屋里睡下。第二天太阳从花窗照进了堂屋，家人发现他没起床，去喊时，已经死在床上，尸体都僵硬了。接下来家人为其购买墓地安葬，立碑，用石板包坟，在墓地四周砌石板，修围墙，安桌椅，远看很像富贵人家的房屋。计划中的石院坝、石围墙，还有两栋房子，则被迫搁置下来。

王家为王天堂的祖父建豪华大墓，还有修建"五重堂"的规划，让人不得不联想，他祖父挖到的，恐怕不止一坛银子，如果是一坛，那这坛的银子最多用了一半。土匪绑架他父亲，也认为是钓到了条大鱼。

王天堂到廉家求救，说当初给他祖父修建豪华墓，是为报答他节衣缩食辛勤劳碌一生，为全家积累了财富。家中已经没有了现钱，那"五重堂"，只能停留在纸上，看以后收租积累多少再决定是否再建。没有想到土匪晋成皇盯上了他家。之前有人问过怎么不去请驻军连长杨青云解救，他说晋成皇在信中说得很清楚，如果告官，就要灭口。再说，军队在明处，土匪在暗处，那青龙山山高崖悬，林茂草密，天坑、溶洞到处都是，只要军队一去，他父亲的命肯定没有了。还有，杨青云也不是不吃肉的和尚，不说首先得给杨青云送钱了，没有三五百块大洋下不来。如果驻军有人死伤了，还得他家医治并赔偿，这一算下来，还不如干脆满足土匪。他愿意出售尖山堡的房屋，再加云岩关农庄，换取父亲的性命。这些财产不值一万块也得有八千块大洋，把全县的人家都想遍了，只有廉家才有这能力。

廉奇石说自家也拿不出这么多现钱，还劝王天堂，即使卖房卖地筹到这笔钱，他父亲听说后恐怕也要恼死。下半句如果落到人财两空的境地，还不如保财的话没有说出口。

王天堂明白他的意思，就说如果不是父亲开明，他就不能去省城读书，也不可能有今天在城关小学当老师的命。留得青山在，不怕没柴烧。只要人在，留下的田土，也基本够一家温饱，今后还有机会赚钱建房买田。如果因为舍不得钱财，让父亲死于非命，那他将愧疚一生，不得安宁。

王天堂这是第三次来找廉家了。再来的原因，是看到太阳下山时，一顶轿子在余晖中被抬进了廉家，他打听到来的是汉口钱庄的雷春和雷老板，急忙来找廉奇石，请他向雷老板借钱，购买他家的房产田土。

廉奇石对廉杰才说："我打发他走了，说找你商量下，看看雷春和愿不愿借。虽然两家有生意往来，平时赊欠款项、预支钱财、归还借款都没有超过约定期限，但那都是不过千块的往来，这毕竟是几千块的大事。你去问问，我明天回他的话。"

廉杰才没有犹豫就回答："你答应他，就说我和雷老板谈好了，同意借钱给我们买他家房屋田地，价格就是他开口的五千块。坐是一块土便是一家人，我们也不能眼睁睁看着他家没有遮风躲雨的地方，他家今后就搬到我们这房子里来住。"

"我们这房子无偿赠送给他家？"廉奇石双眼盯着儿子，像不认识似的满眼疑惑。

"我们这房子，前杵坎后吊岩的，除了望乌江上下的船只方便，值不了一千块，人家那三栋，哪栋没有两千做得下来？"廉杰才劝说父亲，"加上那地盘，还有云岩关农庄，要在之前，你拿一万人家还不一定卖给你。"

"我是说，你情我愿，他自己提出只要五千就行，没有必要白送他房子。"廉奇石补充道。

"山不转水转，他王天堂满肚子的文化，板眼儿又多，难保他没有出头之日。也就是你常说的，当路莫栽荆棘树,他年免挂子孙衣。搬过去后，我们的房屋又不是不够住，宽绰有余，做点好事放在那里，让他不认为我们在落井下石，街坊邻舍也有好的口碑。"

"人家雷春和会借这么多钱给我们？"廉奇石睁圆双眼盯着廉杰才。

"刚才我已将王天堂家的事向他讲了。他说，只要我们长期与他合作，用买来的房屋抵押，就可以借钱给我们。"廉杰才继续宽他父亲的心，"他借给外面的利息是一分，给我们只收五厘，借五千元，一年只要三百块钱利息。这三百块钱，从生漆货款中扣除。我们一年卖的生漆，哪里只赚这三百块钱呢？还有家中的租谷，卖了也是钱，也可直接由租种户将租谷交成钱。"

廉杰才向他父亲说了他的打算。王家之前的规划也合理。先将石院坝修好，往上再修两栋，一栋与下面这三栋一样，也修成四合院。

第一栋用来作店铺，收购农产品，出售针织百货。二至四栋，今后廉有富、廉有贵、廉有荣这三个儿子成家，就可各住一栋了，他们夫妻俩和父亲则住到前面那栋楼上。

最后一栋也修成吊脚楼，下面作马厩，因为今后用马的地方多，不说远客来用马迎送，自家也要常骑，还可用来下乡驮生漆、桐子、乌桕、棕片，比请人工肩挑背驮划算。楼上用来住那些长工短工，让这些下人住着舒服，也好防盗。两边各修一栋矮房子，一边用来堆放农具、柴草，一边用来喂猪。现在放在厢房后面的柴草，一旦失火，全部房子都怕要烧完；用厢房来喂猪，也实在不雅观。四周再砌上石围墙，就是名副其实的"五重堂"了。

"五重堂"一旦建成，从中街向上仰望，层层叠起，壮观雄伟。天与山相接，山上有五颜六色的花草，有高大参天的香樟、古柏。茂密的枝叶像巨伞一样密密麻麻插在山上，过了中午，太阳就不能照射到这些房屋，冬暖说不上，夏凉是肯定的。

廉奇石听着廉杰才的设想和分析，不时点头，觉得儿子的话很有道理，只要雷春和肯借钱，不动用原有做生意的本钱，钱到手中，还快还慢，自己都可占据主动权。

3.人财两空

次日一早，廉杰才安排辛霍去通知王天堂，下午来写契约，以便转天随雷春和去取钱。廉奇石亲自去请县长孙鸿林和驻军连长杨青云当证人。

廉杰才返回雷春和房间，将王天堂卖房的原因，自己怕父亲说漏嘴只说去借款的事，向他简要复述了一遍。雷春和说他做得对，只能天知地知你知我知。两人商量了去取款的细节。

为款待房屋买卖见证的客人，廉家竭尽全力办了宴席。孙鸿林看着香盒前大方桌上丰盛的菜肴，说："廉老板你这是接待送亲客吗？"

王天堂笑道："孙县长，你挖这坑我们不跳。"众人一听，也哈哈笑了起来。在乌江一带，送亲客是姑娘出嫁时送她去新郎家成亲时的族亲。

"这有什么，各位如有女儿，嫁到廉家做媳妇，也不屈就。"孙鸿林道。

"家常便饭，家常便饭，各位不必拘礼，随便坐。"廉奇石伸手示意截断了这一话题。

在谁坐上席的问题上，孙鸿林和杨青云推让了一番。孙鸿林说："杨连长是我乌江长治久安的靠山，应该上座。"

杨青云回答："过山虎不如坐地猫。何况孙县长集政警职务于一身，职务比我高，年龄比我长，理当为尊。"

"应该这样。"廉奇石也附和，"二位都请上座。"

王天堂说："此处不比公堂，在家中我们还是依老幼尊卑来。我今天就得罪二位了，依据辈分高低和主客之分，我们请奇石大伯和雷老板上座，如何？"

其他人都说这样合理。不过明眼人也看得出，王天堂有讨好、奉承、感恩廉奇石和雷春和救急之意。

雷春和急忙推辞，"这是在家里，还是按老少坐，孙县长不长辈数也长岁数，何况他还是乌江的父母官，他不上座，那我今晚这酒肯定喝不好，菜也吃不香了。"

廉杰才接话："我看就依春和兄弟说的。接下来客随主便，就依我安排了。"他指着其他人员和座位道，"杨连长坐左边上首，天堂兄弟挨着他；春和兄弟坐右边上首，我挨着你这财神，沾下你的财气；委屈警卫兄弟，你和王老师内弟席朝发坐下席。"

众人入席。好在都知今晚有要事，加之王天堂处于忧愁中，就没有像平常那样，寻找各种理由，花上一两个时辰，相互劝酒到"一醉方休"，只是共同喝下三杯后，相互间礼节性对喝了几杯，吃饭下席。

廉杰才拿来早已准备好的白布和毛笔，用墨锭在土碗中磨好墨汁，由饭桌上推举的孙县长代笔，写下契约。

房屋田土买卖契约

立买卖契约人：王天堂（卖方）

立买卖契约人：廉杰才（买方）

今卖方自愿将本家县城中街边尖山堡脚所属所有房屋地基，云岩关王氏农庄全部田伍佰零伍挑（约壹佰零壹亩）、土贰佰叁拾捌挑（约柒拾陆亩），出卖给买方。经买卖双方及中人议定，实价为银圆伍仟元整，出卖于买方名下永远为业，世代享用。其价款当面交付不欠，原购地所有契约一并转交。空口说无凭，特立契约为证。

中人：杨青云（驻军连长，签名盖章）

证人：雷春和（汉口正乾商行老板，签名盖章）

廉奇石（廉杰才之父，签名盖章）

席朝发（王天堂内弟，签名盖章）

代笔：孙鸿林（乌江县县长，签名盖章）

立卖契约：王天堂（签名盖章）

立买契约：廉杰才（签名盖章）

中华民国十四年（1925）八月十六日

接着，两家又写了房屋赠送契约。廉奇石将所属房屋赠送给王天堂。王天堂感动得向廉奇石磕了三个头，弯腰向廉杰才作了三个长揖。

契约虽然写好，但都还在产权人手中，口头约定，一个月内，一手交钱一手交契约。

二十天后，廉杰才将五千大洋和赠房契约交给王天堂，王天堂请人将大洋挑到了土匪晋成皇指定的青龙坳，伸颈望着林中通往老鹰岩的薄刀梁小路。等了半天，才从身后传来喊声，回头见双手反捆在身后的父亲，从他们身后的树林走出。

晋成皇真狡猾。王天堂以为他在老鹰岩，他却在王天堂的身后注视着他们的一举一动，如真带了军警来，王天堂是不可能见到他影子的，当然，也包括其父亲的身影，甚至只能在稍后见到其尸首了。

王天堂父亲的头发变长变白了，花白的头发一绺一绺耷拉下来，被汗水黏在额头两腮和脖子上。似害了一场大病，脸色蜡黄，眼睛陷进去好深。他后面跟着两个手持砍刀的大汉，晋成皇端着洋枪走在最后。

晋成皇验好大洋喊随从挑着离开后，王天堂父亲才问哪来的大洋，听到他说了原委，举手朝他就是一耳刮子，骂了声你个败家儿，随即哇的一声，吐出一口鲜血，昏倒在地，抬回家不久，就双眼圆睁断了气。

王天堂将父亲安埋后，两家协议搬家事宜。廉奇石犹豫不决，总觉得那是凶宅，房子刚成型，他祖父死了，不两年，他父亲又近似凶亡。

廉杰才安慰说："当初彭八字说了，那是生金长银的宝地，但福地要有福人受。王家接连出事，是他家没有这福分。彭八字说我们家要富贵三十年，那这岂不是天意？"

廉奇石没有接话，算是默认了。但如果彭八字说的是真，那说夫遇孙女廉妥而亡的话还无所谓，大不了是说她命硬，守寡罢了；大不了出家当尼姑，即使不善终，那也是四十岁后的事。说儿孙像王天堂、杨青云那样，如能舍弃富贵就能保命的话，倒是让人有些揪心。难道也会像王家那样被土匪打劫？真有那一天，古人说得好，钱财是身外之物，生不带来，死不带去。王天堂的父亲就是教训，舍财保命是上策。

王廉两家择好吉日良辰，分别搬进了对方的住房。

廉家入住后，按之前的规划大兴土木，过了五年，"五重楼"就叠在了尖山堡半山。如果将生漆漆得光亮的板壁换成红色，青瓦改成黄瓦，就有皇家气派了。此是后话。

廉家房屋建设进展顺利时，生意却出现了些许波折。

看到生漆生意有利可图，有几个主要集镇出现了收购生漆的坐商，有的没有交给廉杰才，而是交到了邻近乌江边的沿河、思南、德江、沿江等县城或集镇的漆商。双龙场钱家，还将收购的生漆直接运到汉口出售。

廉杰才决定采取以退为进的办法打击其他商家，手边有着大量现金周转，这是他的底气。

4.用价斗法

第二年入秋，生漆即将收割时，廉杰才在双龙、青龙、江边等主要集镇租房设立收购点，告示价格比上年高了百分之二十。那些坐商看到价格上涨，暗自高兴，心想上年后期收购囤积的生漆，加上利用乡下消息闭塞，及早下乡收购，肯定能稳稳赚一笔。没想到的是，到了开秤收购时，却傻了眼。廉杰才收购点附加了四个条件：一是必须是漆农。这个好办，虽然有些麻烦，但找乡下亲友代卖就能解决。二是每户交生漆不得超过十斤。这条也不怕，多找几人就能解决了，他廉家哪有精力去查实。难办的是第三条：必须装在老漆筒里。用大竹节制作的竹筒装生漆，易存放，不渗漏，不会风干，这是漆农普遍的做法。第四条每个漆筒只能交售一次。交售后都会被刻上了一个微小的地支年号：丑——乙丑年的标识。也就是说，这个漆筒需要时隔十二年才能轮到丑年使用，到时又不知他会在上面刻什么记号。

邻县商家措手不及，乌江县周边的生漆，都源源不断地流进了廉家商铺，当年达到两万多斤。这样收购了两年，县内再无其他坐商收购生漆，因为汉口这边的接收价并没有提高，中间这差价，在乌江、长江运输途中，要做到船不翻、人不亡、货不失，才有盈余。否则，商家一年到头，可能是白忙活。当年就有坐商将廉杰才抬高价格收购生漆的行为，状告到县政府，说他扰乱市场。

上任六个月的王县长刚接手这案子，就被赶下台了。接着，由军方指派的何县长屁股还没有坐热，又被熊县长接替。第二年，上任的郑县长刚挤出时间过问这案子，先后又来了陈县长、沈县长。到蔡县长初冬接任时，那案卷都不知丢到什么地方去了。

有民告官就究。蔡县长从德江到乌江上任，接到再次申诉的状子，首先到几家坐商调查，接着又到廉家走访。廉杰才回答说都属实，但这是为老百姓增收办好事，如果政府不同意，就此停止。至于对过往的处罚，还是免了好，那样会引起民愤。前几任县长，都是因为民愤极大，被新来的驻军赶走的。

蔡县长明白廉杰才在威胁他，前几任县长的去留，大多是占领县城的大小军阀寻找代理人所致，并非什么民愤，上任三五个月就离开的县长，能有多大民愤？只是德江王记漆行的老板嘱咐他，劝告廉家不要做这种杀人八百自损一千的蠢事。

蔡县长也没有想要处罚廉家之意，上任时廉杰才就亲自到政府请他到家吃饭，还给了他一份相当于半年薪资的见面礼。他也知道，廉家需要一个体面的台阶，只是这降价的恶名还得他蔡某人来背。

次年夏末，廉杰才在全县各主要集市贴出告示说，鉴于有人反映廉记商行生漆收购价格过高，根据县政府指示，本行收购价格在常年基础上调减一半。

告示一出，众多漆农隔空用嘴当了那些告状人的爹，又当了告状人的姐夫妹弟女婿，顺带骂蔡县长不是纯种。

当秋天开秤收购生漆时，廉家果不食言，价格低得让人不可思议，设得不多的几个收购点达到了门可罗雀的地步。之前各集市收购生漆的坐商，见此场景暗自欢喜，便筹集资金，甚至不惜借利息钱，以常年三分之二的价格收购。大家算过账，周转时间只需两个月，比起常年来，那是暴利。

有人对廉杰才的做法表示不可思议，之前是撒钱打斗，现在简直是对到了手边的钱不屑一顾。

事情背后的真相，众人还被蒙在鼓里。

春上，廉杰才去汉口时，雷春和告诉他，那些需要生漆或与生漆有关产品的国家，开始发生经济危机了。

"经济危机？他们没有钱了？"廉杰才不解，"你不是常说这些国家国富兵强吗？"

"也不是你想象的手中有无现钱。"雷春和解释，"简单点说，就是厂家生产的东西太多了，超过了人们的需要。"

"既然没有人要，为什么还要多多生产？"

"之前很好卖呀，就抓紧生产，待产品堆积如山时，突然没有人买了。也不是没有人买，是买的人突然没有钱了。产品卖不出去，卖出去的钱收不回来，贷款利息还得偿还。银行这时不但不再贷款给你，还催你还利息，逼你还本钱。哪还有钱生产更多的东西？不生产了，还发疯似的再去贷款购买原材料呀？"

"这道理我明白。"廉杰才说。

"有的老板，为了不让容易过期的东西，比如食品占用仓库，减少租金和人工费，就近拉出去倒掉了。"

廉杰才疑惑，"这可以免费送给人呀！"

"你知道是张三需要还是李四有用？是他们长途跋涉来取，还是你有钱请人给他们送去？"雷春和反问廉杰才，"比如你们家请客，大热天做了很多饭菜，结果多数客人不来了，你剩下的饭菜是不是要馊？那些猪牛羊肉是不是要臭？这时你就是想送人吃，周围的人能吃多少？那些饿得皮包骨的人在哪？即使知道了哪能及时赶来？"

"朱门酒肉臭，路有冻死骨。你这么一说，我终于明白了。"

"这还没有完，相伴而来的就是资金危机。"

廉杰才睁大眼睛说："这不可能，有七尺长的腿穿八尺长的裤，有多少钱办多少事。"

雷春和笑道："那不一定，你借过利息钱没有？"

他点点头说："那也是自己计算好了的，扯东盖西能够还上。"

"那我举个例子，比如我们做这生漆生意，你收生漆需要钱，为了多收多赚，钱不够只好借利息钱。可现在你卖给我后我卖不出去，或者卖出去了也收不回钱，对方也不是赖账，是他的下家没有钱付他。这样就成了鸡生蛋蛋生鸡，人人都是债主，家家又都是债户。"

廉杰才点点头。

"再给你举个例子你就明白了。"雷春和扳着手指头说，"开餐馆的欠卖猪肉的一千，卖猪肉的欠杀猪的一千，杀猪的欠喂猪的一千，喂猪的欠卖苞谷饲料的一千，简单点说，卖饲料的又欠开餐馆的饭钱一千。说起来大家名义上都有钱，但实际上又没有钱，即使有钱，收不回这一千，基本上都不敢再赊欠给对方了。这样循环下去，大家周转不开，生意只好停摆。如果他们中有人的钱借的是高利息，别人欠的不是一千两千，可能是十万百万，最后欠的利息都超过了全部财产，再无翻身的希望，可能就跳崖投江走上绝路了。"

"我们家也常遇到这种还不上本、付不起息逃跑或走上绝路的，就只能自认倒霉。我已明白你的意思了，你是说下步生漆可能卖不出去了？"廉杰才双眼依然充满疑惑。

"就是这个意思。当然，如果你有钱，也可以低价收存放他一年两年，这东西早晚是有市场的，如果猛然需要，还可趁机涨价。"

于是，廉杰才有了前面的告示。

一些因为观望没有出手的漆农，眼看市场上的价格一场比一场低，后悔不迭。最后悔不迭的是那些坐商，当他们得知汉口这边价格很低还赊欠，后来甚至停止收购时，家中的坛坛罐罐桶桶盆盆都已经装满了。

在各集市坐商将收购价格压得与廉记商行出价差不多时，廉杰才又贴出补充告示，只付收购金额的一半。这更不可能收到生漆了。

进入冬天，那些坐商再也坐不住了，不仅自己的资金被套牢，之前借款的利息较高，在账上一天一天不停地涨着，还看不到生漆脱手的日期。于是，托亲友找关系，请廉杰才捐弃前嫌，能以之前告示的半价收购他们手中的生漆。

廉杰才一概回答，私交是私交，亲友是亲友，在商言商，君子一言，驷马难追。他现在手中现金也不多，如果大家都交给他，可能有三分之一的生漆连这一半都付不了。

那些人一听，此时的生漆，不能吃也不能穿，除了占用器具和房屋，一点用处都没有。为了尽可能早日归还借款，停止或少付利息，只好摸着胸口长长吐气答应他又附加的条件，生漆暂时由坐商保管，拉运时再计量付尾款。

廉杰才也没有那么多器具盛生漆，他与雷春和商量，他的生漆运一部分去汉口，什么时候有钱什么时候付，但储存费用得由雷春和负责。雷春和觉得这笔生意本钱低，也爽快地答应了。

次年，春旱连夏旱，粮食减产将成铁板钉钉，廉杰才贴出告示，按上年价格预收当年生漆，预付一半现金。漆农纷纷与他签订了合同。

事实上，只隔一年，生漆市场又恢复了正常。但到当年冬天大家知晓时，手中已只剩自家留用的生漆了。

5.垄断经营

廉记商行将随行就市收购的告示，贴到了各主要集镇。此时，全县主要集镇的收购处，都成了廉家的代购店，那些只有三五户人家的乡场，没有人办理这一业务。之前的一些坐商，让亲友带着上门向廉杰才道歉，送礼表忠心。廉杰才也需利用他们对生漆的懂行，也就大都收在了旗下。有这些人的参与，比他另派人去收购要节省不少经费，至少是不出房租开工钱了。这样一来，年收生漆达两万斤左右，他名副其实成了全县生漆收购、运输、销售的"总经理"。

"全国生产的生漆本省居首，乌江又居全省各县之冠。"雷春和说，"全国生漆收购的质和量，在乌江流域各县中，数乌江最强。生漆价格非常昂贵，每斤值一块银圆。廉杰才购销生漆，每斤纯利润在百分之二十五左右，每年仅生漆生意，就可赚大洋五千左右。"

青龙场之前的坐商史启发，请孟医生带着他来到廉家，赔礼道歉。说之前受了德江王记商行蛊惑收购，出的价钱比廉记商行高一点，糊里糊涂帮外人搞起了内耗，看在亲戚的份儿上，请廉老板原谅。他老婆姓廉，名杰兰。虽与廉杰才没有血缘关系，但在乌江两岸，也有一笔难写同姓之族亲的传统。

廉杰才安慰他，生意各做各的，没有不想赚钱的道理，也可理解。"我和王记商行都是为汉口商号雷老板做事，西南片区交雷记商行的价格都是一样的。我们已经达成协议了，经县政府备了案，今后各县的生漆在各县交售，自行安排船只运输，各个等级的价格在收购前，根据丰收或歉收进行商定，擅自收购外县的，收一罚二。"

孟医生睁大眼睛疑问，"漆农遍布各县山山岭岭、田边土角，边界犬牙交错，谁能分辨？哪个又有时间和精力去查清？"

廉杰才回答："这个和你老人家抓药不同，多一钱或少一钱治不好病，甚至搭配不当还会死人。我们做生意的，不乏通风报信之人，这罚款由谁出？羊毛还能出在猪身上？是擅自到外县出售生漆的人，也就是说买生漆的没有责任。这罚款用来干什么？全部给举报的人，没有人跟钱过不去的。"

史启发说道："这些好办，现在实行付一半赊欠一半，待今年生漆到汉口交售后，再付欠单上的钱。欠单上都有村寨地名姓氏，按单顺藤摸瓜一个都跑不脱。"

孟医生说："他不晓得找哪边县的亲戚朋友代他交呀？"

廉杰才说："那也可以呀。无水不行船，代交一次两次可以，多次了不给人家点好处人家不会白跑。如果劳务费多了，那不成了除去锅巴没有饭了？这还是小事，人人不会都像你老人家那样为人坦荡，到时亲戚见财起意，硬说是自己的，对方只能吃哑巴亏。再打个比方你就会明白，比如你私下买栋房子，用堂岳父的名字，到时他打官司说是他买的，你头也大得不行。"

见孟医生点头，史启发说："只要是行家，收购时用竹签插下去提起来一看，就知道这生漆是来源于张家湾还是高家寨。长在红沙土上的漆树，所产的漆质色彩鲜艳赤黄，质地较好；长在黑泥土上的漆树，所产的漆质色黄黑，质量较次；一山之隔，土壤不同，漆质不同。就是同一个坝子，也有上坝下坝之分，上坝是沙地，下坝可能是黄泥。再说，平常赶场上下，走亲访友，方圆百里，哪有认不得的？"

都说秀才无假漆无真，如何验漆，还真是一门学问。

廉杰才听史启发说过用双眼看漆膜、看色彩、看漆液、看转色、看丝条、看漆渣等验漆质量常用办法，以及纸试、圈试、水试、煎盘法等，觉得此人可用，就说："梁山好汉——不打不相识，既然他外公都说你可做青龙场的代理人，那还有什么话说？今年秋天起，我还要扩展生意，桐子、桊子、五倍子、棕片我都要收购，你也可以一并代理下来。"

史启发鸡啄米般地点头，称赞廉杰才心胸宽大，真是难得的好人，似再生父母。

二人以孟医生为证，签订了生漆购销协议。其中除赊一半货款外，还有最关键的一条：一旦发生意外事故，如船翻或匪抢，损失也得各负一半。史启发同意。他认为，好的说不坏，坏的说不好，没有人故意说自己遇到了船毁人亡这种忌讳的话。至于匪抢，都是乌江沿岸的漆商集中出行，请得有武装护送，一般土匪啃不动，何况两天可到乌江与长江交汇处的涪陵，次日转大船，第四天就可达汉口交售，所以，匪抢的情况是能够避免的。当然，为以防万一，他也可与交售量大的漆农签订类似的协议。

可不久，史启发还是被人举报到县政府，说他短斤少两还压级压价。廉杰才见到蔡县长，建议他不用管这种似是而非的小事。蔡县长回答，人家李甲不是匿名告状，时间地点都是清清楚楚的，而且已经批转给双龙区区长钱忠禄去处理了。

廉杰才带信通知史启发进城，问他短斤少两、压级压价问题。他说那举报的李甲，自己并没有多少棵漆树，都是上门收购别人的，用来加工后分等级，这样就多赚了些。他这边，也不过要两三斤才会相差一两。也就是在别人那里交三斤，到他这里也有两斤九两左右。李甲收购的生漆，并没有全部交到这里，他到处造谣说德江县收购不扣秤，等级价格打得合理，喊大家拿到德江地盘上去交售。

廉杰才听后说他李甲想讨死，又嘱咐他如此这般。

双龙区公所秘书来到收购点，李甲并没有交售生漆，只是站在远处看热闹。突然间，一位漆农大声嚷起来，说史启发收购点缺斤短两，压级压价。

秘书站过去大声喊道："大家不要往前挤，大家不要往前挤，现在我宣布，青龙乡史启发商行暂停收购，接受政府整治。"说完将大声嚷叫漆农的大漆竹筒交给身边人，"现在我们请师傅验漆。"

师傅用铁丝钩从竹筒中取出生漆，滴在土纸上，划燃一支火柴，点燃，土纸与生漆接触时，火势变小，且发出爆炸声。师傅大声对秘书说："这生漆掺水了。"秘书喊将他抓起来，两个乡丁将漆农双手扭住后，漆农顿时面如土色，大喊冤枉。

"没有冤枉你。"师傅说着拿起一只盛有清水的陶瓷碗，倒入清水，说，"你这不但掺水，还掺菜油了。"他端起碗让秘书看后，又在众人眼前绕了一圈。他解释，好漆呈圆珠状沉入碗底，这掺水的漆不但不能构成圆珠，还有菜油花浮于水面。

众人窃窃私语，说真是看不出，看上去老实巴交的，还晓得搞这些名堂。有人接话，人为财死鸟为食亡，有哪个人嫌钱多的？

漆农喊冤枉没有放油时，师傅右手提着漆筒在手中迭闪两下，说："这里面如果不是掺有漆锅巴，就是放有石子。"

秘书喊商店伙计将生漆倒入盆中查看，倒完生漆，用漆钩在漆筒里钩刮，一团一团的生漆从里面滚出来，突然听到盆里有石子跌落的声音，他将石子刨出来展现在大家眼前："大家都看到了，这三斤漆里面有……有一、二、三、四、五、六，六颗大小石子，至少有二两。"

秘书指着漆农喊："把他捆起来！"话音刚落，一个乡丁一脚踹在漆农的腿上，漆农随即跌跪在地。另一个乡丁早从腰间取出棕绳，将绳子从他脖子向胸前肩胛处缠绕回，从双臂缠绕直到将双手叠放捆起来，又将绳子穿在脖子后的绳子上，往下一拉，那漆农痛得往后缩成一团，汗水瞬间从头发脸上流下来，钻进衣服里。上半身开始湿起来了，口中"妈呀老天"地叫喊，不一会儿，尿液打湿裤裆，流了一地。

史启发站出来对乡丁说："兄弟，把他绳子放松点，看他这老实巴交的样子，也不是偷奸耍滑的人，没有坏人在后面教唆，他也不敢做出这些骗人的勾当来。"

那漆农一听，马上说："这些生漆是李甲喊我来交的，交后给我一百个铜板，谁知他这里面掺水放油加石子害我。李甲说区长是他亲戚，如果将史乡长扳倒了，他当老板和青龙乡的乡长，我就到他这商行来做过秤员，比别人多一倍的工钱。"

"把李甲给我抓起来！"秘书对乡丁喊。

众人回头看时，不见了李甲，有人回答："李甲之前还在这里呢，说史启发漆行这样不对、那样乱整，还说漆中那油那水那石子都是师傅耍邪法放进去的呢。"

秘书说："邪法？我看他李甲才是中了邪！不但犯了诬告罪，还犯了教唆罪。"秘书指着盆中的生漆说，"铁证如山，眼见为实。他跑，跑得了初一跑不过十五，跑得了和尚跑不了庙！"

史启发带着乡丁去抓李甲时，李甲已逃之夭夭，史启发一把火将李甲的茅草房烧了个精光。

李甲没有跑回家，他知道回家必然被抓，跑去外地做了两年长工，打听到晋成皇在青龙山出没，到其手下做了一名土匪，这是后话。

第二章 横财祸生

1.匿祸发芽

杨青云返回乌江赶跑滇军，推荐王天堂任了县长。

王天堂上任不久，派人将廉杰才喊到街头，说有要事相商。廉杰才来到后他又向城郊田埂边的路上走去，廉杰才只好跟了过去。

"是什么见不得天的事，要到这荒山野岭来讲？"廉杰才笑着问。

"这地方好，不隔墙，没有耳。"王天堂似乎在一本正经地说。他刚准备去怀中口袋取东西时，前面有妇女背着苕叶向他们走来。他只好迎面往前走。那女的打过招呼，站在路边的草地上侧身让他们通过。

王天堂对她开起了玩笑，"表嫂，你在走草呀？"表面看，是女的为让路走在草地上，可"走草"二字在当地却有发情寻偶之意。

那女的回了句，"表弟才是哟，我不走草你从哪里来呢？"

王天堂一时回不起话，只好悻悻地说："我表嫂这张嘴呀，隔河就能咬死人。"心里暗骂她是猪。

"我还不知道你，尾巴还没有翘，就晓得你要屙屎。"意思说他是牛。

王天堂没有再接话，带着廉杰才往前走，那女的也远去了。二人来到田边草地上，他朝四周看了看，从怀中掏出一张黄纸抄写的公函，递给廉杰才狡黠地问："杰才兄，这公函上说的是真是假？"

廉杰才傻了眼，公函上说了五年前那事，那个廉杰才的儿子，去年冬持银票去雷春和那钱庄取款时，告知已被"廉杰才"取走。可他说父亲随自己到日本留学躲避战乱，一直没有离开半步，哪能独自回来取款。经查，取款印鉴初看与父亲的相同，细看多处差异明显，特别是"才"字旁那边框小缺口，是有意刻缺的，并不是没有印清晰，而取款人"廉杰才"的印章，边框是全封闭的。再查户口证明，是乌江县的廉杰才，与他父亲户口所在地一东一西。

廉杰才看着看着，双手微微颤抖起来，将那纸递给王天堂时，额头浸出了微汗。

"我当时就纳闷，前几天向你家借钱时说没有，也不是说没有，是说最多只能借一千，第三天却答应了，还将住房送给我家，让我感激涕零。要我等一个月的话我也相信了，这去雷春和那里借款，来回也要一段时间。可我越到后来越不明白，正常情况下，你家的生漆生意，一年就赚个三五千块大洋，你借一万块当时利息就被扣一千块，也就是说到你手中只有九千。可你连续两年高价斗法，往返顺遂，也只略有盈余，何况你在乌江触岩损失了一船生漆，哪来钱还本付息？"廉杰才张嘴正想说什么，王天堂向他摆手制止。"你不用解释，"王天堂向廉杰才摆手示意，"虽然后来你用低价大赚了一笔，也不过是万把块以内的事，大概只够加建这两栋楼房，左右后面用石礅子砌围墙。你那些地租，估计也就够开木匠、石匠的工钱。"

王天堂一连串质问，让廉杰才张开的嘴巴合不拢。"要不是当这县长，可能我到死都不知仁兄这钱得来便宜哟！"

廉杰才只好将雷春和来与他密谋取款之事复述了一遍，说："这钱雷春和也分了，还不是一半，是整数，一万块，到我手的不足七八千块。"

"雷春和那一万给你收条没有？"

"没有。"廉杰才双眉紧锁，"我当时也提过，他说我领'自己的钱'，却要他留把柄，有些不合情理吧。我想，他也说得有理，就没有再提。"

"这就是了。那个廉杰才的儿子找雷春和查问时，雷春和推得一干二净，说有印鉴，有户口证明，他的伙计不可能是侦探，不可能是鉴定家。"

"那，这笔钱得全部由我来赔？"

"这笔钱是多少？"

"一万七千八百九十四块呀？"

"你老弟还是做生意的，年息按百分之十算，你看看该多少？"王天堂得意地笑道，"五年下来，至少得多加一万吧？"

廉杰才用衣袖擦起了额头上的汗珠道："没有那么多利息，他当初存的是活期。"

"那个廉杰才的老爹，听到这笔钱不翼而飞，和我老爹一样，一口气上不来，翻白眼死了。"王天堂摇头叹气息道，"这和谋财害命差不多了。"

"这……"廉杰才急得抓耳挠腮，不知说什么好。

按民国律法，杀头够不上，但关个十年八年应该是合情合理合法的。

廉杰才此时非常后悔，只恨这世上没有后悔药卖。那笔钱的谐音，哪里是"一起发就是"，而是"一起发就死"。

杨青云返回，蔡县长离任，黄县长接任不久，被杨青云以其征兵不力为由状告免职调离，接下来又以工作不力为由挤走了继任的周县长。

杨青云当时上门请廉杰才出山，任民国乌江县第二十九任县长。他推辞，先是建议杨青云像之前一些驻军长官那样，自任县长。杨说："民国政府有规定，军政要分开，不能让人说军队干涉地方政务的闲话。"

廉杰才想说，那不是闲话，是实话，兼不兼任，都是换汤不换药，口中却再推，不是不想为长官效力，是自己才疏学浅，没有管理能力，只能尽力为驻军支援些钱物。廉杰才请他另选高明，先指派，后报省政府批复，就他的威望而言，推荐的人不会不被任命。于是，才向他推荐了能说会写的王天堂。

他认为，自己如果当县长，免不了为拉兵派款这些事操心得罪人，稍有怠慢，还可能像张县长、吕县长等人那样，任"代理县长"不几天就走人。这还是好的，如果像聂县长、梁县长、刘县长那样，脑壳搬家了还在做去掉"代理"两字的春梦，那就舍本求末了。这些还只是一方面，更为难的是，顾了这头顾不了那头，不认真给驻军和地方办事肯定不行，认真办事又得花大量的时间和精力，自己的生意就难以专心料理。捐给驻军些钱比自己安排抓丁派款压力小得多，前者驻军有分寸，不至于杀鸡取卵，后者得罪人或者壮丁造反，自己首当其冲当炮灰。

现在这事让人始料不及，如果当初自己出任县长，将一般性生意交给大儿子廉有富，这封公函就会落在自己手中。只要对方没有告请政府官员到来，就可以置之不理，或者文来文往，这兵荒马乱的，可能就拖过去了。特别是根据杨青云以辅助军队维持治安为由新成立的"乌江县治安保卫警察大队"，县长兼任大队长；区设治安大队，区长兼大队长；乡设治安中队，乡长兼中队长。

有一半区长、主要集市的乡长，都是他的代理商，如果自己任了县长，以保护县长安全为由，弄个保警班来看家护院，比自己养家丁强多了。

但为时已晚，造成这一结果的原因，也与对成家不久的大儿子廉有富不放心有关。不仅仅是能力，还怕像别人那样，被那些盯着他钱财的所谓兄弟拖下水，沾上吃喝嫖赌的恶习，因小失大。事到如今，也只能面对发生的一切，忐忑不安地问王天堂，"县长贤弟今天来告知我这事，看来是要我家破人亡喽？"

"如果是那样，我今天就不来向仁兄通这风报这信了。"王天堂将抄写的公函撕破折叠再撕破又折叠撕碎，看着往坎下抛掷的碎片被风吹散，拍了拍青色暗花绸布长衫衣襟。

廉杰才悬着的心放下了一半，对当初将自己的住房赠送给他家，后来又找替罪羊般推荐他任县长，算是给自己真正留了两条后路。尽管这些他现在都心知肚明自己别有用心，但于他总是有利无弊。廉杰才对他事先下好的垫脚石是如此稳当，心里不免有些得意。

"这样吧，你的房子还你，我家搬回原来的住房，你看如何？"廉杰才试探着问。

"这恐怕不行，你这是陷我于不义之境呢，"王天堂笑道，"这事背后的原因又不能对外讲，别人以为我当了县长就打击报复。再说，我就是搬回去了，又去哪里找这么多钱来还人家？那是大洋，不是石片片。"

"那这事怎么办？"

"怎么办？凉'拌'！"

"你的意思是……"

"一家人不说两家话，我能为廉兄家担承的，会尽心尽力。"

王天堂想，待时局安定下来，又不知要等到猴年马月，那个廉杰才的儿子还在不在武汉，甚至在不在人间，都只有老天爷知道。这些都是他可以回旋的时间和空间。

廉杰才回到家中，那句"一家人不说两家话"，让他百思不得其解。自己和他王天堂什么时候成一家人了？就是上溯到他所知道的几辈人，也没有什么瓜葛。一般套近乎，也是互称"不是外人"而已，然而那一本正经的神情，可不像他平常开玩笑的样子。

这一疑问，十天后有了分晓。

王天堂托媒人上门提亲，想娶廉杰才的女儿廉妥为儿媳。廉杰才找借口对媒人说："你也听说过了，彭八字给小女算过命，说她命硬，克夫克子，这不是明摆着坑王县长公子吗？"

媒人说："那些江湖术士的话你也信？王县长托人看过了，小姐和公子八字相合，结婚喜一冲，他公子那病十有八九就好了。"

"你还是再给王县长提下醒，我们不能害了王县长。"

"王县长已经认定这门亲事了。我说句不该说的话，他都不怕你还怕什么？"媒人轻轻叹了口气，又说，"我也知道，他家儿子不管是才智还是相貌，都配不上你家姑娘，也说过怕你家不同意，但他说，凭你和他的交情，你一定会答应这门亲事的。"

"那我和家人商量后再回你话吧。"廉杰才口中这样说，内心却已无奈应允这门亲事了。

廉杰才向老婆廉孟氏提起后，她的第一反应是这亲不能答应，这是将女儿往火坑里推呢。她的理由，不是说门不当户不对，是王天堂那儿子，患有小儿麻痹症，走路一高一低的，前些年跑到乌江凫澡，到江心时被漩涡卷走，幸得人救上岸。人上岸了，不知是不是呛水太多太久，患上了痨病，正如人们背后所说，整天像"抱鸡母"一样咳嗽不停。王家也请她父亲孟医生开过药，但只有保养的药物，没有根治的良方。

当她得知原委后，也说不出所以然来，不要说女人在家里做不了主，就是做得了主，也不敢拒绝这门亲事，那样会给一家带来灭顶之灾。到时女儿不说嫁到县长家，就连一般人家，也会嫌弃她肩不能挑、手不能提，甚至怕惹火烧身而远离。

廉杰才将王天堂半月前来家里威胁的事，向父亲说了一遍。廉奇石瞠目结舌，原来得的是一笔不义之财。可想到"马无夜草不肥，人无横财不发"的古话，也没有过多责怪儿子对自己隐瞒，长长地叹息了一声，沉默不语。

廉妥听廉孟氏说起这亲事，就说："我还小，还想要两年。"

"都满十六岁了，小倒也不小了。"廉孟氏说出这亲事的利害关系。"你大哥到保警大队才两年就当分队长，过两年又任了副中队长，靠的是自己的本事？姜太公有将相之才，可到八十岁之前没有人用，也不过是个钓鱼的，钓鱼还钓不像样，何况你哥那本事，给姜太公提鞋都嫌慢了。"

廉孟氏拈下廉妥肩上的一根白线头说："之前杨青云是看在咱们家大洋的面子上，现在他是听姓王的还是听你父亲的？他能喊你大哥上楼，也能喊他下楼，下楼前还能把楼梯抽了，何况你父亲还出了这事。说穿了，人家有权有势，得罪不起。"

"万一守寡呢？"廉妥双手交替抠着指甲，鼓起勇气说出了担忧中隐含的反驳，只是声音像从喉咙里挤出来的一样。

廉孟氏宽慰女儿道："这喜一冲，说不定病就好了。王天堂的女儿已经出嫁，嫁给他这独儿，不图他人才但可图他家富贵。即使有个好歹，有了一男半女，还怕站不住脚？到时全部家产都是自己的了。那么多田土财产，自己坐起吃一辈子都吃不完。"隔了会儿她像想起什么似的，又说，"男找女隔重山，女找男隔层衫——隔成衣衫。待两个老的去世了，还可招人上门嘛。"

廉妥阴沉着脸听从了母亲的劝说。她接受的教育只有"父母之命媒妁之言""嫁鸡随鸡嫁狗随狗，嫁根槌衣棒背着走"，如果自己独自逃出家门，也不知去向何方，如何生存。

2.鸡飞蛋打

为给儿子冲喜治病，王家用三个月时间，经过"提茶""递书子""装香""讨庚"，完成了问亲、定亲、订婚、开八字合婚期的流程，王廉两家为孩子们举行了隆重的婚礼。

王家抬去的衣物、酒肉、米花等礼品，装了二十四台礼盒，从下街沿江绕行中街经县政府转到廉家，一路上锣鼓不断，鞭炮连鸣。次日从廉家接亲的人，抬着应有尽有的生活用具，背着五颜六色的床上用品，又从中街经县政府转到下街王家。

其实从中街廉家到下街王家，只隔着两条街之间错落有致的房屋，房屋间有百来步丈余宽行人双脚磨亮的石梯连接两街，步行不过一盏茶的工夫，但接亲往返如果走这条捷径，就少有人看到其隆重，成了明珠暗投、锦衣夜行。

绕行不仅仅显示了排场，还告诉全城人，廉王两家实现了强强联合。不过也有不少人摇头，私下议论，廉家也是买得下一条街的人家，没有必要去巴结一个根基浅薄的县长，让女儿去服侍一个朝不保夕的病人，守一生活寡。

婚后一个月，廉孟氏安排廉有富，去王家将妹妹廉娈接回家耍几天。

夜深人静时，廉孟氏去女儿房间问她，女婿病好些没有。女儿用苍蝇飞般的声音回答："没有，冲喜也没有用，一晚到亮都是咳咳咳，像我祖父那样，晚上放一盆木灰在床前，第二天起来全都是湿的。不咳的时候也是像用大锯子解板枋，站起坐下睡上床，都是呼呼呼的。"

"他咳嗽吐痰，来回门时我就看到了。"廉孟氏又问，"你们同床没有？"

"是一起睡的。"廉娈抠着指甲低头回答。

"我是说……"廉孟氏欲言又止，"我不是给你有两块铜圆吗？那四面有男女图案，你都十六岁了还看不懂？"

"妈……"廉娈抬头看了她妈一眼，羞红了脸又低下了头。

"人说男大当婚女大当嫁，这一娶一嫁不就是为了生儿育女吗？"廉孟氏话语平和得像在和闺蜜谈论吃饭穿衣一样。

廉娈的脸庞在油灯下越发映得通红了，声音细得像蚊子一样说："头天晚上，他爬到我身上来了，像爬坡那样累得呼呼呼的，我吓得抖起来了。可他像小孩过家家一样，在我身上躺了一会儿，就咳着滚下去了，趴在床边吐了两口痰，不一会儿就睡着了。"

"你月信来多久了？"

廉娈眯眼歪头想了会儿说："有五六天了。"

廉孟氏走进房间，从床下拖出一只描绘有牡丹的黄色樟木箱子，取出一包药粉，放在长条木柜上，从床头取下一张土纸，撕成四片，右手几个手指并拢，从药粉中拈出四撮，分别放在四张纸上，折叠包成四包，再将余下的药粉放回樟木箱锁好，出来将四包药粉交给廉娈说："回去后睡前把这药用温开水喊他吃下，可以治他的病。"

"那白天吃不行？"廉妥疑惑。

"吃药后必须睡觉，晚上睡觉前吃，才能治病。"廉孟氏解释。

"你要记得哟，每隔一个月吃一包，吃多了药性重，对身体有害。"廉孟氏吩咐女儿。

第四天早上，王天堂家突然来人通知廉杰才，说他女婿去世了。廉孟氏一听，呆若木鸡，踮着小脚拄着拐杖出门就从石梯向王家疾步走去。

进入王家大门，就在遗体前哭诉起来，王天堂的老婆王席氏，也跟随她哭诉："往时见你喊爹娘，今日见你眼不睁。嗯嗯嗯……"

有人拿来两个凳子，扶她俩坐下。廉孟氏用衣袖蒙着脸，哭诉失去半边子之痛，女儿无依靠之苦。一盏茶之后，停下来用衣袖拭了泪，问媒人女婿害的什么病。媒人瞟了一眼已经伤心欲绝、泣不成声的王席氏，将她拉到里屋说："医生说是纵欲过度、心力交瘁而死。"

廉孟氏心里明白了八九分，忙问廉妥在哪里，答在房间哭。她急忙进屋，抱着廉妥的头大哭起来。劝她母女俩的人离开后，她带泪在女儿耳边嘱咐，"别人问什么都不回答，想起你今后一生守寡，就给我哭。"廉妥双泪直流嗯嗯地点头。

王天堂儿子安葬前的每晚，都是廉孟氏陪同廉妥入睡。安葬后，她说接女儿回家住几天，王家也没有多说什么。回家后她将女儿喊进屋，两人在床沿坐下，她埋怨女儿怎么不听吩咐，那药每月最多只能吃一次。

廉妥睁大眼睛回答："他连续吃了三个晚上。"

廉孟氏嗔怪道："他禁不住，你也禁不住？"

廉妥把头埋在胸前嘀咕道："你不是说早点怀上一男半女……"

"现在好了。"廉孟氏本意是责怪，接下来不知怎么办好，叹了一口气说，"也不知怀上没有，但愿他家祖宗有灵。"嘱咐她，如果"月信"不来，十有八九就是怀上了，到时注意保胎。接着便问，"那剩下的药呢？"

"怕被人发现，被我丢到茅坑里了。"廉妥扯了个谎，男人尸体抬出屋时，她就将剩余的药粉藏在了床上竹席下的稻草里。

王家将廉妥接了回来，王席氏怕她害怕，亲自陪她睡觉，白天也不让她干什么活儿，洗碗抹桌扫地这些事亲自做，亲自下厨，不停地换花样给她做好吃的，还劝她放宽心，自己的身子要紧。只是不经意间，瞟一下她的肚子，仿佛在研究他儿子的死因一样。

可三七一烧，王席氏脸色阴沉下来，不再到廉妥房间陪睡了，也不再给她单独做吃的。每次吃饭都少有人说话，空气似乎凝固了一般。她不时还摔东西，骂鸡不下蛋，骂狗不生崽，有时骂着骂着就哭起来，像疯了一样。

一天吃饭时，王天堂两岁的外孙说："外公，我很久都没有看见你笑了。"

王天堂看着他稚气的脸，嘴角扯了一下说："乖乖，你没有舅舅了。"

"妈妈说，舅舅去山上睡觉了，可他还不起床回家吗？舅舅太懒了。"外孙睁大亮汪汪的眼睛问。大家盯着小孩稚气的脸，停止了吃饭。

"舅舅跑了，他不当外公的儿子了。"眼泪在王天堂的眼角打转。王席氏双手捂脸哭着转身朝门外走去，女儿的眼泪也从双颊滚下来。

"外公，舅舅不当你的儿子了我来当你的儿子。"

"你再乱说我打死你！"他女儿向儿子吼道，并举起筷子向小孩挥来。

王天堂一把将外孙抱过来放在左腿上，用手揽着外孙的腰说："童言无忌！他小孩家懂哪样？"随后腾出右手揩了一把眼睛，呼了下鼻子，歪着脑袋对外孙说，"乖，你年纪太小了，不能当儿子，就当孙子，好不好？"

"我不是你的孙子吗？"小孩仰头好奇地盯着他问，并伸手捋了一下他的胡子。

"亲爷！你少喝点。"女婿红着脸劝王天堂。"亲爷"是乌江城乡对岳父的称呼。

王天堂端起桌上的酒杯，一仰脖子喝了下去，说道："我乖乖提醒我了呢，儿子没了，还有半边子呢。这乌江城里，外孙比孙子好的人家多着呢！我王天堂不能认怂，没有理由不活出个人样来！"

女婿站起来，提壶将王天堂的杯子斟满，举杯伸向他，"亲爷，我敬你！"嗞的一声将酒喝下，随后道，"只要你老俩不嫌弃，我这半边子，会将二老当亲生父母一样养老送终。"

王天堂眼睛眯起满脸堆笑说："幺儿，有你这句话就行了。"说着，一仰脖子将酒喝干了。

廉妟明白婆母对自己的态度忽然变阴的原因，"月信"按时来了，为王家传宗接代的最后一根稻草漂走了。看到一家人有问有答，渐渐觉得自己是一个多余的陌生人。每次洗过碗筷，就低头回到房间。

满七不久，媒人找到廉杰才，说王天堂托她来谈退婚之事。廉杰才不知王天堂葫芦里卖的是什么药，女儿还不到十七岁，内心巴不得退婚了好改嫁，但口中却说："一马不配双鞍，一脚不踏两船，嫁出去的姑娘泼出去的米汤，生是他王家的人、死是他王家的鬼，退婚的话我说不出口。"

廉孟氏也插话："儿子不在了，像别人家那样，招一个上门也是可以的。"

"这话我也对王县长说过了，他还笑着反问我，这样一来，这夫妻俩都不成外人了？我开始还以为他又恢复爱开玩笑的习惯了，后来才听说，有女不为绝，人家已经把外孙当成孙子了。"

廉杰才理解了王天堂退婚的原因，更明白了这段时间隔远就笑着问候他"杰才兄"的缘由。他当初选择将女儿嫁给那个孤儿，还拿钱给女婿装修了那不能遮风挡雨的半栋木房，不仅仅是女儿小时扑在灶门前的火笼坑，烧伤了半边脸和左手，也有让女婿"不嫌弃他一贫如洗"的感恩。

媒人说王天堂说了，当初的陪嫁，也可以抬回来。廉杰才听到"也可以"，回答说："你转告天堂兄弟，好歹我女儿也当过他家两天儿媳，如果他不见外，两家朋友之外还当亲戚走，他送来的茶食衣物我也不还了，那些嫁妆也不要再提退回的话。"

3.情不自禁

廉妟抬头看翻瓦匠，一粒灰尘落进了眼中，痛得她双手捂眼"哎哟哎哟"地叫起来。

房上翻瓦匠喊着小姐怎么了，像猴子一样，手脚并用退到房檐，再从排骨般的木梯上急忙退下，向房间跑来。

"快去舀瓢清水来。"廉燹喊。

翻瓦匠将湿淋淋的帕子递给廉燹，她接过来揉了几下眼睛，睁眼看了一眼翻瓦匠又闭上，说还是睁不开，喊翻瓦匠给她吹吹。翻瓦匠说："那我吹了？"

"右边。快点！"

翻瓦匠双手将廉燹右眼上下眼皮扒开，刚吹出一口气，她那眼皮就闭上了，再准备扒开吹时，她突然张开双手，吊住他的脖子，仰头用渴望的眼睛望着他。在她似乎想说什么时，他用厚厚的双唇堵住了她温润的小嘴。不一会儿，他像醒了似的将她抱起来，朝里屋走去。

一番激情之后。她睡在他的臂弯，两人有一句没一句地说起来。

"听说你小姑结婚，你怎么不进城去陪她呢？"翻瓦匠问。

"我母亲说，像我这种克夫寡居的人，不能去婚事庆堂中，去了会给新娘带来同样的灾厄。"

"没有道理。我们那边的风俗，给新郎铺床的，只能是夫妻双双健在并生儿子较多的女人，以沾其多子的福气；寡居的女人，不准去铺设新房，也不得牵引新娘到香盒下拜堂，说那样不吉利，其他倒没有什么讲究。那你姑爹是什么地方人？"

"青龙乡青龙坝古家寨的，叫古福贵。"

"哦。我知道，那里属于乌江县双龙区青龙乡。我家在虎坪乡，只是过了青龙坝，还要走二十来里才到虎坪场，到了虎坪场，还要走十多里才能到我家。"

"听说才结婚不久，你那丈夫就死了。"翻瓦匠回到了先前的话题。

"他本来就害了痨病。"

廉燹将这件事的前因后果说了一遍。

"我想与你成家。"翻瓦匠听完了说道。

"你说什么？"廉燹突然抬头睁大疑惑的眼睛看着翻瓦匠问。

"我是说，你愿意嫁给我吗？你们家有钱有势，就算你愿意，你爹妈也不会同意。"

"他们巴不得我这丧门星离他们越远越好。特别是我妈。你也看到了，今天连帮工们都能进城吃酒席，却嘱咐我不要离开农庄半步。平常我已受够白眼了，人走远了都能感觉到对自己的议论，仿佛看到那戳背脊骨的手指在挥舞。那些堂公伯叔，特别是那些女的，很少有人主动和我搭话。我喊人时，对方常常是嗯的一声，有时连嗯的一声都没有。"

"我父亲觉得我住在家里不是什么光彩的事，来往都是些有头有脸的人，就将我安排住进这云岩关农庄来了，这里的帮工，还能把我当人看。"

"那是他们心里明白，瘦死的骆驼比马大，再怎么着你也是富贵人家的小姐。一直没有人再来提亲？"

"没有。我妈也曾托人给我找人家，太差了他们看不上，看得上的人家一听我这命，唯恐避之不及。"

"不就是个克夫命吗？我不怕。"

"不仅是克夫的问题，小时候有人说我是'扫帚星'，会'夫遇而亡'。"

"你还不知道我的八字呢，我是克妻命，妻子前年被我克死了。"

"什么病？"

"产中大出血。"翻瓦匠长长叹了口气回忆道，"婚后我们夫妻说不上十分恩爱，但也没有发生无理吵闹、得理不饶人的事，和许多贫寒家庭一样，平平淡淡地过着日子。女儿刚过两岁，她又怀上了。"

"寨上的老人说：'你妻子的肚子不管是从形状看，还是从花纹看，都是男孩。'可生产时却出了问题，痛了一天一夜，最先出来的是双腿，接生婆喊，是男孩！接下来一家人又由喜转忧，她已全身瘫软，血流不止。胎儿是'逆生'，先出来的是脚，属难产。她脸色已变得苍白如棉。接生婆问我，保大还是保小？保大就是用力将胎儿拽出来，不管小孩死活，保小就是用剪刀剪开产妇宫口，让胎儿平安落地，不管母亲存亡。我揪着头发发愣，我婆走过来劝我，妻子没有了还可续娶，儿子不一定能再生。这种事例在当地也不少。我一咬牙，吐出了俩字：保大！"

"孩子呢？"廉娑有些急切地问。

"胎儿拽出来了，只是右手脱了臼，妻子却因流血不止死了。"

"唉，可怜。这样算来，姑娘应该满四岁，儿子已有两岁。如果他们的妈妈还在，那就是'好'字了。那你怎么不再娶一个呢？"

"有谁愿意当后娘？家中只有两三挑薄田瘦土，如果我不学这翻盖房瓦的手艺，父母不去给人打短工，包括我公和我婆，一家六七口人，就有半年的口粮不知在哪里。再说，方圆几十里的人都说我命硬，妻子不生离就死别，到老无妻。"

"也不知我能不能当好后娘。"

"什么？那你是愿意跟我走了？"

"嗯。快点。如果那些吃酒席的人回来后，就走不成了。"

4.远走高飞

廉妥从屋外匆忙提来背篼和锄头，喊翻瓦匠将靠在屋角的床移开。翻瓦匠站在床前，弯腰双手扣住床枋，用力拽着往后退，床脚与地板摩擦发出嚓嚓的声响。廉妥喊差不多了时，那床与屋角板壁已离开了近两米。

廉妥用锄头将屋角的三块地楼板起开，将锄头递给翻瓦匠，喊他挖走地面上的浅土。浮土只有尺许厚，露出了石板，她喊他将石板撬开。石板下露出了几只陶罐。她弯腰从里面抱出一个陶罐，喊他将石板盖上，浮土、楼板和床复原。

翻瓦匠指着陶罐问里面是什么？

"是大洋。"廉妥将陶罐提起来放进背篼里。

"有多少？"

"百来块吧。"

"里面还有好几个，估计旁边还有。"翻瓦匠用手指了指余下的陶罐。

"多了你拿不走。"廉妥将零乱的衣服放在陶罐上。

"这点算什么？我一人能挑它五六个。"翻瓦匠搓着双手笑道。

"你没有明白我的意思。我是说，不是你拿不动，是你拿不走。这些钱是我公和父亲的命根子，如果你全部拿走，他们会不惜一切代价找到你的，找到你，你能想象后果是什么。"

"你真厉害。"翻瓦匠讪讪地回答，复原浮土将床移到原位后说，"你这一说，如果我有谋财害命之心都不敢了。"

"不要啰唆了。有这些钱，置些田土，也能将就过一生了。"廉奭指了指背篼，"赶快背上赶路。"

在翻瓦匠提背篼上肩时，廉奭出屋进入书房，朝花窗前桌子上的砚台中，吐了口唾沫，抽笔写道："借钱外出，不用找我。"

廉奭跟着翻瓦匠往庄园内走，从后门出来，转过山坡，在前往双龙场和青龙场的岔路口，两人站在向日葵边，看着正在吐着金黄色花瓣的朵朵花盘，转向了西边的太阳，犯了难：是从双龙场过青龙坝，还是从青龙场翻青龙岭过青龙坝？前者要多走三十来里，但没有土匪出没之说；如果是后者，少走三十来里，但据说青龙山老鹰岩，时有土匪抢劫过往商人。前者往前再走十里，还是云岩关农庄的地盘，难免不碰到熟人；后者翻山就进入了别人的土地，但林茂草密，人烟稀少，难免会有豺狼出没。

为了保险起见，两人决定还是走双龙场这边，离危险之地越远越好。至于路上的熟人，能认识廉奭的极少，就算碰到，待进城报信追赶时，已经来不及了，何况他们还不知他们的去向。

翻瓦匠走进地里摘下两根黄瓜，那花缨还系在上面。他将一根稍大的递给廉奭，举起手中那根啃了一口说："如果有人胆敢拦截，"他指了指背篼中那把砍刀说："运气不至于那么差吧？如果碰到这种人，就当碰到豺狼虎豹了，我不惹他，他也不要犯我，如果他要犯我，我这砍刀就要吃肉！"

廉奭跟在翻瓦匠后面往前走，山脚层叠伸展叶片的苞谷，少数开始长苞，轻风拂过，叶片摇曳。黛绿色的秧田连着的人家，院边长着果子正在肿胀的梨树，屋侧院内时有狗吠，见人似迎来送往。

两人绕道凤鸣书院，走进双龙场边的松林，坡脚还能见到一些人家，翻上山岗，除了虫鸣鸟叫，就只有鞋子与树叶摩擦的沙沙声。转下岗脚，来到双龙河边，溯双龙河开始"二十四道脚不干"的绕行。

两人呼哧呼哧喘着粗气往前赶，遇到河中有石磴被水淹没，或容易踩滑入水之处，他就让她背上背篼，再背着她涉水过河。来到双龙口，两人开始往双龙坳爬去，尽管太阳早已下山，时有凉风绕绕，汗水还是干了又冒。

转过山坡，天已渐渐黑下来，翻瓦匠说："得找户人家住下来。"

擦黑时，他们走进半山有几栋木瓦房和二十多间茅草房的易家寨，说夫妻俩赶双龙场回虎坪场，有事耽误了，想在这里借宿。问过几家，都说家中没有睡处，问第五家有四列三间的木房，是易族长家。族长没有搭话，他老婆说，只有她婆母那间房是空的，但婆母刚去世，如果他们不嫌弃的话，可以住进去。但这里的风俗，外来男女不能同床，哪怕自己的女儿女婿回来，都得分开睡。

两人千恩万谢，吃过族长老婆舀来的洋芋煮麦疙瘩，按她的吩咐，翻瓦匠提着背篼住到了死者房间，廉妥睡到了死者房间楼上的稻草垫上。夜晚到天亮，两人都没有沉睡，男的担心女的有什么危险，女的认铺辗转难眠，还担心有人追来。

第二天早晨起来，廉妥拿出一套衣服，要与族长老婆换一套补丁衣。族长老婆推辞说："在家千日好，出门时时难，吃没有什么吃的，住也住不安生，不说没有钱，有钱也不会让你们开钱的。"

廉妥解释说："一来是为了感谢你们，二来是想换一套旧衣服穿在身上，不惹眼些。"

族长老婆细看廉妥，脸上呈现倦容，可能是没有睡好的缘故，然而脸虽白皙，嘴唇红润依然。族长老婆口中虽说着这样不好的话，还是从晾衣杆上取下一套补丁缀着补丁的灰色土布衣裤，递给廉妥，让她进屋换上。她说："妹子既然担心路上有馋鬼，不如我再给你打扮打扮。"她说着从桌子上取两张土纸，去灶孔锅底下一擦，拿到廉妥面前准备往她脸上抹。廉妥头一歪，将土纸拿过来折叠揣进了衣襟，说待用得着时再用。

太阳从山头露出时，两人已翻上双龙坳，小路草叶上碰落的露水，打湿了两人的裤脚。站在白虎岩远眺，四山相拥如绿毯的青龙坝映入眼底。

两人随着零乱的石梯斜斜向下。正是农忙季节，路上少有行人，只有一个穿着土布对襟汗衫的中年男子，从他们身后匆匆抢前赶路。那人腰上别着一把斧头，戴着顶棕丝斗篷，走出十多步后，没有停步地回过头瞥了二人一眼，向青龙坝走去了。

廉妥瞬间看清了那人右腮上有颗黑痣，痣上还长了根毛。更让她惊疑的是，这人昨天在双龙河碾房就超过他们往前走了，莫非他昨晚也在易家寨留宿？

来到半岩水塘边，廉娑喊翻瓦匠坐下歇会儿喝口水。她弯腰以手掬水喝过，又捧水洗过脸，静静地端详水中自己的倒影，洁白的脖子连着红润的瓜子脸，脸上似瘦蚕的双眉，微翘着铺在亮晶晶的杏仁眼上，像桃花微开的双唇，露出洁白的牙齿。她转头对翻瓦匠说："我感觉刚才那黑痣人是歹人。"

"不会吧？"翻瓦匠看了一眼下到坝上远去的黑痣人，边说边将背篼中的砍刀翻出来，说再有两个也不怕他。

"万一他还有同伙呢？"廉娑皱眉说，"我心跳得厉害。"

"你看，左边叫青龙山，右边是白虎山，"他指着前方说，"这青龙坝一眼能望到头，官路两边是稻田，田里有人在薅秧。两边山脚都有人家，鸡鸣狗叫都听得见，他们不可能在坝上打劫。只有虎跳崖那段有可能，左边那座小山类似虎头，三面悬崖，山上有号军留下的营盘，还有一座古旧的小庙，除了每年农历六月十九观音生日，平常没有人朝拜。这里虽然易守难攻，但因山上水井稍旱就无水，传说被困不到十天的号军不得不投降。那里没有听说有人被抢劫过。偶尔发生抢劫的，都是青龙坳，被抢劫的多是过往客商，我们这种穷汉，他们看不上。"

翻瓦匠继续安慰廉娑，也给自己壮胆。"这些人白天在家干活儿，打听到'有货'了才打劫，常常是晚上。一般情况下都不在一起，何况是农忙季节呢？就算他们集中到一起，听说也就十来个人，万一碰上了，砍他一两个，其他就吓跑了。"

"从虎跳崖山头与白虎山连接的虎脖子下去，小路虽然窄陡，但能看到枫林坝的人家，只是还得下到名叫羊落坨的谷底，翻上小山坳，转过山弯才到。这之后，虽然一路都是山高路弯，林茂草密，但隔不远就有三三两两的人家。"翻瓦匠继续安慰道。

她回头将吊在鼓鼓胸前的双辫弄散，取出衣襟里的土纸展开，将锅灰倒在湿漉漉的手中，往脸和脖子上一抹，又用那土纸往脸上一擦，站起来问他，"还认识我吗？"

翻瓦匠左看看右看看，哧的一声笑道："这脸配得上这身衣服。"

"走吧。"廉妓边说边上前，翻瓦匠右手将背篼提起甩上背，双手穿过棕片缝制的背带，左手从石坎边提过砍刀，开始下坡。

两人看到黑痣人在坝中秧田间，已变成一个小黑点。他们走到之前黑痣人的位置时，她喃喃自语，"如果现在是明天就好了，明天我们就去古家寨姑爹姑妈家躲避，请他派人送我们过虎跳崖。"

"明天？"他说，"是啊，可今天去那里呢？今天去就自投罗网了。今天你姑爹姑妈结婚，你哥哥们自然会送亲到这里。"

她"嗯"了一声点点头，走在他前面，只听到脚下传来的沙沙声，偶尔传来青蛙扑通跳入田间的声音，时而有一两只白色的鹭鸶突然从秧丛飞起来，飘向远处的秧田，淹没在墨绿的秧林中。路两旁远近不等的田间，有三三两两的农人在薅秧，有半大的小孩背着背篼打猪草。

翻瓦匠摘下一朵红色的野花在手中捏弄，像突然想起一件事似的问道："我有些意外，你怎么就愿意跟我去过苦日子呢？"

"你是不是觉得我有些贱？"

"你多心了，我是说，凭你的长相和你家的条件，怎么也不应该随便跟我这种人私奔。"

"让我下决心跟你走的，是你那句'保大'。"她见他"哦"了声没有回答，反问他，"你呢？你是什么原因马上答应让我跟你走了？不要说我和家庭。"

"'孩子呢？'当你问下这句话时，我就知道你能当好后娘了。"

不觉间，二人走出青龙坝，转过山塆，进入虎脖上的柏树林。

几棵抱粗柏树后面突然走出四人，脸如甲鱼那人手提土枪，其余两人各持一根长长的梭镖，另一人提着一把板斧。持板斧的就是在双龙河碾房和白虎岩两次超到前面去的黑痣人。

5.情断匪手

甲鱼脸双腿跨在路中间，持枪斜对着翻瓦匠说："兄弟，歇会儿再走？"

翻瓦匠将廉妓拉到身边，握刀的手捏了捏，说道："谢谢各位兄弟，我们还要赶路。"

"这太阳那么高了，恐怕还没有吃早饭吧，上山吃了饭再走。"其余几人附和说吃饭了再走。

"不饿。去枫林坝亲戚家吃。"翻瓦匠这话不无壮胆意味。

"既然你要走路，又饿又累又忙，就将背篼留下。"另三人笑着附和。

"背篼里没有什么东西，只是些换洗衣裳。"

"既然如此，那你还有什么舍不得的呢？"

"贫寒人家，置两件衣裳不容易。"

"兄弟们在这里风餐露宿也不容易。"

"这都是些女人衣物。"

"我们家都有女人。"

"甲弟，和他啰唆什么！"黑痣人持斧来到翻瓦匠身边。

廉娿使劲掐了一下翻瓦匠的手腕说："各位哥哥，如果你们喜欢就拿去吧。"他明白了她的意思——蚀财免灾。

翻瓦匠双手交替拿刀，将背篼从肩上滑下来放到路边那棵林中唯一的杉树下，拉着廉娿的手准备离开，拦路的也让到了一边。持梭镖的那两人，将背篼中的破衣服拎出来，把新衣服搭在背篼沿，抱出陶罐打开，二人几乎是同时惊呼"这么多呀"。

"是什么？"甲鱼脸问。

"全是大洋！"

"我就晓得里面有货！"黑痣人得意地说。"这女的走在前面，却不时回头拿眼睛瞟背篼。"

甲鱼脸呵呵两声对二人说："你们可以走了。"

刚走两步，黑痣人在后面急忙喊："那女的留下。"

当黑痣人喊"那女的留下"时，翻瓦匠和廉娿停步转身呆呆地看着他，其他三个同伙有些不解地来回看了几眼廉娿和黑痣人。甲鱼脸暧昧地问："尚哥，想娶她做老婆？不怕是潘金莲？"

"我？甲弟高看我了，我没这福气，这尤物只有大哥才配消受。"

这甲鱼脸名叫李甲，黑痣人名叫尚山卒，都是青龙山的悍匪。

"大哥哪能稀罕这个灶孔头滚出的婆娘？"李甲说，就这青龙坝也是随便一抓一大把。

尚山卒说："我能将这女的变成天仙一般漂亮。"他边说边指廉叟，"你们细看她那腰肢，用腰带一束，就像水蛇腰了；如果再把她那脸一洗，脱下身上的烂衣服、烂裤子，穿上这些新衣服、新裤子，比天仙还美呢。"众人看他时，他正提起背篼沿的衣服。"我路过她身边时，闻到了她身上的香味，就像有钱人家小姐身上的香味一样。一般人哪有这香味？满身汗臭还差不多，不信你们去闻。"

"你刚才怎么不说呢？"李甲脸色有些不好看起来了。

"甲弟不要生气，我是要给大家一个惊喜，特别是想给大哥一个惊喜。"

"没有人和你争功的。"李甲皮笑肉不笑地说。

翻瓦匠挣脱廉叟的手，骂一声脏话，挥刀向尚山卒砍去，尚山卒跳开了，他反手一刀砍向背篼边的梭镖人，梭镖人倒地时，李甲手中的枪响了，击中他的背部。翻瓦匠举刀向李甲扑去时，李甲向后连退两步，在他重新举刀时，抡转枪柄向他头上砸来，一声闷响，他像面条一样软软地坐在地上，看了廉叟一眼，蜷曲着倒在地上不动了。背部的血，头顶的血，湿透了衣裳，染红了身下的石板。草丛中的两只野鸡，好像才反应过来一样，叫唤着扑打起翅膀，飞进了虎跳崖右侧的灌木丛中。

廉叟目瞪口呆地看着瞬间发生的一切，瘫坐在地上。

李甲和尚山卒将翻瓦匠抬到悬崖边，喊着"一二三"，将尸体抛下悬崖，隐隐传来尸体砸到树枝往下坠落的声音，随后将梭镖人放到草木丛中，说明天上山后再派人拿钱去通知他家人来抬回去。

尚山卒将瑟瑟发抖，几近晕厥的廉叟双手反绑，口中勒进布条绑在后颈，放进背篼，用绳子将她和背篼沿捆绑起来，将一件破旧的衣衫搭在她头上，三人轮流背着爬上青龙坳。上坳向右转入松林，他将廉叟头上的衣服扯开，让她看看即将进入的境地。

沿着铺满赤红松针的林荫道，弯弯曲曲斜行向上，走出松林，是一道如独木桥般的山梁，路宽不足一米，长四十多米，两边是如削的悬崖，悬崖上稀疏地长着一些杂木，或与悬崖垂直，或垂直生长一段后再与悬崖平行上长。

她随便向哪边一跳，都可飞下悬崖。但事实上不可能，绕脖从腋下缚住肩胛捆在背篓上的绳子，让她活动的空间非常有限。即使仅捆双手走着，身后的绳子也会被人紧紧攥着，即使跳下去了，也会被扯上来，弄不好，自己还会遍体鳞伤。更何况她也不想死，想留一条命寻机报仇雪恨。

在山梁对面，就能看到树丛中的石墙，在悬崖上蜿蜒着向后延伸，过了石梁，走上十多级石梯，来到石门前，里面的人早已看清外面走来的人，将石门推开。廉妥看时，这石墙都用石礅砌成，有丈许高，三尺来厚。这是当年号军的营盘，而今被土匪占据。

沿着左边石头墙走了一段，转上一面斜坡，进入一片土台，土台后有一栋三间四列的房子，四周都是石墙，房顶是青瓦。

甲鱼脸和黑痣人喊站在屋檐前的人大哥。那人的黑丝帕搭在双肩，头顶光秃秃的，只有一半生长有头发，集中在脑壳中部的两耳后，一对眉毛像两只成熟的黑蚕，弯在鼓鼓的双眼上，蒜头鼻子下的嘴巴，是两片厚厚的嘴唇，但未能包住黑黄的牙齿。

被人称为大哥的是土匪头子晋成皇。尚山卒在他耳边淫笑着耳语后，盯看着廉妥，蚕眉舒展，双眼发出亮光。他与各位打过招呼。听说还截获百块大洋时，连忙说："意外，意外。"李甲笑道，"大哥这回有压寨夫人了。"他笑而不语，对众人道了辛苦，让人将廉妥带去洗漱后吃饭。

廉妥被带着转过屋侧石窨间的石板路，才知后面还有栋房屋。

晋成皇将廉妥推进屋将门关上，脱下自己的衣服，就来扯她的衣服。身上还有些疼痛的她，扭捏躲闪着，想咬他的双手。他放开双手，指着她说："你想来文的还是来武的？文的你就乖乖地从我，武的，我两拳就可将你打趴在地不能动弹，结果都是一样，只是你多受些皮肉之苦。"

廉妥听说过土匪们的手段，抢劫奸杀女人，不过像小孩做游戏过家家一样，为了报仇雪恨，先得留住性命，寻机脱逃，到时既能置这些土匪头子一二人于死地，也可解心头之恨。于是她站在那里不再动弹，晋成皇再伸手剥衣时，她不再抗拒。

此后，廉奰显得很顺从，只是要求晋成皇每天洗一次澡，睡前漱漱口。他骂着她这臭毛病，但也依了她。几天后，她可以在营盘内自由走动了，只是他不让她下天坑，说那下面毒蛇多。

不明真相的以为这营盘修的是一个围墙，其实只有一个半月墙和一截断墙。半月墙像弯弓一样弓背对着青龙坳，面对龙溪沟这边是悬崖，猿猴难攀，面朝青龙坝那面亦然。断墙不长，不过十来丈，但两头连接悬崖。中间一扇石门，石门外，是莽莽森林。这营盘，北边一半属乌江县，南边一半属沿江县，分界线在老鹰岩的背脊上。

营盘长有一里多，宽在半里左右，中间还有个直径五十来米的天坑。天坑有一条乱石砌成的"之"字形路，底部有一口水井，常年有茶杯大的清泉流出。这是当年号军能坚守较长时间的原因，也是这股土匪选择落草这里的主要因素。当然，更重要的条件，是底部的石洞直通青龙洞，长时间被围困时，可以从这里进入洞中躲避。洞中宽敞，储备三五个月的柴米没有问题。这才是不让廉奰下天坑的主要顾虑。洞口被树木遮掩着，天旱时上面的水井干断后，才喝天坑里的水，但除了挑水的，也很少准许人下去。

晋成皇问到她的身世，她说是云岩关史姓财主的女儿，被翻瓦匠诱奸后偷窃父亲的银圆私奔。此是后话。

第三章 风波迭起

1.人情似纸

廉有贵疾步迈进二进院落正房正厅，将正敬客人喝酒的父亲廉杰才拽着往外走。廉杰才甩了一下袖子没有甩开，口中骂道："龟儿子，天塌下来了？"回头对客人说，"各位慢用，吃饱喝好"，趔趔趄趄跟随二儿子廉有贵进了右边厢房。

进屋，廉有贵转身伸颈看了一眼阶沿坎上众人的目光，将门关上背靠门板，急切地对一脸茫然的父亲说："王天堂来了。"

"就这事？"廉杰才有些嗔怪，"那还不快请王县长进来！"

"他只送了两块银圆。"

"送两块银圆？"廉杰才有些不相信自己的耳朵。之前两家的人情往来，在婚丧嫁娶、置房买屋等操办酒席中，已基本平衡。如果说还欠，也是王天堂欠他，最近一次王天堂操办女婿入赘酒席时，他送的是一百块银圆。

"是，刚才礼房问我，要不要发请柬给他，让他到上面这屋里来吃饭。"

今天是廉杰才的妹妹廉杰花出阁的日子，之前他已给礼房记账的人吩咐，送十块银圆及以上的客人，发一张红纸请柬交给客人，请柬上写有"请到二进院落正房用膳"，一般来客就在一进院前的院坝用餐。当然，他不担心九块九和十块间的区别，这里的人，多数人家送礼是用铜钱，数百上千不等，送银圆的，也只会出现"一二三四五六"这种数字，且"六"都是一般富有人家还人情才会产生。再往上，就是"十"开始了。

廉杰才急忙说："这还用问吗？赶快请进来。"接着问，"不是安排你大哥在大门口迎客吗？有富他死哪儿去了？"

"大哥可能去茅厕了，我在院子里招呼客人，也不知他是什么时候进来的。"廉有贵辩解道。思一万想一千，都不会想到他只还这么点人情。但小姑哭嫁时，他却大方地拿了一块银圆给她做"眼泪水"钱。廉杰才对廉有贵摆手说去请，"你亲自去请，不管他送没送，送多少。"廉有贵刚出门，他又反手向上招手说："算了，还是我去。"刚打开房门又问，"他人在哪里？"

"刚才已经安排他到厢房，正在那里喝茶，我说我来找你。"

廉杰才赶到厢房，见三岁的孙子端着棕碗，坐在门槛前的石板上，将一块瘦肉包裹的排骨放进嘴里吮了吮放进碗中，挑一坨沾满煮烂饭豆的米饭送进嘴里。他急忙伸手抓起孙子的衣领，将孙子提到旁边，左脚才迈过门槛，就抱拳笑着对王天堂说："王县长，天堂贤弟，你看，打扰你了。"

王天堂笑道："不好意思，杰才兄，我就空手来看看。"

"人来就好，让我柴门有庆了。"廉杰才说着就安排人去二进院落堂屋，待客人离席后通知他。

"我听说廉兄要有请柬才能去二进院正房？你看我……"王天堂双手一摊，做出难为情的样子。

"这……让兄弟你见笑了，你能来就是给我最大的面子。"廉杰才尴尬地笑道。

"前天晚上吃预备席没得来，昨天晚上吃副酒又被告状的拖住。为了来你这里吃顿好的，我都连饿两天肚皮了。"王天堂双手一摊一本正经地说。

"兄弟你真爱开玩笑。你满口牙齿都吃磨损了，还会惦记我这粗茶淡饭？"廉杰才笑道。

王天堂喜欢开玩笑。

在城关小学当老师时，一次去乡下吃酒席，刚走到一户人家院墙边，一条睡在房侧的大黄狗站起来，朝他有气无力地吠叫。坐在阶沿坎用搓衣板在木盆里搓衣服的妇女，抬头见是王天堂，一边弯腰洗衣服一边朝狗吼："挨刀砍的，眼睛瞎了？王老师来了也不晓得喊，就在那里叫汪汪汪。"

两人平常熟悉，也喜欢开玩笑。

王天堂不慌不恼，对着黄狗抱拳说："大姑爹，你才客气哟，还在远处就打招呼。"那黄狗又汪汪叫了两声，他对着黄狗作揖，"大姑爹，你凶个哪样嘛，天天在这里走，才隔一晚上，就认不得了？"

那妇女见王天堂不断对着大黄狗叫"大姑爹",笑得前仰后合的,急忙用右手衣袖去擦眼泪,手上的洗衣水滴在了木盆外。

王天堂不紧不慢地转身对那妇女说:"大娘,你笑哪样嘛!帮忙劝下大姑爹不要凶。"那妇女一听,他这一喊,她和这大黄狗成夫妻了,还隐含骂人的口头禅"狗日的"。那笑容瞬间即逝,脸红到了脖子根,迅速拿起身边的葫芦瓢,从木盆中舀起脏水,边骂"你这个挨刀砍的",边站起来向他泼去。王天堂大笑着落荒而逃。

爱开玩笑的他,也有踢到铁板的时候。

他在乡下看到两岁多的男孩在院坝玩耍,女的正在用推谷耙横顺推着晒席里的谷子翻晒。他盯着小孩左看一会儿右看一会儿,用手指着小孩对妇女一本正经地说:"你看你儿子,和我长得一模一样。"他的本意是占便宜,说他是孩子的爹。那女的也不慌不忙地回答:"这有什么奇怪的,一个爹生的,哪有不像的道理?"王天堂一时语塞,找不到还击的话语。女子话语中的潜台词,可以理解为她是他的母亲,也可理解为他母亲偷了她男人。

喜欢开玩笑的王天堂,传说刚当县长时对他母亲的态度,却成了全县城乡茶余饭后的笑话。

王天堂当县长不两天,母亲到上街亲戚家吃酒,喊他用轿子抬着去。母亲虽然脚小,但平常也是走着去的。坐轿,大概是为了显摆她儿子当上县长光宗耀祖了。轿子到达中街时,她将轿子窗帘打开。这时,他上前对她母亲说:"妈,你把窗帘放下来。"回家后,母亲喊他到香盒前跪下,挥起拐杖朝他背上就打,边打边骂,"现在翅膀硬了,当县长了,了不起了,觉得你妈这麻子脸给你臊皮了"。王天堂辩解说:"妈,不是那意思,刚当县长,要低调,不要张扬。"

廉杰才想起这些就想笑,王天堂不知其为何魂不守舍一样微笑时,廉有富急匆匆闯进来,向王天堂致歉,"对不起,王县长,有失远迎。昨晚宵夜,吃坏了肚子。"

"不必客气,不必客气。有富,你把裤脚放下来。"王天堂指着他左脚说。

"二十大几的人了,做事还是慌慌张张的莽张飞。"廉杰才责怪道,"我这里陪王县长,你去门口迎客。"他之所以这样安排,是还有杨青云等重要客人未到。

廉杰才邀请王天堂到正厅首席入座，并喊父亲廉奇石、岳父孟医生和几位本城名士加上廉有贵作陪。推让中，按年轮和辈分，他父亲和岳父坐到了上席。乌江这一带有孙不孝祖之说，廉有贵坐了下席。

席间，敬酒，吃饭，劝拈菜，表面看程序不减，客气有加，但都看得出廉杰才是皮笑肉不笑，违心地应付，少了两分真诚的热情。可以理解廉杰才此时的心情，他王天堂就算是当了县长，不说加利息，至少应该归还本钱吧？逢年过节，老少生日，变着法子，想着科目送给他王天堂的红钱、礼物之类，少说也上五百块了。他想不通王天堂为何只送两块礼金，他当初送那一百块银圆时，是数在礼桌上，看着记账人，在礼簿上写下了自己的名字，记上了金额才离开的。难道那礼簿丢失了？就算丢失了，事务过后，他肯定翻过礼簿，能送上一百块大洋的，有几人呢？肯定有印象！说句内心话，也不是想他还那一百块银圆，只是让人没有面子，别人问到这次嫁幺妹收了多少礼金，又如何回答？更要紧的是，王县长只送他两块，别人怎么看待他与王县长的关系？

他想，难道是王天堂还在计较他儿子与女儿廉娸的婚事？细想起来，这件事是他王天堂对不住自己，明明知道儿子病重，还要让女儿去结婚冲喜，虽然这主要是他老婆的主意，但也使女儿不但守了寡，还背负克夫之名，遭人白眼，让人唾弃，连她小姑的婚礼都参加不了。他想到这些心里更窝火。

他王天堂本来也没有什么了不起，城关小学一教书先生罢了，只是走了狗屎运。杨青云连长率领一连人马再次进驻乌江县城，经人检举查获吴沽县长为赤色分子，将其同伙逮捕并枪决了数人，因此受到上峰嘉奖，升任营长。是我廉某让贤，向杨营长推荐他，奏请上峰，他才得以被任命为县长。

廉杰才并不太惧怕杨青云，他杨青云也不是不吃肉的和尚，进驻不久，一百二十块银圆，就让两人成了至交，何况，这三年下来，这一百二添了好几倍。只是王天堂掌握自己与汉口钱庄那笔钱的原委，让自己惧他三分。但也不至于在自己损失女儿名誉和嫁妆后，还要拿这事要挟，这应该也不是他王天堂处事的风格呀。

吃饭中途，廉有贵伸出筷子越过上席那碗饭豆排骨，准备夹起孟医生前面那节瘦肉丰满的排骨时，廉杰才用筷子往有贵筷子上一拍，那排骨掉落在菜碗中。有贵吃"过河菜"了，在乌江这一带是不允许的，特别是有老人同桌时。他瞪了他一眼轻声骂道"没有教养！"有贵悻悻地缩回筷子，低眉吃了几口饭，才去身前的菜碗中夹起两根黄花豆腐丝。其他人好像没有看到一样，只是话语突然少了起来，除了喊吃菜喝酒，没有再讲别的，直到下席。

下席不久，廉有富带杨青云到了，廉杰才、王天堂急忙出房迎接。待桌上收拾停当，重新入席时，杨青云和王天堂坐了上席，廉杰才、廉有富和杨青云的警卫等人员依次入席。觥筹交错，客气话不断，劝酒声不停，待撤完下酒菜换上吃饭菜时，才稍停了些彼此间的恭维与客气。

席散，廉杰才送杨青云、王天堂两人出门，准备从阶沿坎石梯下街时，王天堂解下像裤带一样系在腰间的红布口袋，递到廉杰才手中，笑着说："贤兄，这是我招婿入赘时，你送给我的礼金，一百块银圆，我怕还不上，一直存着没敢用。"

有些微醉的廉杰才，目瞪口呆地站在那里，伸出的手也僵硬在空中，一时不知如何是好，愣了会儿才说："兄弟……你能来已经让我蓬荜生辉了，还谈这事？"

"出门看天色，进门看脸色。我看出来了，你今天心里不大高兴，一直为送一百怎么变成两块纠结，那两块是利息。"王天堂笑道。

廉杰才脸红到了脖子，望着王天堂，说道："兄弟……怎么开这种玩笑……见外了。"

正在两人客套时，一人焦急地站在不远处等待，犹豫一会儿还是来到廉杰才身边，附在他耳边说，廉娑私奔了。

廉杰才听后，瞠目结舌地接过王天堂塞到手中的口袋，连王杨二人离开也未发觉，更忘记了与他们告别。

按照廉杰才的吩咐，廉有富带领几名家丁，持枪骑马，匆匆赶往云岩关农庄。过了一个时辰，廉有富大汗淋漓地返回，将廉娑的留言交给父亲，并禀告说按父亲的安排，家丁守在门外，自己一人进屋，打开廉娑的闺房，房间物品不少，移开木床，提起木板，刨开浮土，撬开石板，清点陶罐，只少了一个。

他将这些复原后，反锁了闺房和大门，安排人守住房屋，不准人靠近。他想损失不大，今天又是小姑喜庆的日子，家丑不可外扬，就没有带人去追赶，返回来了。

廉杰才听完大儿子的话，拍着胸口长长地吐了一口气，但依然皱着眉对廉有富说："知道他们往什么地方去了吗？"

"不知道。要不要安排人去打听？我估计往双龙场或青龙场方向去了。听说那翻瓦匠是沿江县虎坪场那边的人。"

"算了。天要下雨娘要嫁人，生死由她。"廉杰才闭口赌气，继而又从鼻孔里长长地喷了一股气说，"嘱咐一下知情的，不要再议论这件事，如果让我听到了，不要怪我不客气！"

"明白。"

2.无风起浪

廉杰才与廉有富说话间，礼房先生来通知他们，古家寨接亲的开始下云岩关了，喊他们去安排接待。廉杰才有些烦躁地对来人说："他们晓得路！"

"那拦门礼是简单还是复杂些？"礼房先生看到廉杰才的神色异样，胆怯地问。

拦门礼是本地风俗，男方接亲的临近女方家时，女方用一张大红桌子，摆放礼箱、酒壶、酒杯，点燃大红蜡烛把住大门，女方的礼房先生站在桌前，等着男方的礼房先生前来挑战。一个想进，一个要拦，双方在桌前对诗、猜谜、对歌、盘歌。若女方输了，就搬开桌子，让迎亲队伍大摇大摆进屋。

"不整了！"廉杰才板着脸回答。

礼房先生一脸蒙然。原先喊他认真准备，让男方的礼房先生在门外停留越久越好，最好是让其输到哑口无言，被迫像狗一样从桌子下钻进去递投书，让众人大笑。如果投书不能放到香盒下的礼桌上，接亲的就迟迟不能进屋。从桌子下出来时，还要抹他一脸黑灰，表示给男方家抹了黑。现在，廉杰才的"不整了"，不但让他和陪练的人功亏一篑，更难达到显示自己才能，让男方礼房先生在众人面前出丑的目的。

礼房先生走后，廉杰才父子也从二进房来到临街石阶沿上。阶沿坎和街上已站满帮忙的族亲，看热闹的客人，等待接亲的轿夫到来。

前来接亲的四十来人，先是吹唢呐打锣的，接着是挑箩篼背背篼的，除了媒人和接亲的两个女子，没有人打空手。后面有十二人，全都扛着火枪。下到半山时，唢呐声、洋号声、铜锣声同时响起来，接着传来持续不断的鞭炮声，硝烟在似如天梯的石阶上弥漫。

鞭炮停歇，有四人将土枪取下肩胛，斜斜地向空中放枪，"砰、砰、砰、砰"枪响后，那淡淡的烟雾飘向空中，声音在山野和乌江上空回荡。尖山堡上归巢的白鹭，听见枪声四散飞开来，在空中重新聚集成一朵白云，慢慢飘回树丛。刚寻找树枝站稳，又有四人举起土枪放响，群鹭被迫再次飞散开来。如此三次后，鞭炮又响了起来。

这种在别人看来是壮声威的事，此时在廉杰才看来，却有示威的味道。他站了一会儿，就躺到礼房边的竹凉椅上，脚放在前面的条凳上，闭目养起神来，不觉间，就睡了过去。

感觉没有睡多大一会儿，被礼房先生叫醒，说接亲的到街头斑竹林后停了下来，放了不少鞭炮，打了十多响枪。按他的吩咐，没有为难递投书的，可递投书的返回后，接亲的依然停留在那里不过来。装着米花、茶食、衣物的箩篼和背篼，摆放在街头。来人有的靠在竹子上，有的蹲在街间，有的坐在草地上，有的三五个站到一起说话，也不知他们在等人还是干什么。这边帮忙准备接他们送来礼物的人，一直站在那里，差不多有半个时辰了。

廉杰才听完后大声说："喊廉杰兰来问问，要进屋就快点，不进就滚回去！"说完继续闭目躺在竹凉椅子里。这廉杰兰是媒人，史启发乡长的老婆。

一锅烟的工夫，礼房先生来到他面前说，接亲的已经安排到街坎下去了。街下是廉姓人家。

"大哥，你找我有什么事？"廉杰兰问廉杰才，"史启发这两天闹肚子，没得来。"

廉杰才看了她一眼道："他们为什么在那里待那么长时间？"

杰兰说："青龙坝那边的风俗是，递了投书，表示告诉女方，接亲的已经到了，应该由女方这边派人放着鞭炮去接进屋。"

"你没有告诉他们我们这边的风俗？"

"我讲了，我们这边的风俗是，礼房收到投书后，表示已知道接亲的到了，可以进屋了。他们先时不听。"

吃过晚饭摆礼。男方的礼房先生安排众人在香盒前点上红烛，摆上从男方带来的衣物、米花、麻饼和核桃、花生、葵花子等礼品。廉杰才派人来喊不忙，待将以新郎名义封来的袱包添上已故老人的姓名开始燃烧后再进行。男方的礼房先生不知是没有听清，还是有意按自己所掌握的风俗，开始燃香。

廉杰兰一把将礼房先生手中的香拖过来杵熄轻声而又严厉地说："兄弟，你要找皮扯不是？"

"我怎么找皮扯了？"礼房先生狡辩，"吉时已到，他们袱包添加不及，迟烧也不影响。"

"入乡随俗。"廉杰兰刚说完这句，听到消息的廉有富跑来站在大门槛上朝堂屋里喊道："男方来帮忙的支起耳朵给我听好了，先把老人敬了再整其他的，不听招呼到时不要怪我们不客气哟！"

摆礼活动停止。廉杰兰说："我成亲那次，就因为男方帮忙的不听劝阻，袱子包还没有添好就进行，火炮一响，就被我父亲将桌子上摆放的礼物全部抹在地上了。最后是男方来的至亲赔了不少小心道了不少歉，才平息了。"

进入安和酒环节。

这一环节，主要由男女双方代表进入堂屋安放的桌子上喝酒、吃饭、协商第二天送亲事宜。席间，免不了姑娘前来哭客，入席双方朝盘子里丢钱。只是这钱一般都由男女双方主家交给入席的人，实在的亲人，自己会另掏一些加上。廉杰花前来哭客时，多数拿的是一块银圆，廉杰才和廉有富各放了两块银圆在盘子里。

廉杰才喝酒吃菜间隙交代说："十里不同俗，有的地方，每过一座桥，不管大小，都要给抬轿的人赏钱，有的地方只是经过有溪水流动的桥才给，有的简单，给一次就行了。这夏季，有沟就流水，多数沟有桥，这一路去，沟多桥众，耽误时间，我们这边的想法是，不管这一路去有多少桥，就给一次。"

接亲的礼房先生笑道："你们廉家这么有钱，还吝啬这几个脚力钱？"顺势夹了两片猪肝放到嘴里。

"你叫什么名字？"廉杰才瞪着双眼问那人。

"古福儒。"那人停止咀嚼，惴惴不安、含混不清地回答。

廉杰才将酒杯往桌子上一杵，"嘴上无毛办事不牢！你们古家寨没有人了，喊你个娃娃崽来做礼房？"

"他是古福儒，寨上就他懂这些礼节。"廉杰兰急忙介绍。

廉杰才哼了一声问："那算算你的命有多长？"

古福儒红脸低头不敢回答。廉杰兰说："他舅舅不要生气，就按这边的风俗，来帮忙的都不是外人，不是亲戚就是朋友，表示一下就可以了。"

"还有件事要交代清楚。抬轿子的出门后，不能落在送亲客后面，不得让轿子着地，更不得颠簸嬉闹，一直要抬到男方家大门前才能放下来。"廉杰才板着脸告诉他们这一规矩。

"他舅舅，这恐怕有些困难，主要是人手不够。"廉杰兰看着廉杰才，近乎哀求，"小妹嫁妆又多，那个睡柜，五六尺长，四尺来高，里面装了四挑谷子，没有十个人替换抬不走；两个茶柜，里面是米，每个至少得六个人轮流抬；还有碗柜，大小桌子，长短板凳，铺笼帐盖……"

廉杰才没等廉杰兰说完插话道："这些嫁妆是今天才做的吗？之前你不知道，也没有人告诉你？抑或是你没有告诉人家？"

"不是。我是说抬轿的轿夫，难以跟上送亲客的步伐，中途歇一会儿，就可少拿几个人换。"廉杰兰嗫嚅着说。

"这个不用再讲了。我妹子又不是再嫁，再说路途远，时间紧，我们明天从青龙场这边走，路最近。但这去来百多里，也得走两头黑。为了防止土匪捣乱，我们这边明天护送轿子的，是保警大队的一个分队，他们与大家都不熟悉，送亲的在后面，万一他们看到轿子下地，或者落在送亲客后面，开了枪，到时不要说我没有提醒你们！"

廉杰兰见廉杰才话说到这份儿上，直到下席，都没有再吭声。只是安排帮忙的，原定抬轿的人数从四人增加到八人，扛枪、打锣的，都参加抬柜子，吹唢呐的兼打锣，背被子、挑碗筷、扛竹席的，进屋后返回来帮忙抬柜子。并告诫说这次气氛不对，也不知是哪方面得罪了，沿途不得像平时接亲抬轿那样，左右上下颠簸开玩笑，平时不过是造成新娘呕吐，这次不但会让有身孕的新娘有生命危险，还可能扯皮、打架。

第二天，卯时初发轿，山城罩在白雾中，只见峡谷白雾翻滚，上到云岩关，太阳才从美人峰的双唇间露出来，如冰块般的月亮，离西山还有三丈多的距离。

背着被子的古八字，站在石梯上指着月亮说："大家看，我选这期辰如何，真是黄道吉日呢，日月齐辉，很难得。"

大家对他这卖弄没有搭话，从出发到现在，基本上都在沉默。

廉杰才和孟医生坐滑竿，前面是新娘的轿子和送亲客。廉有富、廉有贵、廉有荣三个骑马，紧随轿子之后。后面，是廉有富兼任分队长的保警分队。

孟医生不是送亲客，是去青龙坝恭贺亲家古祖明的令郎古福贵新婚之喜。廉奇石曾开玩笑说他是蚂蟥嘴巴两头吃。他回答说："我这是上树的桑蚕只知道往外吐。"他说的吐，是男女双方两家都得送礼金。

翻上云岩关，送亲的加快脚步赶路，渐渐将抬柜子之类的人抛在身后，越去越远。抬轿的喊起了轿夫调，以达到因路窄弯急、坡陡坎多，视线不佳相互配合行走的目的。

只听得前面喊"平阳大路开哎"，后面答"散开脚步来"，这表示走在平直的大路上了，将加快步伐；前面喊"高坎一步"，后面回"双手端住"，这是提醒前面有坎要上，后面的需用手将轿杠举起来，轿子才不会触地；前面喊"'之'字拐呀"，后面应"两边摆呀"，说明轿子已经来拐弯处，提示后面要配合好，以防碰到轿子……

廉杰才喊廉杰兰上前去给抬轿的讲一下，不要喊出难听的荤话，到时不要说他没有打招呼。她知道他说的荤是什么，是指带有一定的色情意味的轿夫调。如果说喊"棕丝斗篷歪起戴，麻子妇人我不爱；三年四年谈不倒，麻子妇人还是好"之类，平常抬轿还可忍，今天却是不行；如果喊出"当门有片竹，新娘今晚要吃肉"之类，定会打架。

前面喊"桥梁虚空"，后面答"脚踩当中"。轿夫准备过桥时，廉杰兰上前打了招呼。轿夫们回答说明白。当轿夫喊答着"斜斜坡，慢慢梭"时，她退后走在送亲客前面放缓脚步，有意使抬轿的与送亲客保持适当的距离。

遇到陡坡高坎，廉杰才和孟医生也得下滑竿步行；三个儿子同样也只能到平缓处后再上马。不觉间走过青龙场，翻上青龙坳，下到青龙坝，进入古家寨，太阳正当顶。白虎山那边蔚蓝的天空上，几朵白云从南向北飘移，渐渐变成了一匹形似奔跑的白马。

那些抬轿的，尽管是四组轮换，每组两人，因需疾步行走，汗水干了一次又湿一次，途中喝了一次又一次水。上到青龙坝，望着下山穿过坝上墨绿秧田间到达古家寨的石板路，在阵阵拂面的凉风中，终于松了口气。

将轿子放在古福贵家大门前时，每人胸前背后的衣服，都布满了像花纹一样的盐渍。

3.婚宴风波

送亲客被人引到古福礼家堂屋坐下喝茶，保警队官兵站在院内等候帮忙的端凳子来。帮忙的说，没想到会有这么多长官护送。过了一锅烟的工夫，保警队官兵才得以全部坐下，待扛来方桌时，又间隔了一杯茶的时间。

廉杰才指了指院坝里的保警兵，再次对廉杰兰说："刚才我已经说了，我们吃了还要赶路，你去通知厨房，喊他们快点。"

"没有想到增加人了，厨房赶不及。"廉杰兰再次解释。

"我不都说过了？我们这三桌送亲客的饭菜没有准备吗？警队那些兄弟按普通酒席的饭菜上也要现做？我们这边送亲的人，他们怎么准备的怎么上，保警队那些弟兄就按他们接待客人的那样上。"

"那怎么行呢？总管大叔说了，与廉家非亲非故不会来，来了都是古家的客，不为这事他们也不会来，有的人一生可能就来这么一回，怠慢了客人主人家心里不安。"

廉杰才准备回答时，提着茶水的古福礼迈进大门槛，绊在一条白狗身上，趔趄了两步，险些跌倒，回头转身踢了白狗一脚骂道："狗日的饿得很呀，在这里东窜西逛的。"狗嗷嗷地叫了几声，窜到香盒前的大方桌下。

"砰！"一声枪响，众人目光朝枪响处看去，只见廉有富正将手枪插回枪套，对着狗骂道："好狗不挡道！"众人面面相觑，看那叫了一声的白狗，躺在大方桌下不动了，血正从毛茸茸的肚腹上往下淌。古福礼提着茶水怔怔地站在那里，不知所措。待到跑进来两名保警兵将死狗拖出去丢在院旁竹林时，廉杰兰才回过神来，喊古福礼斟茶，他才将茶壶颤巍巍地为送亲客倒茶水。

廉杰兰出门不一会儿就回来，喊帮忙的安好桌子，古八字举着放有红纸条的木盘喊道："板凳弯弯，座位不安。壶中无好酒，桌上无好菜，望各位贵亲宽怀大量。"随后请送亲客入席，开始上米花、麻饼、酥食、核桃、花生、葵花子、糖果等"干盘子"。

古家寨的陪客相继入席，廉杰才和廉杰兰坐了首桌上席，古八字在中桌相陪，同桌有廉有富三兄弟。在送亲客礼房先生的"撇脱点"中，吃毕"干盘子"，开始上"下酒菜"，不一会上齐了猪肚、猪肝、猪肠、瘦肉、豆腐干等荤盘子，帮忙的拿起酒壶向送亲客面前的碗里斟酒。

接待送亲客时，男方请的陪客一般都有酒量，但多数是根据对方的意愿，劝的礼节要周到，能喝的多喝，不能喝的少喝或不喝。上桌和下桌基本上是按这样进行着，可中桌酒过三巡，有些贪杯的古八字，生怕自己不得喝一样，给别人斟酒时，自己碗中都是向最多的看齐。坐在上席左边的廉有富，面前的碗虽然斟了三次，但他一再表示不会喝酒，只是举起来放到唇边沾了一下，那酒已涨到半碗。又倒了几巡，古八字已经有些微醉，将注意力集中到了廉有富身上，缠劝他喝酒，说着说着，就像平时一样随便起来："男人不抽烟，白活在人间；男人不喝酒，活得像条狗；男人不抽烟，活得像太监；男人不喝酒，枉在世上走……"

"你这么说，我今天就舍命陪君子了。"廉有富说着站起来，将古八字的酒碗斟满，把自己的酒碗举起来伸到古八字面前，"我敬你！"

"你刚才没有喝，先把刚才的补上。"古八字面红耳赤起来。

"如果我能喝早就喝了，我今天喝这些，怕是要爬着回家。"廉有富见古八字看一会儿他碗中的酒，又盯一会儿自己碗中的酒，又说，"两姓联姻，我们就是亲戚了，你说我们这亲戚感情，今后是应该深还是浅？"

"那只能是深呀。"古八字不知是计，顺话而答。

"对了。感情深，一口吞；感情浅，舔一舔。"廉有富将碗缩回来，说了句先干为敬，便将酒咕咚咕咚一口气喝下，歪着空碗对着古八字。

古八字望了望左右，大家都在睁大眼睛瞪着他，再看看廉有富举在胸前面向他的空碗，只好端起碗来，换了几口气喝干，将空碗对着众人展示了一圈，并说"小意思，再来！"廉有富操起酒壶，在古八字和自己的碗里各倒了半碗，自己喝下后又将空碗对着他，古八字端起酒碗，说着"月母子见旧情人——宁伤身体，不伤感情"，仰头一口喝下，转身寻找板凳时，跌坐在地上，随后蜷缩在桌子下，呕吐起来。廉有富离开桌子，其他人也捂住鼻子走出大门。

帮忙的打扫完毕，重新入席时已进入吃饭程序。古八字被抬走后另换了一人，很是谦虚地指着桌上的黄肉、酥肉、豆腐颗、鲊鱼、扣肉，喊大家抬菜。

帮忙的端上代表送亲客必吃的猪腿时，廉杰才将手中饭碗摔在地上，将那碗猪腿端起来掷到香盒上，骂道："这么欺负人！我廉家是没有骨气的人家吗？"

众人看时，起因是端上来的猪腿肉，里面没有一块骨头，这在送亲客看来，是侮辱女方家没有骨气，加之自己的妹妹未婚先孕，似有生米煮成熟饭被迫下嫁之无奈，这就让廉杰才气上加根了。

"他舅舅，息怒。不开亲是两家，开亲就是一家，有不周到的地方，多担待些。"

"杰兰，枉你姓廉了。这还要怎么欺负我廉家！只差骑在头上拉屎撒尿了。"廉杰才愤愤地说，"我真想把他这桌子掀翻了。"

廉杰兰一边劝廉杰才入席，说她去其他两桌看了，还好，肉里有骨头的，这边的风俗，只要一桌有就算有。一边喊帮忙的快去厨房拿碗换菜。可刚将猪腿肉端上来，又被他掷在地上——"大家看看，这么大一块骨头！"他喊廉杰兰过来，"我们是狗吗？是来啃骨头的吗？"

廉杰兰正在劝说廉杰才时，廉有富已把中间那桌子掀翻。原因是端来的黄花豆腐丝汤菜里，有一小节野草。他骂道："他妈的，古家这些帮忙杂种才是吃草的畜生！"

"走，找厨房那几人去！喊他们说清楚，我们是牛还是马！"廉杰才挥手喊着，并向大门外走去。保警队的提着枪，也跟在后面向古福贵家赶来。

古福贵和父亲古祖明听到吵闹声，赶到院坝石龙门，想拉住进入院内的廉杰才等人，劝些不看僧面看佛面、大人不计小人过的话。廉杰才父子将古福贵父子推开，说了句"不关你们的事"！便气势汹汹地向厨房快步走去，后面的簇拥着跟进，将古福贵父子隔到了一边。看热闹的人，在院内外越聚越多。

廉杰才父子走过石院坝，迈上石阶沿，分两路从大门和晒壁门进入与厢房连接的厨房，意在将办厨的堵在屋内。厨房无人。厨房的人，闻讯早已从后门跑上山去了。

廉杰才操起一根木柴，杵向灶头上的铁锅，锅破，锅中煮着的黄花豆腐丝汤掉进灶孔，一股灰灰蒙蒙的烟尘冲了出来。他又挥棒向另一口蒸饭的锅杵去，合抱粗的甑子，歪倒在了灶孔中，白生生的米饭从里面滚了出来。见他挥舞木棒乱砸，随行的人也挥舞木棒，将地面火炭上的菜钵一阵乱打，钵破菜洒，烟尘雾气在房间弥漫。

廉杰才似乎还不解气，返身来到院坝，举起木棒，横扫着准备用来安席待客的两排十张桌子上的碗筷。一时间，瓷碗掉在石板上的碎裂声，刺耳地传进人们的耳鼓。之前在桌子下转悠的几只黑狗黄狗，惊慌地逃向院外；院边几只寻食的母鸡和公鸡，惊吓得张开翅膀，连滚带爬飞下坎去；之前围观的人们，也迅速向后退却，有的忽然失去背后的依靠，跌坐在地上。

廉杰才叫嚣，如果帮厨的不来赔礼道歉，就去将他们的房子一把火烧了。

"哥，有富，各位叔伯哥子兄弟侄儿，我来给你们磕头啦！"

众人闻声看去，只见新娘廉杰花快步从大门槛迈出来，边喊边向院坝跑过来。在从阶沿坎下石梯时，第一步踏空，趔趄几步扑倒在桌子边，额头撞在桌子脚上，血从额角流了下来，她蜷缩抱着肚子"哎哟妈呀"地哭喊起来。

一时间，挥舞木棒的和观看的人，呆在那里像泥塑木雕一般，古福贵跑到新娘身边，将她扶起来，对廉杰兰喊："大姐，你妹妹下身出血了。"

廉杰兰急忙跑过来一看，可能要流产了。她转身跪着向廉杰才边磕头边喊：

"哥，不要再打了，你带着各位叔伯兄弟侄儿走吧。你妹子她再有什么不对，再有什么差错，也是我们廉家人啊。"说完喊古福贵快点将杰花妹抱进屋去。

廉杰才将手中木棒一丢，挥手喊道："走！"

"孟医生！孟医生！"有人对着厢房大声喊道，众人循声望去，站在厢房门边的孟医生，正向古祖明走来，大家揪着的心舒缓了下来，有人议论说，救星来了。众人知道，方圆百里，孟医生有妙手回春之技。

"快烧开水，我去扯药。"孟医生喊道。

4.赎人赎情

廉杰才自知一气中做了些不该做的事，心中也有些懊悔，好在媒人廉杰兰带信来说，妹妹有救星，孟老先生用药保住了胎儿。只是妹妹气恨交加，吃不下饭，身体很虚弱。

第二天晚饭时，廉奇石喊廉杰才安排人去接女儿回门，他推说妹妹身子有孕，怕途中有闪失。廉奇石说："又不是要她走路，用轿子抬，没有什么危险。"辩解中，他只好实话对父亲说了送亲中的变故。

廉奇石指责他，"你这样莽撞害了谁？害的是自己的妹妹，砸坏的东西是谁的？不是你妹弟家的，也是他家借来的，损坏了也得他家赔。这些都还是钱的问题。四十来岁的人了，不知道什么叫秽气，大喜的日子舞枪动棒，摔东砸西。你妹妹要是有个三长两短，你不是杀了你妈？"

廉杰才面对父亲的指责，只好低头不语。

过了一个月，廉杰才在母亲的一再要求下，准备派人抬轿去接时，妹妹带话来，不想回家，只是同意古福贵来认了亲。

又过了三个月，廉杰花生下一个女儿，派人进城报了喜。廉杰才听廉孟氏说后，板着脸说："有什么喜？一家人的脸皮都被她膿尽了。"说归说，他母亲却通知亲戚，约定满月时前往吃满月酒。

廉孟氏想女儿了，就与廉杰才商量，事已至此，生米煮成了熟饭，割不断的痛肠，派人去沿江县虎坪场将廉发接来要几天，管他翻瓦匠家贫寒与否，都认下这门亲事。廉杰才沉吟再三，同意在他妹妹廉杰花为女儿办满月酒时，由大儿子廉有富带几人前去打探廉娑具体在什么地方。

廉有富询问姑爹姑妈，妹妹是否来过他们家，得知没有来过也没有什么讯息时，找人引路，来到虎坪场乡下翻瓦匠家。

翻瓦匠的父母诧异，说他有半年没有音讯了，也没有带钱回来。

廉有富感到问题严重，大脑中闪现土匪二字，难道遭遇土匪了？返回古家寨，从古祖明、古福贵等人的口述中得知，就在他姑妈结婚当天，土匪在虎跳崖杀人了，传说那男的被杀，是因为要钱不要命；还抢走了一个女的，听说那女的年轻又漂亮，做了晋成皇的压寨夫人。

这种事不时发生，见怪不怪，没有人告发，也就当摆龙门阵，说过也就淡忘了。而今提起，越发觉得男的就是翻瓦匠，女的就是他妹妹廉娑。

廉有富打听得知盘踞在老鹰岩的这股土匪的来历后，问古福贵："他们没有来抢过你们？"

古祖明呸了一口接话："没有抢过，只是硬派。"

古祖明与晋成皇父辈是远房亲戚。自从他公开拉人上山后，这几年过年都要带人下山来住上三五天，好酒好肉招待，之后还要给红钱，口中说大叔少了一百块肯定不好意思拿出手，实际就是派一百块大洋了。

为了与他搞好关系，防止他胡来，也为了壮声威，让散匪望而生畏，往往都是包月月红，多送二十块大洋给他。有什么喜事时，还得请他下山。比如古福贵结婚那次，就给他包了十二块大洋的红钱，请他保护接亲途中的安全，实际上是请他不要捣乱。结婚那天，他带几名心腹下山吃了一顿，将那十二块钱送了礼金。

周围这些富户，也基本上是按一亩田一块大洋或一百斤大米交给他，算是保护费。他将这些钱主要用来购买枪支—— 一般快枪要一百二十块左右一支，吃喝玩乐，根据下属跟随时间长短，在年底包红钱作为过年费。

古福贵说："结婚那天他还问廉杰花陪送了多少大洋，说那么富贵的人家，不拿一万也会送八千，少了不臊皮？我知道他的目的，问陪嫁钱财是烟幕，目的是又想趁机敲诈，就回答：'你也知道送亲客砸桌子碗筷的事了，骨头、野草只是引线，根本的原因是对这门亲事不爽呢，能让将人接来就不错了，还打发钱？怕是打发拳头。'"

廉有富悻悻地点头。

其实，廉杰花陪嫁的两个分别上了铜锁的茶柜里，都装有大半柜稻谷。稻谷中，分别藏有六百块大洋。她身体好转后，吩咐古福贵用两个陶罐各封四百块，夜深人静时，放进粪坑最里面两只角的粪水中；将灶头中的一块火砖抽出来，将余下四百块放进后还原。她母亲本意是让她成家后用来买田置屋的，看到世事动荡，树大招风，为不招强盗的眼，只好如此，以便急需用时好应急。

"我带保警队来，把这股土匪灭了，以绝后患。"廉有富愤恨地向古福贵父子说。

古祖明说："大意不得，明智点，不要乱来，你妹妹在他们手上，万一狗急跳墙杀人呢？再有，老鹰岩易守难攻，特别是那薄刀梁子，人走在上面都心虚。去年晋成皇老家那族长纠集几十人扛枪舞刀地攻打他，还没有冲得过薄刀梁，就被晋成皇这边的人用土枪和弹弓打退了，有几人还掉到了悬崖下，尸骨无存。如果他们打不赢时，就跑到沿江县地界，沿江不管乌江事，你也奈何不了他。更麻烦的是，如果不能一次性将他剿灭，他报复起来，那真是要杀人放火的。晋族长家一家老少都被他杀了，房子也被他烧毁，还殃及邻居两家的房子，为隔断火势被拆垮半截。"

廉有富觉得古祖明讲得有理，同意古祖明去找土匪谈谈，让他放人，拿钱赎也行。

古祖明说这事急不得，得慢慢来，让他回去听信儿。

古祖明派人上山给晋成皇送信，约他下山商量要事。晋成皇回话说自己身体不适，让古祖明去一趟。

古祖明进了他的堂屋，让他把其他人打发出去后，说明了来意。

晋成皇听到抢来的压寨夫人真名叫廉㛟，是古祖明儿媳的侄女，乌江首富廉杰才的女儿，保警大队副中队长廉有富的妹妹，吃了一惊，继而说道："有这么凑巧的事？但这女的说她家住云岩关，姓史。"

"说姓史也对，"古祖明笑道，"史（死）、王（亡）、廉（零）、吴（无）

是一家嘛，那些内眷是这些姓氏的，还相互戏称姨夫佬呢。"他略一停顿正色道，"她可能是担心怕你知道她身世后，做出不利于她的举动来。"两人心知肚明，这举动可能是杀人灭口。

"我如果放她回去，她把我这里的底细告诉她父亲和哥哥后，难保不来算账。"晋成皇顾虑。

"这你放心，我一家老少在这里，搬不动，移不开。"言外之意就是他担保了。他又不无威胁地说："如果得不到人，也怕他们莽撞地做出些鱼死网破的事情来。"

晋成皇眉头挑了一下说："我不虚火他。"停顿了会儿说，"说起来放个把人也没有关系，只是……"晋成皇挠了会儿秃头道，"你也看到了，我这三十大几的人了，还没有娶上一门媳妇。"

"凭你的本事，只要你愿意，娶个三妻五妾不是难事。"

"像现在这个漂亮还温顺的，难找啊。不花点钱，谁愿意？"

"你还缺娶媳妇那几个钱？"古祖明安慰道，"你看什么地方有合适的，只要人长得周正，不管她是否贫寒，托人去说来，这钱当叔的我给你出了。"

"这不花上一两百大洋，哪有人家愿意？"

"我明天托人给你先带一百来，以后不够了再补。"

"叔你都说到这份儿上了，我就只好忍痛割爱了。"他又说，"那就让她在这里再住一晚上，你们明天来领人吧。"他这话实质是见钱才放人。

转天，古祖明将廉娭接到古家寨。古福贵提出送她回家时，她说："我父亲和哥哥们是不是真心让我回家？我怕回去遭打。"

古祖明安慰道："这你放心，当初说拿钱赎你还是你大哥有富的主意呢。"

廉娭坚持道："如果他们诚心要我回家，就带钱来把你们的钱还了，我再跟他们回去。"

廉杰才接到古祖明的信后，安排廉有富带人送来了一百块大洋。

晚饭后，廉娭低垂着眼帘，好像是自言自语地说："姑爹，你们借我一百块钱，我去翻瓦匠家看看。"

廉有富将手中的茶杯往饭桌子上一杵，双眼圆睁盯着她道："人都死了，连坟堆堆都没有个，去看鬼呀！”

廉娑小声回答：“翻瓦匠是为我而死的。”她将前因后果简要讲述后道：“我不去探望安慰他家老小一次，内心会一直难安，你们不愿出这钱，我就不回去了。”

廉有富冷笑着反问她：“你在这里姑爹姑妈们养你一辈子？”

“还有青龙庙呢，大不了去庙里当尼姑！”她声音不大语气却依然决绝。

古祖明劝廉有富道：“听廉娑姑娘这话呢，翻瓦匠也是个重情之人，她这也是情义之举，你今天送来这一百块，先拿去了了她的心愿。”

廉有富板着脸叹了口气道：“这钱算是我借你们的，下次还上。”算是默认了廉娑的请求。翻瓦匠独家住在山塆，廉有富带着廉娑来到他家茅屋边，见屋前院坝苞谷林边捏泥团的小女孩和小男孩，站起来看着他们下马。廉娑见女孩光着上身，男孩一丝不挂，汗污混杂泥痕布满了男孩的脸颊，想到当初如果与翻瓦匠平安到家，此时两个孩子该喊她娘了，眼泪不觉流了下来。

兄妹二人钻进茅屋，看到坐在草凳上抽烟的男子和正在灶头后舀猪食的女人，想来是翻瓦匠父母了，看去都还年轻力壮。一问，果然是。男的问他们是谁，有什么事，廉有富没有回答，只是说：“你们那儿子四个月前被土匪杀害了。”随后将手中的红布口袋往污渍四布的灶头上一放道：“这里有一百块大洋，拿去购买两丘田地，把孙子孙女当作儿女养。”廉有富说完扯着泪流满面的廉娑出了门。

翻瓦匠父母好像做梦一样，目瞪口呆地站在那里，见他们出门，女的哇的一声坐在地上大哭了起来，男的反应过来追出门时，兄妹二人已上马加鞭，一溜烟跑出了很远。

廉娑回家诉说了自己的遭遇，希望父亲找王天堂县长出面，请杨青云营长派兵，联合保警队，剿灭晋成皇这股土匪，为民除害，为翻瓦匠报仇，为自己雪耻，为姑妈家拔去眼中钉。

廉杰才回答：“君子报仇十年不晚。如果现在我们这边有什么动静，晋成皇他还不把这账算在我们家头上？能一次将他打死还好，不然后患无穷，首先是你姑妈家的日子就不好过。”

第四章　连环复仇

1.逼上梁山

晋成皇生于虎坪场的温饱人家，自他记事起，就隐隐约约有人说他是野种，他不很在意，因为别家父母对自己犯错的孩子，或是别人骂讨嫌的小孩，也是杂种私儿的乱骂。但他父母从未这样骂过他，即使将常犯错的他身上打出血痕，也没有这样骂过。

他进私塾读书时，别的小孩也这么骂他，他骂回去，对方就说他父亲不是他亲爹，是他妈偷野汉子生的。他对父母说后，父亲找上门去威胁对方父母，如果再乱骂，招呼断种。这之后，这些孩子的言语收敛了许多。

他八岁时父亲病逝，祖父祖母也因病相继离世，读了两年私塾的他，被迫辍学在家帮助小脚母亲干活儿。

晋成皇十岁那年放牛时，将坟上祭祀后插上的红纸旗抽出来，双手挥舞玩耍，他家那头健壮的黑牛，突然跃起低头向他猛冲过来。待他反应过来，已被牛用双角掀起来抛下沟去。黑牛盯着落在路边的红纸旗喷着响鼻不动了，他在沟底石头上"哎哟妈呀"地哭叫。

医生说，他跌断了双脚和四根肋骨。

他在床上养了三个月的伤，母亲为他治伤，欠一笔药钱。没有其他经济来源，准备变卖一丘田来还账，接济下生活。

他伯父说不行，这祖上留下来的山林、田土、房屋，与她家无关。母亲说这是分家分给自己的，没有不可的道理。伯父说之前分给兄弟是理所当然，但兄弟不在了，他母子与晋家已无任何瓜葛，只能由自己继承。看在她孤儿寡母的份儿上，可以借给他们代耕代管，他满十六岁后必须收回，如果继续耕种，就得交租粮。

晋成皇快满十六岁时，请族长出面主持公道。族长证实了伯父的说法，说他的长相，既不像他祖父，也不像他伯父，更不像他父亲，原因，让他回去问他妈。

母亲证实了族长的说法，他并非父亲的亲骨肉，但不是抱养的，也不是她结婚时带来的，而是她借的种。

在他的惊愕、羞愧中，母亲很是平静地讲述了事情的经过。

母亲与父亲结婚五年了没有生育，先时父亲将原因归结在母亲身上，请孟医生开了治疗不孕的中药，服了两年无效，其他不孕服药的女子，大多怀上了孩子，有的孩子已能行走。后来改为父亲服药，依然无果。父亲提出了大胆的想法——借种。

借种有两个原则：不借亲友的，也不借邻近的，今后替别人养孩子抬不起头的名声事小，搞不好长大了被人挑拨还不会孝敬自己，那样就鸡飞蛋打了。

补锅匠来到晋家寨时，父亲将自家的锅有意敲破，待补锅匠补完全寨的锅天将黑时，才去请他来家补锅，留他吃饭，将就住宿。父亲则说轮到自家碾米了，要去碾房堵水碾米，天亮后才能回来。

父亲走后，母亲来到补锅匠的床前。补锅匠怕夫妻二人设计敲诈，急忙穿衣起床准备离去。

母亲拦在补锅匠面前，向他说出了原委，他才又脱下衣服，与她钻进被窝。

但隔墙有耳，母亲那晚的言行，被人在暗中传播。

晋成皇出生后与家族人员越来越异的长相，像浓缩版补锅匠的五官，让人对传言深信不疑。父亲性情刚烈，听到一丝传言，就提刀上门打招呼，说再听到对方说些乱七八糟的话，不要怪他不客气。三两次之后，旁人说这事之前，都不得不小心环顾前后左右。

父亲去世后，传言就像春草一样茂盛起来，母亲只得低声下气做人。

母亲说完经过，嘱咐他早点睡，说他已经长大成人了，今后即使给人打短工做长工，也能养活自己，说完自己先去睡了。

半夜时分，母亲房中传来的凳子倒地声将他惊醒，晋成皇预感到出事了，急忙起床去门边连声喊妈，没有回应，他一脚将门端开，看到母亲已悬挂在横梁上。他操起门边的一把柴刀，跃上桌面，挥刀向母亲头上的绳子砍去。绳子断了，母亲掉在地上，蜷缩成一团。

他迅速将母亲脖子上的绳子解开，摇着哭喊"妈、妈"。

母亲苏醒，掩面嘤嘤哭泣。

晋成皇跪在母亲面前说："妈，不管之前怎么样，你是我的母亲不假。不管外人怎么说，妈在世，我为你养老送终；妈百年后，除夕、清明、二老生日，儿子就是穷得当叫花子，也不会少你们一炷香几张纸。今后不管发生什么事，你只管装聋作哑就行了。"

伯父带着族长前来收归晋成皇名下的田土山林时，晋成皇指责伯父仗势欺人，不念同胞之情，欺负孤儿寡母。继而又指向族长，说族长为虎作伥，是非不分。

族长之所以为族长，首先是家大业大，而且又属权威一人，岂容他人公开冒犯？族长决定第二天将他拉去祠堂训诫，以儆效尤。说直接点，就是将他捆绑起来吊打教训。根据他的情况，接下来肯定是开除族籍。

第二天中午，伯父果然带着数人拿着绳子朝他家走来，他将早已磨好的一桶辣椒水放在门边，三支长长的慈竹筒做的水枪吸满放在桶里，他警告气势汹汹的伯父等人不要靠近，否则不要怪他不客气了。伯父骂道："你狗日的要飞天，老子今天就要折断你的翅膀。"挥手喊其他几人将他捆起来。

伯父和那几人跑着离他丈多时，他提起水枪朝来人的眼睛喷射，待伯父等人感觉眼睛已进辣椒水时，凭着惯性还在往前冲，他又迅速举起第二支喷射。这几人眼睛全部进了辣椒水，痛得睁不开，"哎哟妈呀"地嗷嗷叫着往回乱转。剧痛中，有两人无法辨清方向，转着跌下坎去了。

看热闹的有人笑出了声，有人转身去祠堂告知族长，有人说他这是错上加错族长绝不轻饶，如果不服完全可以去告官。

晋成皇没有搭话，也没有去告官的打算，更没有再争辩。八字衙门大大开，有理无钱莫进来的古训，使他明白，那样会徒劳无功，反增羞辱。

待族长带人提着砍刀、举着斗篷赶来时，他已从后门逃跑。他跑了，母亲却被捆进祠堂打耳光，打得口角、鼻孔流血。

隔天夜里，族长家的马厩着火了，正当众人去灭火时，伯父家的猪圈又燃了起来。待两家把火扑灭时，一个小孩给伯父俩送来一封信，说信是晋成皇交给他的。信中晋成皇告诉族长和他，这两把火是警告，再欺负他母亲，随时回来提他俩的脑壳！

当天夜里，他逃到乌江县双龙河山沟里做了长工。

晋成皇成为土匪，也属偶然。

那天他上山砍柴，在树丛中看到两个商人模样的人背着背篼正沿双龙河绕行，时而踩石磴过河，时而沿岸行走。他恶作剧地打个呼哨，喊："弟兄们，快上！"只见那两个商人扔下背篼，跳入河中屁滚尿流般拼命奔逃。他好奇地走过去看时，背篼上面是一袋苞谷，打开苞谷里藏着的包裹，里面有一斤多烟土，市价相当于十多块大洋。

他回来吹嘘这次的收获，蛊惑几个伙计说："这当帮工的日子没有尽头，谁是靠当帮工成家立业发财的？还是干这没有本钱的活路轻松、来得钱快。"几个帮工前后一想，觉得他说得有理，愿意跟随他，私下称他为大哥。

先时几人白天干活，打听到消息后再行动。拦路抢劫时，像张飞在当阳长坂坡那样，用绳子把山路旁边林子里的小树拴好连起来，当有人路过时，便先扯动绳子，一片树林摇动，发出窸窸窣窣的声音，造成人多势众的假象后，再喊叫着下山拦劫，搜取单身过客的财物。有时过客虽然人多，因不明真相，也只好舍财保命，任由他们把财物拿走，不敢抗拒。

几个人越来越大胆，想干大的，但还得手中有枪，也才能因此聚众。

为了获得枪支，他们经常埋伏在密林中观察行人，以便伺机行事。有一天，看到青龙乡两名乡丁向青龙坝走来，晋成皇等人脸涂锅烟墨，有的持刀，有的拿木棒，埋伏在半山，乘其不备，一拥而上，把两个敞胸、斜背土枪的乡丁打倒在地，劫枪而逃。乡长上报后，因对象不明，加之未杀人，最后不了了之。

晋成皇在青龙坝晋家寨买下一栋房子，不再进田下地干活儿。尽管都知道他有些钱，但也都知道他的钱来得不干净，因而没有人愿将女儿往火坑里送。

晋成皇打劫的原则是要钱不要命，可自打劫鸦片商人起，有了改变。那次打听到送鸦片的有十一人，便设埋伏，可抢劫时对方挥着大砍刀反抗，被他们枪杀一人，刀砍三人，其他作鸟兽散。

被马刀砍翻滚下田坎带伤逃脱那人，跑到锦江专署报案。专署责令乌江县查剿，龚县长派出县大队一个分队到青龙坝抓捕。晋成皇料到有人来算账，早已躲藏，保警队扑了个空，将他的房子烧了个精光。此案最后以龚县长治理不力被免职调离告终。

地方官员走马灯似的换人，哪有心思过问这些癣疥之疾？加之这里山高林密，涧深岩邃，地连两县，出没群山之中，找人也如大海捞针。不几年，晋成皇便聚有十多人，发展到明来暗去，在老鹰岩利用号军留下的营盘落草。

为了尽量使人停留在蚀财免灾的思维中，不死心塌地去告官，他依然主张只打富。有饭大家吃，有钱大家用，抢富不抢贫，抢远不抢近，要钱不要命。能不杀人就尽量不要杀人。他伯父家，也只勒令其退还了属于他家的山林和田土，当然，这几年伯父耕种属于他名下田土的租谷，砍伐的树木，得折价给他母亲。族长家，则要求他拿钱消灾，每年交上十块大洋给他母亲作为保护费，不然族长家的房子，难说哪天就会遭遇火星，搞不好还会断子绝孙。后来族长带人去想剿灭他，不但失败，还遭他反杀。

晋成皇近年来开始在邻近老鹰岩的青龙坝、青龙场、虎坪场的一些地方收保护费，根据家庭土地多少上交。如果没有钱交，也可用家中的女人去劳动抵债。女儿、儿媳、老婆都行，只要他看得上眼。

至此，晋成皇已成为名副其实的土匪。

2.恶花渐艳

李甲上山后劝诫晋成皇，根据以往教训，防止混进官府派来的奸细，或者其他股匪潜到这里来拐带人枪，规定新人入伙必须要有人保荐。其次还要进行面试。一是了解入伙之因，是上无片瓦遮身、下无立锥之地的穷汉，还是借高利贷或赌债逃亡，是被仇家追杀，还是犯重罪被官府通缉。二是看入伙者是不是有决心和胆量。主要方法是让面试者跟着寻找抢劫对象，在不发给枪支的情况下，孤身打探消息，或独自抢劫。三是必须交保证书。这保证书就是杀人，让入伙的没有退路可走。

晋成皇告知尚山卒，翻瓦匠是李甲打死的，还损失了一个兄弟，但他智勇双全弄来了压寨夫人，还得到一百块大洋，算他交了一半"保证书"。只要尚山卒再弄一个真正的"保证书"来，就让他名副其实做二哥。

为了取得晋成皇的信任，他决定下山杀人。

他决定杀的第一人，是他继父。

尚山卒六岁那年，父亲去世了，留下他和两岁的妹妹小花。第二年，母亲改嫁到继父家，谈好的条件是带上两个孩子。继父已有一子，比尚山卒小两岁，本不同意他母亲带两个孩子来，要带也只能带儿子。儿子今后是劳力，姑娘则是赔钱货，刚能劳动就要出嫁，无多不少也要办些床上用品、厨房用具之类的嫁妆，空人出嫁，让人说闲话，自己面子上过不去。出嫁后，至多过节、父母生日或者生病时拿点礼物来拜望，好的农忙时来帮助做两天活路。至于养老，姑娘认为是儿子媳妇的责任，与自己无关。母亲说如果不同意，就是吃糠咽菜要饭，娘儿仨都要在一起，死也要死在一起。也不是她非要这样坚持，是女儿实在没有人收养。

继父拗不过，只好同意。一则自家只有十多挑田土，只能算得上是温饱之家，带着小孩也不好找上自己看得中的人，何况结婚还得花上一笔钱财。二则认为尚山卒的母亲面容姣好，结婚后还将几挑田土带过来，继父认为也还划算。

婚后的日子虽然有些紧巴，但也还正常地过着。继父起早摸黑下地干活儿，尚山卒和继弟或放牛或割猪草，也尽力参与劳动。尚山卒的母亲，只能在家干一些缝补、煮饭、喂猪等家务，最多只是去近处土中做些种菜、捡拾薯类等轻松农活儿。不久，母亲怀孕，生下一个女孩。继父认为又添加了一个赔钱货，脾气开始暴躁起来，动不动就打母亲，骂母亲说前世欠她的债，今世来加倍讨还，顺带骂他和妹妹小花短寿杂种。

一天夜幕初降时分，继父犁田回来，小花坐在阶沿坎上哇哇地哭，他摔下铧口，边关牛边骂！小花不听，继续在那里哭。继父走上阶沿坎，提起小花往牛栏摔去，小花撞在牛栏上哭了两声，掉下地时就不见声息了。母亲喊着幺，踮着小脚跑出来，将小花抱在怀中号啕大哭。母亲大骂继父是畜生，去抓扯时被继父左手拽住头发右手在她脸上连扇了几耳光，摔倒在地。

尚山卒吓得蜷缩在堂屋香盒方桌下，上下牙直打架，全身哆嗦。

不久，继父买来几只羊子，主要由他放养。一天夜里，继父听到几声羊叫，睡不着觉，将他从梦中提起来打了几耳光，说他肯定是怕羊乱跑，将羊拴起来了，没有吃饱，使其半夜叫唤，影响自己睡觉，第二天没有精力干活儿。于是让他跪了半夜，第二天也不准吃早饭，还警告母亲，如果给他吃了，就打断她的手。他赶羊上山后，继父的亲生儿子悄悄用南瓜叶包了几个洋芋送给他。

十五岁那年，尚山卒犁田后将牛留在山脚吃草，自己回家吃饭，可刚端上碗，就有人喊狼在咬牛了。待他持棒急忙跑去时，狼跑了，牛已被掏肛后咬死。牛是一家的命根子，没有牛无法犁田铧土，也没有牛粪种庄稼。要想另买一头牛，得耗费一家人正常一年节衣缩食后的余粮。

跟在后面跑来的继父，挥起木棒向他劈头盖脸打来，他将头向前一低，木棒打在肩膀上；又一棒打来，一股鲜血就从额头流了下来；再挥棒打来时，他拼命往山上跑。后来他跑到江边乡帮人过活。

母亲也从此闷闷不乐，吃不下饭，睡不着觉，不久瘦成皮包骨后死了。

继父认为母亲给他带来晦气，没有舍得花钱买棺材，用几块木板镶成一个盒子，将她草草埋葬了事。

尚山卒趁着夜幕潜入继父家楼上，房屋依旧，没有新的装修，反而显出破败的样子。他看到继弟在月色中挑着粪桶回来，进屋开始烧火煮饭，他想，杀死继弟，也算是解了恨，报了仇。

尚山卒从柱头上梭到中途跳下时，刚好落在一只老鼠上，老鼠吱的一声，变成了肉泥。他见继弟没有反应，轻手轻脚推开厨房门，只见继弟瞪着双眼呆呆地看着他，随后回过神来问道："哥，是你？吃饭没有？"他突然想起继弟为他送洋芋上山的情景，复仇的怒火在他身上瞬间熄灭了。

"妹妹呢？"

"前年出嫁了，卖了丘田，给她办了两床被子，几样用具。"

"那家人对她还好吧？"

"那家老少都还老实本分。"

"你父亲呢？"

继弟一愣，继而明白继兄尚山卒对父亲的愤恨，是不愿意称父亲的。"他死了，害伤寒死的。本来也不是什么大病，喊他休息不休息，吃饭喝粥他说没有力气。刚刚才好点，人家吃狗肉喊他，去吃了一大钵，肚子痛了几天，后来屙血，就去世了。"

"你媳妇呢？"

"人家说我命硬，克父克母还克妻子，加上安葬妈和父亲，嫁妹妹，田地也没有剩两块了。"

"那我走了。"尚山卒说完转身离开，消失在月色中。

"哥，你去哪里，不在家睡吗？"继弟看着他的背影问。

他想去杀的第二人，是江边乡辛家寨的土豪辛应豹。

他在江边乡做长工时，当地一对夫妻因多年未生育，收他为养子，他也乐意有个落脚之地，平安度过一生，至于有小孩后随这家主人姓的条件，在他看来根本算不上什么。

养父母这家借钱挪米，张罗着为他娶媳妇。姑娘家虽穷，但姑娘看上去精明能干，细看长相，如果梳妆打扮一下，还称得上漂亮。结婚那天，接亲的人突然跑回来说，新娘途中被辛应豹家派人持枪抢走了，听说是抬去与他儿子拜堂。他那独子已二十出头，脸黑人瘦，高不过四尺，没有人愿意将女儿嫁给他。

养父母惊得像木鸡一样站在那里，他明白过来操起一把柴刀就要去拼命。众人把他拉住，劝说他这去是飞蛾扑火——送死。辛家人强马壮枪多，院墙高筑，一般土匪都惧他三分。

尚山卒听从二老之言，蚀财免灾，筹钱另娶一门媳妇，而且不要求人长得是否漂亮，只要身体康健能干活儿就行了。

赶场天，尚山卒挑桐子去江边乡集镇出售，归来时天已擦黑，山坳树林中，突然跳出两人，脸涂锅烟墨，一人手持猎枪，一人挥舞大刀，要他放下扁担，将钱财留下。

他将扁担靠在坎上，顺势将系着的棕口袋解下扁担钩。他按要求脱下衣服放在石礅上。持大刀的抢匪过来取衣服时，持枪抢匪的眼睛盯着取衣服的抢匪，生怕其独吞衣服中的钱财。他迅速操起扁担，向取衣服的抢匪头上砍去，这个土匪嗯的一声倒地痉挛了几下，就再也不动了。他抢着扁担向持枪抢匪奔去，持枪抢匪如睡梦惊醒，啊的一声，丢下手中的枪像野兔一样逃过山湾不见了。他捡起那枪一看，是用木头削成后用生漆漆得锃亮的假枪。

他回来向二老讲了这惊心动魄的一幕，二老吓得不行，喊他将那假枪和刀都藏起来，对外人不要谈起这事。才过两天，有亲戚连夜来告诉他，已有人到乡公所状告他，说他在坳口抢劫杀人，他只有赶快逃跑，出去避避风头。

尚山卒跑了，养父却被抓去吊打审问，要他交人交钱，被逼无奈，趁人不备，逃出关押的房屋，飞也似的跑到江边，跳进了乌江。养母也一根绳子结束了自己的生命。

他已无家可归，打听到晋成皇在老鹰岩聚匪，就来投奔。晋成皇听说他确属走投无路之人，但防人之心不可无，还是要他保荐，土匪内部没有人，得自己用实际行动自荐，又不得违反禁止滥杀无辜、惹火烧身的规矩。

尚山卒左思右想，仅凭一己之力，要想取辛应豹的命，犹如登天，他在附近打短工，了解辛应豹这家人的生活规律。

不几天，他意外获悉，辛应豹那憨儿子，每天傍晚都要出寨到官路上骑马溜达，很少有人跟随。

那天傍晚，他挑着空粪桶，迎着辛应豹的憨儿走去，就在擦肩而过时，他摔下粪桶，挥起扁担，向憨儿横扫过去。憨儿从马鞍上滚下来，马跑出两丈外，打着响鼻朝这边看。他摸出腰刀，将憨儿的头割下来放进棕口袋里，待寨上有人发现大喊时，他已骑上那马飞跑进月色中，石板上哒哒的马蹄声越去越远。

3.奇葩断案

廉嫂回家三个月后，廉杰才前往县政府。政府院内那棵像伞一样撑开的四季桂，绿叶间开出一束束金色的花朵，清香四溢。他曾对王天堂说，县政府四周是围墙，里面独栽这棵桂花树，让人想到"困"字，历任县长在这里都坐不长。王天堂听后，觉得砍了那棵桂花树可惜，就请风水先生破解。他按风水先生提供的方法，在西北角改装了一道坚木做成的栅门，这样就变成了一个"闲"字。白天开，晚上关，还方便了进出。

王天堂正在审判屋判案，左边坐的是承审员，右边坐的是书记员。乌江还未成立法院，案件依然由县长审判。文书将他带进屋后，他坐在隔壁屋角椅子上听着控辩双方的理由。

第一个案子，原告是三十多人选出的两名代表，年龄在五六十岁。被告是个三十多岁的年轻人。

原告说，前天上午，被告在东江街售卖医治风湿麻木的膏药，免费试用，还教人将膝盖洗净后贴上。用了的十多人都说效果很好，贴之前膝盖不能弯曲，下地行走骨头像裂开一样疼痛，贴上去不一会儿就不太痛了，不过半个时辰，试着从石梯下到江边，不痛，回来扛着一袋砖盐，快步上石梯到库房，大汗淋漓，也不痛了。

下午来了不少人，他却要收钱了，用旧药膏换新的，每贴三文，新买的每贴五文。一说要钱，买的人就少了，但还是有五六人掏钱。可他将钱收好后，喊买药膏的人站好，将钱一一退还给了他们，希望这些人为他传名。再有人说也要买时，他收拾膏药走了，说如果需要，明天早上早点来，不过有言在先，要涨价。

昨天上午，他每贴涨到了八文，而且一再声明，这次真的要收钱。可他将钱收齐后，又退还给了买膏药的几个人。今天上午他又如法炮制，每贴涨到了十文，一下卖出了三十多贴。他卖出后收拾膏药要走，被买药的抓住不放，喊他还钱，他不还。他们说他是骗子，就将他扭送到了县政府。

原告坚称被告是骗子。

被告坚称自己是诚信经营，一再声明了这次真的要收钱。

原告说，不仅仅是骗人钱，还骗疗效。这药贴上去是不痛，但只能管一天一夜，第二天不贴时还是痛。

被告反驳，开始就已声明，每天一贴，一个疗程是七天，只要一天不满，前功尽弃。

王天堂打了一个长长的哈欠道："不用再讲了，我都听明白了。原告的毛病在于贪便宜，不要钱就拿，要钱就不干，世上哪有天上掉馅饼的好事？被告的过错在于利用人们贪便宜的心理，暴利售药，而且这药事实上没有疗效，只有麻醉的效果。真买药贴上七天，最迟第六天就会找不到你的人影。如果真有长效，你不会是游医，绝对会坐诊。"

他站起来宣判：驳回原告索还药钱和赔偿的诉求，没收被告在乌江县售药期间行骗所得，全部充公。

原告与被告都喊冤枉。

"没有冤枉的！如果再扰乱公堂，一律收监！"

原告与被告满脸沮丧地退出县政府大院。众人埋怨原告代表，早知如此，还不如依被告的，退还一半。原告代表愤怒，"现在又是我们二人的不是了？大家的心思不是司马昭之心——路人皆知？除了归还药钱，还想罚点款来分分？现在好了，倒贴上诉费。"众人又将愤怒集中在王天堂身上，骂他是糊涂蛋，是大贪官，祝愿他早日进天堂。

第二个案子，是江边乡一个头发花白的老头哭着控告辛应豹，说辛应豹家的狗在官路上咬他的小儿子，右腿腿肚子被咬了个大洞，血像蚯蚓一样往下流。情急之下，小儿子将狗抓住，抡起来摔在石头上，砸死了。小儿子肩膀又被咬了一口，也是血流如岩滴水。

辛应豹随后派人将老头的小儿子抓去吊在树枝上，打得死去活来。这还不算，还要小儿子披麻戴孝，为死狗送葬，哭狗喊爹。他们家买不起棺材，又被毒打了一顿。由辛应豹出资，逼迫老头写了高利贷借据，辛应豹用两寸厚的柏木板做了一只盒子，用于埋葬死狗。

埋狗那天，老头的小儿子背着死狗，走两步就必须停下来大声哭喊"我的狗爹呀，你死得好惨呀……"后面有持枪、举刀的家丁跟随、相逼，哭声不大，或者多走了一两步才哭喊，都会挨家丁的棍子。埋狗时，逼那人小儿子跪在坟前不停地磕头不住地哭喊，直到将狗埋完。

第二天，有人告知辛应豹狗坟被动过了，他喊人将坟刨开，坟里的狗不见了。他带人直奔打狗那家，发现老头的小儿子卧床不起，就开始挨家挨户搜查，旮旯角角盆里柜中全搜。搜到他大儿子家发现锅里有油腥，又嗅到屋里有股淡淡的狗肉味，就在灶孔、柴草、床底下搜，还架木梯到茅草房屋顶察看，最后在家中饭桌下的苕坑里搜出了大盆狗肉。原来是老头的大儿子半夜将狗坟掏开复原，将死狗弄到家中剖剥，夫妻俩还煮了两碗吃，余下的放进两米来深、冬暖夏凉、存放红苕的坑里，准备第二天半夜再熬，熬好后再喊两个小孩起来吃。

大儿子和儿媳，当场被辛应豹家丁拉出去双手吊在院坝边的梨子树上，像打秋千一样，一阵乱棍暴打。老头跪在地上求情，被家丁一脚踹倒。大儿子和儿媳撕心裂肺的哭叫声传出几里外，直到发不出任何声息才罢手。

那些人走后，老头和寨上的人将夫妻俩放下来时，大儿子只有出的气儿没有进的气儿，当天晚上就死了，停放在阶沿坎上。今天老头一早起来向王县长青天大老爷申冤，让辛应豹赔钱抵命后才安葬。

王天堂批评老头，狗是人最忠诚的朋友。狗和人之间的感情可以追溯到几千年前，有理由相信，在今后的日子里，人和狗之间的感情还会一直延续下去。质问他："你小儿子把狗赶跑不就得了？即使被咬了，可以找主人医治嘛，即使主人不医治，也要不了多久就能将伤养好，有必要抓起人家的爱犬双腿，摔在石坎上，撞得脑浆迸裂，使其死得这么惨烈吗？不这样，他的肩膀会受伤吗？这是不尊重生命。辛应豹还发善心，没有要你小儿子偿命，已经很不错了。"

"事件到此本来已经结束了，可你大儿子无事找事，凭什么去挖人家的狗坟，偷吃狗肉？吃糠咽菜过日子更不是理由，这种现象不是你一家，全县多了去了，人家为什么没有去偷去抢呢？饿死事小，失节事大，这个道理你儿子难道不懂？养不教，父之过，严格说起来，应该追究你当父亲的教育责任！

"你说要辛应豹抵命赔偿的诉求，这就是无稽之谈了。人家又没有参与打你儿子，打人的是他的家丁，打死你儿子的也只是其中的李四。李四昨晚已经投案自首，说将你儿子脑壳打破致死那棒是他所为，当即就被关进牢房，县里将依法秉公判处。

"在这里我也不妨告诉你，免得你以后说我们偏袒谁的胡话。对于李四主动投案自首勇于承担责任的行为，受到了大家的赞赏，县里将从宽处理，也就是说，他也不可能为你儿子偿命。当然，本人怜悯你家确实贫寒，可劝说辛应豹老爷出几块安埋费给你大儿子家。"

"王县长，判决不公啊！"

"如果你不服，可以去专署和省政府上告。"

"不知你收了辛应豹多少好处？"

"将这疯狗拖出去！"王天堂瞪眼气愤地对保警兵喊道，"不要在这里胡乱咬人！"

保警兵将那老头拖出大门后，王天堂起身向办公室走去。

廉杰才随他走进县长办公室，他在廉杰才左边的太师椅上坐下就问："这案断得如何？"

廉杰才谄媚道："你这人的套路谁都摸不清，结果却让人恍然大悟。第一个案子的判决，既教育了那些贪图便宜的势利小人，又打击了骗子，还增加了县里的收入，真是一举三得。第二个案子也公正，还给人以好的引导，不然那些穷汉稍遇委屈就狮子大开口，甚至胡搅蛮缠，没完没了。"

王天堂抹了抹嘴上的一字胡，口中说着过奖过奖，却又微笑着点头。停下来后他问："哥子找我有何贵干？"

"没什么事，随便聊聊。"廉杰才起身将办公室的木门关上，"我有一事相求。"他将女儿的遭遇简要讲了一遍，对晋成皇的害民恶行说了一番。"如果这股土匪不除，让其坐大，官民都无宁日。如果为民除了害，你的功德无量。"

王天堂听完皱眉，沉吟道："这个得从长计议。这一剿，不但要钱、要枪弹，还要人。"

"保境安民，我们也有义不容辞的责任，自然要出些枪弹费的。"

"这个自然。"王天堂摇头说，"我的意思是说，凭我保警队那百来支破旧枪支肯定收拾不了这些神出鬼没的山匪，搞得不好，反而会吃大亏。"

"如果让他们坐大了，保不准哪天就来县城捣乱了。"廉杰才看似不经意的担忧中，透出威胁的意味。

"这个你放心，有杨营长在这里坐镇，他们敢来老虎头上捉虱子，简直是乞丐进茅厕——讨屎（死）！你喝茶。"王天堂端起茶杯轻轻呷了一口，不动声色地化解了他的威胁。

"你这一说还提醒我了，能不能请杨营长出马？他一出马，那些土匪定会死无葬身之地！"

"他杨营长能听我的？这个还是你去找他吧。"

"不看僧面看佛面。"廉杰才说道，"你为他筹集军饷，为他募集士兵，关系密切。"

"这种动刀动枪的事，"王天堂说，"我也只能是给你传传话。"

"那就谢谢兄弟了。"廉杰才起身时，将装有一百块大洋的黑布口袋放在王天堂的办公桌上说，"你拿去给杨营长买点烟抽。"

王天堂瞥了一眼口袋，回头送廉杰才出门，说了声慢走，回到办公桌边，拎起口袋摇了摇，弯腰放进桌子下的抽屉里，锁上。

王天堂晚上在营房见到杨青云时，杨青云正躺在床上抽大烟，春香楼的妓女，穿着棕红色小黑花的旗袍，露着大腿根，跪在床上，正为他摁烟点火。

杨青云听到王天堂有要事商量时，挥挥手让妓女暂时离开，依然歪在床榻上，示意他到对面的凳子上坐下。

杨青云听了他的来意，向他分析目前的形势：

其一，邻省军队正在侵占本省地盘，各边境部队正在浴血奋战，拼命驱赶，上峰给他们的命令是要确保一方平安，为前方将士筹集军饷，抽丁去补充部队减员。

其二，必须保存实力，随时接受命令开赴前线作战。

其三，一些农民装神弄鬼拉神兵，先是在务川县，继而蔓延到了德江县，似有星火燎原之势，正在向周边的印江、沿河、思南、酉阳、秀山等县发展。其纲领是：灭丁、灭捐、灭粮。宗旨是：打击区、乡、保长和保警兵，地方上的大小事务由他们说了算。一旦让其坐大，各级政府就成了摆设，不能抽丁，不能筹款，不能征粮，那各级政府官员和部队官兵就只有喝西北风，特别是官兵，能赤手空拳光胴胴上战场？

“那就让晋成皇这些土匪横行霸道？”王天堂不无怨气地问。

“话不能这么说。乌江这些零星土匪，只不过是抢劫一些过往客商。据我所知，他们也不过是要钱不要命，被杀死的，都是要钱不要命的人。更重要的一点，这些土匪，从未与区公所、乡公所作对，没有影响我们政府的运行嘛。”

“这也难说，难保今后他们不像滇西恶匪张结巴、湘西巨匪姚大榜那样坐大呢！”

“就晋成皇那一二十人，杀鸡焉用牛刀！有乡公所的乡丁就够了。再加上你派出个把分队的保警兵协助，他晋成皇就是插翅也难逃了。”

“晋成皇那点人和枪不是问题，问题是他们盘踞的老鹰岩太险峻，特别是那薄刀梁，据廉有富听他妹妹廉妟回来说，连走路都让人胆战心惊的，更不要说打仗冲锋了。”

“你能不能将那廉妟喊来我了解下具体情况？”杨青云暧昧地笑道。

“这怕以后大家面子上过不去吧？”王天堂说。他知道杨青云内心想的是什么。

“这样吧，”杨青云沉吟半晌道，“我这里有炸药包和机枪，你们需要不？如果需要，我可卖点给你们保警队。”

“杨营长，你是知道的，我们哪有那钱？”

“你又叫穷了。你没有，他廉家也没有？”杨青云哼哼两声调侃道，“隔行休贪利，无水不行船。我还不知道你来当说客，都是他廉杰才的主意？他不就是想给他女儿报仇，为他妹妹家除去眼中钉、肉中刺吗？”

“杨营长真是诸葛亮再世，什么都逃不过你这双眼睛。”王天堂拍了拍裤脚上的泥土，“说句实话，我也不过是想用他家的钱财，除去本县一大隐患。”

4.疯狂报复

王天堂带廉有富匆匆赶到杨青云营部报告，偷袭晋成皇失败了。

按杨青云的战术，廉有富带领一个小分队的保警兵，装扮成青龙乡乡公所的乡丁，带上杨青云提供的机枪，分两路趁着月色向老鹰岩包抄。一路沿着打猎小道，摸上沿江县那边的山梁，从密林中向老鹰岩的土匪窝靠近，待摸到墙脚后，用炸药包将墙体炸塌，再冲进去。另一路上青龙坳，待土匪跑过薄刀梁，再用机枪扫射、封锁。

沿江那边不到一个时辰摸到了石墙外，尽管沿途树枝被绊响，衣服被荆棘扯破，有野鸟被惊起，也没有被土匪发现，可能是土匪掉以轻心，认为不会有人夜袭，没有人放哨，抑或听到了也误以为是野兽在林中穿行。

保警队派出事先安排的两人，手持炸药包悄悄走近石墙门前，用事先点燃的烟头将导火绳引燃后跑回来。

炸药包炸了，石门被炸塌了，哪想到里面还有道石门，里面的石门只是炸开了裂缝，两边的墙体也只是震落些石块。这样一来，惊醒了土匪，借着月光从墙孔中向保警兵射击，保警兵和乡丁各被打伤了一人。受伤的两人"哎哟妈呀"地喊着痛往后跑，其他人也跟随他俩惊慌失措地向山下逃，衣服被刺木扯破了不少。

青龙坳这边，廉有富等了半天也没有发现有人攻进去，待枪声平息土匪欢骂时，知道不妙，只好撤退。

杨青云问："之前不是交代过，即使炸不塌，只要发现墙那边打枪就扔手榴弹吗？就算不扔手榴弹，只要佯攻，消耗土匪的弹药，土匪那几支土枪能有多少弹药可消耗？当土匪的弹药耗尽，再将石门炸开，快枪还干不过土匪那几把破刀？如果再勇敢些，一次不行两次，将石墙炸塌后往里冲，那几支打一枪又换弹药的土枪，又能伤到几人？土匪恐怕早就被吓得作鸟兽散往薄刀梁跑了。这一跑，还不被青龙坳这边射击死伤，甚至拥挤滚下悬崖？"

"那些人没有战斗经验，看到石门未被炸透，又出现受伤喊叫，就争先恐后往回跑了。"

"一群废物！"杨青云讥笑道，将端起的茶杯搁在桌子上，茶水从杯中溅了出来。

刚过一个月，青龙乡乡长史启发狼狈不堪地逃进县政府报告，当天凌晨，乡公所遭到土匪洗劫，他和妻子及小儿子闻声惊惶之中从后门暗道逃出，其余家人及乡丁凶多吉少。

王天堂综合逃亡人员的叙述得知其前因后果。

晋成皇认为史乡长请求县保警队装扮乡丁，让乡丁参与攻打老鹰岩，怀恨在心。蛰伏一月后，在史启发丧失警惕时，土匪们利用乌云遮月的夜晚，倾巢而出，摸进乡丁队。晋成皇挨近哨兵，一刀将哨兵砍倒在地，让人持枪守住大门，带人冲进乡丁住处，用刀砍死了睡梦中的十一名乡丁，缴获了全部枪械，接着进入后院搜寻史启发家人，杀死了未及逃跑的老少。他老婆廉杰兰在逃跑途中，跌进龙溪沟深塘，淹死了。

惨啊！天亮时，土匪头子晋成皇喊人抱来被子放在院坝，将史小姐衣服剥净放倒，喊人用绳子系住她的双手双脚并拽着，让他强奸。他起身后，又安排其他土匪轮奸，并对远处观望的人说，这就是与他晋成皇作对的下场。

躲在房梁上得以逃生的文书，像从冬天乌江里爬上岸一样，全身筛糠般颤抖着，前言不搭后语地叙说了事件的经过。

"这些畜生！"文书双手捂脸，边哭边骂。

史乡长听到这里哇哇大哭道："王县长，你要为我做主啊！"说着向他跪下去，连磕了几个响头。

王天堂将史乡长扶了起来，叫二人退下，待他向杨营长汇报后再作打算。

杨青云听过王天堂的汇报后果然愤怒，但随即平静下来，他知道，这股土匪不消灭，必将成为心头大患。不说史乡长惧其淫威不敢再上任，其他人也不敢去这地方当官，势必影响政府拉丁派款工作的开展。他沉吟半晌说："这股土匪必须消灭，但用什么理由向上峰报告呢？"

"你看这个理由行不行？"王天堂得意地说，"消灭神匪！"他说的神匪，是近几年在乌江流域兴起的神兵。

"对头！"杨青云一拍大腿道，"我怎么就没有想到呢！"

"秀才提笔忘记字，你杨营长疾恶如仇，一时气糊涂了。"王天堂手指头顶道，"前两天你说，要我通知保警大队和各区、乡治安队维护好地方治安，省里将派部队前来剿灭神匪。你还说乌江县的神匪还不成气候，可高枕无忧。现在机会来了，你就向上峰报告：青龙乡晋成皇神匪袭击乡公所，抢劫政府枪支，杀死政府官员，奸杀未婚姑娘，烧毁政府房屋，抗拒政府募兵、征税、纳粮，似有攻打县城的苗头。"

"我怎么就没有想到这点呢？"杨青云笑笑，"当初推荐你当县长真是英明决策。"

"杨营长过奖了。感谢杨营长栽培！"王天堂双手交叉搓着手背说。

"不过要打场仗也不简单，除了要得到上面批准，还要有孙子兵法上说的知己知彼。老鹰岩及周边的地形如何，土匪老巢的内部工事怎样，匪首的性格刚柔智钝，等等，都得详细了解，才能百战不殆。"

"杨营长高见，我这就去安排人打探。"

"我相信你有能力了解到其外，但你没有办法知道其内。如果待你派人打入内部，再用杀人放火取得匪首信任，那得等到猴年马月？"

"这……那……王天堂捏着下巴结巴着问，那你有什么好主意？"

"放着现成的人不问。"

"谁？"

"廉妫。"

"那通知廉杰才带他女儿来？"

"军事上的秘密，知道的人越少越好。"

"那我去试试？"王天堂暧昧地笑道。

"你那脑袋瓜，有时胜过诸葛亮，有时钝似猪八戒。"杨青云轻轻哼了声，"你一个男子汉，怎么有机会单独和人家说话？叫你老婆去，将她喊到你家来不就行了？"

"还是杨营长厉害。"王天堂伸出大拇指说，"不过，我听说这女的八字硬，遇夫夫亡。"

"你是读过新书的人，还信这些！"杨青云停了停，"像我们这种耍枪杆子的，今晚脱下鞋和袜、不知明早穿不穿，还是今朝有酒今朝醉、明日愁来明日忧为好。再说，我又不做她的夫君。"

"佩服杨营长这种视死如归的英雄气概！"王天堂坏笑。

王席氏带着廉妫到达杨青云的办公室后，借故要去给外孙做饭离开了，出去时还不忘将门带上。

穿着土布白衬衫的杨青云，从办公桌后站起来，将墙边的椅子端到桌子边，伸手请一直站在桌边的廉娿坐下，又从篾壳温瓶里倒水，给她泡了一杯茶，放到她身边的桌子上请她喝，随后与她闲聊起来。

"今天请你来，是有要事相商。"

"王县长已经跟我讲了。"

"如果这次剿匪成功，你就是大功臣。"

"功过都与小女子无关。"

"隔墙有耳，我们进里屋去详细谈谈，如何？"杨青云站起来打开了里屋的房门，见一直站着的廉娿没有动，拉着她的衣袖往里扯了扯，见廉娿依然不动，就低头对她说，"王县长跟你说了吧，这次剿匪是否成功，关系到你家的兴衰和荣辱。"

廉娿知道他的弦外之音。来之前王天堂已经暗示她，如果不配合杨营长做好剿匪工作，追究起她家的发家史来，不但财产全部充公，她祖父、父亲，不被杀头也要坐牢。就算压下这事不提，她大哥廉有富带保警队装扮乡丁攻打老鹰岩这事一旦泄漏，晋成皇拿她家是没有办法，对付她姑爹家的手段却是多得很。她抬头轻声说道："如果你答应我一件事，我就进去。不然，你能得到我的身，也和得到一截木头差不多。"

"什么事？你说。只要我能办到，不说一件，十件八件都行。"

"捉到晋成皇之后杀掉！"廉娿把从肩胛搭到胸前的辫子甩到身后道。

杨青云哈哈笑道："我还以为是什么大不了的事！这还用你说，我要他的命，王县长要他的命，史乡长要他的命，许多被抢劫勒索的人家，包括你姑爹他们都想要他的命。"

"谢谢营长叔叔！"

"喊哥哥，"杨营长有些尴尬地说，"这个时候喊哥哥。"

她向他莞尔一笑，"我怕晋成皇给了你和王县长银钱，就饶他不死，还给他官当，像德江县招安土匪当区长一样，有例在先。"

"你才笨哟，"他笑着张开双手将她拦腰抱起来，"我们去里面慢慢谈。

他晋成皇会死，但钱财不会死嘛。"说完将厚厚的嘴唇压上她的红润的小口，她趁势双手抱着他的脖颈。抱进里屋时，他左脚勾起将门板向后一踹，关上了房门。

隔两天廉妓又来营部，让杨青云如醉如仙后，问他怎么还不动手。他说带兵打仗这些事她不懂，现在如果出兵，晋成皇不一定在老巢。袭击乡公所后，他已分散隐藏，此时出击，要找到这些土匪犹如大海捞针。待他们放松警惕，重归老巢时，才能做到瓮中捉鳖，一网打尽。

廉妓有些郁郁寡欢地说："哪天将晋成皇抓获了，我再来感谢杨营长。"说完转身融入夜色中。

5.通匪罪证

时间过去了两个月，一天太阳下山时杨青云突然下令，一连轻装急行军，天亮前务必赶到老鹰岩，占领匪巢南北两个进出要道。他率二连扛上营里的两门迫击炮和五挺轻机枪随后，到达后再开始进攻。

晋成皇接到报告发现两边出口都有正规军把守时，杨青云已乘滑竿到达青龙坳，令将迫击炮沿林中小路扛到能够俯视土匪营盘的山头，一门炮对准土匪营盘石墙大门，另一门对准土匪的房屋。双方开始射击，杨青云下令开炮，将其连接青龙坳这边的卡门和山头的房屋炸塌后，再对准土匪成堆的地方轰炸。

杨青云在望远镜里看到，土匪一见炮响，石墙、房屋坍塌，土石乱飞，只要被碰着，非死即伤，哭爹喊娘地叫着四处乱窜。这时，只见晋成皇高喊，"下天坑，全部下天坑！"余下十多名土匪连滚带爬向天坑跑去。杨青云下令大炮炮弹射向天坑。

杨青云确认营盘内已无人还击时，下令吹响军号，冲向营盘，他随后进入营盘。连长报告，共击毙土匪二十八个，其中在天坑内击毙五个。没有发现晋成皇，连尚山卒、李甲这些土匪骨干也没有见到，可能已从天坑底部树丛后的溶洞逃跑了。天坑底部有一个溶洞，进口不高也比较窄，一人弯腰侧身才能钻进去。

杨青云皱眉问："还有活口吗？"

"那些受伤的都被冲进来的士兵打死了。"

"笨蛋！"杨青云手指连长说，"擒贼先擒王。这晋成皇只要还活着，就是心腹大患，这个道理你们难道不懂？"

连长唯唯诺诺，"大家尊崇你的教导，斩草不除根春风吹又生，杀人不灭口仇家追着走。"

"廉妓怎么没有说天坑有这逃跑之洞呢？想来不是她没告诉自己，可能是晋成皇对她留了一手。"杨青云想。

"你安排两个班带一挺机枪轮换守住天坑洞口。"连长下达命令后，转向杨青云请示，"营座，你看是不是向当地人了解一下，这个溶洞是否与其他溶洞贯通，以防晋成皇从其他地方逃跑。"

杨青云颔首，继而说道："据我所知，附近有两个溶洞，一是我们上山时的龙溪洞，一是青龙坝的青龙洞。青龙洞较大，土匪很可能从那里逃出。你再安排两个班带一挺机枪轮换守龙溪洞，其余的到青龙洞。立即出发。"

连长带着士兵从曲折斜斜向下的山道，几乎是蹦跳着向青龙洞奔去。此时山野虽然已是枝繁叶茂，一朵朵、一串串、一簇簇，五颜六色的花朵，从青枝绿叶间冒出来，随风飘来沁人心脾的清香。走在后队的杨青云无心欣赏，如果晋成皇逃脱，他即使不戴罪，却也无功可立。他不时眼观青龙坝，看看有无人员从青龙洞方向逃出。让他放心的是，只有一些人在田间挖洋芋或犁田，秧田的秧苗已转黛绿，可以移栽了。

杨青云到达青龙洞不久，古祖明、古福贵父子已随胡保长赶到洞前，欢迎杨青云前来剿匪，为民除害。他们随即通知家里请人帮忙煮饭，慰问全体剿匪官兵。

杨青云从干活农人的口中得知，从早上至正午，没有看到有人从青龙洞进出，命令留一个排把守在洞前，其余的全部到古家寨休息、吃饭。

饭后杨青云命令连长及以下官兵驻守青龙庙，以便随时投入战斗。他带着警卫人员前往古福贵家休息。

杨青云一觉醒来，已是日暮时分。古福贵父子告诉他，从老鹰岩天坑溶洞进入后，确如他预料的那样，出口只有龙溪洞和青龙洞。从龙溪洞那边出去也不是不可能，但洞中上下艰难，有很多地方都只能一人爬行，攀壁爬行时，稍不慎就会从半崖上掉到下面的暗河或乱石上，不死也残。

青龙洞在宽约五百米、高近百米的青龙岩下，壁上石纹，似如一条腾云驾雾的巨龙，石壁间长有稀疏的岩树，好像龙角、龙须、龙爪，岩脚的青龙洞似巨龙，正张口喝着青龙河的河水。大洞上并列有两个小洞，人称龙眼洞，三洞互通。从下面大洞进入上面的右洞，得靠梯子，从右洞下来，如果没有梯子得用绳子系着才能滑下来。

进洞后，岔洞较多，不熟悉的人容易迷路。洞的深处就曾发现过几具白骨，想来是进来的人迷了路。初次进洞的人，没有熟悉的人带路，就得结伴而行，还要带着石灰之类，一路上做好记号。进洞半里后，有大厅，几乎每个岔洞都有这样的大厅，有两处地下还是较为平整的石板，很宽，也干燥，可容上千人。自从这里闹匪后，就没有人敢进去了。传说晋成皇在里面存放了粮食和柴火，二三十人吃上三五个月没有问题。

杨青云考虑到进洞追击不易找到晋成皇，即使能找到，也会给己方造成较大伤亡，决定用熏洞的办法，即使不能将土匪逼出洞来，也要将其呛死在洞中。杨青云安排保长，从明天开始，通知各村寨，每户至少捐献两斤辣椒或一斤硫磺、一百斤干柴或两斤桐油，全部运到青龙洞前的青龙庙。准备四架扬稻谷的风簸，每户出一个劳力，每天百人轮流上山砍柴，或协助士兵轮流摇转风簸。每户另交价值一块大洋的食物，慰问剿匪官兵。

"这洞太深太长了，熏洞的效果可能不太好。"古祖明提醒说。

"你有什么好主意，说来听听？"杨青云冷笑着问古祖明。古祖明羞愧不答。杨青云指着洞口继续说，"你看这洞口的风，随着河水往里钻。不用风簸扇，那风也会往里窜。除了已经知道的洞口，再派人查，凡冒烟的地方，都用石头泥巴堵死，这洞再大，又能装下多少辣烟？只要功夫深，铁棒磨成针。五天不行十天，十天不行一个月，直到将土匪全部消灭。"

"我没想到杨营长有这么大的决心为民除害。"古祖明献媚说。

"为民除害是我们军人的职责，不然政府养军队来干什么！"

"在杨营长面前，我辈真是惭愧。"古祖明搓着双手说。

第二天，龙眼洞、天坑洞、龙溪洞都被用石块和泥土堵上。傍晚，将放入青龙洞内混合辣椒、硫磺、桐油的柴草点燃后，按四人一架风簸一炷香的时间为一班，轮流用力转动四架风簸摇扇，焦辣呛人的浓烟向洞内滚去。

杨青云留下两个连长住在青龙庙轮流督促，他去古福贵家休息，白天再来青龙庙坐镇指挥。

第三天夕阳近山时，他叫古祖明陪他去青龙庙看看进展。出了村寨，走上田间的小路。路两旁，多是刚插秧的水田，或才犁过的地，湿滑或稀泥铺满道路，深一脚浅一脚的牛蹄印，造成四处窝窝凼凼的，人从上面走过，有类似穿越溪河踏上跳蹬石的感觉，步调被迫缓慢下来。稍不注意踩一脚下去，水溅起来搞得满裤腿都是泥浆。

在田中插秧的古福礼等人伸直腰杆，向他俩打招呼，转颈望着两人走来和过去。古祖明对正在犁田的古八字打趣说："你以前说人家不好好读书，以后只有追牛屁股，你这算什么？"古八字笑答："我在教他们犁田呀，这你都看不出？"小路两边田里的人们哈哈笑了起来。

小路两旁只有满天星般的秧苗和明晃晃的水田，古祖明问："杨营长，你们什么时候去沿江那边剿匪？"

"那边由兄弟军队剿办。"走在前面的杨青云看着脚下，头也不回地回答，"你们也不用担心，那边匪巢离这里较远，不会来这边与晋成皇争地盘。"

"哎哟！"古祖明在后面轻声惊叫了一下。

杨青云停下转身看时，不觉笑了起来，古祖明右脚踏进了泥凼里。他自嘲说："我还以为这上面的麦草不滑，哪知下面是个泥凼凼。"

杨青云转身边走边说："是啊，世事明如镜，前程黑似漆。表面光鲜好看，里面却夹杂着危险。比如有毒的蘑菇，陷阱上的美食，稍不注意，就把自己小命搭进去了。"

"杨营长，你人年轻，说话做事却比我们老成持重，看得出你世事阅历多而练达，不像我们坐在这山旮旯里，只晓得栽秧薅草打谷归仓娶妻生子放牛。"

"作为农村人，能踏踏实实认认真真将春夏秋冬的农活儿干好，传宗接代的事完成，就是本分。不与土匪勾结横行乡里，就是守法的良民。"

古祖明感觉杨青云话中有话，小声回答："杨营长教诲的是。"

二人来到离青龙庙不远处，在青龙沟边一块宽阔的草地上停了下来，杨青云喊走在最后的警卫去庙里将两个连长通知到这里来商量要事。警卫走后，他盯着古祖明问："听说你家和晋成皇是亲戚？"

"只是转弯抹角的亲戚。"古祖明小心翼翼地回答。

"我听说你们关系不错嘛，逢年过节他都要来拜望你，你还要好酒好肉招待三五天。"

"他来拜望我？是来拜望我那两个钱！"古祖明愤然回答，"他提着枪带着人找上门来，我不敢不招待。"

"听说你还为他捐款？"

"杨营长，你不要听别人乱说，大家都知道，晋成皇那叫摊派，是勒索，他心狠手辣，我们不敢不给。"

"这我知道，可他是按田土多少摊派的，你家有五百来挑谷子的田土，折下来就一百来亩，他摊派你一百块大洋，你这两三年来，每年都要多给二十块大洋的红钱，说凑成什么月月红，还不包括过年过节招待他们的酒肉饭菜。"他哼了一声继而冷笑道，"这算什么，这也叫摊派勒索吗？"

"这，是谁讲的？"他急得擦汗，争辩道，"我可没有。"

"要想人不知，除非己莫为，雀飞过都有影子。他每年摊派你那一百块算勒索，这不怪你，可你另给那二十块，还有过年过节送的，这几年累计下来，已不下一百。每块按一斗米算，那是上万斤，够一般人家加些野菜杂粮吃一二十年了，这算不算通匪呢？"

"杨营长，你和我亲家也都是老朋友了，你见的世面多，也就不要与我们计较了。"古祖明感到来者不善，一切辩解都已于事无补，只好求情，"我们非常感谢疾恶如仇的你，亲率部队来替天行道，为民除害。我家过去没有，今后也不会助纣为虐、为虎作伥，更不会仗势作恶。"

"正因为我与杰才兄是好兄弟，才单独找你谈谈这些事，如果换了别人，你前天在青龙洞前说那些动摇军心、民心的话，我就能依战前规定，把你就地枪毙了。"杨青云算是纠正了古祖明的话，而今廉家主事的是廉杰才。

"我明白。难得你不辞辛劳，冒着生命危险前来我们这里剿匪。我和福贵已经商量好了，有点小意思，因你身边来往的人多，一直不好意思拿出来。我们出门后，我已让他将二百块银圆放在你床上枕头下了。"

"你这是什么意思？好像我是在敲诈你们一样。"

"不是那个意思，兄弟们风餐露宿，舍生忘死，请拿去给他们买双草鞋穿。"

"你这就不够意思了，凭我和杰才兄的交情，能给你包瞒的绝不会在外人面前提起。"

"小意思，小意思，不是意思。你剿灭了晋成皇，这青龙、虎坪两乡的人都会铭记你的大恩大德。"

"那怎么好意思呢？职责所系，微不足道，"杨青云张嘴长长地打了个哈欠，看了看怀表说，"这样吧，你先回去，我安排下军务，我们改天再谈。"

"哦。"古祖明抬头望了望白虎山已经落入山坳的太阳，关心地说，"你也早点回去吃饭，都累一整天了，那些田坎路又不好走。"

第四天中午，营部通信员送来师部紧急电令：军情紧急，神匪已攻占德江县城，快速回防乌江县城。

杨青云率部离开时，交代保长和各寨族长务必斩草除根，坚持再熏十来天，让晋成皇等人变成干尸。众人唯唯诺诺地答应。

杨青云转身的第二天，众人嘟囔，都三四天了，如果晋成皇没有在洞中，那是脱了裤子放屁——多此一举；如果在洞中，早就被熏死了，再这样熏是瞎子点灯——白费油。捐来的辣椒、硫磺、桐油已经用完，砍柴的人也说要回家犁田栽秧，铧土种苞谷。当天一半人没来，胡保长无法制止，也就凭其散去了。

第五章 乱云飞渡

1.追剿余匪

杨青云再次到达青龙坎，即问古祖明父子，找到晋成皇的尸体没有？

古祖明回答："杨营长……啊不……杨团长，你走后，大家提心吊胆过了十多天，后来见洞口无动静，请人到老鹰岩去察看，也不见人影，大家松了一口气。又过了两个月，我承诺给每人一块大洋，进洞去寻找，洞内如果有粮食财物，由他们平分，并说，这么久了，如果死了，那就只剩骨头架了，如果活着，早已远走高飞。"

"进去的九人，背上够吃几天的苞谷泡、炒面、红苕干，手持洋枪、大刀，亮着葵花杆，走遍了九条岔洞，找完了每个洞厅，仰望了每根石柱，查看了每处岩隙，都说没有见到人。也不是没有见到人，也发现了五六具腐烂的尸体，基本上是枪伤感染后死的，只是没有看到晋成皇、尚山卒、李甲这些人。也就是说，这晋成皇这些人，是生不见人死不见尸。这一来，更是人心惶惶了。好在这半年过去了，也没有见到他们人影，想来是掉到暗河里被冲走了。但愿老天爷开眼，让他们死无葬身之地才好。"

杨青云皱了下眉，称赞古祖明做得对。他想，如果古祖明没有这样做，他也得派人进洞查看虚实，好让自己心中有数，采取相应的保卫措施。

"里面没有搜到其他的东西？"

"洞中用木桶藏着那五百来斤谷子，都赏给进洞的人了。那些柴火还没有人去弄。"

饭后，杨青云派警卫将古祖明父子请到卧室。一盏圆底高脚顶着小盘的陶瓷灯，放在床前方桌上，盘中装着半盏桐油，三根灯草浸在油中，齐头伸出盘沿，发出着拇指大的灯光。

古福贵用拨灯棍向盏沿拨一下灯芯，那光焰摇曳几下又站稳了，屋里比先前亮了许多。

杨青云招手，警卫从上衣口袋里摸出三寸见方的铁盒，打开递给他，他从中取出一支纸烟，示意警卫将烟盒递给古祖明，随后拿起桌子上的火柴划着，点燃纸烟。

古祖明连忙摇手，看了一眼烟盒中排列的纸烟说："你这个我过不了瘾。"说着从长衣胸襟口袋里取出黑红的猪尿泡皮，指着里面的叶子烟说，"我喜欢整这个，劲头大。"

古福贵拿起靠在桌子边那根五尺来长的烟杆递给古祖明。铜嘴因数代人牙齿的轻咬，留下了凹痕。他伸手握住变得焦黄的烟杆，吮了吮烟嘴说："这里面的烟屎可能多了，有些堵。"他接过古福贵从屋角取出插在墙缝中的竹丝，插进烟嘴从烟杆往烟锅来回捅了捅，随后古福贵接过竹丝，用土纸包着从上向下使劲勒净，放回原处。

古祖明从衣襟口袋里摸出一张皮纸，擦了擦烟嘴，使劲吹吮了两口，掐一节柔软的烟叶展开，裹上细碎的烟叶，摁进鹰嘴形的黄铜烟锅里。烟锅因经常清理烟屎和拄路，磨得亮光光的。他口含烟嘴，身往后仰，将烟杆平举伸向灯火上方，叭叭地连吸几口，烟卷冒起青烟，亮起了红光，红光随即变暗显出小圈白灰。他的嘴巴离开烟嘴，吐了一口唾沫在面前的火盆中。

2.要挟交易

士兵从青龙庙搜出了一个来历不明的人，问他年龄，说满十三岁了，可一看那干筋瘦壳的模样，也就十来岁吧，关键是他腿肚子上有伤。本来想就地枪决，但何老尼姑说是逃难来的，是古祖明家的长工，于是就捆到古家寨来，交杨青云裁决。

杨青云觉得有戏，将人带到堂屋，通知古祖明、古福贵父子到左右板壁两边坐下，喊他们不要讲话，听坐在香盒前椅子上的他审问。

"你小子老实交代你的来历呢，我保你不死，如果有半句谎话，"他将匕首抽出来，用食指和大拇指夹着抛到空中，那匕首旋转着回落时，抓住刀柄，左右轻轻挥舞，"我也不用枪打你，也不用绳子勒死你，就用我手中这把小刀，将你的眼珠子剜掉两只，手指头砍掉一半，脚筋各挑断两根就行了。"

"我……我什么都说。"那人吓得脸色苍白像筛糠般颤抖着。

"你叫什么名字？什么地方人？怎么来到这里的？不要慌，慢慢说。"

那人回答，他叫颜河义，从小父母双亡，自此流浪乞讨，只知自己是湖南人，家住哪县哪村都记不起了。六岁那年被桂东县乡下颜姓人家收为养子。过了两年，那家生了儿子，就让他"下抱"，只作为长工待在他家，给他家放牛望羊割草砍柴，住处也从地楼屋搬到了牛圈楼上，以防有人晚上偷羊盗牛。

十二岁开始犁田铧土，东家承诺如果听话，就给他娶媳妇成家。可动不动他就要挨打，比如犁田泥土中有埂，牛羊吃了庄稼。穿的衣服都只是长工们补了又补的衣服，吃饭首先得吃两碗洋芋或红苕，待吃完这两碗再去舀时，本来就少的米饭已经没有了。东家还常常将救他一命要懂得感恩的话挂在嘴边。

颜河义在半山铧土那天，吃仆人送去的午饭时，让牛去吃草。那牛到悬崖边伸颈吃草，脚踩的土坎垮塌，滚下悬崖跌死了。东家将责任归咎于颜河义，将其捆在院坝边的柿子树上，用竹竿劈头盖脸痛打，不准吃夜饭，说如果不赔偿这头牛，第二天也不要想吃饭。他没有赔偿能力，除非给东家长期做苦工用工钱抵扣。

深夜，他将身上用来打火石点燃茸草抽烟的铁皮，磨断捆绑双手的棕绳，跑了，之后辗转做短工或讨饭。

"那些就不要讲了，讲你到青龙坝后的事儿。"杨青云有些不耐烦。

"好的。"颜河义继续交代他到达青龙坝后的事儿。

一个月前，颜河义来到青龙庙，又痛又饿倒在了庙门边。何尼姑开门看到他骨瘦如柴，喊两声没有应答，蹲下试试他的鼻息，还在出气，只是气息虚弱。见他半截裤子下腿肚子上的伤口，已经感染一大片，都生蛆了。

她将他背起来，藏进庙中，上山采药给他包扎，只五天他的伤口就结疤成痂，又过了五天，他走路便和常人一样了。

没有多久，他的伤彻底好了，但没有去处。何尼姑找到古祖明商量，让古祖明收他为长工。古祖明一看，他身子骨还可以，只要餐餐吃饱饭，要不了两年肯定是个壮劳力。这种基本上只管吃饭不要工钱的劳力，在当地已很难找了。

杨青云挥手让颜河义出了大门后，得意地说："你们都听到了，怎么样？我没有冤枉你们吧？"

"杨团长，我们以为他只是个无家可归要饭的孤儿。"古祖明解释。

"你们问过那伤的来历了吗？"杨青云质问。

"我没有问，他也没有说。"古福贵解释后求情说，"他是个穷汉，杀了也是摊血，于事无补，又有什么用？"

杨青云用右手指敲着身边的木桌冷笑道："我还不知道你们那点心思？收个一人吃饱全家不饿的长工，比养头牛强多了，这是打着灯笼也难找的好事。"

"说实话，他和我们家也无瓜葛，杨团长你看怎么处置都行。"古祖明开始甩包袱。

"这个……这个怕不是你想的那么简单吧？"杨青云欠了欠身子对古祖明道，"在明处的敌人不可怕，可怕的是藏在暗处的敌人，更可怕的是我们内部的奸细。"

"我们确实不知道他是干什么的，要说窝藏，那也是何尼姑窝藏了。"古祖明辩解。

"你们是不是相互勾结，你和我说有哪样用？这个怕得到军事法庭才行，毕竟他是在你家做帮工。"杨青云将烟蒂丢到地上，用脚来回碾成了黑白混杂的粉末，古祖明父子随着他的目光，抬眼看着先前那股淡淡的青烟，向房顶飘去散开。

杨青云将腰间的枪往后挪了挪道："何尼姑老了，也是无牵无挂的，你父子俩恐怕就得将家里安排下喽。当然，之前我就说了，我和你们是哪样关系？和廉家这边又是什么交情？到时一定会帮你们说好话的。"

古福贵向父亲使了使眼色对杨青云说："我们知道杨团长是重情重义之人，之前帮我们家消灾化吉的忙已经够多了，我们一定会好好报答。时间晚了，杨团长早点休息。"

古福贵将父亲带到里屋说，自己不出点血，收颜河义做长工这事难了结，不但自己一家要遭殃，还要连累何尼姑，颜河义的命也保不住。真这样，于他杨青云也没有多大好处。他那点心思还不是和尚头上的虱子——明摆着？想从中捞点好处罢了。自家折点财，免了灾祸，还保了颜河义的命，今后他对我古家就会忠心不贰的。这样一来，也让何尼姑免遭做好事生横祸，算是对菩萨做了一件善事，积了德。

"那送多少，月月红？"古祖明问。

古福贵咬牙说："至少得和上次一样。如果他真要理论起来，窝藏颜河义之名难以洗脱，通匪不过是情势所迫送点钱物，情有可原。"

古祖明叹了口气未答，算是默认了。

当天晚上，古福贵提着装有二百块大洋的红布口袋来到杨青云房间，放在桌子上。杨青云摆手说："我不是这意思，我与你家和你岳父是什么关系，能帮的一定会帮。"

古福贵说："你杨团长对我家恩重如山，似如再生父母，我们心里记着呢。你杨团长是差吃缺穿贪钱的人吗？这点小意思，只不过是请你给手下兄弟们，对他们的辛劳剿匪，表达我们的一点心意而已。"

"我明白你的意思了，"杨青云笑道，"给我知道这事的弟兄们一点封口费。那好，看来我不收下你们这心意，你们睡不稳觉，吃不香饭。"杨青云说完将红口袋提起来拎了拎，抛到了床上枕头边。

3.死灰复燃

警卫将王天堂带进杨青云办公室，转身将大门拉上。王天堂问杨团长有什么事吩咐，杨青云抬手，示意他坐到右边的太师椅上。

王天堂坐下后，见无人上茶，杨青云也没有问他是否要喝水的意思，看到杨青云脸色有些凝重，就问发生什么事了。

"我们三天后就要离开了。"杨青云道。

"啊！去哪里？"王天堂惊讶地问，"你不是说，要长期驻防这里防止神匪死灰复燃吗？"

"有更重要的军情。"

"是不是有人从这里借道？"王天堂试探着问。

"你不要道听途说信谣传谣。"

"在下明白。"

"明白就好。"杨青云说，"今晚找你来，是关于加强保警大队武装的问题。大队现在只有两个中队，驻军离开后，乌江县的武装力量显得薄弱，你可再扩充一个中队，五十人左右，我给你解决一个中队的枪支弹药。"

"那太谢谢杨团长了。"

"将那个廉有富升为中队长。"

"杨团长这主意太高了，用你的话说，他家和我们也是拴在一条绳子上的蚱蜢。"

"有钱出钱，有力出力嘛，廉家有钱又有力。"杨青云似乎在暗示什么。

"他更明白，我们也是在保护他家呢。"

"你说得对。"杨青云说，"将三个中队分别布置，一个随总部继续驻东江街；一个驻防江北街，其中派一个班保卫县政府；再一个中队驻防城西云岩关上。一旦有事，可以互为犄角，相互增援。"

"杨团长好比是孔明的隆中对策，三分天下。"

杨青云对王天堂这不伦不类的比喻冷笑了一下没有回答，向他继续交代了一些以老带新筹建中队，以及如何布防的细节，并给他留下两名军事教官，让他加紧训练，以防土匪捣乱。

古祖明刚吹灯躺下，就有人在敲窗。他判断，声音是从"渔樵耕读"四扇镂空窗子中"耕"那扇的下面发出的，"耕"图中内外可见的一人挥着竹枝赶着耕牛在犁田。他从枕头上抬起头轻声问是谁？

对方回答："大叔，我的声音都听不出来了？"

古祖明打了一个冷襟，这声音分明是晋成皇，他还活着。

开门，肯定是来者不善；不开门，更是善者不来。之所以称为土匪，没有什么事是干不出来的，更不用说什么讲理依法了。

古祖明擦火柴时，老婆蒙头在被子中颤抖，致使他擦了几根火柴都没有点着灯。灯点亮了，穿裤子时，先是穿反了，再穿时左脚又伸到了右脚裤腿里，站起时，跌坐在了地上。这时，晋成皇在外面轻声对人喝道："你们吃烟注意点哈，不要把我大叔家这房子点燃喽。"

"听到了。"屋后窗门边和厨房外窗门下有两人先后轻声回答。

古祖明口里说着马上就来、马上就来，急匆匆出房门，到前房开了门。门一开，晋成皇就挤了进来，险些将古祖明撞倒，他一进门，反身将门闩上了。

"你还有两位兄弟呢？"古祖明缓过神来问。

晋成皇示意他坐下，说："他们就不进来了，怕吓着你俩。"

古祖明当然明白他的意思，是在外面放暗哨，以防他家人或寨上的人起来缉拿他们。"有什么吓不吓的，又不是外人。"

"一个叔，一个侄，倒不是外人，只是当叔的帮外人置当侄的于死地呢。"晋成皇皮笑肉不笑，冷冷地说。说着他拖过一根条凳坐了下来。

"贤侄多心了，你想，他杨青云去打你，他可能告诉我吗？换作是你，难道不怕我去告密？"古祖明分辩着，打消晋成皇的疑虑。

"那你出钱出物，帮助他熏洞，还是出了大力的。"

"你也听说了，人住在我家，枪只差抵在脑门上了，一家人也要活命呀。再说，那洞我年轻时钻过，四通八达，那烟哪能熏到人呢。贤侄吉人天相，定会逢凶化吉。"

"我也实话告诉你，他杨丘八那两下子，想让我束手就擒，没有那么容易。怎么样？如今我又拉起了队伍。"

古祖明一惊，随即假装镇定地问道："贤侄如今在什么地方发财？说完侧头竖耳朝外，心想，怎么这么安静，连狗都不叫一声。"

"大叔你放心，怕惊扰你老人家，你那两只狗吃了我丢给它们的羊肉，升天了。"

古祖明一听，之前狗叫了两声没有叫了，以为是有人过路，没想到是晋成皇下了毒手。这也是向他发出了威胁的信号。他有些颤抖着问："贤侄这次来，有什么需要当叔办的？"

"我这次来和叔算下账。"

"算账？算什么账？"古祖明越发有些惊慌。

"真是贵人多忘事，去年和今年的保护费好像还没有交吧？"

"保护费？"古祖明突然明白了，也就是晋成皇之前每年的摊派款。如今找上门来，不给是不会善罢甘休的，急忙道，"这个自然，还是老规矩，添成月月红。"

"那我就不客气了。"晋成皇道，"什么时候给我带走？"

"贤侄也可能听说了，杨青云三番五次威胁说我通匪，这屋里都被他刮干净了。"

"你的意思是？"

"宽限些时日，我一定想法凑齐去年的，到时你来取。"他看到晋成皇双眼瞪着自己一眨不眨，又急忙说，"今年的确实没有现洋了，到时能不能像往年有些人家那样，换成大米？"

"都不是外人，"晋成皇说，"我也不来打扰你老人家了，十天内，你将大洋包好放在青龙洞左眼洞内那个石狗背后就行了。"事实上他否决了古祖明提出给大米的请求，那个是易变质的东西，没有大洋方便。

古祖明只好答应下来，随后试探着问："贤侄现有多少人马？常住哪里？"

"怎么，你要去告官？"

"不敢。我这一家人都在这里，搬不动移不开呢。"

"知道就好。"晋成皇说，"我也不妨告诉你，而今还不到三十人，二十来条枪，还是在老鹰岩扎营盘。"

"可是，那两栋房子不都已经被毁了？"

"这你放心。房子毁了还可修嘛，那石头还在，满山的松杉柏杨还长高了，修两栋房子能要多久？劳力更简单，之前欠保护费的，有钱出钱，无钱出力嘛。"

"万一又有人来打火线怎么办？"古祖明说的打火线是攻打。

"你难道不知道？正规军焦头烂额，忙都忙不过来。即使再来，我在远处就安排暗探，让他奔波半天见不到人影。至于保警大队那几个贪生怕死的饭桶，敢来？"

"贤侄吃这一堑，长了好几智。"古祖明不停地点头。他知道，杨团长发兵前，就通过廉家向王天堂请求派保警大队围剿，他们以自己的职责是守护县城安全为借口拒绝了。后来装扮乡丁攻打，反而惹火烧身，引得晋成皇疯狂报复，让史乡长不敢上任，现在也是天黑就缩进高墙院内，还放了明哨暗哨。

第二天，古祖明将前一晚的惊险向古福贵说后，骂了晋成皇的祖宗八代，咒了晋成皇不得好死，最终也无可奈何，悄悄将大洋送进了青龙洞，嘱咐颜河义在青龙洞前，以干活为名，远远盯着洞口，如有人进出洞内，赶快告知他们。倒不是探看晋成皇什么时候来取大洋，是怕青龙坝有人进洞，将大洋取走了又得重交一次。至于晋成皇什么时候来取，这是无必要也不可能知道的，人从洞内往返，什么时候取走了都不知道。

刚满十天，有人将一张纸条交给颜河义，喊他一定交给东家。古祖明展开看时，和往年一样，是盖有晋成皇印章的收条。

接下来，从坝上人家私下谈话里，知道晋成皇采取这种方式，收取了不少保护费。没有钱的人家，交粮食也可以，粮食也没有的人家，就得出力。

出力的两种方式，或是入伙，入伙每月除了吃喝，还有一升米的工钱，另外根据做工出力多少，再取报酬。如果家中没有青壮年劳力，或是不愿意入伙的，可以上山干活，参加修房子，开石头筑工事，也可上山煮饭。

古家父子分析，当时晋成皇到他家来时，估计只有那三人，可不到两年，他真在老鹰岩聚起了四十多人，房子也修起了两栋，南北两面的石墙修复并进行了加厚加增高。从天坑通往青龙洞的道路，还铺上了石块，进洞后的道路，虽然还是弯弯曲曲的，却没有了碰头的石锥，绊脚的石笋，更通畅了。多数人住进了洞内，说里面冬暖夏凉，舒服。

史启发乡长不得不托人讲和，恩怨一笔勾销，互不侵犯，并承诺年终买两头大肥猪送去让弟兄们打牙祭。

4.招安惯匪

饱暖思淫欲，贫寒起盗心。

晋成皇众匪安定下来后，近处收取的保护费足够他们开销，不时还到山沟抢劫一些过往客商。一次，探听得有新媳妇要从虎坪场回易家寨娘家，人长得水灵，只有两名家丁护送。晋成皇安排尚山卒带人埋伏在虎跳岩柏树林，将新媳妇劫掠上山。并叮嘱能不伤人尽量不要伤人。

新媳妇从虎跳岩羊落坨小路被抬上来时，听到树丛中枪响，抬桥子的将轿子一丢，连滚带爬，往羊落坨跑了。新媳妇在侧翻的轿子里哭起来。那护送的家丁，早将土枪举过了头顶。那新郎，抱着头趴在轿子边浑身抖得像筛糠。

尚山卒将新媳妇从轿子里扯出来时，她已面如土色，昏死过去了。他将轿子边的男人踢了一脚，双手扯下轿衣撕成布条，把女的双脚双手捆上，抽出一根轿杠，从双脚双手间穿过来，像抬猪一样，安排两人抬着新媳妇上山。到达老鹰岩放下时，新媳妇屎尿装满了裤裆。

晋成皇睡了那新媳妇几晚后，感觉与廉叟比起来，不管是容貌、气质，还是床上的风情，都无法相提并论，越来越提不起兴趣。他召集众匪宣布，凡是想与这女的睡的，先报名，再排队。

大家争先恐后报名时，他说这样不行，谁先谁后，时间长短，都是得罪人的事。他宣布，为了公平起见得收费，每次一百文铜钱，交给山寨做公用。但也要排队，按职务大小排，职务相同的，年龄大的优先，上午陪一人，下午陪一人，晚上陪一人。

众匪觉得晋成皇这样做很公平：如果不收钱，那可能人人都想上、每晚都想上，况且收这钱也不是归他个人，还是用于山寨公共开支。

晋成皇的账却是这样算的，他发出去的钱，又收回来了。而山寨的钱，是公共的，也是他个人的。如果他没有钱发饷，就少人上山，甚至有人开小差了。他为这用"众人骨头熬众人油"的办法，暗自欣喜。比起开赌场抽红钱，比起开妓院收管理费来，本钱小得多了，可以说是无本生意。

转眼过了一个月，古福贵来到老鹰岩求见晋成皇。晋成皇问："好久没有见到大叔了，他还好吗？"

"还好。本来他是要亲自来的，也不知怎么了，前段时间，感觉眼睛越来越不行了，不痒又不痛，却越来越昏花，看东西像在雾里一样，把一个东西看成两个、三个。眼前时常有一只飞蛾在飞，但用手一抓，什么都没有。"

"大概是上了年纪的缘故。"晋成皇明白似的说，"不过也不算，像他这五十几的人，别人眼睛好得很，穿针走线绣花都行。"

"就是。到孟老伯那里抓了几服中药来吃，也不见好转。"

"你来这里有何贵干？"晋成皇明白他无事不登三宝殿。

古福贵说明来意："虎坪场男方家转弯抹角与我家是亲戚，打听到他家媳妇，在虎跳岩被你们带上山了。听说我家与你交情不错，请我来说情，放那女的回家。"

"你兄弟来说情，我也不能不给你个面子。只是……"晋成皇仰头似乎在思索着说，"古往今来，吃饭要饭食钱，睡觉要床铺钱；冷水要人挑，热水要人烧；这银子钱米又不是树叶叶，天上不落，地下不生，其他不说，这伙食费床铺费还是要算一下。"他心想，放回了这个女的，今后可以如法炮制，让交不出保护费的，将女人送上山来干活抵债，不管长相如何，不愁没有兄弟开钱，保护费抵了，但伙食费、床铺费还要另算。

"晋成皇你太刮毒了。"古福贵心想，人家在这里当牛做马，还要算伙食费、床铺钱！他口中却说，"算点也是应该的，看在我们的交情上，你少收点就行了。"他的意思是，不要把吃糠咽菜的价格，算成山珍海味的钱了。

"那是当然。"晋成皇回答，"每天两碗米——那女的太能吃了——每晚开十文的床铺钱，这合理吧？"

"合理你妈那个鬼！"古福贵心里骂道。

晋成皇见古福贵张开嘴巴没有回答，就说："你去跟他们讲，可以呢，他们就来接去，觉得吃亏了呢，就让兄弟们再玩玩。"

"这个合理，合理。"古福贵急忙点头应答。

杨青云所属团官兵再次进驻乌江。他召集王天堂、廉杰才、黄泽峰、史启发等军政要人和知名人士开会，介绍了上峰配置的政治训导官符朗星，是江西分宜人。又通报了当前形势，说日本军队占领我东北三省后，虎视眈眈我华北，中日之间迟早有一大战。

廉杰才等人历数了晋成皇的宗宗罪行，多数人认为，只有斩草除根，才能杀鸡儆猴，让一方长治久安。

王天堂忖度杨青云的态度，自己暗想，有朝一日晋成皇报复自己，也是不寒而栗，于是提出了不同的看法。他说："如果像前次那样，又让狡猾的晋成皇逃脱，报复的后果难料。何况这次团长大人和上次不同，上次是突袭。这次来的目的很明确，可能他已得到消息，早有逃跑计划。"

"那你有什么妙计能将晋成皇股匪一网打尽？"廉杰才有些讥讽地问。

"大家都看过《水浒传》吧，宋江知道就凭自己那点人马和本领，依靠梁山泊的有利地形暂时可占上风，如果长期与朝廷对抗，最终只会被官军消灭，甚至会被株连九族。接受招安，不但自己流芳百世，还会封妻荫子。朝廷这边呢，如果早点招安，就不会死那么多官军了。"

"有见地。"杨青云听着频频点头，"那你认为怎么办好？"

王天堂没有直接回答，而是继续分析，"还有一点，一旦交战，团座手下的弟兄或多或少都有伤亡，这是没有必要的"。

众人双眼盯着王天堂，似乎都在洗耳恭听。

"知我者，天堂兄也。"杨青云拍着他的肩膀说。杨青云内心清楚，如果自己提出停止剿匪之外的任何方案，可能上下都难以讨好。由王天堂提出，则是顺应民意了。

众人恭维道："两位简直是姜子牙、刘伯温在世，日月齐辉。"

杨青云将招安之计上报，上峰认为此时此计可行，授权廉杰才父子全权负责招安具体事宜。

廉有富通过姑父古福贵联络，与晋成皇进行商谈。

晋成皇听廉有富陈述利弊后，同意招安，也同意将自己的武装整体改编为县保警大队第四中队，但枪支弹药配备得与其他中队一样，人员扩编也一样多。晋成皇自己不能仅任副大队长，还得兼任第四中队的中队长，尚山卒任副中队长，李甲等人任分队长。

杨青云同意了晋成皇的要求。

晋成皇又提出另一个条件，他和他的中队只驻扎在双龙场。

杨青云知道晋成皇这心眼，狡兔三窟，如果进城驻扎，有可能被驻军和保警队突袭；如果驻在双龙场，他会闻风而动，择机行事。杨青云沉吟了半晌，也同意了他的条件，并说待他安定下来后，自己将只身前往双龙场与他见面。

　　杨青云确实没有吃掉晋成皇的打算，打死晋成皇的人于己无益，自己的人员枪支弹药损失了，那却是实实在在的。多一事不如少一事。于是，杨青云率领王天堂、廉杰才、廉有富、符朗星等人，带上赠送给晋成皇的武器，去双龙场与晋成皇见面。觥筹交错中，他陈述了当前的国内形势，同室操戈的危害。保警队要确保一方平安，期望他以大局为重，严守警纪，不要扰民。

　　晋成皇观行听言，将悬着的心放了下来。

第六章　借刀杀人

1.乐极生悲

晋成皇安顿下来不到半年，西安事变爆发了。众人还在惶惶议论窝里斗哪有可能打赢日本时，事变意外地得以和平解决。廉杰才、王天堂等人筹划开年正月好好玩一盘炸龙，以示庆贺。

转眼进入腊月，乌江县城一年一度的舞龙炸龙活动也进入编扎龙灯阶段。这一活动已成当地固定民俗，自发组织，自愿参加，自筹资金，自编自舞，自玩自炸。

乌江的龙灯扎得简单，用竹子剖成篾片，编成栩栩如生、气宇轩昂高大的龙头，形似冬瓜用绳子连接由奇数组成的龙身，像乌江上歪屁股船的龙尾，将龙头、龙身、龙尾糊上皮纸，龙头配上胡须、画上眼睛，再用棕绳连接，裹上有龙脊龙鳞的龙衣即成。

各街道扎龙数量比往年多了一倍。

腊月十二那天，从早上到下午，阳光灿烂，可申时刚过半，突然乌云密布，似如黑夜降临，仅一束像宝剑的亮光，插向东山美人峰眼窝。接着电闪雷鸣，下起了冰雹。最大的有桐子瓣那么大，噼里啪啦落了一杆烟的工夫，一些瓦片都被砸碎了。俗话说，腊月打雷刀兵动，十个牛栏九个空。这是风不调、雨不顺、国破家亡的预兆，请求龙神保佑尤其重要。

就国家来说，西安事变能和平解决，大家认为这是年初舞龙炸龙祈祷的结果，新春得好好酬谢一番龙神，同时祈祷中国人民团结抗日、旗开得胜，能在新年将日本鬼子赶出中国，实现国泰民安。

王天堂对五条街道扎龙倍增也有些忧虑：县城街道狭窄，乡下甚至外县来看龙灯的人更多。往年五条街道的龙灯聚在一起，多少都发生了些街道之间的摩擦，已逐渐积累了一些矛盾，各街道互不服气，都想以自己为大，不能在数量上取胜，也要在长度上争第一，或在扎亭子上标新立异。东江街的人历来认为，乌江龙灯是他们买来第一条龙后兴起的，于是把龙头上原来的"日"字改为"月"字，取"日阳月阴"之意，意思是条母龙，其他街道的龙都是这条龙下的崽儿。

东江街居住的大多是外地搬迁来的穷人，但人数多、舞龙炸龙勇猛，每年都是他们最先出龙，顺向巡游时，总是赶超到其他街道龙灯的最前面，也不许其他街道的龙灯身披象征年龄最大、权威显赫的"黄色"龙衣布。其他各条街道龙灯的区别，在于龙头的雄壮，在于龙身颜色和鳞片形状的不同：同色不同边，同色同边不同鳞，同鳞同边不同色，但底色都只有黑、白、绿、红等色。

另四条街道对此颇有怨言，但忌于东江街人多势众，大多敢怒不敢言。廉杰才等人对东江街长期"穷人舞龙充老大"的格局不满已久，早有"把东江街的威风打下去"的想法。因东江街的人勇猛齐心，明火执仗干不过，也怕明着干，所谓穿草鞋的不怕穿布鞋的。即使设计将其拉来关杀，也罚不到款，不过是摊乌血。

廉杰才找人谋划，暗中做手脚，以羞辱东江街的人，让其有苦说不出。

正月初九这天乌江县城赶场，各条街道将龙灯送到乌江边或水井旁，举行祭祀活动，寓意请龙出海。接着各条龙到各街道巡游，向民众亮相，展示舞龙的规模。接下来的几天沿街送帖子。如果主人接了帖子，舞龙的则约定晚上入户拜年。个别人家因与舞龙的灯头不睦，找一个有事不在家等借口不接帖子。不接帖子的人家也有家中老人去世不满三年的，这种人家更多的是不上门送帖子，因其门上都贴有用黄纸或绿纸写的春联，标志很明显。入户舞龙时，说些"天瘟带到天堂去，金银财宝滚进来"之类的祝福语，以求主家平安、添财，讨主人打发点喜钱或烟酒粮食。

正月十四午饭后，开始集中巡游。五条街道的龙灯、花灯、狮子灯、马车队、高跷队陆续上街，在街道名称灯牌的引领下，敲着咚咚锵锵的锣鼓，到各街道巡游。东江街的龙灯，从东江街到江北江街，从下街到中街再转到上街后沿来路返回。与往年比较，全城龙灯多了两条十来岁小孩举着的小龙，头戴小狮头的小孩在大龙间穿梭。几辆马车上，坐着手握镰刀或手提竹篮或肩扛锄头或挑稻谷、玉米的小孩和妇女，马车厢两边，分别贴着红纸写的"国泰民安，五谷丰登"。

吸引人们目光的，还是舞龙。

走在龙头前的逗龙人，手持木叉忽高忽低左右晃动，木叉上彩球滚动。舞龙头的随着逗龙人的引逗，大幅度似如横写"8"字舞动；玩龙身的，紧随龙头舞动翻滚；以麻脸女人或俊俏姑娘等男扮女装的人，紧紧拽着龙尾，控制着舞龙前行的速度，当队伍停下或缓行时，就做怪脸引众人发笑。

龙头吐着滚滚黄烟，随着舞龙人的步伐，翻滚在一片烟海里，表演着"鸳鸯穿步"等动作。舞动中，不时出现双龙，或齐头并进逶迤而行，或大龙在前小龙跟后，表演着"二龙戏水""双龙抢宝"等花式。一条龙在开阔处开始缠绕盘旋，表演"龙盘莲花"时，舞着龙头的廉有贵站在其他舞龙人肩上，将龙头高高举起；由王天堂女婿举着龙头的另一条龙跑过来，双龙交颈盘旋，伸向天空。高潮时，数龙齐聚，多处锣鼓喧天，鞭炮齐鸣，唢呐声、欢呼声连成一片，使人听不清对面的人讲话。

与往年相同，东江街的黄龙优先。

中街的亭子游到东江街时，亭子的用意被前来观看的私塾先生识破。他指着亭子让大家看。

大家看到，与其他街道大同小异，中街的亭子也是四人抬着大方桌，大方桌围的是红布。身穿黑色长衣的男孩，左手持一把削成宝剑形状的木棍，并染成银色，坐在桌子上较高的小靠椅上，远远看去，好像站着一般。男孩右手举着另一个男孩，他身穿白布绘成的战甲，头戴纸壳画就的战盔，手持竹竿红缨枪，好像在空中俯视一般。其实他也是坐在小靠椅上，两个椅子和方桌间，都有坚固的木棒棕绳绑扎连接，只是被小孩的长衫、战甲遮住了。

各街道所扎亭子的区别，除了桌布、服饰和小孩的长相、化装、性别，就是桌子上小孩身前匾牌上主题文字的不同。东江街巡游的两个亭子是"小姐游春""嫦娥奔月"，而下街的是"薛仁贵征东"，中街是男孩和男扮女装组成的"东吴招亲"。这两个故事众人皆知。特别是后面"接亲"的队伍在唢呐声中缓缓走来又慢慢离去，更是明确指出了扎亭子的用意。

东江街的人一听老先生的分析，觉得这是羞辱东江街，十分气愤，有人想冲上前去砸烂两街的亭子。可一看两个亭子中间，有二十来名保警队员，在廉有富率领下参与巡游。明眼人一看这是充当护卫，但表面上却是"警民同乐"，一旦冲击，势必被保警队以破坏治安为由惩处。老先生对众人说，来而不往非礼也，教给他们一招"以其人之道还治其人之身"。

正月十五白天巡游时，东江街改装的亭子"罗通扫北"出现在上中下街和江北街，后面还跟随了李杜氏的孙子李文德等人扮演的"孙悟空"和"猪八戒"，手中舞着的金箍棒和九齿钉耙，都是用坚硬的木材做成，已做好打斗的准备。

廉杰才一看，像吃了只苍蝇，有口难言。以江东街为起点，所有街道都属北，他家所处的中街自然也是。"扫"比"征"强多了。特别是第二个由李杜氏小孙子男扮女装改"西厢记"为"西厢偷情"的亭子，让他咬牙切齿。自家小妹廉杰花未婚先孕，特别是女儿廉娞明里暗里换了不少男人的事，在乌江已是公开的秘密。但此时出面争执，不说理由不充分，还会让自己"越抹越黑"。

廉杰才等人觉得"偷鸡不成蚀把米"，便怀恨在心，设计在元宵晚上的炸龙中进行报复。

乌江县城的炸龙，起初是"对龙不对人"，后来在寻求刺激中，逐渐将系在竹竿上的鞭炮举在舞龙人的头顶追着炸，用火药硫磺筑进竹筒的嘘花，则对着舞龙人的前胸后背喷灼。被炸的人认为，通过炸龙，能炸掉环绕在龙身边和附在舞龙人身上的邪气，四季安康。那些准备火炮、嘘花的人家认为，炸得越多越顺，特别是做生意的，通过炸龙和嘘花，新年钱财会像火炮轰鸣滚滚而来，会像嘘花一样绽放。炸和被炸，各街道都是"一视同仁"，但购买火炮，制作嘘花都得花钱，除了中街和下街，其他街道的人家，一般是对到来的龙灯象征性地炸一团火炮嘘一筒花了事。被炸的人觉得不过瘾，看的人也觉得不舒服，后来渐渐就集中在中街和下街了。

夜幕降临，天公也作美，整个元宵节，白天阳光明媚，夜晚明月高悬。各条街道舞龙的喝过酒，吃过饭，头裹湿透的破衣或棕片织成的帽子，赤着上身，下穿齐膝白布腰短裤，脚踩草鞋，向中街和下街走来。鞭炮声越来越密集，越来越急促，如山崩地裂一般。整座小城，东边刚停，西边又起，南边方熄，北边又鸣。廉有贵和王天堂女婿等其他街道的人，只一两个来回就退出了，只有东江街的五条龙灯，李文德等人，像往年一样，为体现其勇猛，高喊着"拿花来哟""拿火炮来哟"，准备把沿街的鞭炮、嘘花"搅干"。他们明白，身上被火炮炸伤、被嘘花灼伤，回去只要用烧酒一喷，三两天就结痂好了。他们不知道的是，中街与下街的乡绅已联合起来，购置了大量鞭炮，集中火力对付东江街龙灯队。

李文德所在的龙灯队和东江街另一支龙灯队第二次从南进入中街，入口随后被横七竖八的捆捆生木柴堵上，舞龙队伍扛着炸得只剩下些篾圈圈的龙灯往北走时，街道两旁的人家，门前竖着一排排竹竿，竹竿上缠绕着长长的鞭炮，手持缠绕鞭炮竹竿的炸龙人，从前后两边向他们蜂拥而来，顷刻间磺烟铺天盖地，火炮在他们头顶和身边炸响，令他们无法睁开眼睛。

扛龙头的李文德感觉不对劲，往北拽，想离开这里，可由于都喝了酒，前后步调不一，又不想失面子丢掉舞龙的木把，慌乱中有的往后扯，有的想就近从连接上下街的石梯离开，结果成了拉锯，让轮换上场的无数竿火炮炸得仿佛窒息。

李文德最终将其他人拽着往北，以为可以逃离无数竿鞭炮轰炸时，发现北边出口也同样都是横七竖八堆得高高的生木柴。另一支龙灯队的人说南边的来路已被阻断了，欲从石梯往下街奔逃，可路口也被年轻力壮的人员堵上了，有人认出是穿了便衣的保警兵。

突如其来的袭击，让李文德等人措手不及，他们才发觉遭人暗算。李文德一气之下，喊"拼了"，众人响应，抽出手中的木把横扫起炸龙的人来。

炸龙的人退让不及，有的脑袋被打破，有的手脚被打断，哭骂哀号声混杂绵延，没有伤着的，丢下手中的火炮四散奔逃。

这时，保警队从廉杰才家跑出来，鸣枪示警，李文德等人拖着被炸烂的龙灯，骂骂咧咧地往下街去了。

2.募款征兵

国民政府将 7 月 7 日定为抗战纪念日，全县掀起抗日救亡动员宣传高潮，普唱《抗日总动员》等歌曲，开展大献金活动。

县政府院内，前来唱歌助兴的艺人，捐赠钱赠物的男女老幼、官吏商贾、农民、乞丐、兵士，把院内外都装满了。

廉杰才率廉有富走近募款箱旁，帮工将十二摞封好盖印的一千二百块大洋摆放在募款箱前。当众人鼓掌时，廉杰才说："如果日本鬼子打来乌江，我家的钱财都将成日本鬼子的了，捐这点钱，表示点心意，让前线的弟兄们多杀几个鬼子，保得国家安宁，也就保得我家安宁了。"

这都是之前杨青云和王天堂上门动员廉杰才带头的结果。

杨青云、王天堂、符朗星等军政人员，也将银圆或法币塞进了募款箱。

一个少了一只胳膊的伤兵，将十元法币抚恤金放进募款箱，说："在北方前线丢了这条胳膊，而今有家难回，这钱给前线的弟兄，让他们为我报仇。"

一个浓妆艳抹的年轻女人，取下自己的耳环、项链、戒指，将手提包中的钱，全部掏出来投入募款箱。现场登记人员问她姓名，她回答"中国人"。其实人们知道她是春香楼的妓女，也知道她们那些小丽小翠之类是艺名而不是真名。

李杜氏坐在募款箱不远处支起油锅，喊大家吃油炸粑，将买油炸粑的钱放进募款箱就行了。

一个拄着拐杖的乞丐，从身上摸出一把铜子，上前投入募款箱，面带愧色地说："太少了，也起不到什么作用，仅是一份心意。"他说，"我们虽是社会最底层的人，但也不愿意做亡国奴啊！"

募兵现场，墙上的红纸标语写着"誓与国土共存亡""好铁打钉，好男当兵"，有十多名青年在前面排队登记。这些人大多敞胸露肚，衣衫褴褛。

这些人主要是弟兄太多，家里太穷，大多出生于站没个凶凶坐没有榻榻躺的人家，其中也有无牵无挂的流浪汉。他们的动机，大多是自己去部队有饭吃有衣穿，政府还要发给安家费，可以买一斗大米，每年还要给予慰问。如果在战场上能活下来，甚至立功受奖当官了，那更是光宗耀祖、名利双收了。

当穿着对襟白汗衫、黑色裤子的廉有贵走到队尾时，特别显眼，吸引了不少人的目光。

根据上面指令，已兼任县保警大队副大队长、团政治训导官的符朗星，正在监督登记并维持秩序。他明白廉有贵来干什么，之前已听说他要上前线当兵，但家里人都不同意。符朗星走过去对他说："兄弟，你不用在这里排队，直接去王县长办公室登记。"符朗星连拖带拽，将他送去了王天堂的办公室，交给了正在办公室喝茶的廉杰才、杨青云、王天堂、黄泽峰等人。

符朗星向王天堂等人使了个眼色，说："有贵兄弟要报名去当兵，我喊他到你这里来登记。"

廉杰才将脸扭到一边，杨青云会意："我给接兵的说说，让有贵去一个条件较好的地方。"

"我要去前线！"

杨青云回答："这个容易，从南到北，到处都在抗战，小的遍地开花，大的平津作战、南口战役刚打过，淞沪、忻口、太原都正在打仗，你想去哪里都能满足你，你就是迟去几个月，也保证有你打的。"

符朗星犹豫了一会儿，走近杨青云附耳低语道："募兵队伍中有神匪神将。"

"你大声点，这里又没有外人。"杨青云呵斥他说，"是谁？"

"募兵队伍中出现了神匪神将张洪飞。"符朗星挺直腰杆回答，"这张洪飞现在已更名为张洪武，是德江县稳坪人，父母是神匪神将。父母被黔军打死后，他跑到荆角乡角口姑妈家，后来加入了表姐杨三荷拉起的仙姑神兵，任了神匪小头目，参与伏击保警队，打探情报，攻占德江县城，阻击黔军。神匪被打垮后，他趁机逃脱不敢回家，也无家可回，四处流浪，靠帮人过活，如今到这里报名当兵，目的不是保家卫国抗日，无非是为了混吃混穿罢了。"

"那你认为该怎么办？"

"按之前的通缉，凡神匪神将一律就地枪决。"符朗星回答。

"应该杀一儆百！"廉杰才附和。

"你呢？"杨青云看着王天堂。

"窝里斗，斗光了人家来捡便宜！"廉有贵将脸扭到一边。

"有贵说得有理，"王天堂将一张条凳递给他，"有贵这边坐。杨团长今天是在考我们呢，这国难当头之际，你杨团长连那打家劫舍、无恶不作的晋成皇都能招安，曾经水火不容、打得你死我活的两党都已握手言和共同抗日，何况这已经过气的神匪？"

"王县长说得对，符副大队长的警惕性也值得肯定。我们面临的征兵压力太大，上面下达的指标年年增加，说好听点是征兵，说不好听点是拉丁。拉去的兵容易当逃兵，战斗力不强。通过募兵得到兵员，士气自然高，何况上面还有募一计二的规定，我们何乐而不为？"

"听君一席话，胜读十年书！杨团长高瞻远瞩的胸怀我等真是难以企及。"王天堂阿谀道。

杨青云没有回应王天堂，只是转向廉杰才说："我之前不是说过了，四公子有华还不到两岁呢，三公子有荣还在读书，也没有成家，枪弹不长眼，这老二万一有什么闪失，后悔都来不及了。"

未等廉杰才回答，王天堂补充道："是嘛，这二抽一是指成年男子，你家又不够格，话又说回来，就算二抽一还差一个，出钱买一个顶去不就得了？"

廉杰才白了一眼廉有贵，长长叹了口气，似乎在自说自话："家门出逆子，这些话早就比三喻四说过几十遍了，嘴巴也讲干了，就是听不进。"

廉有贵插话，"前些年上面说在警队干不算名额，几次花大洋买人去顶，上面后来都不认账，只要换县长，就来问我们该抽为什么不抽。现在花钱买人去顶替就行？还得另外拿钱封上面的嘴。今年过去了，明年上面人一换，老问题又成了新问题。看这架势，这抗战三两年也打不下来，打不下来，这事就永远没有尽头。长痛不如短痛，不再花那冤枉钱！"

"你也是，不就是钱吗？你还在乎那几个钱？你那钱不都是子孙的？还能带进棺材？"王天堂劝道，"今天用在他们身上，或是你百年归天后分给他们，不都一样？现在用在他们身上那叫赠送，还念声爹妈好，百年后再给，那叫继承，没有人情不说，弟兄间还可能为分多分少扯皮打架。"

廉杰才回答："每次百来块也不是小数目，眼下钱也确实是问题。自仗打起来后，货也难出手了。但这还不仅仅是钱的问题，是老二他不知哪根筋搭错了，跟着上面吼抗战到底。"

廉有贵劝父亲，"自古忠孝难两全，万一有什么不测，老的有那仁弟兄赡养送终，传宗接代有我那俩儿子。"

"热血青年！"王天堂劝说中不无威胁地说，"不要逞匹夫之勇，这一去不知还能不能回来。这些年拉出去的，有不少回来时已成了一张烈士证，增加了不少孤儿寡母。"

廉杰才双眉紧锁，闭眼连连摇头，"现在我也想通了，成龙他上天，成蛇他钻草，就当我没有生他！"

杨青云说："这批兵还有十来天才送走，你考虑两天再来登记。"

廉有贵斩钉截铁地回答："我这兵当定了！你们不同意，我就到前线去找部队。"

3.拉丁派款

热闹过后便是一片沉寂。接下来的拉兵派款，让普通百姓心惊胆战，寝食难安。双龙区区长钱忠禄将拉丁名单以及各保向乡长担保本保无遗漏壮丁的保证书交给王天堂后，本县征兵任务已完成。他请符朗星到办公室如此这般交代了一番。

符朗星带着城关区区长和治安兵前往东江街李杜氏家拉兵。途中有人已将土坎用锄头铲平，掏出了标语字迹，将每一个字的笔画用锄脑壳锤实后，用棕刷蘸石灰浆，在笔画处涂抹，黄土上显现出了"要国家不亡只有抗战到底"的标语。

符朗星来到李杜氏家的茅草房前，将开门的李杜氏一家堵在门内。李杜氏也没有请他进屋的打算，只是转身弯腰将一张缺角的条凳递给他，说："不好意思，屋里又脏又乱也没有多余的凳子，就不请各位长官进屋坐了。"

符朗星挥袖掸了掸凳子上的灰尘，坐下将枪套往腋下挪了挪道："今天来也没有别的事情，天也差不多要黑了，我就开门见山说了，有件事通知你，你要有思想准备。你家那小孙子已经满十六岁了，大孙子李文德还不到三十岁，在十六岁至四十五岁之间，符合上面二抽一的规定……"

李杜氏脸色突变，没想到符朗星今天来的目的是拉兵，急忙大声辩解："我儿子五年前被拉兵至今未归，怎么也得算一个名额吧，怎么还要到我家拉兵？"

符大队长嘲笑道："你翻的是哪年的皇历哟！五年前是省内军阀混战拉兵，而今是国家统一征兵，还是为了抗日保家卫国，能是一回事吗？"

"难道之前的政府不是国民政府，不是乌江县政府？"

"名称是一样，但那县长姓什么？他那县长是由国民政府任命的还是由匪军司令指派的？要找，你也只能找他们去。"

"这俩人没有地方找了，都做了无头鬼。"

李杜氏陡然想起乌江岸边洗衣服时捶衣的声音，远远看去捶衣棒砸下时并无声响，待听到声响时捶衣棒又已高高举起。这肯定是对自己打耳光气死廉奇石的报复。

对舞龙事件的处理，王天堂采取了折中的办法：各街伤员各街医。

东江街民众久久不能释怀，对廉家等富绅暗箭伤人的行为十分愤慨，常常三五成群地聚集在一起，与其他街道的人辩论是非。

在下街聚集时，东江街李杜氏指责廉家，喝了几滴墨水，晓得侮辱人了。那炸龙是为了喜庆好耍嘛。火炮中夹的大火炮不但稠密，个头还很大；那嘘花中居然放了铁沙，还往人脸上喷射。这不是存心要置人于死地吗？太恶毒了。

在场的廉奇石带着辱爹骂娘的脏话，指责东江街的人缺乏教养，借扎亭子进行人身攻击，没有本事参加炸龙，还恼羞成怒伤人。

互指对骂中，他骂她，"你这个搬家子！"

她反问他，"你祖上是乌江哪道土坎垮出来的？姓龟还是姓兔？"

李杜氏骂到了廉奇石的痛处，他家祖上不但是从外地来的，而且不知具体地点，更不知道自己究竟姓什么。问姓龟姓兔，还隐含骂他是龟儿子或是兔崽子。他气咻咻地向前指着李杜氏的鼻梁骂她："人不像人鬼不像鬼的东西，真是麻子敲门——坑人到家了，男的坑死了，儿子坑没了。"

众人笑。李杜氏满脸是麻子，早年守寡，儿子被抓兵外出多年不知死活。

李杜氏恼羞成怒，突然举起右手朝廉奇石左脸接连掴了两个耳光，待他反应过来想还手时，咳喘已让他缓不过气来，弯腰蹲了下去。

骂骂咧咧的李杜氏抬起脚准备踢他脑袋时，被东江街的人拉住，劝说推回了家。

被人扶回家的廉奇石，躺在床上起不来，吃不下饭，隔天开始吐血，不几天就死了。

城中人私下流传，男人被女人打了耳光，把神光退了，不死也要脱层皮。

传说，廉有富听到祖父被打的当晚，就要带人去将李杜氏抓进警队"整她一顿"，被廉杰才制止了。他说："街坊间扯皮打架也是常事，这事的因果像鸡生蛋蛋生鸡一样难以理清，摆在桌面上一谈，自家那些事，有挑起不臭提起臭之嫌。事后如果再打就输理了，让外人说我们仗势欺人。俗话说，君子报仇十年不晚，时机来了，三两年一两次就足够了。"

李杜氏没有想到这报复来得这么快，而且是斩草除根的方式。于是她质问符朗星："廉杰才有四个儿子，第三个今年已满十六岁，他家抽几个？"

在李杜氏走神时，看着一只蜘蛛在檐下织网的符朗星，听到她的质问后冷笑道："闲事管得宽！自己的菜稀饭都没有吹得冷，还有心思去吹人家的包心汤圆。"

李杜氏道："你不是说全国抗日匹夫有责吗？难道有钱的就没有责，有权的就没有责？"

符朗星将手枪抽出来拿到右手把玩，抬起手枪指着江对面的山坡说："你看看前面那几块石头上用石灰浆写的是哪样，你不识字我来念给你听，写的是'有钱出钱有力出力救国'，人家仅捐款就多达一千二百块，你捐多少？"

"有钱就能买命？"

"我不和你扯钱啊命的事了，就是出人，人家有富中队长就算一个。上面已经规定，在保警队出力的，也算一个名额。"

"那我大孙子也可以去保警队。"

站在旁边的治安兵，转身忍住没有笑出声来。符朗星朝她冷笑后道："保警队也不是谁想去就能去的，何况卢沟桥事变后再去的需要报锦江专署审批。"

"那他家也还差一个！"李杜氏像抓到廉家的命门一样，有些暗自得意。

"你说得对，不过人家比你境界高多了，二儿子有贵已经主动报名参军。"

李杜氏听得目瞪口呆，继而说："不可能，你说谎。那天我在现场，他去县政府院子里募兵是幌子，做给大家看的，后来不是被你叫走了吗？"

"你想不到的事情多得很呢，你明天一早去县政府看看，廉有贵是不是要随新兵上路。"

李杜氏听到符朗星这么一说，怔了片刻，出门双膝跪在他面前说："符大队长你也看到了，我大儿子当兵后音信全无，儿媳改嫁。乌江涨水时小儿子去弄上游冲下来的木料，一个浪头打来，木柱撞在渔船上，船毁人亡，至今尸骨没有归家。"

"你起来，起来慢慢说。"符朗星右脚跷起二郎腿，穿着黄牛皮皮鞋的脚上下弹着诓她，"这当兵好处也多，特别是困难人家，入伍时政府不但要发给安家费，每年有慰问金，受伤了，根据受伤等级，还要一次性发给恤金，每年发给年抚金。"

"符大队长，上面的规定是好，可那些被抓兵的人家，都说没有得足过，入秋以来，说得的不足一半，不知这些钱被哪些人私吞了。"

"话不能乱说，上面需要用钱的地方很多，拨来的款项不足，县里又哪有钱来垫付？暂时赊欠也是人之常情，上面不会说话不算数的，白纸黑字清清楚楚写着呢。"

"我独自抚养这两个孙子长大，去年已满七十，身体一天不如一天，一家人的生计全靠这大孙子支撑。他们只生有一个女儿。"李杜氏继续求情，言外之意，还没有传宗接代的人。

符朗星道："万一出现不能生还那天，他就成了烈士，成了民族英雄，也是光宗耀祖的好事。从经济上讲，牺牲了更高，一次恤金八十元法币，可以买一头大牛一头半大牛；每年五十元的法币年抚金，可以买一头大牛。这些钱够你们一家吃穿用度了。有女不为绝，你可以将你那曾孙女招婿上门，同样可以养老送终嘛。"

"符大队长，你看我这身子骨还能等到那天吗？我一死，孙媳妇哪还留得住？孙女的命都难保了。"李杜氏说着说着，眼泪顺着脸上的皱纹四窜。

"你身体还很硬朗，家里的活路能干，犁田铧土都能做得下来，活他个百把岁没有问题。"符朗星说，"不过，这都不是我们今天来摆谈的事，人，我们一定要带走才能交差，望谅解我们的苦衷。"

"孙子今天不在家，待他回来了喊他去找你们。"站起来的李杜氏，眼角露出一丝不易察觉的微笑，"符大队长，你喊长官们进屋坐一会儿，喝口水吧。"

"这个不用了。我是说你就不用叫他去我那里报到了。之前我已打听到他回家来了才来请他，你手把门框不慌不忙与我们交谈，继而又打起悲情牌拖延，我就知道他将从后门逃跑。不过他出门不远，就被事先埋伏在那里的保警队的兄弟们扶着他往新兵集中地去了。"符朗星鼻孔哼哼满脸露着得意。

李杜氏啊了一声，急忙转身朝里屋走去。

符朗星站起来拍了拍衣襟对着她的背影大声说："这样也好，免得找不到人兄弟们冒火将你家这茅草房烧了，一家老少没有住处，也少了他驾打鱼船连夜闯乌江逃跑船翻人亡的危险，到那时就真的是鸡飞蛋打了。"

她看到后门不远处江边田坎上孙子被扯破的衣服，情知是被埋伏在那里的保警兵抓走了。喊了声么，昏倒在地。

符朗星从随行人手里接过一张纸，对屋里抱着孩子瑟瑟发抖的李杜氏的孙媳妇扬了扬手说："这是出征抗敌军人家属证明书，放在板凳上了，收好。"

4.瘟疫肆虐

一九三八年新春将临，乌江县政府贴出安民告示：今因国难当头，天又大旱，粮食歉收，前方物资紧缺，百姓生活困难，为节省物力，共克时艰，根据专署指令，新年春节不准舞龙，元宵不得炸龙，违者将以违反战时法规论处。

城关区区长组织城区街道的保长、甲长和各街道灯头开会，王天堂、杨青云到场讲话，大家认为说得有理，于是，乌江县没有像往年一样在春节期间舞龙、炸龙。

大家理解，淞沪会战损失惨重，南京保卫战也失败了。报上说，日军见人就杀，见女就奸，见房就烧，比晋成皇之前为匪不讲理有过之而无不及，并且更加残忍。有人怀疑是不是政府宣传过分，但有从南京逃回来的商人、兵士，指天戳地发誓，说报上没有夸张，他们亲眼看见的比这还要悲惨。

在众人对传说真假难辨之际，两个铁的事实却摆在了面前：一是阵亡将士名单一摞一摞地送来，县政府接连召开了几次追悼会，会后再将烈士证书和上面发来的抚恤慰问金送发到阵亡将士家人手中。第二件是征兵，上面下达的指标逐年增加，前年三百人，去年五百人，今年是八百人。这意味着，每万人每年将抽三十来人。这些人不少是绑着双手连成一串送去专署的。不久，有的人名就写进了烈士证书，被送了回来。

春节刚过，乌江暴发了瘟疫，众人说，真是祸不单行、雪上加霜。

东江街的李杜氏，正月十五那天晚上，突然发生剧烈的腹痛腹泻，大便次数骤增，有时刚从茅厕回房，又急忙返回茅厕。她想，可能是吃了没有熟透或带毒的食物，用大蒜烧熟后吃下，没有效果，还增加了呕吐。没有钱看医生，她心想将之前吃下的食物拉完吐尽，就会停止上吐下泻。

第三天进食依然困难，不能起床，只能将床板分开，让自己拉在床板下的木灰里，呕吐在床前的木灰中。她感觉自己患上了传说中猛如老虎的霍乱，一串泪珠滚了下来。她喊孙媳到门口，不让其靠近，本想努力微笑，但却表情淡漠有气无力地说，赶快带上曾孙女和二孙子离开去娘家，躲过这一劫再回来。

当晚，李杜氏从休克中醒来，发现自己不再呕吐，也有半天没有拉了，连尿都没有，但心跳加快，呼吸急促，脉搏跳得微弱。她清醒意识到，这只不过是人死之前的回光返照。于是她爬下床，爬到门外街边。第二天人们发现时，她已经死去多时。

李杜氏被安葬不久，乌江县城霍乱症从东江街逐渐蔓延到城区各条街道，甚至在乡下也有零星病例。大家感觉到，这可能是参与吊丧吃饭的人带回来的，于是，除非近亲和邻居有人死亡不得不参与外，其他的尽可能回避。

为防治瘟疫，安抚民众，县政府召集城区医生寻找应对之策，集体处方。

根据医生开出的药方，支起数口大锅熬制中药，费用由药店降价三分之一，政府补助三分之一，民众自费三分之一解决。

前来喝药的人不是很多，特别是年轻人极少。大家认为，死者多为上了年纪的，只因他们消化功能不好，抵抗力弱，再加上其他病症所致。

或许是药不投方，瘟疫并未得到有效遏制，不时仍有喝过药的新患者涌现，其中还陆续出现死亡病例。政府又根据医生的意见，多次更换药方，但仍未能见效。

城中有人传言，药商降价后的价格，本来就是批发价，政府根本没有补助钱，大家出的钱才是本钱。特别是患病两三日自行缓解痊愈的人，说喝那药有什么用，简直是花冤枉钱！阎王叫你三更死，哪能留人到五更！

廉杰才骑马去双龙场找岳父，看到药房门上那副对联就想笑。那对联是：但愿世间人无病，何愁架上药生尘。这是高风亮节的空口号，世间没有不生病的人，真是人无病了，那不是药生尘的问题，是该关门改行求生了。

廉杰才进屋与众人打招呼时，孟医生抬头看了他一眼，鼻孔嗯了一声，算是答应了，继续用拇指伸到身旁碗沿的灯草火焰上。火焰烧在他的指腹上，退回迅速按在男子怀中幼儿背脊的穴位上。幼儿在不停地哭叫。他对男子说"好了"时，伸进碗中桐油里的灯草，还在碗沿静静地燃烧。廉杰才知道，他这是灯火疗法中的印灯火，听他与男子的对话，是在治这幼儿发烧和腹胀积食。

孟医生刚起身，等候在柜台前的徒弟过来将药方递到他眼前，他指点着药方说："加十钱水蛭疗效更好，黄芪可以减五钱，少花点钱，但不影响疗效……"站在身旁的徒弟不时点头。

廉杰才和站在柜台前等候抓药的男子，目光似乎随着他的话语，在那壁药柜中寻找他口中所说药物在哪个抽屉中的哪一格。他为患者减轻经济负担，以及诲人不倦的授徒方式，都让廉杰才肃然起敬。

孟医生不像其他师父那样让徒弟自学，而是让徒弟开处方，再亲自审查纠正，这样徒弟就学得更快更精一些。

孟医生曾对廉杰才教会徒弟饿死师父的担心解释道："人们对中医更多的是看口碑，一个人要树立口碑，除了有医术，还要有医德，这都需要较长的时间，不是三两年能够办到的。再说，还要看天赋，有的徒弟教了好几年，依然记不住同类病症中的差异，以及药量增减的道理。"

廉杰才说明了来意，孟医生将他带到厢房楼上那三间药材储藏室，一间是经过简单加工的中药材，装在篾编大筐内，或大小不一颜色不同的布口袋中；有的像割回晒干的柴草一样，大捆大捆地堆放在另两间屋里。

孟医生从背篓中提出大包配好的中药交给廉杰才，说本来准备吃过午饭亲自给他们送去的，他来了，自己就不用跑路了，并嘱咐他，这是预防瘟疫的。随后他提起其中的白布口袋说，安排人用大锅熬好，再将这里面的药粉抓一把放进去，用瓢搅拌均匀后，用滤帕像过滤豆浆一样，将药液过滤在木盆中，稍冷却后就可喝了。全家老少都可以喝。每人一碗，大人用大碗，小孩用小碗。这药可以熬三次，连喝三天，每天喝一次就可以了。如果有人患上霍乱了，再根据症状轻重到这里另行抓药，不能混吃。

廉杰才顺手拿起一节柴胡折断捏弄，说："之前怎么不将药方拿出来呢。"

孟医生鼻孔哼了声说："拿药方简单，是不是有人相信你的药方有疗效才是关键。"他说，"钱区长那秘书嫌我那药方太贵了，有两样药外面还买不到。更让人气愤的是，他问如果集中在我这里买药，能给他多少好处。我回答他，炮制虽繁必不敢省人工，品味虽贵必不敢减物力。小本经营，采药、收购、炮制都得花钱，降价三分之一已经开始亏本了，不可能把自己遮风避雨的房子卖了用来做慈善。那样的慈善做下去，我这药店早晚得关门。之后，没有人再来问我，我听到的说法是，'问过孟医生的药方了，和其他医生的处方大同小异'，意思是说吃了同样不会起作用。话又说回来，即使用我的药方，又有几人吃得起？或者说又有几人舍得花钱去吃？"

"那我去跟王天堂说说，买你老人家的药材煎熬，贵是贵点但有效，毕竟有钱人还是怕死，城中能吃得上药的有钱人也不少。"

"他们如果愿意，自己出点钱买来熬了先喝着试试，特别是杨团长那兵营和保警队，你转告他们，不要上街乱窜，瘟疫一旦在他们兵营流行，那麻烦就大了。"

"想来他们也不缺这几角钱。"廉杰才将柴胡丢进篾筐中。

"全家上下，虽然喝了这预防药，还是不要到处乱走，特别是婚丧嫁娶堂中，即使去了，也不要在那里吃饭，宁愿自己带吃食；也尽量不要让无关紧要的外人来家里，特别是吃饭。这与邻居失火了，及时撤掉自家相邻的柴草，扒掉相邻房屋的瓦片阻断火势是一个道理。"孟医生下完楼梯站在阶沿坎上说，"其实这病也没有什么大不了的，如果及时用药，脱水得到及时治疗，三五天最多十天就可康复。"

　　"我有个想法，你将中药配好，我拿到城里原价出售，不想死的就来买，不怕死的随他。"廉杰才觉得这是救人的办法，也是趁机赚钱的机会。

　　"嗯？这不可取。"孟医生停了片刻说，"我倒是有个想法，你带个头，城中的富裕户捐点钱，让所有人都免费喝。"

　　"那得多少钱？"廉杰才睁开眼睛看着孟医生，好像不认识似的，他的提议与自己的想法相去甚远，甚至是南辕北辙。"这不成了他们生病我吃药？"

　　"在县城和区乡所在地架起大锅熬药喝，全县二十余万人，补助四五千块大洋足够了。"孟医生回答了廉杰才的第一个问题，看到他疑惑的目光更是在问为什么要由自己出钱便问他，"邻居失火你说最好的办法是什么？"

　　"那当然是参加灭火了，不然将烧到自家来。"

　　"这就对了。"他分析道，"如果漆农都生病死了，你去哪里买生漆？如果帮你收购和销售农副产品的人都患病了，谁来帮你赚钱？如果你农庄的租赁户都死了，你那些田土还不撂荒？——这又回到我之前给你讲过的谁养活谁的问题上了。这笔账算下来，你捐那点钱算什么？"

　　"那好吧，回头再说。"廉杰才搪塞道。

　　瘟疫继续发展，患者不断增多，死亡人数天天增加，形势越发严峻，百姓陷入恐慌，王天堂也曾号召大家喝廉杰才提供的预防药，除了有钱人试着喝了些，多数民众都不会花那冤枉钱了。

　　病急乱投医，一些病患开始尝试不花钱的偏方。

　　霍乱出现以来的一个多月里，仅城区就夺去了三百多人的性命，这在不足七千人的县城，是个不小的数目。

　　正宗药方不行，偏方也不见效，恐慌在城乡蔓延。廉杰才云岩关农庄喝过预防药的租赁户，居然也开始患病。他问孟医生为什么，孟医生告诉他，山这边的山火扑灭了，山那边还在燃，山这边会不会复燃？要想平安，同时灭火才是办法，还是回到之前建议捐款购药上来。

廉杰才向王天堂提出后，王天堂说这是大善事，第二天就在各条街道巡回接收捐款，随后在各条街道张榜公布捐赠人的姓名和金额，廉杰才以首先捐款和捐款金额第一名列榜首。两天下来，所得捐款折合大洋五千多块，其中廉杰才捐款五百块。然而喝过孟医生预防药的人第二天开始患病，吃过治疗药的患者，第二天也未见好起来，甚至还死了好几个人。

第三天，东江街传出主要原因是今年春节没有玩龙灯，没有酬谢龙神上年的保佑，更没有祈祷来年风调雨顺、政通人和，得罪了龙神，龙神现在要惩罚乌江人。有人提议补玩龙灯，以平息龙王爷之怒。

这一说法迅速得到民众认可，要求补玩龙灯以平息龙神震怒的呼声越来越高。王天堂同意、杨青云默许大家舞龙炸龙酬神祈福，并约定第三天白天舞龙，天黑后炸龙。号令一出，沿街各家开始购买鞭炮和磺烟，贫穷人家也想法购买了数筒磺烟。

舞龙炸龙结束，瘟疫竟逐渐平息下来，大家认为这是补玩龙灯龙神显灵不再降罪的结果。

杨青云、王天堂等人在廉杰才家吃饭时，王天堂微醉后对孟医生说起这舞龙炸龙的神奇。

孟医生脸色有些不好看，喝了口酒又吃了口菜说道："瘟疫已经上身的人，只是没有感觉到罢了，喝预防药哪能退病？那些喝过治疗药汤又死的，多是奄奄一息的病人，何况他们死前服药不过一两天。服药四天以上的，有谁患病了，有谁死了？当然，炸龙燃放鞭炮磺烟，也起到了杀毒灭菌的作用。"

"哼！"杨青云讥讽道，"如果舞龙炸龙就能保佑国泰民安，那就没有卢沟桥事变了，淞沪会战就不会白白伤亡三十多万将士后撤退了，南京大屠杀就不会有三十多万冤魂了。"

众人缄默。杨青云所说的一切，都发生在上个春节舞龙炸龙之后的一年里。

5.美人施计

王天堂感觉晋成皇已渐成自己的心腹大患。

上面要求政警令行禁止，可过了一段时间，他发现阳奉阴违在全县如暗流，特别是双龙区，县政府下达的任务，钱区长表态了不算，没有晋成皇点头执行不了；通知他进城开会，只是派尚山卒、李甲等人参加，更是将进城统一驻防的命令当了废纸。

王天堂找到杨青云反映，说这晋成皇简直是披着警衣的土匪，并历数他胆大妄为的勾当来。

在征兵中，晋成皇充当中间人购买壮丁，鼓励被买壮丁寻机逃跑回家，不予追究。不时以通匪等罪名，捆绑过境的青壮年冲抵名额。

一次，将沿江县前来走亲戚的人，以没有通行证为由定为敌特分子关押。其家人接到消息后，赶到乌江县城请在兵役科任副科长的老表帮忙放人。副科长很为难，此时人已在接兵人手中，只好将钱转给接兵的连长，在途中将绳子打成活结，让他入夜时装睡，在众人熟睡时逃跑。

为了聚财，晋成皇更是绞尽了脑汁。他钱财的来源，除了在强拉强征中，为一些找上门的富户解难，让其应征的子弟免征，默认收钱的人冒充其子弟当兵，征收鸦片种植、吸食、贩运治安费。

他不种鸦片，但种植鸦片的人家，税外要按株交治安费，不然将以非法种植之名铲除、罚款。开烟馆吸食鸦片的，同样要交治安费，否则也将以非法之名关停整顿。鸦片贩子不管去专署还是前往省城，抑或进乌江县城走水路，双龙场都是必经之路。如果不按他的要求交费，轻则以非法贩运没收，重则走出双龙就会被抢。被抢的就不仅仅是鸦片了，还有随身携带的钱物。过往客商明白过来后，主动上交治安费，还请其派人装扮成随行人员护送出境。一来二去，过往客商还与他交上了朋友，得到优惠甚至减免。

让晋成皇收入源源不断如夏日溪流的，当数对市场收取的治安费。凡在场外交易，商品将被没收，还将视其情节轻重，决定对售卖人是否关押、罚款。进场出售的，出售前根据货物品种、数量，按规定的标准缴纳治安费，如一升米交两角，一升苞谷交一角。对固定经营的摊位、门面，按规模大小核定治安费，可以月初第一场交当月的，也可年初交当年的。一次性交半年优惠一个月，交全年优惠两个月。

晋成皇的手下，在他睁只眼闭只眼的放纵下，不受警纪约束，常常在外游荡，惹是生非。

王天堂也曾暗示他，如果不收手，将免去他副大队长和中队长职务，他带口信来说，如果那样，正好可以不管政府那些征兵、收税的事情。

杨青云每次听取王天堂汇报后都劝道："政府下达的征兵、税收任务，晋成皇都完成了十之八九的，与其他区比起来，是算出色的。"考虑到晋成皇逢年过节，都让人带来钱物以慰问驻军的名义对他进行慰问，就对王天堂宽慰道，"国难当头，团结为上。只要杨某人在这里一天，他晋成皇就屙不起三尺高的尿。"

这天，杨青云接到上峰命令，后方治安全权由警队负责，三日后启程前往指定地点集结，增援武汉保卫战。

他安排警卫通知王天堂到团部来，告知他这一命令。

王天堂听到杨青云将率队离开的话，把自己终日担心的事再次说了出来："杨团长，你们一走，他晋成皇肯定会闹事。四中队兵强马壮，一旦打起来，其他三个中队多是些贪生怕死的人，难以抵挡。他想当县长什么的还是小事，只怕他恣意妄为，奸淫掳掠无所不为。"

"那你有什么办法制止他？"杨青云改变了以前袒护晋成皇的态度。

王天堂献策："杨团长，你看能不能以驻军将离开，召开治安布防会议的名义，通知他进城，然后……"

"你是说用鸿门宴之计除掉晋成皇？那恐怕会偷鸡不成蚀把米。他不会轻易进城的。他即使进城也是护卫重重，必定有鱼死网破的准备。再说，就算把他干掉了，也难有把握收服四中队。"

王天堂又献美人计："让廉妥出马，让他牡丹花下死。"

杨青云摆摆头："夜夜做新郎的晋成皇，廉妥于他已没有新鲜感。我还听说他在双龙场买了栋房子，已托人做媒，准备迎娶钱区长的女儿呢。那钱区长敢不答应的吗？"

王天堂又献一计，釜底抽薪。一个国家，一个地方，一个家庭，最怕的是内乱，一旦内乱，别人就有机会各个击破。

"你让他内部火拼，这恐怕更难。"杨青云摇头。

"我亲自去趟云岩庄农庄，劝说廉娈，以美色引诱尚山卒，再许诺让尚山卒替代晋成皇为副大队长兼中队长。"

"计是好计，"杨青云说，"这得看廉娈愿不愿意了，之前威胁人家骗取他人存款那事，雷春和说那都是地方官员的敲诈。好些年也没有人来追问了，民不告官不究，我们也难再拿这个说事。"

王天堂道："这个好说，我会让她明白，一旦晋成皇得势，她廉家那些家产，可能有一半要归晋成皇。还有，她不是想为翻瓦匠报仇，为自己雪耻吗？"

杨青云说可以试试。王天堂就设计了一些具体细节。

尚山卒接到廉娈送来的口信，说她在云岩关农庄等他，托他办件事，事成前后都有重谢。

他从廉娈上山就对其美色垂涎欲滴，如今她有求于他，用什么谢，如何谢，得由他说了算。

尚山卒骑马出双龙场，拍马狂奔，人马汗流，只两炷香工夫就见到了廉娈。廉娈亲自沏好茶，在他的对面坐下。

"廉小姐，有什么事需要在下办的，请吩咐。"尚山卒看了一眼雾气袅袅的茶杯，双眼充满痞意地盯着廉娈的双眼问。

"看来尚队长也是足智多谋之人。"廉娈笑道，端起面前的茶杯呡了一口，起身将这杯茶与尚山卒面前那杯进行了对换，"不烫了，尚队长喝我这杯。"

"廉小姐多心了。"尚山卒看了一眼廉娈喝过的茶，确认不可能下毒之后，端起来在廉娈喝过的地方，喝了一口，吹了吹漂浮的茶叶，看了看，又喝了一口，"廉小姐这茶真香。"

她用暧昧的眼神看着他，接上刚才的话说："没有什么事就不能请尚队长来坐会儿？"

"廉小姐不计我杀翻瓦匠的仇了？"

"事情都过去这么久了，哪还去计较那些陈谷子烂芝麻的事哟。"廉娑回答，"人活着总得向前看，再说你已是归顺官家的人，和我大哥同在保警队，今后还望你多多关照他呢。"

"我？关照他？"尚山卒指了指自己的鼻子疑惑地问，"廉小姐开玩笑开得没有影子了。"

"我听说，杨团长要让你取代晋成皇呢。"

"廉小姐，这话可不能乱说。"尚山卒慌忙压低声音。

廉娑向尚山卒招了招手，说："你过来我看看你的手相。"

尚山卒说："你能看手相？"说着坐到了廉娑侧首，将右手伸给她。

"男左女右。"廉娑用左手拉过他的左手，他的手微微颤抖起来，她装着不知，用右手在他的手心上下划拉那手掌中的纹路。"你看这事业线，尚队长早年虽然困苦，中年却能富贵双全；再看这婚姻线，良缘将成，夫妻和睦……"

再也忍禁不住的尚山卒，猛然将廉娑拦腰箍在自己怀中，大嘴在她脸上口上一阵乱戳，喃喃地说我现在就要富贵双全，夫妻和睦。随后左手护颈，右手抱腿，将她紧贴在胸膛向里间卧室走去。

云散雨歇，床上，尚山卒左手掌撑头，右手在她胸脯游走，盯着满脸红润的廉娑问如何才能富贵双全。

廉娑问："晋成皇待你如何？"

"时时利用，处处设防。一旦他起了疑心，自己做鬼了都还不知道是怎么回事。"

廉娑侧身将王天堂的想法告诉他："杨团长说，事成之后，让你取代晋成皇，任保警大队副大队长兼第四中队中队长。"

"这不是换汤不换药吗？"尚山卒将之前眯着的双眼睁开，"他们为什么要这样？是不是让我们火拼？"

"你和他不一样。"廉娑说，"他欠着青龙乡十多条治安兵的命。"

"他们这是秋后算账？"

"这些事都可以不计较了，但杨团长、王县长对他服委不服调还胡作非为疑心重重，更怕生性凶残的他，等杨团长某天离开了，他可能会打进县城，将王县长赶下台，为所欲为。"

"那也与你家无关呀？"

"怎么无关？贪得无厌的他，一旦敲诈起来，我家不知要被他敲去多少。稍有异议，还不知他做出多少歹事来。"

"这话我信。"

"追根溯源，可以这么说，抢我银子的是他，杀翻瓦匠的是他，将我掳到山上，让我身心受到屈辱的，还是他。"

"我明白了，这才是你最想感谢我的真心话。"尚山卒说着，一脸淫笑地看着她。

她将手伸进他下腹，"我还想感谢你一次。"

"不用谢！"他笑着翻了上去。她发出的呻吟声让他销魂，在他感觉人生已经达到顶峰时喊出了一句，"我要娶你做老婆！"

廉娈待他从身上滚下后问道："你刚才说什么？没有烧糊涂吧？"

"那样不就是你说的富贵双全了？"尚山卒边穿衣服边说，"我得赶回去了，来日方长。"他将日字口音拖得很长。

廉娈沉默。

6.命丧鸿门

尚山卒回到双龙场，晋成皇说下午找他人不在，问去什么地方了。他面带笑容回答："有人给我做媒，谈廉杰才女儿廉娈，去了趟云岩关农庄，望人。"

"望人？"晋成皇疑问，"难道你们还不认识？"

"认识是认识，不过那时是大哥的人，我哪敢多看一眼？"尚山卒笑道，"现在大哥有了新欢，我也想成个家。"

尚山卒的回答消除了他的疑虑，他说这个自然。"不过，你外出也该给我念一声嘛。"

"我到你住处和办公室找你都不在，跟李甲说了，他没有告诉你？"

"他讲了。"晋成皇提醒尚山卒，"那个廉叟，听说八字硬，克夫。这个就不说了，但名声是有些不好。"

"大哥说的是。"尚山卒挠了挠头，有些惭愧地说，"我这种人，父母妹妹都被我克死了，也不在乎老婆命硬不硬的。"

"可我发觉，这廉叟跟了不少人，却是没有怀上小孩。"

"先解决富贵，再解决有后。"尚山卒朝晋成皇坏坏地挤眉弄眼。

晋成皇迟疑了一下笑道："还是我兄弟聪明，只要与廉家这亲一开，不但能发财，我还保证你要不了多久就能到其他中队任个中队长，或乡长甚至区长什么的了。至于二老婆三老婆的，还不是由兄弟金选银选，好中选优？"

"没有朱砂土红也是宝。兄弟就这点出息，让大哥见笑了。"尚山卒拧着右腮黑痣上的毛说。

第二天，晋成皇接到杨青云团部通信员骑马送来的通知，转天中午前，各区区长、保警队分队长及以上人员，集中到驻军团部统一吃饭后开会，事关全县稳定大局，不得请假。

晋成皇问通信员，"开什么会？"

通信员回答："我们将开赴前线抗战，开会是为了部署全县社会治安，严防乌江的神匪死灰复燃。"

"你们什么时候离开？"

"估计就是这十天半月了。"通信员嘱咐道，"晋副大队长，杨团长交代了，如果有人无故不到会，将按军法惩处。"

通信员上马走后，晋成皇想，看来国民政府急了，能不能转危为安，武汉保卫战是关键。这驻军一走，他说话的分量就重了，王天堂等人不能不看他的脸色行事。至于自身安全，他之前悬着的心早已放下了，去过几次团部和县政府，都是平安无事。现在正是政府号召全国一致抗日之际，驻军在时没能把他怎么样，离开之后更不可能对他怎么样。驻军离开之后，做什么说什么，得看自己高不高兴了。

晋成皇带着尚山卒、李甲等分队长和保镖，转天天亮上马前往驻军团部开会。但防人之心不可无，配枪是必需的，开完会不在县城过夜，多晚都得赶回双龙的习惯不能改变。

会场设在万寿宫的院子里。饭后众人走进会场，在方桌连接成的会议桌两边坐了下来。左边是营级以上军官和各区区长，右边是保警队分队长以上的警官。晋成皇看到杨青云没带武器，穿着宽松的军装走进会场，坐到上首椅子上，有些悬着的心完全放了下来。

杨青云通报了一通全国抗战形势，对在座各位提出要求，国难期间，所有人员各司其职，县、区、乡要继续将民众动员到抗战上来，做好后援工作。县保警大队、区治安大队、乡治安分队，要全心合力，保境安民，不要认为驻军离开了就胡作非为。近期有人举报，保警队有长官利用手中武装，收编散兵游勇，胁迫他人捐款捐物，逼迫民女为妻，这些都是后方不稳定的隐患。

晋成皇听着听着会议主题变了调，矛头转向了自己，脸色越来越不好看。他问："杨团长，是谁举报，举报了谁，举报了什么，请你具体一点。"

"晋副大队长，要想人不知除非己莫为，你哑巴吃汤圆——心中有数。"杨青云不咸不淡地盯着晋成皇说道。

"道听途说你也相信？"

"你擅自兼任双龙区治安大队大队长，有没有跟我讲过？"他指了指王天堂，"我杨某人同不同意不要紧，你向王县长请示了吗？王县长他同意了吗？各区治安大队是归县政府管的。"

"这是人家双龙区钱区长通过中间人商谈，诚心邀请我的，这样更有利于统一指挥，保境安民。"晋成皇瞟了一眼钱区长辩解道。

"可这举报信却是钱区长亲笔写的。"杨团长从桌上文件袋中抽出几页有些褶皱的皮纸扬了扬，"中间人出面请你兼任是事实，可这中间人是你安排的，是你安排中间人去找钱区长出面请的你。"

"简直是胡说八道，血口喷人！"晋成皇指着钱忠禄说。

"这事才结束，你又胁迫钱区长将女儿嫁给你，他女儿才多大？今年还没有满十八岁，你整整大了她二十五岁，你比钱区长还年长一岁。"

"那是明媒正娶，依礼依规的。"

"你说了不算，举报信中说得明白。中间人传你的话，说如果不与你开这门亲，哪天土匪来抢劫，怕自己不好使力，这难道不是胁迫？"

晋成皇指着坐在对面的钱忠禄说："你说说，这举报信是不是你写的？"

钱忠禄慌慌张张看了一眼晋成皇，低头盯着桌面不语，用衣袖揩着额头冒出的细汗。

"你不要威胁钱区长。"杨青云继续说，"你擅自要求双龙区各乡捐款捐物，美其名曰'加强治安费'，这与你之前当土匪收保护费有什么区别？"

"那钱你杨团长没有用吗？"

"你是指托人先后送来那三百多块大洋吗？用了，用来给全团的弟兄们买草鞋穿了。"

"你今天要怎么样？"晋成皇脸红脖子粗道。

杨青云往桌子上拍了一掌站起来，随即用力将桌子上的茶杯扫到远处的青石板上，砰的一声碎裂，"国有国法，警有警规，该负什么责你清楚！"

晋成皇感觉今天难以走出这间屋子，边起身边掏枪喊："兄弟们操家伙！"

坐在他旁边的尚山卒猛然站起来箍住他的双手喊："大哥，冷静！"

坐在下首的李甲等三个分队长，刚扭身准备掏枪，早被耳房冲出的数名军人，用冰冷的枪口抵住了后心，一声不准动，都变成了雕塑一般。

晋成皇扭动身子继续掏枪，坐在他对面一位军官的枪响了，子弹钻进了晋成皇的眉心。尚山卒脸色瞬间变得苍白，右腮上的黑痣更为耀眼，惊慌失措中将手一放，晋成皇随即双眼圆睁向后倒去，腰杆绊在条凳上，咚的一声头先触地，双脚一蹬，不动了。

开枪的军官吹了一下枪管喊道："把这匪性不改的家伙拖下去！"

晋成皇的尸体刚被拖出房门。杨青云喊各位坐下继续开会。大家刚坐下，他就说："我提议晋成皇的职务由尚山卒副中队长接替，副中队长由他在分队长中择期任命。"

心头有些得意的尚山卒，装着有些惶恐的神态起立道："杨团长，小的不才，恐怕难以胜任。"

"是你不敢胜任，还是其他人不让你胜任？"他扫了一眼李甲等人，"谁不服从尚副大队长的调遣，晋成皇就是他的下场！"

李甲等三个分队长和从外屋押进来的几个保镖，都表示愿意听从尚副大队长调遣。杨青云又说："尚副大队长明天到双龙场，后天将全部警员带到县大队，由王县长统一指挥，谁不服从命令，晋成皇就是他的榜样。"

尚山卒连声说："不敢、不敢，一定按杨团长的指示办。"

杨青云当夜交代王天堂，根据上面的指令，符朗星留下继续担任副大队长，负责培训保警队，管理日常事务，排名改为第一。今后涉及军事上的事，都以他的意见为准。次日一早，他带着全团离开了乌江。

尚山卒听到杨青云离开的消息，将第四中队带进城的事搁置下来，王天堂带口信催促时，他或以身体欠安治安不佳，或以准备不充分为由，一再拖延。

不久，王天堂被免职，国民政府任命了有军人背景的李县长。政府评定区长、乡长、保安队的优劣，主要以是否完成捐税征收、征兵任务为标准。

有人向县政府匿名举报，尚山卒就是双龙场的第二个晋成皇。李县长批示给文秘书："今后凡是匿名举报的，视为恶意消耗行政资源，一律烧毁，不予理睬。"

随后，钱忠禄书面呈请第四中队永久驻扎双龙，以保护专署通往沿江县的交通要道，保障抗战物资运往前方。

李县长批准。

第七章 峰回路转

1.心灰意冷

廉妥住在农庄，看着播种插秧，山野从黄变绿，也没有发现尚山卒前来提亲的迹象。薅三道秧时，她漫步寨子边，见官路边的几块大石磴上，用石灰浆画了幅数只拳头砸向倒地日本鬼子的素描画。旁边的石壁上，用石灰浆写着"万人一心誓灭倭寇"。

她漫不经心地沿着林边小路行走散心，知了在林中远近的树木上时而独叫，时而重鸣，七八个长短工弓背在齐腰深的黛绿秧林里薅秧，清除稗子和杂草。薅完坎下第二丘田，陆续坐到田埂边林下歇息。有的戴着草帽抽叶子烟，有的仰躺在草地上用棕丝斗篷盖脸，东一句西一句地摆起龙门阵来。当听到有人说尚山卒收完谷子就要结婚过事务时，她一阵眩晕，随即靠在一棵青杠树上竖起耳朵听起来。

从几人断断续续的交谈中，结合之前先后听到有关尚山卒的一鳞半爪，她理清了，尚山卒继承了晋成皇的衣钵。

尚山卒没有要求兼任保安大队大队长，还是由钱忠禄兼任。一天，他请钱忠禄到保警中队召开警区联席会议。会议结束时，他对钱忠禄说："钱区长，我有个不成熟的建议，想征求下你的意见。"

"尚大队长客气了，有什么事情尽管吩咐。"

"为了有利于保警中队与治安大队协同联防，我推荐智勇双全的李甲副中队长兼任区治安大队副大队长，你看如何？"

钱忠禄心里明白，这是明摆着的事情，他尚山卒想控制治安大队，但想到治安大队也不是保警中队的对手，不同意也没办法，只得堆着笑满口应承道："你尚大队长这是为民着想的好事儿呀，我求之不得呢。"

接下来，各乡治安队专职副队长，也由他建议的人选担任。不久，这些区长、乡长，接受县政府征兵派款的任务后，都要向他请教顺利完成任务的策略。

钱忠禄虽然心里不爽，但也不是太在意，只要能保障自己和家人平安，保住区长的位子，他尚山卒强势就强势了，无非是加码征收的钱粮，自己少占点。与他平分秋色也有好处：让自己成为他的皮，他成为自己的毛。皮存毛附，毛附皮暖，如此一来，自己和家人就平安多了。

钱忠禄婉言谢绝了尚山卒请人来说媒，解释道："小女已另行许配人家，聘礼已收，婚期已定在秋收后，请转告尚大队长，另寻高亲。"很显然，他经历晋成皇风波后，为防尚山卒强聘硬娶，让女儿随时守寡甚至丧命，采取先下手为强，暗中拜亲托友，将女儿许配了人家。

媒人给尚山卒回话，说如有其他合适的，她愿意继续牵线。尚山卒让她去打听打听，这么大的事，之前没有听说过，是钱区长认为他不配娶他女儿，还是真正许配了人家。

媒人打听到钱忠禄女儿许配那人的住址，以及一家人和亲友的生活习惯后告诉了他。他问媒人："我与那人比，谁与钱区长的女儿更般配？"

媒人回答："郎才女貌，尚大队长各方面都比那人强多了。虽然年龄稍大，但男的年龄大更好，更有能力养家糊口，更能知冷知热疼惜人。开亲还是讲个门当户对，那人虽然年轻些，但只认得到几个字，晓得教个私塾，肩不能挑手不能提。那细皮嫩肉拿来吃呀？再说家业，除了有几丘田土，房子都只装了半截，另一半只是用竹片拦了一下四周。"

媒人提出去劝劝钱区长，退了这门亲事。尚山卒回答："这样不好，堂堂一个区长，主动托人找女婿，已是脸上无光，再喊他主动退婚，让众人议论他势利攀高枝，那更是臊皮。"

不几天，那家请媒人来向钱家退亲，说自家门不当户不对，委屈了钱小姐，还是请钱府另寻高亲。之前订婚的礼物，依规自然不用归还了。

钱忠禄家人只得再次暗中发动亲友，另寻人家，不要求男方有钱有物有田土，只要能吃苦耐劳就行。结婚后，他们打发些钱物，赠送些田土，也能小富小安过日子。

前后有两三家一听，觉得祖坟冒烟了，做梦中了状元，乌鸦变成了凤凰，背靠这棵大树今后好乘凉，立即请人上门提亲。可过不了几天，又都由媒人回话说，自惭形秽，心有难安，配不上钱小姐。

钱忠禄觉得蹊跷，暗中派人打听。结果差不多，都是有人路过男方家找水喝，看似无意实则别有用心地问起男孩的婚事，一听说是钱区长的女儿，对方惊诧："你们难道没有听说，钱小姐不知被晋成皇晚上用轿子弄到保警队睡了多少回。睡了多少回还是小事，可总不见怀上孩子，到时喂只不下蛋的母鸡，你敢退婚吗？再接一门他钱区长会允许？即使同意，你们也没那家底折腾。"

之前有些人家就已当场谢绝，觉得区长的漂亮女儿下嫁不会是那么简单。后来听过这些话的人家，不得不将疑虑放大，之前觉得即使不是处女了，也只有天知地知、男知女知，在别人眼中，依然是黄花闺女。可现在敞开了，即使这些话是谣言，但口水能淹死人，假作真时真亦假，不可能再捂着鼻子吃臭屁，如果真是来人说的那样不能生育，更是后患无穷。哪还敢再提这门亲事？

也有人家辩驳传说钱小姐那些坏话都是谣言，可来人就对男方说，尚大队长倒是不计较这些，说黄花闺女新婚媳妇俊的丑的胖的瘦的做了丈母娘婆婆妈的他都用了不少，不就是那么回事？如果一年两载没有生育，可以娶小。来人刻意提起尚大队长之前的老婆，就是辛应豹抢去做儿媳那个。因这事，辛应豹儿子的脑壳被他提了。

辩驳的人听出了言外之意，如果抢夺他尚某人喜欢的女人，脑壳随时可能搬家，于是有了自知之明，打起了退堂鼓。

钱忠禄一听就明白谁在其中作梗了。他想起上月在酒桌上尚山卒敬酒的话，"我保证不计你诬告我大哥的前嫌，我们只有亲如一家，团结一致，才能齐心协力做好支援抗战的工作，确保一方平安。"除了联姻，还有什么办法可"亲如一家"？

钱忠禄长吁短叹、思前虑后了两天，喊老婆来交代，反客为主，找位实在的亲友去对之前为尚山卒说媒的暗示，请她重来为尚山卒那里提亲。

尚山卒当然知道大门不出二门不迈的钱忠禄女儿，至今还是黄花闺女。之前他曾向晋成皇献媚提出，要不要将钱小姐接来陪他耍两个晚上。晋成皇明白耍是什么意思，就说哪里不可以找人来耍？而今是堂堂保警大队副大队长，必须有礼有节，风风光光地迎娶，似享受新婚带来的快乐。

尚山卒还在媒人面前说了一通近来关于钱区长女儿已是破鞋的传言。"我当然不会相信这些诬蔑，但人言也可畏。"他沉吟了半晌，故作高姿态地说："为了精诚团结做好抗日后援工作，打消钱区长对我的疑虑，可以考虑这门亲事。"

钱忠禄一听媒人的话，尚山卒将自己女儿当处理货对待了，咬牙切齿在自家老婆面前骂了他两句杂种，但也无可奈何了。

尚山卒提议，战争年代一切从简，成家后都是一家人，聘礼钱区长开个价，多少都行。

钱忠禄听了这话，也只好说，尚大队长觉得多少合适就是多少。

媒人说双方以大局为重，视钱财为粪土的品格让她感动，但这是双方面子的事，都是有头有脸的人物，得按当地风俗来，于是双方商定了聘礼的品种和数量，择定了黄道吉日于白露后三天办喜事。

廉叟听完薅秧人的话语，呆若木鸡。待他们转到坎下第三丘开始薅秧时，她才醒过来准备离开。这时，其中的辛霍唱起了山歌：

大田薅秧薅四角，脱了花鞋挽裤脚；

过路君子你莫笑，丈夫小了莫奈何。

他唱的是，大媳妇嫁了个小丈夫，本应丈夫承担的农活，得由妻子做。有人抬头喊，"再唱一个"。他接着唱道：

大田薅秧行对行，薅对鲤鱼两尺长；

大的拿来过端午，小的拿来送亲娘。

亲爷、亲娘，在乌江城乡，是对岳父、岳母的尊称。有人笑道："辛霍，你亲娘在哪里？"

"在媳妇家呢，这个道理都不懂。"他伸腰站在秧林间一本正经地回答，又唱道：

翠竹有节肚皮空，春蚕结茧睡当中，

燕子衔泥嘴巴紧，两人相好莫露风。

事实上，辛霍自幼家境贫寒，鼻梁长得弯曲，眼睛一只大一只小，还有些斜视。廉叟家搬进新房后，就安排辛霍到云岩关农庄来干活儿了。原因是她家进出都是有头有脸的人物，用杨青云夸张的话说，就是辛霍身子长得像冬瓜，脑壳长得像南瓜，五官长得像裂枣，影响她家的形象。

辛霍长相差还罢了，得点工钱，也是今日到手明天就没有的角色，不是赌博就是进妓院，三十来岁了还未婚娶。之前有个拖着几个孩子的寡妇招他上门，可不两个月又分开了。传说，他只有干活的份儿，那寡妇不让他上身。寡妇怕再有孩子后丈夫有不测，又增自己的负担。

大家一阵哄笑。有人问："老板家姑娘还没有许婚，我请媒人去给你谈来如何？"

正慢步往回走的廉叟好奇地停了下来，只听得辛霍回答："我看到城里廉价饭店门上有副对联，我问是什么意思，有人读给我听，'宁愿一人吃千次，不让千人吃一回'。"

霎时，廉叟的脸像火燎一样发烫，平时看去老实木讷的辛霍，居然也学会了转弯抹角骂人。此时此情此景，不得不由她将"吃"字联想为"日"字，前者为妻子，后者是妓女。平常听到男的戏谑唱山歌时，女的会以山歌骂还，但那都是农家妇女所为，自己的家庭，住娘家的身份，是不可能这样粗俗的。

廉叟将怒火压下转身准备往回走，有人笑问辛霍："你这是狐狸不得葡萄吃说葡萄酸吧？你不是说过，得廉小姐屙泡尿给你泡饭吃都安逸吗？"又是一阵哄笑。

"没有的事，你们不要乱说。"辛霍急切辩白。

她想起那句古话，谁人背后无人说，哪个人前不说人。平常人家拿她来开涮，肯定是家常便饭了。

廉叟匆匆走进厨房，拿起葫芦瓢从石水缸里舀水刚喝进嘴里，听到房间里传来两个女仆的对话。一个说："哑巴吃汤圆——心中有数。明眼人哪个不晓得是他出卖了晋成皇呀。"

"那是。那个钱区长才是哑巴吃黄连——有苦说不出。自己不但被尚山卒指责陷害他大哥，还赔了钱财和女儿。偷鸡不成蚀把米，还不如把女儿嫁给晋成皇，那样还不被人家经常威胁。"

廉叟听到这里心里又咯噔了一下，尚山卒在床上说娶她的话，就如喝酒醉了的人在酒桌上表的态，醒后就忘了；甚至像小孩过家家时的游戏，游戏结束，各自回家。她心里早就猜到了这种结果，只是不知道那女的会是谁。如今，女仆们的话，像在她伤口上又撒了一把盐，让她连那个万分之一的梦都破灭了。

2.否极泰来

午饭后，前往厕所解手的廉叟，惊叫着鬼呀有鬼呀，从厕所跑了出来。饭后正在房间里休息的男男女女闻声急忙出来，仰头看天，太阳正在蓝天白得刺眼，房侧有狗叫，竹林里有鸡鸣，鬼从哪里来？

廉叟惊慌得口齿不清，只是用手指着厕所方向。几个男的往厕所跑，两个女的则扶着廉叟，往下看时，裤子在向下滴水，看来是吓尿了。

几个男的从猪圈出来说里面没有什么时，满脸通红的廉叟指着猪圈颤抖着说："在粪坑里。"

大家再返回猪圈，从圈板缝隙间往下看时，也没有发现异物。有人到厕所背后，趴在舀粪水的粪坑口朝里看，看见了藏在粪坑右边角落里的人头后脑勺，颈部以下，浸泡在粪水中，头上顶着一只木粪瓢。这人对大家喊，"快点来，在这里！"几人趴下高喊，"是哪个？出来！"见那人不动，有人喊，"拿竹竿来，拿竹竿来捅！"

粪坑中的人还是不动，有人从院坝取下一根晾衣服的竹竿，往粪坑里那人戳去，只听得那人"哎哟妈呀"一声，再准备戳时，他喊"不要戳了，我出来"。

那人转身半蹲外走时，趴在粪坑边的人回头说："是狗日的辛霍。"大家才发现，早早吃完饭的辛霍一直不在身边，也想起廉叟饭后都要去趟厕所。

女人们远远看到走到粪坑口的辛霍只是穿着一截破烂的裤衩时，便转身离开了。

农庄的管家骂着辛霍，喊来几个帮工用棕绳将辛霍捆起来。众人将他双手反到身后，像捆粽子粑一样捆上，拖到树林边，吊在一根桐树丫上，只让他的脚尖沾地。管家将马鞭递给几个帮工，喊每人抽他十鞭子。

那几人为表示对主人的忠心，以及对他这种行为的不齿，卖力地打得他一声一声呼叫，说再也不敢了。一炷香工夫，他的声音已嘶哑，头突然低垂下来，似乎已昏死过去。

辛霍第二天被放下来时，满身除了乌青的鞭痕，还有被蚊子叮出的包块。

管家安排人将辛霍拖到庄园外，指着奄奄一息的他说："饶你一条狗命，路有多远你滚多远！"

廉妥将这一切看到了眼里，先时的气愤已渐渐平息，看到辛霍像死狗一般蜷缩在庄园外官路边的楠木树下时，心中渐渐升起了怜悯之心，喊厨房的仆人给他送碗饭去。仆人说："这种猪狗不如的东西，死活由他，管他干什么！"

"狗咬主人，主人也不一定要把狗打死。"

仆人见她都把话说到这份儿上了，便没有再说什么。借故上厕所时，去管家房间问怎么办，管家反问她："我是听你的话还是小姐的话？"那人讨了个没趣，但怕被管家指责的心也落了下来。

第二天，辛霍跪在庄园门口，长一声短一声地说我错了，多人来问管家怎么办，管家只得走出庄园，踢了一脚辛霍，"现在知道错了已经晚了"。

"不要赶我走，赶我走我就没有活路了。"辛霍哀求道。

"早知今日何必当初！"管家说，"你说，你还有什么脸面在这里干活？"

"我错了，下次再也不敢了。"辛霍重复说着这句话。

管家回答："你还有下次？"

仆人走来附在管家耳边说："小姐讲，可以把辛霍转去龙泉农庄喂牛放羊。"这个农庄养着十多头牛，百多只山羊。养牛主要在需要时用来犁田耕地，平时集中圈养，也有将病弱的杀来吃，或者出售。养羊，主要用来出售，只是在过年或有重大活动时，才杀来祭祀。

管家挽起长衣下摆，踢了辛霍一脚道："看在小姐的面上，你马上去龙泉农庄看牛放羊。"辛霍正在千恩万谢时，管家说："先把话给你说明了，老规矩，罚你半年工，不开工钱。"

辛霍稍一愣，随即鸡啄米般点头。他明白，如果廉家不收留他，别的人家听到这事也不好意思收留他。再说，如果廉家不点头，别家也不敢随便收留。

去外地，人生地不熟，更怕死无葬身之地。

辛霍这事结束不几天，符朗星骑马来到云岩关农庄，说有事找廉夑。

廉夑听说是保警大队第一副大队长来访，就将他请进了客房。她冷冷地问："符大队长有何贵干？"

符朗星寒暄了一阵说："我老家在江西分宜县，这你是听说过的。三年前老婆去世了，留下一女儿，交由大嫂抚养。大嫂没有生育。"

"这些我听我大哥有富说起过。"廉夑看了他一眼道，"你今天来就是为了和我说这些？"

"不是。"符朗星挺了挺胸说，"我是来向你求婚，不想通过媒人传话。如果你愿意，我想与你结为夫妻。"

廉夑一惊，转头看着窗外那棵橙子树，三三两两的果实并列悬垂着，已开始变黄。她回想起自己的坎坷经历，特别是尚山卒那似瓦上霜的承诺，仿佛自言自语般冷冷地回答道："符大队长前程远大，南征北战，莫要为小女子耽误了名誉前程。"

他急切地表白道："只要你答应，我就争取在乌江安家，但估计很难。即使身不由己，也如你说朝南暮北，但只要你不嫌弃，愿意相随，一碗粗粮同果腹，半壁岩龛共躲雨，有我立锥之地，就有你片瓦遮身。你之前的遭遇我都听说了，这人是三节草不知哪节好，三十年河东三十年河西，只要能活一天就好好过一天。"

她听过符朗星的话，内心有些感动，看了他一眼，双手解开从右肩搭下来的辫子又编上，盯着桌上的茶杯还是冷冷地说："如果符大队长真有此心，得依小女子两件事。"

"请讲。"

"一是明媒正娶，取得我父母哥哥们同意；二是你得写封信给我，表明娶我的原因。"

"这都没有问题，之前我听说廉大伯不管你的事了，我才不敢上门去自讨没趣。我亲自来向你表明心迹都不怕，还怕给你写封信？"他见她不言语继续说，"我明白，你怕我像其他人那样骗你，让你再一次受到伤害，在亲友面前抬不起头来。"

"那就这样吧，符大队长，太阳快下山了。"她似乎是下了逐客令。

隔天，媒婆找廉杰才提亲，他还是那句话，一个女儿不可能从家里嫁出两次，随她心愿，不收彩礼，也无嫁妆。成家之后，有了一男半女，爹还是爹，妈还是妈，这里还是她的娘家。

他之所以如此，是怕廉娶的婚姻再有闪失，那将会在自己的脸上再揭一层皮，在心里再渗一次血。

媒婆前来对廉娶说了父母的看法，也说了大哥廉有富的想法，事真成了，由符大队长在饭店请两桌客，他和几位要好的兄弟从这里送她去。

媒婆劝道："据你大哥说，符家在江西分宜县，也算家大业大的人家，虽然不及你们家田土的一半，但他父亲曾经当过区长，铜盆破了斤两在，老虎死了不倒威，人脉威望还在。他还有个当乡长的叔父和在保警队当中队长的哥哥，哪个敢欺负他家？再说，符大队长才三十出头，已经是副大队长了，还是上面指派的，肯定还有大出息，包管你享他的福！你还迟迟疑疑的，我怕你今后打起灯笼都难找啊……"

"这些话听听就可以了，"廉娶板着脸说，"远隔千山万水，真假都是由他在说，最多是杨团长在说，除了他这个人，连他家在江西分宜县，也都不一定是真的。这年头，抢劫都没有人管，还在乎坑蒙拐骗？"

媒婆被抢白了一通，张口结舌不知如何回答。廉娶向她伸手道："信呢？"

媒婆像突然得救似的，解开左胸前的排扣，从里面摸出用红纸自制的信封给廉娶。她撕开扯出一张红纸信，连看了两遍，终于哼了一声，露出了些许微笑。

符朗星的信写得简单，娶她为妻的原因，是想有个家，早出晚归有个念想之处；如能生下一男半女，自己老来就有了依靠；万一没有这福分，她比他年轻近十岁，可以照顾他到老。

初冬，符朗星按廉娶不愿太张扬的想法，打消当地办酒席需吃三天的风俗，在饭店订了十桌酒席。没有不透风的墙。头天保警队的官兵就送了人情，加上县、区、乡各级官员和社会名流都埋怨着说不请吃饭也要来，只好请来厨师和帮忙的，在东江街保警中队营房院内支起锅灶，安放桌椅板凳，办了百余桌酒席，收了不菲的礼金。

3.消除误会

雷春和从陆路到达乌江县城，时令已入初冬，走进廉杰才家时，残阳余晖已从西山消失，夜幕正从两山渐渐笼罩下来，江面开始漫起了薄薄的白雾。

廉杰才对雷春和的脸色虽不是冷若冰霜，但也够不上满面春风。雷春和好像没有感受到一样，依然如走熟识朋友家那般从容，说话、吃饭、喝茶，都很随意。

晚饭后，廉杰才带雷春和走进茶房，躺在竹凉椅上用竹签剔牙。仆人端来两杯茶放在方桌上，雷春和端起茶杯，揭开杯盖，感觉还烫，放回到面前的桌子上，抬头满脸笑意地问："杰才兄对我来这里避难，好像有些不高兴？"

廉杰才急忙解释："哪里哪里，这些天我遇到些烦心事，上面动员抗日捐，先是县里组织，接着是专署，后来省里又统一布置，现在中央政府又来动员了，捐了一次又一次。你也知道，去年下半年以来，生意基本上停摆了，收下的那些生漆棕片囤在家里，好在是自家的闲钱，如果全是借款，付利息都要乞讨。这些都还罢了，有人带口信来，我那逆子廉有贵，在万家岭围歼日本鬼子时受了伤，有的说伤在肚皮上，有的说伤的是大腿，也不知严不严重，能不能医好，医好了会不会残疾。"

"吉人天相，二公子一定不会有危险的。"雷春和很是同情地说，继而感叹，"军队一败再败，也不知什么时候是头。"

"唉，这捐款也不知要捐到什么时候。"廉杰才又回到了先前的话题，继而问道，"兄弟这次来乌江有何贵干？"

"逃难来了。"雷春和像是说别人的事一样轻松。

"兄弟开玩笑了，这屙屎不生蛆的地方，哪能容得下尊身？"

"只要兄长赏口饭吃、给张床睡就行了，哪还敢有什么讲究？"

廉杰才将之前合谋取钱之后发生的不快隐藏在心里，不说人家之前帮过自己，至少在生意上的合作也是愉快的，何况此时他有求于己，无形中自己有了居高临下之感，于是宽慰道："这兄弟倒不必担心，只要愚兄我还有一碗干饭吃，贤弟你就不会饿着，只要我还有片瓦遮身，你就不会在露天坝过夜。"

"那敢情好。"雷春和道出了他这次来乌江的前因后果。

"这我也看到报上说了。"廉杰才打断雷春和滔滔不绝的介绍。

"但我还是向父亲提出早日搬家到重庆的建议。"

"为什么呢？"

"你不知道，去年入秋以来，从上海、南京等地携金带银的商贾官吏，绝望无助的难民官兵，像一股股沮丧的潮水，陆续涌向武汉，只要能遮风避雨的地方，都人满为患。房租、粮米、菜价，随着人潮的蜂拥而至，也像雨后的春笋，呼呼往上蹿。"

"你家有那么多房子，想来早已囤积了粮食，这不可以趁机发财了？"

"你不知道，待我慢慢讲给你听。鬼子占领南京不几天，从去年腊月初三，就开始轰炸武汉了，一次比一次厉害，炸死炸伤的人一次比一次多，毁坏的房屋一次比一次宽广。"

"是呀，我都从报纸上看到了，太残忍了，那木房一烧一条街。"廉杰才再一次打断了他的话。

雷春和愣了会儿说："我劝父亲撤离，父亲说金窝银窝不如自己的狗窝。我说，留得青山在不怕没柴烧，有人就有钱，有钱还要有人用。如果武汉真能守住，那些达官贵人甚至军官的家眷，为什么要陆续跑去重庆？不就是那里已是战时首都，鬼子的飞机难以飞去轰炸吗？这武汉即使最后能守住，也保不准在频繁密集的轰炸中，炸弹不落在自己头上。"

鬼子从六月开始向西开始进攻，各种传闻不断，等待官方报纸证实，就有了一日三秋之感。但报纸上军队在长江南岸如何顽强阻击，北岸又是怎样坚决抵抗，大别山又是怎样设防，捷报传来市民敲锣打鼓燃放鞭炮游行庆祝之后，接着是军队战略撤退的消息。每次大家心里都明白，鬼子离武汉又近一步了。

这些，廉杰才已略知一二。李县长从收音机中收听到后，抄写张贴在了大街上；后来收到的《中央日报》等报纸，也证实了这些大小战役胜利的说法。

特别是"万家岭大捷"，县长还组织民众，敲锣打鼓到城区各街道游行庆祝。

雷春和提出早日搬家到重庆的提议，被父亲用"再看看"拖延着。

父亲听信了报上那些宣传，说武汉保卫战的防线是沿大别山、鄱阳湖和长江两岸展开的，地域涉及安徽、河南、江西、湖北四省，地形复杂，交通不便，不比从上海到南京，一马平川，鬼子要想突破百万大军的层层防守，翻过大山越过河谷，是不可能的。

八月下旬，政府通知大家，吸取南京的教训，赶快撤离。可父亲还说要等等看。进入九月，政府开始分批撤离党政和地方政府机关，看来军队不会为孤城困守，要将武汉放弃了。

此时，父亲将典当行的资金转移到重庆的银行，将贵重物品打包，连同家小，送去山中舅舅家。带上几个差事，准备来乌江县暂时观望。这里比重庆安全得多，鬼子的飞机，肯定不会飞到这里来下蛋，那样不划算。

廉杰才好奇地问："伯父没有和你一起来乌江，去重庆了？"

他愤恨地说，被鬼子的飞机炸到江里了，并说起了事件的起因：

"上船过江的人太多，推搡拥挤中，我们父子被冲散了。鬼子前去轰炸国军的飞机，低低地掠过武汉，顺便向江心扔下两颗炸弹，炸起的水花将父亲乘坐的驳船掀翻。满河人头沉浮，只有游到木船边的人被拽了一些上来，也有少数游到了岸边，大多卷向了下游。

"我抱着侥幸心理，祈望在岸边能发现父亲，到天黑也不见父亲和雇员。随父亲抬上船的几只箱子，也无影无踪了。第二天只好乘上撤往重庆方向的江轮，到达涪陵下船，跟随逃难和做生意的，步行了二十来天才到达这里。"

廉杰才扼腕摇头无语叹息。"明天有空吗？陪我去钓钓鱼。"他为缓解沉闷的气氛提议。

"行。"雷春和回答，"吃了早饭去。"

次日两人不要帮工陪同打下手，廉杰才提只装有鱼饵的小木桶，雷春和扛着两根金竹做成的钓竿，沿着江岸往下游行走。阳光照射在江面，闪着白光，江上那几只打鱼船，似乎没有移动，江水轻轻拍打着两岸，岸边树丛里，有鸟在鸣叫，黄叶随风纷飞。对岸稻田已经收割，灰褐的谷桩上，已经开始冒出两寸长的绿秧。有人正从田间挑草出田，有人在铧干田，有人在播油菜。

雷春和说："住这江边，方是方便，就是这气候受不了，热来热得要命，冷来冷得要死。"

"那是。我们这乌江，比你武汉那火炉也好不到哪里去。"廉杰才回答，"这季节，本是秋高气爽，两山树叶，只剩一半，可这太阳一出，穿这一件汗衫，也燥热，只差摇扇子了，晚上呢，不披上棉衣要感冒。"

"那么小的牛就拉来犁田？"雷春和问。

廉杰才随着他手指的方向，看到对岸已经翻犁过的田中，少年拽牛绳在前，小黄牛拖着铧口在中，牛尾后是右手扶着铧口左手拿着竹丫的中年男人。他说："那是在教牛犁田呢。"

"不是开春才教牛吗？"

"这个可以不分季节。"

两人不觉走到江边沙坝，一群小孩在那里堆鹅卵石玩耍，有稍大的小孩在远处的田埂上提着箢篼，用竹夹捡拾畜粪。雷春和停下来盯着不远处的石头说，那里有方奇石……突然想到廉杰才的父亲廉奇石的名讳，改口称有方观赏石。

廉杰才调侃道："狗屎在你眼里都是宝。"

"狗屎对你来说确实是宝。"雷春和反唇相讥。常言说庄稼是朵花，全靠粪当家，对农民来说，确是事实。有的小孩为抢拾路上或田边土角的牛粪、狗屎，常常打架。

廉杰才跟着他向那方石头走去。他指着石头说："这石头经江水推滚冲刷，沉积于河床边，就形成了观赏石，观赏性极强。你看，这石头质坚硬细腻，爽滑圆润，色彩鲜艳，站在我这边望，像穿着道袍的道人起舞；从你那边看，是不是像一只奔跑的梅花鹿？很逼真。"

"你是来钓鱼还是来看石头？"廉杰才揶揄道，"你要，我一会儿喊人来给你扛回去。"

"好呀，你先给放着，待时局安定了，你送货时给我带去。"

"像你这种说法，石头上有花草树木样子的，有飞禽走兽图案的，这乌江上下十多里的两岸要多少有多少，给你装几十上百船去把你那些屋塞满都行。

只要你付人工运费。"廉杰才嘲弄意味明显。

"此话当真？真如你说的那么多，到时我翻倍给你运费。"雷春和一本正经地说，"我在一些达官贵人家里看过，不少人把观赏石作为家庭摆设和装饰品，有的是上千大洋购买的。这乌江石，具有较高的观赏价值和收藏价值。这生意做起来，不会比你的生漆生意差，唯一的遗憾是不能像生漆那样再生，深水处的也打捞不上来。"

"行行行，以后再说。"廉杰才抬头看了看蓝天，提起木桶上路。太阳都过顶了，晚上的鲜鱼汤还没有着落呢。

两人继续沿着杂草没脚的堤岸向前走，来到树林边水流平缓处的石滩上，摆放好钓竿、木桶。廉杰才坐在一块石头上，将一截蚯蚓套上鱼钩，做成鱼饵，身体向后微微一仰，将钓竿稍旋至身后，借力弹起一道弧线，将鱼线甩入江中。

雷春和脱下灰色中山装，站起来伸出左脚，学着廉杰才的样子，将钓鱼竿甩到身后，又用力向前甩，钓竿变成弹花弓，鱼钩将他的衣服挂住了，他再一使劲，身后的白汗衫被撕开一个口子，鱼钩上的蚯蚓也不知掉到了何处。回首看一眼廉杰才，红着脸尴尬地笑道："没想到风把衣服吹飘起来了。"

廉杰才急忙将钓竿斜插在石头间，起身给雷春和取下衣服上的鱼钩笑道："你这像第一回接媳妇，没有经验，下次重来过。"

廉杰才的话音刚落，雷春和喊："快看，钓竿在动，鱼上钩了！"说着，他赶紧弯腰取廉杰才那根钓竿。有些沉。廉杰才正说不忙时，雷春和生怕到手的鱼跑掉，已猛地往上举钓竿。他手中的钓竿被什么东西拽了一下，只见那条尺来长的鲤鱼，在灿烂的阳光下活蹦乱跳，猛然跃出水面，闪光的鱼鳞在半空中画一条弧线，射入江中，钓线上的鱼不见了。

"功亏一篑，煮熟的鸭子都被你整飞了。"廉杰才笑道。廉杰才看着风中摆动的钓钩戏谑道，"枉你在长江边长大，居然不会钓鱼。"继而说出钓鱼的经验，"先遛遛鱼，等它咬紧钩再收线，千万别慌。"

"哎呀，有些可惜。平时忙于生意，也没有正儿八经钓过两次。"雷春和不无遗憾地说。

"没问题，今晚保证让你吃够喝足。"廉杰才重新放好鱼饵，将钓线甩进江中钓竿插在身前。

"今日醉翁之意不在'鱼'。"他在廉杰才身旁坐下说，"这两天贤兄的脸色不太好看，可能是怨气还在肚子里。"雷春和说。

廉杰才将一条三指宽的鲫鱼取下放进桶中，看了他一眼，扯了下嘴角，"兄弟既然把话挑明了，我也不妨直说。你沉得住气，我是性情中人，脸上挂不住。我们共同做的事，并没有像兄弟说的那样，有福同享、有难同当嘛。"

"找贤兄出来钓鱼是假，是想消除些误会。"

"这也不是误会吧？"廉杰才将木桶从右边换到左边说，"你们用公函将那钱的事抖出来，成了王天堂要挟我家的把柄，让我女儿嫁他那痨病儿子，害得她守寡退婚，名声受损。不就是钱吗？你们垫出来，再问我要——就算是还吧，我会不给？"

雷春和将事情经过说了一遍。存款方儿子发现这钱被取走，立即到市政府报案。为摆脱自家监管不力的责任，为打点关节也花了不少钱。那人发往乌江催促的公函没有下文，就拿着警方的公函亲自往乌江赶来。

"我们没有见到人。"廉杰才急忙辩称。

"你知道为什么没有见到人吗？"雷春和见他摇头，"那船才进巫峡，他晚上起来解手，'不小心'从船上坠落江中了。"

"啊？"廉杰才忽然明白了，"你们真下得了手。"

雷春和哈哈笑了两声，"无毒不丈夫！如果不狠心，我们两家都得有人去吃牢饭！这不是借钱的问题，明摆着是诈骗抢劫呢。"

"那倒也是。"廉杰才还是有些不满，"你怎么不告知我，让我提心吊胆这么多年。"

"我怎么告诉你？我们这些年就没有见过面，是写信还是带口信？那恐怕只能让更多的人知道这事。俗话说，言多必失，还有民不告官不究，没有消息就是好消息。"雷春和也有些遗憾地说，"没有想到你和王天堂那么好的关系，他会要挟你。"

"站在他的角度也可以理解，为儿为女嘛。"廉杰才算是释然了。但还有些担忧或者说是疑问，"你那样做，不是也给你埋下另外的隐患了？"

"我现在不是好好的吗？这事贤兄把心放在肚子里好了。"雷春和宽慰道，"这兵荒马乱的，政府这边走马灯似的换人，死的死，逃的逃，早就没有人知道这件小事了。至于帮我忙的人，尽管放心好了，没有人跟钱过不去，更怕自己一家老少见了阎王爷，还不明白蓝天白云下的长江怎么会突然涨水呢？"

"十里不同天，上游千里之外的狂风暴雨这人哪能知道？贤弟高招，我这颗心算是真正放下了。"廉杰才站起来向他作揖道。

"只要杰才兄高枕无忧，我也心安理得寄居这里了。"

"只要春和贤弟不嫌弃，你喜欢住多久就住多久，粗茶淡饭管你够。"

"先谢了，过几天我得去一趟重庆，看看银行那笔钱还在不在，取些出来用用。"

4.开辟财源

"你看，你屁股下又是块价值极高的观赏石！"雷春和指着廉杰才刚才坐过的石头说。

廉杰才站起来瞟了一眼石头，不知他说的观赏性在什么地方，看去倒像红白混杂的麻子脸。

"你瞧，这方石头上是不是雪中梅花盛开？"雷春和兴奋地说道。

"一会儿我也喊人来给你背回去。"

"我在想，让这些石头放在江边还保险些，到时一并给我送去。如果现在就弄回去，占了你的地方不说，难免被传开，别人就会想方设法大量囤积了，到时你我本钱都会增大。"

"你这藏之贱地的主意好。你看，你的钓竿呢？"廉杰才指着漂进江中时沉时浮的钓竿说，"被鱼拖跑了，这条鱼肯定不小。"

雷春和自嘲："你看我这运气，连喝点鱼汤都得靠兄长。"

"你又说见外话了。"廉杰才嗔怪，"咱兄弟俩，谁跟谁呀。"

"杰才兄，我冒昧地问一下，你家一年收入有多少？"他忽然问了个与鱼无关的话题。

廉杰才张大嘴巴说："惭愧！我们这里不比你们大地方，一年忙碌下来，也是耗子舔米汤——够糊嘴。"廉杰才摇头。

"家中有金银，隔壁有戥秤。兄长家业连我这远方人也略知一二。"

廉杰才的家业，他自己最清楚，每年仅在生漆上赚的钱，就可购买四十多万斤大米。

本来生漆的纯利润也没有这么大，但级是由他定，价格也是他说了算。这也还罢了，他收购的秤是十六两半，每斤比正常多出半两，但去汉口交售，却是十六两秤；交到汉口的生漆，经过他稍事加工，两成以上会上升一至二个等级。

他经营的不只有生漆，还有运往重庆等地的桐油、桄子、棕片等农副产品和五倍子、杜仲、金银花等中药材，返回时与出售生漆一样，又带回布匹、鞋帽、服装、百货等生活日用品，利润不在生漆之下。

只是这一年多来，以上业务因战事不但大幅萎缩，还呈现只赔不赚之势。好在雷春和安慰他，只要不是付息贷款收购，囤货比放利息钱强多了，不说物价上涨，就是强盗也不会惦记。好生保管，一旦战事平息，不管是民用还是军用，都没有离开这些货物的道理。

廉杰才除了以上业务，还有三处庄子：云岩关廉氏农庄，龙泉廉氏农庄，龙阡廉氏农庄。仅这三大庄子，就有两千多亩田土，每年仅收租谷就近两千担，如换算为法币，也是四千来块。

这些租谷入仓后，他既放钱债又放粮债，等量借稻谷还大米，借苞谷还稻谷，或折价收利息。所欠稻谷或钱粮利息还不上时，再计息，或折抵劳工，利上生利，又是一笔源源不断的收入。

雷春和见廉杰才没有回答，继续说道："你生漆、药材、百货这些生意，受外界因素影响较大，我给贤兄再支个招，让你坐地收钱。"

"不是卖河沙吧？"廉杰才指着沙滩调侃道，随后从河沙中捡起一块薄薄的石片打水漂儿，溅起一连串水花，江中倒映的白云破碎后又复原向对岸缓慢移动。

"昨天你就白白损失了一笔生意。"雷春和也捡起一块石片扔向江中，那石片没有飞起来，钻进了水里。雷春和说还是贤兄厉害。

"昨天？"廉杰才歪着脑袋想了半天，"你是说鄢琦那幅破画？"

昨天是乌江县城赶场的日子。太阳偏西时，德江县煎茶溪鄢琦后人，拿着鄢琦的一幅水墨竹画，来到廉杰才的农产品收购处，希望抵押二十块大洋。帮工带那人进屋问廉杰才，他一看那画，不但陈旧，中间和两边还有些破损，连忙挥手，不要不要，一毫子也不要。那人求了半天无用，只好卷起画走了。雷春和追上去对那人说："你后天再来。"

廉杰才见雷春和点头，就说："那画拿来吃还是拿来穿？送，没有人要，放在家里，还占地方。我又不是做慈善的。"

"你知道画家鄢琦的身份吗？"

"管他鹰骑还是鸦骑，那些玩意儿，都是墨客骚人吃饱饭了没有事干的玩意儿。"

雷春和向他介绍起一代名画家鄢琦的事迹。说这人自幼聪慧，成人后以诗、画、雕刻、书法超群。描绘春夏秋冬风晴雨雪各种不同季节、不同姿态的竹子，栩栩如生。大部分画页自题诗文，清韵高标，如见其人。有高官曾赠联：诗品清新，得三唐神韵；襟怀潇洒，有两晋遗风。

廉杰才质问雷春和，"我就不明白，这破旧东西，你说得那么珍贵，又不敢轻易示人，放在家中藏起来有什么价值？不说难免丢失，恐怕不两年就被虫蛀鼠咬变成碎片了。"

"你不要慌，老鼠拖草鞋——大的在后头。"雷春和见廉杰才用疑惑的双眼看着他，继续说，"这只是微不足道的抵押形式，我是说你可以开办典当行。"

廉杰才一听，有些惊愕，也好像如梦初醒。

雷春和介绍，武汉成立银行后，他家不得再经营钱庄，只好改为典当行。这典当行办活了，与银行没有多大差别。他分析廉杰才开办典当行的优势。

上面至今没有在乌江县设置银行，因他兼任县政府财经委员会主任，他所住这栋楼右边的厢房中，有石板夹木炭砌就的地下库房，不但有五寸厚的两道楠木门，巴掌大的两把铜锁，外面还派人持枪日夜把守。各区乡收进来的捐税，都交他代管；上面拨下来的军属抚恤金、救济金，也都由他暂存。自己贵重的钱物，自然也是放进这里。但这些钱都是"死钱"，没有"生崽"。

如何开办典当行，作为典当行老板，雷春和说出的办法，细致到了廉杰才想象不到的各个方面。最关键的是，要他将典当行办成银行。也就是说，除了超过当期，可以出租、质押、抵押和使用当物，还可充分利用在他这里停留的资金，贷出去，收取利息。将代管的资金——比如军人烈士抚恤金——作为存款，支付利息，不管多少，提取人都会感恩不尽。如果他们不急用，还会继续存放在这里。其他人只要愿意，也可在这里存款。这些存款用来放贷，那利差又是一笔不菲的收入。

"如果对方归还不了怎么办？"廉杰才问。

"这个贤兄还用我教？之前还不上你家钱粮的人家，你派人威胁利诱捆绑吊打少了？"雷春和将一口痰吐入江中，清了清嗓子说，"当然，规范的做法，贷款必须有超过贷款本身价值的物品抵押，比如房屋田地，比如金银首饰，另外还得让有钱人担保。到省里申请这典当行得到许可后，还不了的，还可动用政府力量帮你收款。你家有富中队长，不用起来不成了摆设？"

说完，他又将话题转到开办典当行的好处上来。还有一个快速与当地官员结成朋友的好处，那就是"洗钱"。

廉杰才的疑惑在雷春和的意料之中。

他解释："这'洗钱'不是用水，是通过典当行，将一些明眼人一看来源就不清白的钱，用其他人的名字存上，再转到对方想要去的地方。例子再举明白点，比如黄县长手中有大笔钱，明显与自己的薪水不符，就算他保管缜密，也保不准哪天夜里强人进屋'请他交出来'。就算平安无事离任，他能挑着这钱上路？如果他用一个假姓假名存在你这里，然后转账到老家或什么地方，再置房买地，多么保险！"

廉杰才连连点头，会心的微笑浮现在脸上。他想起去年深秋发生的那件事，这典当行能让他真正解套了。

稻谷金黄，枫叶转红，专署派一官员来乌江，用马驮来了五万法币，用于修建沿江至省城公路乌江段，以便运送抗战物资。来时李县长开会去了，就交给了身为财经委员会主任的廉杰才，他也写了收据，签了名盖了章。次日，那人翻过云岩关不久，还没有到庄园，突然从马上栽下来，气绝身亡了。

官员随从跑来向廉杰才报信，他赶到时，官员的尸体已经僵硬，只好派人将他弄到庄园搭棚停灵，购买棺木，亲自为其洗身穿衣入殓。做完三天法事后择地安葬。

上级派人前来查询官员那笔款项，廉杰才说不知道，官员卖给他的只是两袋药材，药材的钱还抵了前年在他这里的借款，两个随从也可作证。随从也只知是陪同他前来乌江送药材，没有看到钱币，也没有看到他将钱币交给廉杰才。这一切，都是官员怕随从贪婪起歹心耍的障眼法。

上级认为，这钱可能是官员贪污了，找个借口赖账。也可能是廉杰才收到了这笔钱，利用死无对证独吞。但都无真凭实据，只好不了了之。

廉杰才心里明白，他赶到死者现场，为其脱衣抹身时，那收据已被他从死者黑色长衫衣襟内的荷包里，掏出来顺手放进了自己的口袋中，后来假装解手走进猪圈，擦燃一根火柴，将收据点燃，再将飘落在圈板上的灰烬，踢进粪坑里。

如今，这笔钱不说被自己的钱淹没着，就是用不同的假名字存进典当行，都会名正言顺变成自己的了。

廉杰才站起来拱手对雷春和道："真是感谢贤弟，不知前世积了什么德，让你雷家成为我廉家的财神！"

雷春和说："不足挂齿，合作双赢嘛，何况都是些动动嘴皮子的事。"他看着廉杰才取下鱼后将钓竿抡圆，钓钩远远落到江中，继续对廉杰才有些自豪地说，"明天你看看我如何做典当生意。"

次日一早，鄢琦后人应约前来抵押水墨竹画，依然开口二十块大洋，一年内来赎。如果不是父亲卧病在床无钱医治，也不想抵押高祖的传家宝。

廉杰才还是那句话，这种倒贴钱的事不做。

雷春和翻看画后，说这画精细度不够，搭配不当，破损较多，动员廉老板，看在他这份孝心上，就当做慈善了，作价十块大洋，以现在的兑换价，给他二十元法币。他转头盯着那人的双眼道，但说清楚，立下字据，今后只能用大洋赎回。

那人有些怨气地说："你这是脱了裤子放屁——多此一举。我们这里从民国二十五年（1936）起，所有硬洋，不得在买卖中使用，一律兑换成法币才行，违者按'危害民国紧急法'治罪。虽然有人还在悄悄使用，那也是稍不注意就会鸡飞蛋打。"

雷春和向那人挥手笑道："一听你就是明白人，但字据还是要立的。"

那人无奈立下字据取钱走后，廉杰才问雷春和的用意。雷春和问："你们这里现在米价是多少？"

"大米每斗要一块大洋，两块法币。"

"战前是多少？"雷春和补充说，"我是问法币。"

"刚开始兑换法币时，上面规定一块大洋换法币七角，实际上，到去年开春，每斗大米大洋一块，法币也是一块。"廉杰才疑惑地回答。

"也就是说，年半的时间，法币比战前涨了一倍，但大洋还是那个价。"

"我明白了，你的意思是说，战前卖一斗米存下来的法币，到现在只能买半斗米了。"

"这个账贤兄一点就明白。鄂家那钱拿去用完后，如果没有横财可发，靠卖粮食、生漆、药材甚至打零工慢慢积存的法币，即使现在可以抵半块大洋，一年后可能就只值一半的一半了。"

"你的意思是？"廉杰才惊疑。

"我再举例子你就更明白了，我问了牛市上的价格，去年开春一百法币可以买两头大牛，存到今年开春还可买一头大牛和一头小牛，但放到现在才拿出来使用的话，就只能买一头大牛了。"

"明年呢？"廉杰才像是在听课一般疑问。

"明年？明年我敢跟你打赌，到年底加两斗米才有可能买到一头大牛。"

"怎么会这样呢？"廉杰才只感觉到法币没有开始时值钱了，但不明白其中的原因。

"这个原因很简单，如果你会印钱，你花点纸张印刷费，就能上街买吃穿住行的东西了，没有钱了你再印，这样市场上的纸币是不是越来越多？"

"是这样。"廉杰才眼睛里还是流露出疑问。

"可市场上的东西就那么多，最后只能是用比以前多得多的钱换和以前数量差不多的东西。杰才兄，这个简单的除法难道你不会做？"

"我明白了。可上面为什么要这样印钱呢，这样下去那不是间接从下面捞物吗？"

"这个在外面就不要乱讲了。上面有困难，抗战消耗的枪支弹药多，伤亡的官兵多，安置的难民多……需要用钱的地方很多，被日本鬼子占领的地方又收不来税捐，收上来的捐税有的还被人揣了腰包，你说，除了印钱还有什么办法？不讲了，不讲了，你明白其中的道理，知道自己该怎么做就行了。"雷春和摇着头向廉杰才摆手。

廉杰才幡然醒悟似的笑道："你的意思是，存物比存钱划算，留大洋比存法币管用。还有，鄢家这画他永远拿不回去了。"

"对头！杰才兄，这才是我说这些的用意。事实上你一直也是这样做的。比如收租谷不收租金，欠租谷也按借粮一样计息：欠谷子等量还大米，欠苞谷等量还稻谷。这画嘛，期限一满，你就可以拍卖或赠人或自行收购了。"

"谁稀罕这个？！"廉杰才又睁大了眼睛。

"总有附庸风雅的官员，你赠这个比给他钱财送他美女还喜欢。"

果如雷春和所说，鄢家再也没有来赎回这幅画，后来的姜县长看到很喜欢，廉杰才就送给了他。几经辗转，一个花甲后，德江县档案馆从印江县收藏人士那里购买时，花了十二万元人民币，按当时的米价，可买六万斤大米。

第八章 杳杳香烟

1.一箭三雕

尚山卒再次被人举报，说他收入的项目，收入的手段，比晋成皇有过之而无不及，现在又出损招，加重民众负担。

举报信里说，尚山卒安排李甲带人上门，给加工米粉、绿豆粉的老板"打招呼"，治安费之外，每斤再提价法币五分，这五分交四中队强化治安。有老板顾虑提价后饮食店的老板就去别家买了，当得知是街上加工的三家统一提价后，又担心少有人吃影响经营。

李甲对加工店老板说："是将中队的规定通知给你们，不是征求你们的意见；如果加工一个月后因销售量减少有意见，可向中队申请歇业，改由新的人家申请加工。至于饮食店老板是提价还是原价甚至降价，中队不予干涉。"

街上三家加工店的老板没敢有异议，加上三家都统一了，也与独家经营无异，第一个月销量有所减少，第二个月又恢复了之前的销量，对自己几乎没有损失。

饮食店的老板也如此，水涨船高，开初每碗提价五分包括后来进价涨了一角，影响了部分顾客，但没多久，那些嘟囔双龙区的米粉、绿豆粉比其他场镇价格要高的人，赶场天照样坐下来吃碗午饭再回家；少数有钱懒得在家做饭的人，议论着政府不作为放任商家乱涨价，但依旧去店里吃过早餐吃正餐。时间一长，习以为常，也不再议论了。

加价对吃粉的人看似影响不大，人们也没有什么实质反对的行动，但四中队的收入却在不知不觉中增加了一大笔。

赵县长将举报信批转钱区长，在我军与日本鬼子打得硝烟弥漫、尸横遍野、血流成河之际，上峰要求后方安定团结，像双龙区一样，认真做好征兵、捐税、派款工作。可张贴通知，凡嫌米粉、绿豆粉价格不合理的，建议不去粉馆买吃。

住在街上的，可自行加工米粉、绿豆粉，但不得擅自经营，只能在家中煮食；乡下的，也可自备午饭带着赶场。

尚山卒之所以有进一步增收的底气，主要来自先后派人给李县长、黄县长、赵县长送去慰问金时，县长们不但没有责怪他的意思，还嘱咐他放心搞好警务工作，积极做好抗战后勤保障。

尚山卒唯一的缺憾，是人财不能两发。

婚后半年，钱氏没有怀孕的迹象，请孟老先生等县内外名医开了不少中药，钱氏都喝得见药想呕了，可一年后依然如故。自己也请过不少老医生请脉，都说身体没有问题，当听到廉娑居然怀上孩子时，他突然有了些后悔的感觉。想过另娶一门小老婆，可李甲等人劝他，结婚才一年就再娶，钱区长的面子上不好看。子荣母贵，如果因他女儿没有生育遭嫌弃，他难免与外人勾结，像坑害晋成皇一样对待他，那就得不偿失了。

李甲对他献计说，如此这般还名正言顺些。

李甲带了两名保警兵到江边乡辛家寨，走到院墙龙门前，主动将枪交给守门的家丁，说特来找辛应豹老爷谈公事。

辛应豹闻言急忙趿上两片布鞋，从里屋走到院内迎接，连声说“李队长稀客”，请他进屋喝茶、吃饭。

“喝茶、吃饭就不用了，我们还要去乡公所。”李甲看了一眼在房侧狂吠的两头彪悍的黑狗，同时瞟了一眼从晒壁窗口探出头的女人说，“今天到江边乡了解社会治安，顺便给我大哥尚山卒尚大队长找个人。”

“背时挨刀瘟的，眼睛瞎了，叫叫叫。”辛应豹挥手喝道。那狗听到主人的声音，摇头抖动了下身子，停止了狂吠，但还是盯着他们三个陌生人。他转头媚笑着问李甲，“是谁？找到没有？需要鄙人帮什么忙？”

“你肯定能帮上忙，不然我也不会来找你了。李甲盯着对方疑惑的眼睛说，这人也是和尚头上的虱子——明摆着——直说了吧，也就是我大哥曾经明媒正娶的嫂子……”

“这……”辛应豹变成了哑巴，明白他说的是谁了。

“我大哥脾气不好，谈起这事就火冒三丈，我多次劝他，冤家宜解不宜结，虽然你有夺妻之恨，人家也有杀子之仇，过去的恩怨还是一笔勾销的好。"

"嗯？嗯。"辛应豹想起自己被尚山卒用扁担砍下马来的儿子，头被割走，最后用木头做了个假头安葬，咬牙镇住自己有些颤抖的身体，皮笑肉不笑地说，"李队长这话说得好，你现在就可以把她带走。"

"人肯定迟早要带走的，但不是今天。我大哥说了，这旧恨不记，但经济账还是得算一下。"

"我们两家不牵涉经济吧？"辛应豹实在有些挂不住了，"有，也不过是当初他们拿的聘礼，再加准备婚礼的用费。"

"这些是小意思，就不计了。我大哥是说，我大嫂在你家干了十来年的活儿，多少都得开点工钱。"李甲从口袋中抽出一封信递给他，他抽出一看，这信没有称呼，没有落款，只有一笔工钱账：每天工钱一块大洋，全年三百六十天，十年三千六百块，计整数，三千块。

这时，一个六七岁的男孩从屋里跑出来，称呼辛应豹父亲，说要吃糖果。他皱眉挥手道："去去去，问你妈去。"

李甲抚摸着小孩的头说："恭喜辛老爷，老来得子，儿子又这么大了。"其实他知道，这小孩是辛应豹的侄儿，生下断奶就抱来做了养子，补偿一百块大洋作为他兄弟妹的营养费。在辛应豹尴尬地笑着没有回答时，他摸了一下小孩的头笑眯眯地说："不要乱吃糖哟，招呼糖里有毒，吃了肚肚痛，出不了气。"小孩白了他一眼，双手张开像蜻蜓一样跑着进屋去了。

辛应豹将口水一次又一次吞进肚里，明白李甲这威胁随时可能变为现实，只好哑巴吃黄连，赶紧求情道："李队长，你回去代我向尚大队长求情，这些年二老病故，几个女儿出嫁，加上支持驻军、保警队、县长、区长、乡长抗战，难以拿出那么多现钱了，请他少收点，我将田土变卖后凑些给他送去。"

"这话我可以给你带到，如果你对我大哥这合情合理的提议不服，可以去上告。"

"不敢不敢。"辛应豹举起衣袖擦着额头的汗回答。

辛应豹找到钱忠禄求情，说尚大队长粮食、物品不要，只要现洋，现今的家底难以凑齐那么多。

钱忠禄找尚山卒说情，得饶人处且饶人。

尚山卒想，看来这钱忠禄是不计较他领回前妻了，为了给钱家留点面子，同意打五折，只付一半。

尚山卒派人用轿子将老婆抬回保警队，当晚发现她已不是女儿身，问原因。她哭诉她被抢去后，辛应豹儿子不能圆房，半年后都没有怀上孩子，有天半夜，辛应豹就钻进了她的被窝，每月两次下来，也没有怀上。这两年，他身子骨不行，很少来了。

尚山卒恼羞成怒，再派李甲带一个班，全副武装给辛应豹送信，信上让他两天内将老婆的工钱另一半补足，以弥补他破损了老婆的身子，不然，不要他的命，也会让他身子某个地方破损。

辛应豹再次向钱忠禄求情，钱忠禄开导他，蚀财免灾，就当去妓院玩耍花了吧，这么多年算下来，也值。他又求情，现今也难筹到大洋了，能不能用法币。钱忠禄转告他，"尚大队长说看在我的面子上也可以，但得按一比六算，跨年后按一比七"。并劝他，这是行情，没有高喊。他急忙回家，卖了些田土，加两头牛三匹马，凑足了九千元法币清账。

尚山卒每隔两晚去前妻房间，四个月后的一天晚上，前妻问他如何安排自己，他说："实话告诉你，现今不可能娶你，不说你成了辛应豹的暗妾，名声在外，丢不起人，就是当初拜堂成亲了，现在的社会地位，还得休了你，娶门当户对之家的女儿为妻，这样才有利于巩固自己既得的利益。"

"给个小老婆的名分都不行吗？"

"哪有小老婆比正妻年龄大的道理？当人家的妈还差不多。"

前妻转身将头埋进被子中啜泣，他伸手去扳她的身子，她向外使劲。他感觉无趣，说："你放心，只要你愿意，你长期住在这里，我给你养老。"

前妻转身平躺下来平静地说："这样和在辛家有什么区别？看在当初相互不弃的情面上，给我休书放我回家，我会终身感激。"

他回想了几天，觉得留她在身边，于她寡欢，于己别扭。想到她与辛应豹那么些年也没有怀上孩子，看来自己传宗接代的目的，也是镜中花水中月了。看在她曾经同意嫁给自己的份儿上，给了她"今后自由成家不以任何理由干涉"

的承诺书，还给她一千二百元法币，让她出了门。

　　她将两升苞谷用布口袋装上，将法币捆上插进苞谷中，将布口袋放入背篓背上，几乎是恍恍惚惚出了门，迷迷糊糊上了街。父母已逝，哥嫂不可能让一个名声不好的女人在家吃闲饭，除非将钱交给他们。但钱用完后呢？就像邻居家那样，母亲死后，将不会做饭的父亲哄进来住到一起。当父亲的钱财收归自己名下后，有意将饭做硬，有意让其吃冷饭。吃饭时不去喊到寨上玩耍的父亲，饭后将门一锁下地了，别人给父亲饭吃后，儿媳指责别人挑拨离间父子感情。父亲闷闷不乐，要求分家另过，儿子不准，说那样是有意让他们背不孝之名。不久，父亲用一根麻绳系在房梁上，结束了自己的性命。如今自己年逾三十，未能留下一男半女，不能暴露自己有钱，肯定不会有未婚的娶自己，连家境稍好、子女不多的也难有人愿意，嫁子女多又穷的鳏夫，心又不甘。那家父亲的命运，似乎在等着自己。

　　烈日下，她越想越悲痛，边走边流下泪来。正在胡思乱想之际，突然干呕起来，接着感觉到胸闷、心悸、头晕、乏力，倒在街边，晕了过去。

　　孟医生听喊有人倒在街边了，边往外走边喊徒弟出来救人。徒弟走近一看，是女的，衣服穿得单薄，一块白森森的肚子露了出来，不敢伸手。孟医生斥责道："幼不避父、嫁不避夫、疾不避医。你是医生，跟你说过好多次了，还不明白这道理？"

　　徒弟将她抱进药房放躺到竹片长凳上，孟医生伸出右手大拇指，按压她的人中，喊徒弟端水来，将布帕打湿后给她擦汗，清洗后再放在额头上。

　　不一会儿，她苏醒了，睁开眼睛就问："我的背篓呢？"旁边有人指着屋角对她说："你那两升苞谷没有人要你的。"其中一人戏谑道："你背篓里包有金子呀，命都不要了。"她听后凄然一笑，闭上了眼睛。

　　孟医生喊徒弟为她请脉，问他这女的患了何症。徒弟试了又试，吞吞吐吐地说："像是中暑了，但脉象却杂乱。"孟医生喊徒弟去端避暑汤，他坐下用食指中指无名指轻轻按着她的右手腕，只三下，左手向徒弟摆手说："这个避暑汤她不能喝，她有身孕了，快去水缸里舀碗清水来。"

　　她完全清醒过来，起身准备离开，孟医生责怪说："这姑娘，你不知道这大热天的，太阳像针刺，怀孕不能在太阳底下做事、行走。连斗篷也不戴一顶。"随后安慰道，"你住哪里？夫家是谁？我安排人去通知他们，待太阳下山了再回家。"

她听着双泪流了下来，继而咬牙道："我男人是尚山卒。"

众人惊讶，想起四个月前尚山卒为前妻敲诈辛应豹的传说，想必是她了。有人一听，不管真假，急忙跑去保警队通知尚山卒。待他骑马飞奔而来，拉住孟医生问了原委，抱拳连声说谢谢，又转身责怪前妻——"你怎么不早说？"

前妻不搭话，背上背篼就往外走，尚山卒去拉她的背篼，她顺势将手臂从棕扁背系中脱出来，继续往外走。孟医生上前拦住她说："你这个姑娘不听话，这个时候还任性。"

前妻回答："老人家，你的救命之恩没齿难忘。"转身指着尚山卒说，"你问他，我是他什么人？"

"之前你又不说，哪个晓得你怀上了。"

"那我现在跟你去又是什么名分？"前妻幽怨地问，"如果你真有心，你现在就派人把我送回老家，一个月之内，你明媒正娶，用婚轿敲锣打鼓把我接回来。"

"这不是脱了裤子放屁，多此一举吗？"尚山卒搓着双手道。

"如果超过时间了，让我哥哥嫂嫂丢脸，我娘儿俩就无脸在世上活下去了。"她将娘儿俩三字吐得很重，不无威胁味道。

孟医生通过两人一鳞半爪的对话，加上之前的传说，明白了原委，接话道："尚大队长，我看就依这姑娘的，至于钱区长这边，我去跟他说说，不孝有三，无后为大，这道理他懂。"

"那我也丑话说在前头，生儿子，立你为大，生姑娘，你就当小。"

"不争你大小，也不管你娶三妻四房，只要你在家里家外、人前人后说你是这孩子他爹我是这孩子他妈就行了。"

2.一波三折

古福贵妻子廉杰花生下两个女儿后，过了三年未再生育。古祖明托人为他娶妾，被他谢绝了，除了夫妻俩的感情还在，也不想让廉家这边对他因此淡漠，总是安慰父亲再等等看。这一等，第五年喜讯到来，妻子产下一名男婴，他高兴地赶到祖父坟前烧香磕头。

暮秋，廉杰花带着两岁半的儿子去割猪草，儿子在田边一会儿追蜻蜓，一会儿捉蝴蝶，一会儿摘红红的野棉花。不觉间来到青龙沟时，她肚子忽然疼痛，感觉要腹泻，将背篼放在河边田角，喊声"毛毛帮妈妈看好背篼，不要乱跑"，疾步向旁边的田角转弯处走去。可回来时，不见了儿子，喊也没有人答应，提心吊胆走到沟边看时，儿子双手和头浸在水中，双脚倒立靠在河堤。她急忙跳下沟将儿子抱起来时，儿子面色乌紫，没有了呼吸。此时沟中的水不深，可能是他追捉蝴蝶或蜻蜓跌进沟中，头先入水，虽然水深只能淹过脖子，但也因此窒息死亡了。

廉杰花在沟沿抱着儿子呼天抢地地哭喊，还夹杂着"妈再也不打你了""再也不骂你了"的话。古福贵跑去看到这一幕，顿时瘫坐在那里。廉杰花见到他，双手抓他的脸，声声喊赔我儿子，做恶事遭报应了。

古福贵任凭妻子打骂，直到她打骂累了又抱着儿子哇哇大哭，经妻子一骂，联想起两年前的事，也是捶胸顿足，后悔莫及。

古八字父母去世不久，赶场算八字，或去做法事，有钱人家请他抽两口鸦片。俗话说，输钱只为赢钱起，抽烟只因抽喝皮，渐渐上了瘾，老婆说不住，说多了还要被他打。姐夫姐姐劝他节俭些，他反问人家，"你拿多少给我吃，把你们吃心痛了？当亲戚就要有当亲戚的样子，不要干涉娘家的家务。"

抽鸦片是烧钱的嗜好，他虽学有埋人算八字的技艺，但技艺不高，知名度不大，所攒钱粮，入不敷出，没两年，开始变卖祖上留下来的田地。

开春，有人到古家寨批发鸦片，价格比零售价便宜一半。古八字向同寨的古福礼借十块大洋购买，可到年底一算，本利已翻到二十块，如果利滚利下去，第二年将还四十块。他找古福贵做中人,将寨侧林水沟边那块旱涝保收的田抵卖给了古福礼。

古八字觉得自己卖吃亏了,加之批发来的鸦片便宜,吃起来不心痛,不像购买零的那样,坚持到受不了才吃。其实从时间上算下来,这批发比零售还要贵。接下来又差钱买鸦片了。

第二年开春,古福礼犁田灌水时,他去刨田埂。古福礼质问他,说他不讲理。古八字说这田卖了不假,但田埂并没有卖。古福礼说从古到今,田埂都是包括在田里的。他回答,凡事都有开端,历史上没有新生活运动,生活艺术化、生活生产化、生活军事化,闻所未闻,现在不是有了?旧族谱没有古福礼,也没有古福儒,新族谱现在不是有了?二十年前女人得裹小脚,现在哪里还有小脚姑娘?旁人劝和,问他这田埂卖多少价。他回答二十块,少了一毫也不行。古福礼则声称,除了裆里的,其他一毛都没有。

二人互不相让。古福礼必争,如果没有田埂,这田就不能种植水稻,这与土何异?如果再加二十块,那差不多又可购买一丘田了。古八字不让,田埂修复他又刨开,家中已无多少田土可卖,头已伸出,人已得罪,只能硬着头皮向前,何况鸦片瘾来了那是要命的事。

两人厮打得鼻青脸肿后,找胡保长评判,各执一词。喊在场人来作证,其他两个证人支支吾吾,怕得罪古八字,怕他在自家的祖坟上做手脚,伤害在世人,何况今后老人去世了,还得请他寻找风水宝地,选择黄道吉日操持安葬。可说假话,实在是从来没有听说过卖田还不包括田埂在内的。只有见证人古福贵说,他们口头说不包括田埂,今后另议。

古福礼将燃香成排插在田埂上,对古福贵说:"如果古福儒说了卖田不包括田埂,你就屙尿将这些燃香淋熄。"

古福贵说:"实话实说,我怕什么!"当即走过去,一路屙尿将这排燃香淋熄了。

胡保长按古福贵的证明,判古福礼如果要田埂,按古八字的要求,折半付十块大洋。古福礼本想找史乡长再判,又怕他们吃完原告吃被告,何况古福贵背后还有廉家,到时结果依旧,只好忍气吞声付了十块大洋。本来可以不付,就当买这田变成了土，或是在原来的田埂边退后另砌一道田埂，但折本往后算，每年秋天收的稻谷，远比种苞谷划算；或是多收几行稻谷，也用不了几年就能将这钱赚回来了。

古福贵之举被父亲、妻子埋怨。他说，这是报古福礼父亲八年前中途夺他家生意之仇。当年他与卖主谈好了价格，结果被他多一块大洋将田买走了。他心里还想，今后求古八字的地方要多得多。两家结下的怨恨因此又加了一层。

廉杰花认为，古福贵儿子的死，与他屙尿淋香作假证遭报应有关。

颜河义将小孩从廉杰花手中抱回家。廉杰花给小孩穿上新衣，抱在怀中呆呆地坐到天亮。第二天中午，古福贵从廉杰花手中拖过儿子的尸体，交给颜河义，让他用篾席裹好提到山后他家的松林中埋了。

廉杰花从此不言不语，饮食少进，彻夜难眠，不时还自言自语，有时突然说毛毛回来了，起身跑出门去，发现没有人，又啊啊地哭着用头撞起板壁来。请来的医生都说，心病还得心药医。只能宽慰她，慢慢恢复过来。让人没有想到的是，一天中午，她说去青龙庙看看，谁知她从青龙洞顶上倒立飞下来，待听到人喊叫，古福贵、颜河义等从寨上跑过去时，她脑浆迸裂，已无声息。

廉杰才接到丧信，带着亲人前来看望，知是怄气自杀，唯有叹息。

古八字带着古福贵寻找阴地，在相邻的牛家寨后面的林中寻得一块宝地，正对青龙洞。他说此福地荫及后人，两个女儿会嫁区长以上的高官，外孙也是龙凤之辈。好在这是古福贵家的祖业，不涉及与他人买地或换地的问题。此福地风声如果透露，或是他人之地，买换都不一定能成功。

安葬廉杰花后的第三天早晨，有人发现她的坟墓被人刨开了，棺材被抬放到坟外。待古福贵带人上山看时，气得一阵跺脚乱骂，准备重新安葬。古八字说，福气已漏，不能再荫庇后人，也难保不再被人重新掏开，只好抬回埋在寨子边棕树坡的族坟里。

古福贵本想告官，怀疑是古福礼做的手脚，可又无证据，何况古福礼那两天都在他家帮忙，没有发现他离开过寨子，他家又无其他壮劳力。

七年前，古福礼父亲因购买田地，加之为他娶媳妇购买聘礼和操办酒席，用尽了家中的积蓄，还欠了二十多块钱的外债，一时凑不足晋成皇当年核定三十块大洋的保护费。向乡邻筹借时，其他能借的亲友之前已借，硬着头皮问因购买田地有了隔阂的古祖明，古祖明说家里已如水洗，也正为交保护费发愁呢，只好托人说情担保，晋成皇同意缓交。

古福礼娶妻当晚，闹新房的人走后，妻子铺床准备就寝，晋成皇派来的人破门而入，将他妻子掳上山了。晋成皇的人留话说："你家既然有钱买地娶媳妇，却无钱交治安费，说给谁听都不信。没有办法，只得请你老婆上山干活抵扣所欠治安费，如果有钱了也可来赎。"

被吓得瑟瑟发抖的古福礼父母，又气又病，不几天相继去世了。待古福礼借钱安葬毕父母，低价出售两丘田一块土给古祖明，归还欠账，凑齐保护费去赎妻子时，时间已过两个月。保护费之外，又多了两块大洋的床铺费和生活费。妻子回来只得实说，上山帮忙干活抵债是假，实是被晋成皇睡了第一晚，再被他那帮弟兄们轮流睡了两个月。

妻子回来时已有身孕，吃药也未能将胎儿打下来，生下来尽管是个男孩，还是被古福礼当作野种摔死了。可接下来五年未能怀上孩子，夫妻俩都很后悔。

转机在日军攻进南京次年出现。

入夏，古福礼大哥赶双龙场未归，有人说，被晋成皇的人抓了壮丁，说他家符合二抽一的规定。在报纸上说武汉被日本鬼子占领之时，接到政府送来的他大哥阵亡的通知书。半年后，大嫂改嫁，将八岁的儿子古成智留给了他。他将侄儿名正言顺抱养为子，内心喜悦，这比抱有父有母的孩子放心多了。村人也称赞他，对得起泉下有知的大哥了。

古成智五岁时还在吃奶，话也说不清。六岁多了，喊他看猪，他贪玩去偷邻居家鸡窝里的蛋烧熟了吃，猪去拱了古福贵家的红苕，被他妈妈打了一顿。七岁时放牛，把牛甩在一边，自己去玩，牛把自家的苞谷苗吃了一大片，又被他妈妈打了一顿。贪玩忘事，也是孩子的天性，最让人失望的，是他读书那混了泥浆的脑壳。

古成智的妈妈将古成智送到古福贵的私塾读书，一年了，写自己的名字像随意折木棍凑的一样，生人认不了，字也认得屈指可数。一本《弟子规》，学了前面忘记后面。有一天，喊他背诵，他疙里疙瘩地背出笑话中的几句：

先生师娘喜相逢，生个儿子滚地龙。

一年一度叮当会，三十晚上满堂红。

这是笑话中说对应的狗交配、乌龟爬、办丧事、房着火四件事。古福贵听罢，操起竹片戒尺，抓过他的左手掌，连打了五下。他手掌顿时红肿起来，哭着回家又被他妈妈罚在香盒下跪了半夜。

第二天，古成智没有去读书，古福贵去喊他，他死活不再去学堂了。他妈妈威胁他，如果不去读书，就天天放牛砍柴割猪草。他却回答，做这些比读书轻松多了，还好耍点。

古福贵和古成智妈妈都觉得他不是读书的料，也就随他去了。他父亲死后，他妈妈觉得守着他已无出头之日，就改了嫁。他不愿读书，古成礼也没有勉强他，让他力所能及地帮助干些地里的活儿。

由于古福贵的伪证事件，古福礼有一年多没有与他说话。直到他儿子溺亡，妻子跳岩，古福礼才主动过来帮忙。

两个月后的一天晚上，牛家寨来人对古福贵说对不起，他参与刨坟了，万望古福贵大人不记小人过，都是牛族长给他喝了亡魂汤，忘记了古福贵家曾经对他家借钱借物的好处。也不知古福贵家和牛族长曾经结下了什么隔阂。那人说，古八字看地后，古福礼鸡叫时到牛家寨叫醒族长说，此处葬坟，会压牛家寨的龙脉，不但全族人不能富贵，人丁还会衰败。

牛族长听后没有采取像之前一些村寨的做法，发动族人阻止丧家下葬，那样的结果，势必引起双方械斗，难免伤亡，最终还会以官家判案为终。虽说械斗牛家寨可能会占上风，但官家判案必输无疑。牛家寨内外亲戚中，最大的官职是保长，而古福贵家背后不管是红道还是白道，青龙坝没有一个村寨惹得起。

牛族长犹豫不决。

抬上山安葬那天，在路上焚烧死者旧衣遗物时，那烟雾飘到了牛家寨上空，虽然没有落在谁家屋顶缠绕，不知接下来谁家会死人，却也让全寨人都提心吊胆。当天晚上，就有鬼在寨前柏杨树上呱呱呱地叫唤，越听越害怕。族长安排人烧纸钱灰，混和铁砂装进火枪，摸黑朝鬼叫的树丛打了一枪。鬼叫声停止了，族长喊人点起葵花秆来，众人走近一看，那鬼被打死后变成了一只体粗颈短嘴尖的黑鸟。第二天一早，一群乌鸦又飞到那几棵柏杨顶乱叫。人说凉风绕绕天要晴，乌鸦叫唤要死人。当天晚上，族长找了来人在内的几个身强力壮的近亲，喝鸡血酒后，深夜上山刨了坟。

古福贵听着听着脸色阴沉下来，板着脸问来人，“你来和我说这个是什么意思？”

来人结结巴巴地说：“我是为你好。”

“你说，我是带着你去和他们对质，还是带人去和他们打架，抑或告官你去作证？”古福贵将叼着的烟杆取下，在鞋帮子上磕掉烟灰。

对方脸红脖子粗无以回答，只好悻悻地说还有事，走了。

古福贵知道这人前两天为地界，被牛族长判输了怀恨在心，想借他的力量报复牛族长。而今事已至此，自己不管走哪条道，就精力时间钱财而言，赢了也是输了，何况儿子妻子连丧，他已是心灰意冷。

不知是忧伤过度还是焦虑所致，古祖明吃过晌午饭准备带人下田薅秧，走到院坝，突然倒地，双目紧闭，双嘴皮颤抖发不出声，问他话也不回答，口水流进了脖颈。人们将他扶到卧房躺下，急忙找医生来看，喂了几服中药不见好转。又请古八字翻书，看看中了什么邪，请他做了场傩堂法事，也不见效。古福贵只好去找孟老医生。孟医生请脉说，应该是脑壳中的血脉出了问题。之前吃药不对症，做傩堂法事又耽误了几天，延误了最佳治疗时间。他给古祖明开了几服中药，扎了两天银针就回双龙了。十天后，古祖明能慢慢下地行走，并开始说半清不明的话。三个月后可独立行走，说话也能听得清了，但耳聋、眼瞎一点都没有恢复。

3.难悔妾名

廉妥和符朗星结婚三个月没有怀孕的迹象，给她外公孟老先生拜年时，他为她请了脉，开了十服中药让二人带回家按嘱服用。桃花盛开时，廉妄开始呕吐。暮秋，产下一个六斤半的男孩，取名符原剑，廉家上下无不欢喜。

符原剑满月后，廉孟氏找廉杰才商量，这符朗星常去警队，廉妄一人在租住的房屋里招呼小孩，多有不便，想把她接到二院落来住，住右边厢房。廉杰才沉吟半晌，我倒是没有意见，得给有富兄弟几个讲一声。

有贵媳妇问："是暂时住还是长久住？你们二老将房产分明白些，防止以后兄弟间扯皮。"

"我们还没有老糊涂！"廉杰才打断有贵媳妇的话。他明白她的心思，一旦有贵回不来，二老去世前不分家，去世后她一个女流之辈，不说廉妄占那份，就是应该分给她家的，恐怕都没有能力与其他三弟兄争多论少了。

廉孟氏见有贵媳妇红着脸，低头打鞋底，急忙解围说："哪里是长久，只是暂时住。廉妄一个人晚上不方便，到这边来，大家可帮忙带下原剑。"

"千年田土八百主，管他们是暂时住还是长久住，你们是送给他们还是送给其他人，我都没有意见。"去年秋从省城考到重庆读大学的廉有荣，一本正经的神色，似乎不是开玩笑。

廉杰才嗔骂他："你狗日倒是，粪包包上长起来的，崽败爷田不心疼。"

廉有富发表意见："我的想法，让他们暂时住下来，以后最好是帮助他们修建一栋房子。话又说回来，即使在这里住，住的那两间房子，只能姓廉，永远姓廉。"他的意思是，二人的子女，不能在这房子里成家、居住。

廉家安排下人收拾出两间厢房，腊月二十，让廉妄夫妻带着儿子住进来，与廉家老少一起吃了年夜饭。符朗星在廉家才住了三个月，也就是汪伪政权在南京成立刚满一个月时，他的乌江县保警大队副大队长职务被上面免除，口头通知他将家小带到老家安顿好后，再行安排工作。

廉妄抹泪与廉孟氏告别，王天堂和廉有富派六名枪法较好的保警兵穿便衣轮流抬轿子。轿子内，除了廉妄母子，还有廉杰才送的两百块大洋。不抬轿子的人，都在背篓或身上暗藏短枪。其中两人在轿子前半里远的距离探路，防土匪埋伏，另两人随符朗星跟在轿子后。

符朗星一行渡过乌江，翻越梵净山，离开黔地，进入湘西，爬上雪峰山，越往东走，山越小，也越矮。进入江西，山变少，地变宽，与乌江出门就爬坡比起来，行走轻松了许多。

朝行暮宿，除了在湘西，一路上没有再遇到什么风险。

那次也只是六个端枪持刀的人，拦住去路。枪也只是土枪，才两支。几人走到轿子前不远处站下来，刚开口喊老板赏点烟钱，符朗星手中的枪就响了，端枪那两人还没有反应过来是怎么回事，就啊的一声倒地。持刀的四人转身就跑，往山上跑那两人，跑到那片松树林边，被另两名保警兵开枪打倒在地。往前面跳着跑那俩人，被前面返回的俩人，举枪结果了性命，一人倒在一树白杜鹃边。符朗星走到倒在路边的另一人跟前，那人身体还在抽搐，就朝那人胸口补了一枪，挥手喊众人赶路。

行走了二十一天，到达符朗星老家符陵园时，已是日暮时分。他向廉娑介绍了他父母、叔父一家，以及大嫂和侄女。

她越来越感觉他对她隐瞒了什么，他父亲不像当过区长的人，只是有二十来亩田土的农民；他叔父也不是乡长，只是个保长。那个在保警队的哥哥，一直没有回家，也不知真假。

十多天后的半夜，她起来上茅房，听到大嫂房间传来符朗星的声音。他不是说去镇上找朋友去了吗，隔三岔五都要去一趟。她轻轻走过去贴到窗下细听。

大嫂问："那是什么生意，非得要妻离子散去那个武汉是非之地？家中有这些田地，一家老少也不至于饿肚皮。"

符朗星答："不去不行，我们有规矩，去了可能保得了这条命，不去，必死无疑。我死还罢了，难免殃及一家老小。"

大嫂说："我也管不了你们男人那些事，你在那边陪她，回来还是陪她，我之前守活寡，将来又是，剩下这几晚上你必须陪我，不然我就让她知道我们的关系。"

"我都把你喂饱了，隔天晚上再来。我毕竟把人家骗了。"

"我不管，我还要。"女的嗯嗯地缠绵起来。

廉娑回到房间，在床上像烙烧饼一样，双眼睁开又闭上，想象二人究竟是什么关系。闭上不一会儿又睁开朝房门方向张望。符朗星摸黑上床后，她才停止翻身，迷迷糊糊睡了过去。

第二天，廉娑的脸一直阴沉着，吃饭时才勉强在老人面前挤出一丝笑容，但那笑比哭还难看。晚上，符朗星上床后，她问他：“你大哥家的田由你耕种？”

“什么田？”符朗星懵懂着问，“又没有分家。”

“明天带我去看看你前妻的坟墓，我想祭拜下她。”

“还是不去了吧，那里很远。”

“有多远？你没有把她埋在村边这座小山岗，难道埋在这四周一马平川的秧田下了，抑或是走上半天才能到达的山上？”

符朗星无言以对。

“你究竟骗了我多少事情，你不说清楚，我明天就走。”

符朗星叹了一口气：“估计你也听到或看到什么了，我不妨实话告诉你吧，我有姐姐，没有哥哥，也没有弟弟，也就是说不存在什么大嫂；我的老婆没有死，那大嫂就是我老婆……”

“那我算什么？”廉娑哇的一声双手捂脸哭了起来，随即扯被子捂在头上，将一抖一抖的背脊留给他。

“过两天我就走了，也不知什么时候回来，或者说能不能回来。”

“那我们怎么办？”廉娑停止哭泣，静静地望着天楼板说，“我是说我们母子俩。”

“什么事情商量着办。她年龄比你长，心地也不坏，就把她当姐姐对待吧。她经历比你丰富，对本地人和事也比你熟悉，遇事多听她的。日本鬼子已经占领丰城、鄱阳，离这里不远了，你们可能也得离开这里。”

“我们去哪里？”她接着说，“当初就不该来这里。再说这分宜县乡下，是个屙屎不生蛆的地方，日本人哪能看得上！”

“我们这里虽然穷，但他们也可在这里扶植伪政权，收税赋养军队，打中国人。为了人身安全，你们最好从广西桂林这边经贵阳去重庆。”

“人生地不熟，老老少少十几人，饿都饿死了。”

“这你不用担心，每到一个城市，都有人帮助你们，名单明天我口授给你们，对外不能讲。”

第四天符朗星离开了，隔天午饭后，他老婆提出要廉奂将身边的钱交给她统一保管，统一支用。廉奂涨红着脸回答："那是我娘家送的，凭什么交给你们？"说毕钻进房间，晚饭也没有出来吃。

廉奂次日吃过早饭说她去镇上，问符原剑在哪里，准备背起他去赶场。大老婆回答说，昨天晚上被她姑姑背去她家耍去了。

"他饿了怎么办？他哭了怎么办？"廉奂一连串地问。

"他喜欢他姑姑，他姑姑抱着他就不哭。你又没有奶水，不是一直都是调米糊喂吗？"

"喊她今天晚上抱回来。"廉奂说完就往镇上去了。

她到镇上四顾熙熙攘攘的人群，没有自己认识的，到布店或农产品收购店，打听有没有人抬轿子送人出远门，一天多少钱。事实上，大老婆一直安排有人在不远处跟着她，她的言行举止，没有逃过监视人的眼睛。她讲好四人替换抬轿，每天一块大洋，往返按五十天算。对方答应下第二场到镇上客栈住下，第二天上路。

第二场的头一天，小孩又被抱去亲戚家玩了。廉奂气愤地质问："大老婆，你是符原剑的母亲还是我廉奂是他妈？我的孩子不经过我同意随便就让人抱走吗？"

大老婆回答："我们女人都不过是下蛋的母鸡，下多下少下大下小，都是主人家的。这符原剑，不管是你生的还是我生的，他都姓符，都是符家骨脉。"

廉奂对她的愚昧好气又好笑，"我不像你那样贱，我是人，不是鸡，是有血有肉有感情的人。如果明天不把符原剑给我抱来，我把这房子一把火烧了。"

"这房子今后是符原剑的，烧不烧随你的便。"大老婆平静地说，就像是劝说扯皮的邻居事不关己一样平静，"我跟你明说吧，你留在这里，有我们一嘴吃的，也少不了你一口。如果你要回乌江，随你的便，我们也不阻拦，但你想带走符原剑，不行！那是朗星的骨脉，是符家的人。朗星回得来回不来，回来还能不能生儿子，只有天知道。他这根独苗你带走了，他这房的香火就断了。"

"符原剑是我身上落下来的肉，把他抚养成人，是我的责任。他随我去外公家，他还是姓他的符，还是朗星的骨脉。如果把他留下来，你也是当母亲的人，这何异于割肉剜心！我也跟你明说了，我与原剑绝不分离！"

"这我理解，但我说了不算，你问问爹和叔叔这些符氏族人，看大家同不同意你将原剑带走？如果大家都同意，我也不会阻拦。"

"符原剑是我和朗星生的孩子，关家族什么事？我带走自己的儿子，他们有什么权力管？"廉嫂说完气呼呼地回到房间另想对策。

4.颠沛流离

隔天，天麻麻亮，廉嫂抱起符原剑拎着包裹出门往集镇赶。可早饭还没有熟的时候，衣裤裹了不少泥巴的她，两手空空哇哇地哭着跑回来了。众人问她原剑呢？她断断续续地叙说经过。

她离场还有六七里路时，后面走来两个年轻力壮的男子，下到河沟，两岸的草木遮挡了视线，看不见沟外。一人突然从她手中抢夺包裹，她一手抱小孩一手死死拽着包裹，大声喊抢人啦。她被那人拖倒在地，小孩哇哇大哭起来。另一人跑过去从她手中拖过小孩，她急忙松开抓包裹的手，抱住拖小孩那人的脚。抢包裹那人跑过来，一脚踹在她肚子上，痛得她昏了过去，醒来只好跑回来求救。

她跪在符朗星父亲和叔父面前磕头，请他们赶快派人去查找，不然原剑就没命了。

他们安慰她，这就派人去查找。说抢小孩的人，估计不会伤害他，不过是想拿去卖给那些没有生育特别是差儿子的人家罢了。

她一听，哇哇地哭得更凶了。

大老婆还是不急不躁的样子对她说："我说妹子，你成天就想带原剑回老家，你就没有想过，这一去要翻多少座山，要过多少条河？就没有想想，那些没有人烟的地方，遇上土匪不会劫财又劫色？这些都还罢了，那些抬轿的人是抬你四五十天得五十块辛苦钱划算，还是中途杀人灭口，抢你手中那两百块大洋划算？这不，才走出七八里地，就整个人财两空了。"

她听着听着，觉得大老婆的话有些道理，但似乎又有些不对劲。这抢劫的人是不是他们派去的？此时已无质疑之力，只盼儿子能平安归来。

焦急地等到夜幕时分，叔父抱着熟睡的符原剑带着族中几人回来了，她一见急忙走过去接过来抱在怀里，喊一声么，将脸伏在他身上大哭起来。

叔父告诉她，小孩被抢去后一路上直哭，在街口被人询问。那两人慌忙放下小孩说，他们中途见女的背着一个小孩又抱着一个小孩，就将抱着这小孩接过来，说放在区公所门口她一会儿来抱。小孩是找到了，但钱被抢劫的人拿走了。

她对叔父的话很怀疑，但也无可奈何了，想到此时孤苦伶仃的处境，不觉悲从中来，抱着符原剑再一次伤心地哭起来，吓得原剑醒来跟着大哭，她又才停了下来。

日军逼近的消息迫使他们在去留间抉择，为保家中女人和小孩安全，还是去重庆为上，那里符朗星的朋友多，或许他已办完事回到了那里也不一定。

符朗星叔父准备带着一家人撤退时，他父母主张其他人快走，但他们不愿意离开，说日本鬼子来了，大不了要这条老命。他们体弱多病，这一路风餐露宿，长途跋涉也不知会死在哪座山哪条河，尸骨难存。

廉娑不得不佩服大老婆能干。不说一家人的衣服洗涤缝补了，就是吃住，也安排得井井有条。有车坐时不吝啬钱，尽可能搭车，不管是汽车还是马拖车。住宿地尽可能选在县城，入住的客栈必须安全。到达衡阳，大老婆去警察局找符朗星的朋友，朋友让他们在这里休息几天再上路，带小孩去城中城郊看看。随即给他们用五折价订了十天的旅社。临走还送了些钱，让他们在路上喝茶。

十天后，廉娑一行到达桂林，警察局的朋友听过符朗星让他关照的话，请他们吃了餐饭，带他们去旅社时，打招呼要求店家住一晚赠送一晚。店家点头哈腰满口应承。临走时，他给他们找了一辆便车，当天就到达柳州了。可惜的是，柳州警察局的朋友母亲去世，前天回家奔丧去了。他们在柳州住了一天，又开始一段一段地包马车行走。经过河池，进入贵州地界已是仲冬。途中遭遇到大雨，他们被淋得透湿。

到达客栈，大家换下湿衣围着柴火烘烤，喝了店主熬的辣椒姜汤，连刚满一岁的符原剑也喂了半汤匙，辣得他哇哇大哭。其他人都没有感冒，只有廉娑，先是打喷嚏、流鼻涕、发烧，找当地土医生开了中药，用土砂罐煨来喝了一天之后，打喷嚏、流鼻涕停止了，但高烧不退，全身无力，咽喉痛加咳嗽，不想吃饭。

再找医生，医生说她得的是伤寒，可能是吃到不干净的食物或喝了有病菌的水。大家一想，这一路起来，这些都是存在的。医生说，病不难治，但得花时间，首先是患者必须卧床休息，退热后两到三天才可在床上稍坐，十四五天后才可以轻度活动，另外饮食要清淡，营养也要跟上……众人想，大家在这里不便，也不放心将她一人丢在这里，就说赶到贵阳去医治。

第三天到达贵阳，找到在省政府做事的朋友，朋友将全身裹上棉被也冷得牙齿打颤的廉妟送进医院治疗。朋友带来一位书店老板，说是他的好朋友，由这老板照顾她。她这病可能要治养个把月才能康复，但他隔天就要去重庆。

临行前那晚，大老婆到医院来陪伴她，说他们将搭朋友找的便车一起去重庆，虽然是坐在货厢里，但有篷布遮盖，不会遭受日晒雨淋。到达重庆后就给她写信，以便她去找他们。

廉妟提出将符原剑留下来，让他母子俩在一起。大老婆说："你现在的身体连自己都照顾不了，哪能照顾他？照顾你的书店老板，最多是帮忙过问下，出点药钱而已。他老婆身体有病，成天大门不出二门不迈的，如果将原剑留在这里，不注意就走丢了，或是被人拐跑了，到时你后悔都来不及。"

廉妟提出，大家一起去乌江，她家完全能够负担得起这六七口人的吃穿用度。大老婆说，朗星之前有嘱咐，他会时常去重庆做生意，一家人可以常见面。那边朋友熟人多，他不在重庆时，也能有人照应。

"我希望你能体谅我的心情，原剑离开我，无异于在心上剜肉。如果将你女儿与你分开，你是什么心情？"

"我理解你的心情，你觉得我对我女儿和原剑有什么区别没有？"

"这我倒不觉得，"廉妟摇摇头，"你对原剑反而偏爱一些。那次她用竹片拍他的头，她手上脚上都被你打起血痕了。我都觉得有些过火了。"

"那是告诫她，如果那竹片戳在他眼睛里，我们一辈子内疚不说，还害了原剑一生。"大老婆长长叹了口气幽怨地说，"朗星唯一没有骗你的一句话，就是我没有生育。你把脚伸进去盖好。女儿是我哥家的。我是河南信阳人，我们有兄妹两人。父母和哥哥嫂嫂做小本生意，温饱过得去。鬼子的飞机多次来城内外轰炸，前年八月初五，他们都被炸死了，只留下奶奶和这侄女。生病的奶奶加怄气，不几天也去世了，我们就去接来收养，那时她才两岁，就当她是我们亲生的养了起来。"

停电了，廉戋在黑暗中啜泣。

大老婆给她留下一沓法币，吩咐她安心养病，要吃什么就告诉书店老板，她到达居住地后，就来信告诉她具体地址。至于符原剑，请她放心，有她在，就有原剑在。

5.生离死别

第二天，大老婆带着符原剑等人，随朋友去了重庆。

廉戋病好出院后去了书店老板家，做起事实上的保姆，等待大老婆来信。虎背熊腰的女主人，发卷、脸黑、肉横、身高体胖似门神，稍不称心就责骂丈夫，甚至往他身上砸东西。因她之前很少做家务，女主人示范几次后，见她做得不称心如意，也讽刺她，果然是衣来伸手、饭来张口的千金小姐，不知脑壳是泥巴筑的还是猪脑髓，是牛都教会了，莫不是猪变的？

她只有不停地道歉，认真记牢女主人盐咸醋酸的指责，仔细揣摩主人的心思，力求做出的饭菜让他们满意，委曲求全地等待重庆来信。年后终于等到了来信，可告诉她的消息让她失望。大老婆到达重庆后，之前说的朋友一家，在日军的飞机轰炸中被炸死了，一条街的房子都已化为灰烬，他们只好住进收容所，到寄信出来时，还没有打听到符朗星的消息。

转眼又是一个月，房前那棵李子树，已从打花苞，到花如雪般包裹枝头，再到雪花般飘零，渐渐浓绿的树叶间，冒出了黄豆般大小的果实。天气已热起来，女主人换下棉袄，穿上丝绸单衣，常常到室外晒太阳，有时还去郊区春游。

这天，天空突然乌云密布，狂风大作，骤雨袭来。待女主人跑到岩龛里躲雨时，全身已湿透，冷得牙齿打颤，全身发抖。女主人回来责骂丈夫没有良心，不及时送雨具去，也不拿衣服去接她，是想她早点死了给他腾窝，说他所有的歪心思，都是白日做梦。

当晚，女主人发起了高烧，她喊男主人赶快送她去医院，如果有什么长短，她家里人会让他不死也脱层皮。

男主人负责在医院护理女主人，廉妪将一日三餐做好送去。女主人病情有所好转时，便唠叨男人偷懒，在医院打瞌睡混日子，不想法做生意找钱。男人只好回书店开门。

一天，廉妪正在择菜时，他进屋走到她身后，突然将她抱起来向卧室走去，热烘烘的嘴在她后颈上乱拱，喃喃地说着"我喜欢你，喜欢你很久很久了"。她奋力挣扎，到达门边时，双脚抵在门框上。僵持了一会儿后，他腾出一只手去拉她的脚，她趁势脱身站了起来。气喘吁吁的他在她面前跪下来，说要她可怜可怜他，那母老虎太凶了，还不让他近身。如果她给了他，他会永远对她好。

廉妪涨红着脸问他："你如何永远对我好，是离婚了娶我，还是长期做你的姘头？"

他垂头丧气地回答："这书店是她老爹开的分店，平常卖的钱，都被她收去了。这书店一旦收回，我悄悄积下那点钱，用不了多久。"

"呸！一身软骨的狗东西！"廉妪骂着越过他准备离开，他突然站起双手张开又向她扑来。她抬起右脚，向他裆部踹去，他哎哟一声，蹲在了地上。

晚上三人一起吃饭时，女主人突然问她："你叔叔说你在家里翻箱倒柜偷东西？如果手脚不干净，你就给我滚，滚去重庆还是乌江随你便！"

她回答："没有的事。叔叔说他肚子痛，我给他找药而已。是不是，叔叔？"

男主人唯唯喏喏："是这样是这样，我没有说你偷。"

正当廉妪准备不管何种情况都要只身前往重庆寻找儿子时，大老婆来信了，说符朗星托人带来的信收到了，他在武汉帮人做生意很忙，脱不开身，一年两载也不敢保证能回重庆，喊他们去乌江找她父母安顿一下。大老婆怕她父母不接纳她和原剑之外的人，请她写封信回去问问，如果愿意，他们再过来。说自己会炸油条、做豆浆或做小生意，能养活自己和女儿；叔父能写会算，可以在他们那里找份活干，也能养活他们一家四老少。

她看过信，拍着脑袋自语，当初怎么就没有想到给父母哥哥写信，让他们在这里的熟人接济？或者请他们的朋友找便车送她去重庆？

廉杰才接到信，安排廉有富带上两名随从到了贵阳，对她说已经给在重庆读书的兄弟廉有荣去信了，还汇了路费，让他去收容所寻找大老婆，找到后对他们说，让他们坐船到涪陵，再沿乌江边的官路上行，来乌江暂住，只要他们愿意，住到符朗星回来，吃穿都不用他们操心。一路上有困难找哪些朋友帮忙，也都一一在信中写明了地址和姓名。

廉杰才的朋友给廉有富找了辆便车，中途下车后买了匹马让廉叟骑上，三天后到达乌江。见面时，母女俩抱头痛哭了一场。

在廉叟到达乌江不足一个月，符朗星的叔父夫妇，带着他们的两个儿子和大老婆的女儿来到乌江。惊异中廉叟问大老婆和自己的儿子符原剑在哪里，婶婶哇的一声哭了起来，叔父说他们没了。廉叟一听，啊的一声昏厥了过去。

叔父粗略说了遭遇劫难的经过：

"五月十一那天早上，鬼子的飞机又来重庆轰炸，像平时一样，大家都向校场口大隧道跑去。侄媳抱着原剑跑在前面，随人流挤了进去。隧道内的人像收割时插在箩筐中的苞谷一样，密密麻麻的，挤满了。我们收拾东西迟了一步，在后面刚进门，就不能再往里挤了，管理隧道口的人就将栅门锁上，我们被隔在离栅门不远处。

"这次和以往不同，间隔一段时间鬼子又来几架飞机轮番轰炸，而且是专炸隧道口和通风口。后来听说是有奸细给飞机发信号。里面的人呼吸困难，就往外挤，大家要求出来换一下空气，管门的不敢开门，说长官有令，担心进出仓促混乱，要求大家不要乱动。

"下午间隔很长一段时间都没有飞机飞来时，大家拼命往外挤，但那门是朝里面开的，我们被后面的人挤得像人墙挡住了铁栅门，我们退不了，外面的也推不开，等到找来工具把铁门锯开时，里面的人像潮水般向外涌。

"我们夫妻身体向后靠，脚向前蹬，三个孩子在前面，被争相向隧道外蜂拥的人流推了出来。那些倒在地上的，被后面的人接二连三踩踏，不死也伤了。到处都是脚断手折哭爹喊娘的声音。我们站在外面不远处的石头上，一直向出来的人流大声喊他娘儿俩，没有人答应，里面的人都出来了，那些士兵已开始进洞抬人，还是没有看到他娘儿俩，估计是凶多吉少了。

"地上横七竖八摆满了许多人，士兵还在从里面陆续往外抬。有的衣服被撕烂，皮肤变成紫黑色，面目全非，惨不忍睹。这些人中，有赤裸的小孩，也有衣不遮体的女人。我们去放在地上的人群中辨认，有的在呻吟，有的已经死了。也在寻找亲友的人说，脸色紫胀的，都是严重缺氧窒息死亡的。"

"你不是说他们娘儿俩在门口不远处，不可能会窒息吧？"廉杰才焦急地问道。

叔父说不下去时，婶婶边抹泪边说："那些手折脚断受伤的，那些七窍出血死了的，都是被踩的。我们内心希望，他们娘儿俩只是受了伤。可当我们发现他们时，原剑伏在侄媳胸膛上，侄媳紧紧抱着原剑，头歪在了一边。我们过去掰侄媳的手掰不开。原剑脸色乌紫，鼻孔、嘴巴、耳朵都是血；翻看侄媳背后，被踩得乌青，脖子断了，左手和右脚也断了……"

一家人听着，男的唏嘘抹泪，女的嘤嘤哭泣。叔父补充说："我们在那里蹲下不一会儿，就有长官带着士兵过来呵斥，'抢劫死者身上的财物，找死不是？'我们解释说是亲人。长官听了我们的遭遇，说上面有令，为防产生瘟疫，凡是没有能力及时安葬的，由政府统一安埋；凡是受伤的，由政府统一救治；凡是死难家属中无人抚养者，由政府发放赈金。如果无正当理由在这里逗留者，一律按抢劫犯就地枪决。他刚说完，我们就听到隧道口前传来枪声，看到有个士兵倒地。长官举枪对往来抬人的担架兵大声警告，凡是从隧道出来的士兵，身上有财物的，一律视为抢劫死伤者钱财，就地枪决！

"有人传说，有的担架兵进去抬人时，干起了搜捡死者身上首饰、钱物的勾当，甚至剥取衣裤，有的还能挣扎，担架兵就把他们掐死灭口了。长官发现后，下令搜查担架兵的腰包。那人反抗，就被当场枪毙了。"

廉昪醒来后，目光呆滞，极少饮食，日渐消瘦，对母亲和亲人的劝说，也好像与己无关一样，不再说话。叔父一家，被安排去了龙泉廉氏农庄，叔父负责记录农庄的进出账。

半月后，她说想去云岩关农庄，家人只好依了她，说或许过段时间就会好起来。

不几天，下人来报，廉娑失踪了。

廉杰才父子发动众人寻找，五天后，古福贵派人送信来说，廉娑在青龙庙里，劝不回。

廉杰才和廉有富赶去接她时，发现她未剃发，但何老尼姑也是银发满头，也就明白了这叫带发修行。廉杰才以她母亲思念她茶饭不思怕是活不了多长时间相逼，廉有富宽慰她，就算她不想再成家今后也有侄儿养老送终。

好歹劝说了半天，一直闭眼的她开口说："如果你们还要继续打扰我，以后就再也看不到我了。"廉杰才气得转身在门板上拍了一掌，迈出了门槛。廉有富将身上的纸币悉数摸出来，放在经桌上，也出了庙院。

第九章 乱世之家

1.居功自傲

一九四二年夏，杨青云带着三十多名尚可行走的伤兵从锦江返回省城休养，途经乌江县城时进行短暂停留。廉杰才等依然称他为"杨团长"，但随行人员却称的是"参谋"，并未带"长"。事后打听得知，当初开赴前线时，他泄欲奸杀了咬伤他的民女，被人告发，师长怜惜其才，将他撤职查办，留在师部做了参谋。众人称赞师长奖惩分明。

停留的第二天，杨青云到廉府拜望廉杰才，骂了一通日本鬼子怎么残忍，称赞了一阵我们的军队如何英勇，说完将一根全铜短烟杆交给他，说这是廉有贵连长在长沙为他买的，特意嘱咐带来交给他。

虽然只是一根小烟杆，廉家老少都很高兴，这说明老二还活着，而且已经升任中尉连长。比起李文德那些烈士来，家人也算是喜出望外了。

过了两日，县长江镇恶通知全城成人到沙坝，聆听杨青云团长作军事报告。

天空一碧如洗，艳阳高照，沙滩上搭起一座临时台子，江边还竖起了一排红红绿绿的纸旗。沙坝两边，用红纸分别写着两幅标语。左边是：为国杀敌就是民族英雄！右边为：不怕炸弹毒气只怕无热血！

报告开始前，中学的师生在台上演唱《百万勇士上战场》：北风起，满地霜，倭奴日寇逞霸强，杀我同胞占我地方。中华好男儿，哪怕日本小东洋，拿起刀枪上战场，上战场，不杀倭奴不还乡……

接着又演唱了《工农兵学商一起来救亡》《牺牲已到最后关头》等歌曲。

陆续到来的男女老少，东一堆西一堆，将沙坝站满了。江镇恶宣布宣讲报告开始，杨青云站着讲起了他们这几年抗战的经历，介绍参与武汉保卫战，主动出击日军，伤亡惨重；参加围攻万家岭的鬼子，取得大捷，廉有贵就是在这次战斗中受伤的，被子弹击穿了大腿，幸好没有伤到骨头；阻击日军进犯南昌和反攻南昌中，他所在师补充的新兵已占抗战初期的八成多。

他说："战场上英勇杀敌的将士很多，就说廉杰才先生的二公子廉有贵吧，他腿伤好后当了班长；参加长沙会战，撤退时没有看到他，以为他牺牲了，可晚上他回到了阵地，说他被炮弹震昏过去了。阻击时，他一枪打死了带领冲锋的日军小军官，被提拔为少尉排长。在追击败退的日军时，将仓促应战的日军击毙不少。在排长诸位军官牺牲的情况下，有贵居然将散兵组织起来，追击日军，事后被破格提拔擢升为中尉连长。前年，有贵被提升为上尉副营长。

"值得一提的还有从乌江应征入伍的张洪武。去年秋天，在第二次长沙会战中，鬼子不停地炮击、冲锋再炮击再冲锋，前面的倒下后面的又迅速补上，我军被炮弹炸死炸伤不少。双方杀红了眼，子弹也打光了，排长、班长都找不到了，日寇上来了。有人说，跑吧。他问，往哪跑？跑得脱不？其中有人答，跑不脱了。他说，跑不脱就打。端着刺刀从战壕中跳出来迎着鬼子进行反冲锋。他端着刺刀向鬼子冲去，对方向他刺来时，斜坡上停不下脚步，他只好仰面倒下，迎着对方的刺刀直刺过去，双方的刺刀都刺进了对方的腹中……日本鬼子退了，他所在的营，除连长和他与一名号兵幸存外，其他都壮烈牺牲了。张洪武命大，居然活了下来，还当了少尉排长。

"牺牲得最为壮烈的，当数李文德，也就是乌江东江街李杜氏的孙子。

"我开始时听说李文德参加的是卫生队，心想这小子什么都不懂，运气怎么这么好。后来才知道，他参加的所谓卫生队，实际上是担架兵。在前线，有士兵倒下了，先摸摸有气没有，有气的先抬，没气的后拖。有时每人一天要拖抬几十个，弄得一身都是血，战斗激烈时没有衣服换，衣服烂得一条条的，都让血糊住了，很难脱下来。

"担架兵在战场上的危险性也不小，每一次战斗打响，都要冒着敌人的炮火冲到战场上，把受伤的士兵抬下来，抬到安全地带再交给其他非武装人员抬下去救治，然后又冲上前线。有次一场战斗下来，他们一个连队的担架兵只剩下十多个人。

"在一次阻击战中，为争夺丢失的山头，团长将大家集合起来，组织敢死队，喊大家举手。李文德看到别人举手，他也将手举起来。排长从后边踢了他一脚轻声骂道，'你个担架兵枪都不会拿，举哪样手嘛'。但也不敢放下来了。准备出发时，长官才发现他是卫生兵，没枪，说现在也不能换他下来了，上就上吧，就拿六颗手雷给他，说带着，看到敌人就扔。李文德一听急了，忙说六颗不够，'长官你给我十颗吧'，就给了他十颗。

"敢死队向山腰发起进攻，日寇被引出了地堡，与敢死队展开肉搏。两军混战，我军人数上已渐渐处于下风，指挥官不得不下达炮击山腰日军的命令。包括李文德在内的敢死队，全部与日军同归于尽。我军第二梯队立即冲锋，收复了失地。打扫战场时，发现我方士兵与日军士兵有数十对抱在一起，李文德还死死咬着日本兵的耳朵。"

……

报告取得圆满成功，多次被"打倒日本帝国主义"等口号中断，也多次赢得阵阵热烈的掌声。

次日，廉杰才宴请杨青云等军官、江镇恶、王天堂等官员和社会名流作陪。

王天堂在席上讲起了笑话，"我们这抗日战争，如果用打麻将的精神去打，一定能早日取得胜利"。

"王校长你说来看看，怎么个打法？"江镇恶来了兴趣。

王天堂说："我将打麻将过程换成打仗场景说给大家听。各位将士服从统一指挥，随叫随到，从不拖拉，甚至主动提前到位；不在乎战争环境的优劣，一心放在战场的瞬息万变；从不埋怨他人，经常反省自己为什么又打了败仗，而且永不言败，从头再来；再烂的战局都要想方设法往好的方向打；从不嫌弃战争时间太长，只要身体允许，不管是通宵达旦还是持续三五个月甚至三五年，始终抱着接下来将赢的心态坚持。"

"王校长站着说话不腰疼，"杨青云讥讽道，"你去战场试试，那可不像在房间里打麻将那样闹着玩的。"

"莫谈国事，莫谈国事。"微笑的廉杰才举杯向杨青云、王天堂等人，"来，来，来，杨团长，不要计较，来，干！"说着一仰脖子将半杯酒倒进嘴里。廉有富等人也附和，将杨王二人的话题转移了过来。

众人在觥筹交错中再现欢声笑语时，县政府秘书跑到江镇恶耳边说杨团长带来的那些军人在万寿宫要砸场子。

江镇恶一惊，立即请求杨青云去制止事态发展。

"我的士兵我知道，他们不会无缘无故生事！"杨青云摆手道，"把饭吃完了再去看看。"

河南来的包家戏班，租借万寿宫唱戏，进去看的都得交钱。那些伤兵嚷着要进去，说要钱没有，要命呢有一条。戏班头头包广林知道这些人惹不起，听到吵闹声，立即出来打招呼，请他们免费进场看戏。

伤兵们进场后，不愿意站着看，也不愿意坐在后面的条凳上听，说他们的眼睛在战场上被硝烟熏坏了，坐在后面看不清。

包广林知道，他们这是借口，戏台齐肩高，看戏的不上百，没有看不明听不清的道理。更让他为难的是，坐在前两排木椅或竹椅上的人，不说都是花了钱，而且还都是城内有头有脸的人物或家眷，于情于理难通。

士兵嚷道："老子们背负棉毯、斗篷，脚穿草鞋，每月只有两块钱伙食费，三毛钱草鞋钱，拿着简陋的装备，英勇奔赴抗日前线，都是九死一生活下来的。如果没有我们在前线卖命，你们这些狗男女即使不被枪杀刀刺，也只有去给日本人挖煤，去当挑夫，去做慰安妇了。"

包广林与坐在前排的人商量，求他们去后面看，到时凭票退钱。前面的不动，声称还有没有王法？在与士兵争执中，中学英语老师刘守春站起来指责说，当兵就是保境安民，如果胡作非为，与被鬼子占领有什么区别？

刘守春话音刚落，士兵中就传来口号，打倒汉奸卖国贼！他随即被两个士兵用拐杖击倒在地。人们一阵惊呼四散避开。幸好此时杨青云赶到，喝住士兵，斥责唱戏和看戏的人们，不尊重抗日将士的付出，只图自己享受，不知这安定的日子是怎么来的。如果没有这些将士在前线流血牺牲，哪有他们在后方安稳看戏的日子！

最后责成包家戏班，专门为这些士兵演出一场，场内损坏的物品，由县政府负责修缮，被打伤的观众，自行医治。

第二天，杨青云安排人到包家戏班，将其中两个年轻漂亮的姑娘，带来专门为他慰问演出。去的人回来说，包家戏班昨晚演出结束后，已离开乌江县城。他本待喊人去抓回来，终觉师出无名，只好作罢。

2.人马两空

廉杰才知道戏班连夜出走的原因，从昨晚杨青云双眼一直在人家两个姑娘的胸部游走，就知道了答案。为防鸡飞蛋打，不如先做个人情。他向杨青云提出，"兄弟们如果要去春香楼，不管是喝的，还是抽的，抑或玩的，账都记在我的名下"。

"记账？"杨青云眯眼盯着他，"你不是为了到时向上峰报告抓嫖禁毒有证据，甚至说我杨某人敲诈勒索吧？"

杨青云话有所指。

去年春上，辛霍被龙泉廉氏农庄管家派人捆绑游街，肩膀上还架一头母羊。他走上十来步，就要停下来敲两下铜锣，大声喊道，"大家不要向我学习，强奸母羊做流氓"。

原来是他上山放羊时，将母羊四蹄绑在四周树枝上，光着身子在母羊身上蠕动时，被人抓了现行，状告管家，管家交由长工自行处理。众人觉得这是个很好玩的游戏，将母羊绑在他身上背着，到周边村寨游寨。兴犹未尽，又将他押进县城游街，让大家茶余饭后多了个笑料。

今年初夏的一个半夜，辛霍在春香楼又被抓了，罪名是嫖娼。这次是保警队的几个弟兄找乐子。他们掌握了辛霍领取工钱后，都要去春香楼过夜这一规律，当夜在床上抓了他现行，说他犯了法，要么坐牢，要么罚款，要么游街。他承认挂破鞋敲锣游街，这样不影响工钱收入。

廉杰才得知后喊廉有富给他那些弟兄打打招呼，不要再胡闹了，影响生意。他很直白地说，辛霍这些人的工钱从廉家拿出去，又通过去春香楼等场所吃、喝、抽、玩取了部分回来，有什么不好？

廉杰才知道杨青云说的是上面这类事，就说杨团长多心了，"在你面前，我有这心也没有这胆。你不按民国律法查抄我就烧高香喽。登记，主要是为了结算下本钱。那些女子千里迢迢来到这里，也要找两个钱过活。还有那鸦片、茶叶，我也不能凭管账的人胡报说用了多少"。

廉杰才见杨青云脸色冷漠，没有多大兴趣听他解释，眼珠一转道："杨团长，我看还是这样方便点，我给兄弟们点小钱，你转交给他们，依他们自己的口味，想怎么花就怎么花，你看如何？"

"我也觉得这样大家都少些麻烦。"杨青云赞同廉杰才的提议。

不几天，还是出了事。

杨青云要离开乌江去省城，他去县政府找江镇恶县长，筹集一笔路费。进入县政府院内，看到桂花树上系着一匹宝马，全身光滑，毛色如血，形态匀称，肌肉丰满，四蹄有力。他围着马转了两圈，问是谁的坐骑。守在树荫下、身前竖着一支快枪的人回答，"长官，这是江边乡辛家寨辛应豹保长老爷的，小的是他堂侄，为他牵马的"。

这时辛应豹从政府办公楼大门若有所思地低头走出来，他的堂侄立即将枪背上去解绳牵马。杨青云对走到面前的辛应豹问道："辛保长，这马是你的？"

辛应豹抬头一惊，"是杨团长？我还以为是谁，吓我一跳"。

杨青云捋了捋马尾，拍了拍马屁股，见马打着响鼻，没有动怒的迹象，抚摸着马背对辛应豹说："是匹好马，我骑骑试试。"辛应豹拍了拍马脑，将缰绳递给他，他跃上马背。那马不认生，他拍马从中街跑往下街到江东街再返回，感觉这马运步轻快、灵活、稳健。他跳下马手握缰绳对辛应豹说："辛保长，把你这马卖给我，价钱由你开，我不还价。"

辛应豹心里明白，不要指望杨青云会出钱，结果只有两种，要么送，要么不卖。送，实在舍不得。于是满脸堆笑回答，"杨团长，实在不好意思，这马我从小养大，骑习惯了，我回去另外给你牵匹来，保证比这马好"。

杨青云显得有些意外，没有人敢对他的要求当面拒绝过。"你的意思是，怎么都不卖？"

辛应豹回答："杨团长，真是对不起，时间长了，与这马似有手足之情了。"

听到说话声从屋内走出的江镇恶明白原委后，劝辛应豹，"不说买，就是送也应该，交上杨团长这样的朋友，今后用得着的地方多着呢"。

"江县长，这马与《三国演义》上说的吕布骑的赤兔马长相差不多，妨主，骑它的人不得善终。"辛应豹脸红脖子粗地辩解，"我不能害了杨团长。"

杨青云有些愠怒，将缰绳丢给辛应豹时却笑道："算了算了，我只是开个玩笑，看看辛保长是真爱马还是假爱马。"并挥手让辛应豹离开。

杨青云走进县长办公室，脸上的笑容又散了，好似布了一层冰霜。他问："听说这辛应豹是横行一方的土豪劣绅，比晋成皇还可恶？"

"杨团长，不是他舍不得区区一匹马，也不仅仅是那马他骑顺了，是这马救过他的命。有次土匪趁暮色在赶场归来的途中伏击他，那马像预知什么似的，忽然狂奔起来，将牵马的扯了个趔趄，松开了缰绳。待树丛中的土匪枪响时，牵马的倒下了，马驮着他已跑出数十丈远。

"还有一次，有土匪骑马追击他，转过山弯时，这马忽然立起来，将他掀进了灌木丛，向前狂奔起来。那土匪以为他还在马上，紧追不舍，他趁机逃脱。待他穿着被荆棘扯破的衣衫，满脚满手满脸血痕回家时，马早已到家。开始时有些怨恨这马大难来时只顾它自己，后来越想越感激，这马用调虎离山之计保全了他的性命。如果驮着他这将近两百斤的身体，那就不一定跑得过骑马追赶的土匪了。他怀疑，这两次极有可能是尚山卒找他报仇的。"

"我们现在不谈马，谈他辛应豹这人，他强抢民女为儿媳，儿子死后，又强占儿媳为暗妾；养狗咬人，还强迫他人为死狗戴孝；别人只是吃了死狗肉，就被他活活打死……平常像这种将狗命置于人命之上欺男霸女的事，更是罄竹难书。"

"杨团长，你的意思是……"江镇恶忐忑不安地问。

"不管是从伦理道德方面讲，还是从法律法规上说，他都是死有余辜！"杨青云挥手向下砍时斩钉截铁地说，"我认为，他之前犯那些案子，应该重审、快审、重判。"

"杨团长，这个……这个有些不好办，那都是结了案发了布告的。"江镇恶用手帕擦着头上的微汗道，"经你一提醒，之前王天堂对他的案子判决确有许多不当之处，但兄弟我还得向你求情，说句不好听的话，他当时也是代表民国乌江县政府行事，我们都得靠这牌子在乌江混下去。"

江镇恶之所以心虚，也是吃人嘴软拿人手短，他利用这些事间接去威胁，已经从辛应豹处得了不少好处。

"那就让他这种土匪行径长期横行乡里，祸害乡邻？"

"辛保长刚才说去龙泉冉家寨他干亲家那里，明天才回家，你看这样行不行？"他附在杨青云耳朵边说出了不让他为难，又能得到那匹良马的办法。

杨青云连连点头。

次日清晨，杨青云的一名警卫穿上便衣，在辛应豹必经的路边坎上的树林中埋伏下来。

辛应豹吃过早饭出门，他到院子中间上马，可那马不走，堂侄怎么拽，把它头颈扯直了，依然站在那里不动。他问堂侄，"昨晚喂饱没有？"

堂侄回答："和往常一样，我向叔叔要了苞谷面，将青草切碎拌匀后还洒了盐水，你看它背脊两边的饭窝，都是平的。"

他转头侧面看了一眼，像突然想起什么似的说："亲家，把我马鞭拿来，我都忘记在睡房了。"他接过马鞭，在马屁股上轻轻打了一鞭，那马打了个响鼻，不走；他加重打了第二鞭，那马用右蹄刨了刨地面，依然不动；他只好使劲抽了一鞭马肚子并说，再不走就黑在路上了，那马摆颈昂头嘶叫了一声，慢慢上了路。

堂侄拉着马笼头上完坡，开始走上一截较为平缓的山路，缰绳从手中松弛下来交给辛应豹说："大伯，我到这坎下解个大手，你慢慢走，我后面赶上来。"

辛应豹嗔怪了句，懒牛懒马屎尿多。接过缰绳走出十来丈时，那马突然奔跑起来，随后枪声在他背后响起。他像不相信一样转过头，似乎要辨别枪声传来的方向，从马上栽了下来。那马跑出数丈停下来昂首嘶鸣了一声，慢慢走到他身边，打着响鼻，嗅着他的身体。从林中跑出的警卫，提枪到前面寻找坎下解手的牵马人时，不见了人影，只有那支快枪竖在土坎边。他将枪提上来背上，朝着还在吐气的辛应豹的胸口补了一枪，拽着马向乌江县城方向走去。

堂侄听见枪响，知道大事不好，几乎是连滚带爬到沟底，钻进对面山坡树丛藏了起来。看到枪杀伯父的人背着枪牵着马往回走，他远远跟着进了城。天擦黑时他到江镇恶家里报案，请江县长为辛老爷申冤。

正在木盆里洗脚的江镇恶问他是否认识杀人抢马的人。

堂侄说："那人将马牵进了伤兵驻地，很像杨团长的警卫。肯定是，昨天在县政府见过他。"

江镇恶没有回答，将脚用抹脚帕抹干，拿起布鞋抖了抖跋上，用关心的语气说："你胆子真大，明知是军队上的人干的，你还敢进城，你不明白军队上的事地方上过问不了？你还是赶快离开为好，如果他们知道你在城里，不杀人灭口才怪呢！"

"那我伯父白死了？"堂侄瞪着双眼问。

"如果你坐在我这县长的位置上又能怎么样？"江镇恶有些生气地说，"你赶快回去让辛老爷入土为安吧，也算你对他尽忠尽孝了。"堂侄一听不寒而栗，出门钻进了夜色中。

江镇恶第二天早上到兵营察看，那马果然拴在院内的练拳柱上。军地职责有别，他只好到杨团长办公室汇报，请求派人侦办。

"啊，有这等事？"杨青云听完很是惊讶地问，对身边的另一名警卫喊道，"走，我们去看看。"

为给江镇恶、报案人和辛应豹的家人一个交代，他喝令将杀人抢马的警卫捆起来，押去省城交军事法庭审判；所抢马匹充公，快枪归还辛应豹家人。

众人对此事心知肚明，却敢怒而不敢言。两天后，杨青云骑着那匹枣红马，带着那些伤兵将到双龙乘车去省城。

杨青云骑马上路，离双龙不远时，那马开始狂奔。他预感不祥，将缰绳死死勒起。那马护痛，前蹄腾空，昂头嘶鸣，将他从马背上掀了下来。马在前蹄落地时，后蹄将他踢飞起来。他哎哟喊痛准备起身，那马转身向他踏来。在他抽出手枪的同时，警卫手中的卡宾枪也向马头射出一梭子子弹。

杨青云的肋骨断了四根，伤好后在省城驻军里恢复了团长职务。

3.灾祸连连

包家戏班连夜上云岩关，赶往双龙场时天已大亮。包广林安排戏班在此演一场杂耍收点钱，吃了午饭再赶路。

这天正是双龙赶场的日子，包家戏班刚摆好场子，就围了不少男女老少。开始表演，包广林将葵花杆用火柴点燃，往嘴前一伸，喷出了一团又一团灯笼般的火球；儿子包玉成拿起一根三人高的竹竿，往地上一杵，随即爬上竹竿，在上面双腿夹竹仰面张臂，或双手握竹竿垂直伸出双腿；大女儿包玉蓉拿起一把宝剑，舞了一圈站立后仰将剑插进喉咙，再慢慢抽出来；二女儿包玉英双手各拿三根细竿，竿头各顶一个碟子旋转扭腰走动而不跌落……他们的表演引得众人掌声阵阵，喝彩不断。

众人正在聚精会神观看时，走来一队保警兵，带队的是尚山卒，他朝天一枪，命令众人散开，将戏班围了起来。尚山卒厉声问道："戏班从哪里来？为什么不到治安中队备案？"

包广林回答："我们是河南的戏班，民国二十七年（1938）五月中旬，黄河花园口决堤，巨浪滔天，洪水到处，房屋坍塌被卷走，田地被冲毁，猪牛随波，尸体四处沉浮，幸好我们在外演出，侥幸逃生。因已无家可归，一路往大西南走来，凭借薄技靠众人施舍过活。今到贵地，只是暂时停留，故未报备。

尚山卒大声说："那是日本鬼子为了加快灭亡中国，妄图震慑我顽强抵抗的军队，淹死支持我抗战的民众，用飞机轰炸黄河堤坝决堤造成的恶果。"

"长官说得对，我们没有相信我军炸堤的谣传，我强大的军队，哪能为了阻止日本鬼子进军，就置数百万百姓的生死于不顾呢！"

"不要扯那些没有用的。现在正是全民抗战之际，地不分南北，人不分老幼，有钱出钱，有力出力。"尚山卒瞟了一眼包玉成，"你家有人参加抗战打日本鬼子没有？"

包广林急忙指着包玉成解释："我家只有他这个独儿，属于免征人家。"

"独儿？谁能证明？"尚山卒扫视众人，"你们能证明吗？"随即挥手指向包玉成，"把他抓起来。"

包玉成操起身边的竹扁担准备反抗，包广林大声制止："玉成，怕什么，为国杀敌是民族英雄！"随后走过去整了整他的衣领，"不要当逃兵，我在老家等你归来。"

已站到玉成身边的玉蓉、玉英两姐妹，好像听懂了父亲的弦外之音，都放弃了反抗。

包家戏班收拾好行李器械，准备前往沿江县。看戏的告诉包广林，从公路这边翻凝柏桠过青龙场，再从界上翻山去沿江县城，路虽好走，但界上人烟稀少，还有土匪出没。最好走凤鸣书院经双龙河翻双龙坳过青龙坝，再下虎跳崖到虎坪场这条路，人烟稠密，可一路唱戏讨些钱。

包家戏班沿双龙河爬上半山的易家寨时，太阳已经下山，他们只好进寨寻找吃住之处。饭后在月下敲锣打鼓进行表演，依然是有钱捧钱场，无钱捧人场。一场下来，也收获了些许铜板、纸币、大米、苞谷。

戏班刚刚在祠堂耳房入睡，外面就有人喊棒老二来了。包广林惊醒，没想到这里也有土匪，急忙喊醒两个女儿，带上部分钱币，赶快上院坝前的两棵柏树上躲藏起来。

进寨的土匪十来人，头目是李甲。

李甲本已是尚山卒手下的副中队长兼一分队分队长，但在尚山卒睁只眼闭只眼的放纵下，胆子越来越大，不受警纪约束，常常深夜在外游荡，惹是生非。

去年夏天，他穿着便衣约几个朋友到双龙酒馆二楼喝酒，醉后在众人面前抱住倒酒的姑娘全身乱摸，姑娘用力扭动身子挣扎，被他打了两记耳光。这还不算，他将姑娘抱进里屋扯光其衣服，消泄自己的欲火。

酒馆的姑娘多是暗娼，端菜倒酒只是为了掩人耳目。李甲虽行为粗鲁，也不是大不了的事，关键是他事后起身蹬裤穿衣转身拉门就要离开。姑娘赤身下床扯住他的衣服问他要钱，他呵斥她，"瞎了你的狗眼，你新来的不认识老子？那你打听打听老子是谁再到警队要钱！"

姑娘不松手，他挥起右手掌向她左肘挥去，姑娘"哎哟妈呀"一声抱着左手蹲在楼板上，哭了几声后站起来朝门外走去，哭喊着杀人啦！警察杀人啦。

走到走廊尽头，拉开雕刻有"喜上梅梢"的木窗，爬上窗口，骑在窗台上哭喊着"我不活了"，准备跳楼。酒馆的女人七手八脚将她拉下来抬进屋劝慰。

钱忠禄向尚山卒告状。尚山卒训斥李甲，"你是差钱喝酒还是缺女人睡觉？你不知道那酒馆是钱区长开的吗？你不知道钱区长是我的老丈人吗？你这样胡闹，不但影响他的生意，一旦出了人命，那不是拿两个钱就能摆平的事"。

李甲说今后一定注意，并表示愿意支付与姑娘睡觉的钱，赔付姑娘被打骨折的医药费。

尚山卒挥挥手，"那倒不必了，钱区长给你擦屁股了。今后做事眼睛睁大点，不要喝了两杯猫尿分不清东西南北上下左右！"

秋收不久，穿着便衣的李甲来到双龙街上看盖碗碗赌钱，看着看着心痒起来，也掏钱押上去。可运气不佳，接连将口袋中的钱掏了个精光。最后一次揭开木碗发觉自己又猜错了，张开左右两手，不分青红皂白，将押在地上的钱迅速抓起来。这些钱除了他的还有其他人押上的赌资。他将钱揣进口袋转身就想跑，设赌的骂着跳起来喊，"给老子打！"并扑了过来。

听到喊声，旁边两人向李甲冲过来。李甲急忙转身后退两步，从腰里抽出一把尖刀，向扑到身前的设赌人腹部刺去，那人惊愕中收不住脚，被他左手抓住胸口衣服，又连刺两刀。他将设赌人推倒在地，准备对付另外两人时，那两人早已不见踪影。

死者是江镇恶小老婆的弟弟。

次日，廉有富中队长带着十来人骑马到双龙场问尚山卒要人，声称如果不给，江县长将亲率保警大队来双龙场请李甲。他提醒说，请尚副大队长掂量下轻重。

尚山卒回答，这真是大水冲了龙王庙——自家人不认识自家人。如果李甲穿了警服，或者二人相互认识，都不会发生这误会了。昨天下午他就将李甲关进禁闭室，听候发落。谁知半夜时分，守卫人员与李甲一起带枪越墙而逃，不知去向。尚山卒表态，请廉中队长转告江县长，他队将在双龙区全境展开搜捕，只要抓到李甲，立即送交江县长惩处。也请江县长在全县同时联络周边县派出武装力量，全力抓捕。

江镇恶命令各区乡治安武装搜捕。尚山卒命令各小分队长带人，配合区治安大队和乡治安中队，在全区范围内搜查了可能藏匿的地方。三个月过去了，乌江及周边县，都是生不见人影死不见尸。

半年后，李甲潜入钱忠禄家，密会尚山卒，感谢其放生之恩，否则早已成江镇恶的刀下鬼。他说，已邀约五六个无牵无挂的人，打制了大刀，在沿乌两县交界处，修缮了几处进可攻退可守的号军营盘，干起了老本行。

尚山卒嘱咐李甲，加入的人要可靠，宁缺毋滥，也不能多。窝边草要吃也要养，不要在乌江境内特别是双龙境内抢劫单身过往客商，原则上打一枪换一个地方，要人钱财尽量不要人性命。只要不搞出大的动静，上面就不会组织大的武装来追剿他。尚山卒还吩咐他探索悬崖峭壁间的各条险道，溶洞中各洞道的走向，总有一天自己"要来入伙"，并送给他一支短枪、两支长枪。

李甲也知尚山卒有怕他坐大了不好控制之意，就抱着吃穿有余即可的态度行事，只要兑现并不太多的保护费，对不公开反抗他的村寨或人士，都不会做出出格的行为。可易家寨兼保长的易族长，不但迟迟不"借"钱给他，还买枪准备成立什么护寨队，明显是与他作对。为将易族长的想法消灭在萌芽状态，一天夜里，他率人闯进易族长家，将易族长捆在院坝边的李子树上痛打了一顿，搜走了家中的枪支和钱币并警告他，如果告官，他一家男女老少都将为他陪葬，房子也会化为灰烬。

包家戏班在此停留，也是听信众人说，土匪刚刚来了又去，人不多，目的已达到。土匪没有固定的地点，主要在沿江县那边的山沟里出没，离这里较远，不会再来了。谁知土匪们听说这里来了一个外地戏班，戏班中的两个姑娘长得很漂亮，于是连夜又赶了过来。

李甲将戏班人员集中到院坝，可除了包广林夫妇，没有什么漂亮姑娘。李甲将刀逼住夫妇俩，叫随行人员在祠堂内外搜查。

一杯茶的工夫，转回来的人都说没有发现人。李甲将包广林夫妇捆到柏树上，连扇了包广林几个耳光，血从他鼻子和嘴角里流了出来。李甲转身掏出尖刀，划破了他老婆胸前的衣服。

在两人都闭眼不答时，包玉蓉从树上飞下来，夺过一支枪，举起枪柄向李甲脑壳砸去。李甲低头转身躲避，那枪托打在他背部。也就是瞬间，他转身向前抓住枪身，往前一拽，将她拽进怀里。他丢下枪，双手将她一抱摔在了地上，定睛看时，居然是个年轻漂亮的姑娘。李甲随即骑在她身上，左右开弓连扇她几个耳光，她伸腿不动，似乎已昏过去了。

这时，包玉英散开头发，将黑色化妆膏往脸上一抹，也从树上跳下来，挥舞手中的木棍朝李甲头上打去。正在扯玉蓉衣物的李甲跳开，几个土匪围上来，其中一个承受住她打来的一棒，将木棍抓在手中，近身将她放倒在地。李甲一看，披头散发的她，脸上脏污不堪，一挥手，对放倒的土匪说："你先整，其他兄弟都上，做死她！"

包广林夫妇刚哭喊完"傻玉蓉"时，又见玉英自投罗网，连声向李甲求饶。

李甲完事待没有土匪再想做之后，指着包玉蓉对手下说："弟兄们，这尤物够味，我还没有尝够，找根绳子来给我捆上带走，待我过足瘾了就给弟兄们享用。"

寨人将包广林夫妻解开，夫妻俩将死人般的玉英扶起来，跪着求目光呆滞的她好好活着，不然爹妈也活不下去了。

天已麻麻亮，包广林远远跟在李甲一行后面，以备土匪将女儿放了，能及时接她回来。走过青龙坝，来到虎跳崖时，包玉蓉趁牵着绳子的土匪不注意，将绳子从他手中挣脱。在李甲等人喊抓住她时，她已跑到悬崖边，纵身跳下了悬崖。

李甲骂了两声牵绳子的土匪"饭桶"，说着可惜了，从右边小路下到羊落坨，转往枫林坝那边去了。

包广林从羊落坨小路转到悬崖那边的密林时，太阳开始偏西，可找遍女儿跳下去的四周，没有一丝踪影，估计已被野兽叼走吃净了，只好返回易家寨。

为了安全起见，他们决定还是走公路为好，从双龙河返回双龙场边，经青龙场去沿江县。

4.街头姻缘

古福贵天刚亮就起床，穿上对襟布扣黑色汗衫，黑色灯笼裤，白底黑边的布鞋，准备去赶青龙场。三十几岁的人，看上去有四十多岁。

他和帮工兼家丁的颜河义，吃过大女儿古成梅做的蛋炒饭，往青龙场赶来。到街上时人还不多，不多的几家店铺的木板门像士兵一样排列着。两家客栈开了门，乡公所的门还是关着的，两人站在街头的铁匠铺前，看一个十多岁的男孩扯着风箱。

随着风箱活塞柄的推拉，木炭吞吐着火舌。师傅用铁钳从通红的炉火中夹出一块红得透明的铁块，放在砧凳上，举起手中的小铁锤，往红铁上敲打。男孩在他对面挥起大铁锤，使劲敲砸在小铁锤刚才落下的地方。小铁锤不停地落下，大铁锤迅速跟上，同时传出有节奏的叮叮当当。那四溅的铁花，有的飞到师徒面前的皮裙上跌落下来，着地熄灭。待铁块渐渐变成灰褐色时，一块挖锄似乎已成型，又被师傅插进炉火中，随即夹出另一块已成型的薅锄，男孩也提起小铁锤，二人交错轻轻敲打起来。那锻造声和吃水声，不觉让人想起有人形容的铁匠生活：打点，吃点；打点，吃点——穷！

古福贵来到乡公所，与持枪站岗的乡丁打过招呼，留下颜河义，自己径直朝史启发乡长的办公室走去。办公室的门开着，穿着绸缎排子扣长衫的史启发，背靠在雕刻有龙凤的木椅上，口衔一根竹根龙头烟杆，仰望天花板，好像天花板上有一朵细腻的花一样。

"报告史乡长。"

史启发转头朝门口一看回答道："福贵呀？"随后起身，朝旁边的椅子一指，"快进来坐。"

古福贵坐下，递给史启发一个包裹说："这两斤大烟，朋友新熬的，拿来给弟兄们过过瘾。"

"你看，又不是外人，何必客气，每次都要带这带那的。"史启发走过去将门关上。

两人寒暄后转入正题。史启发说："上次你托我办那事，钱区长说你们保胡保长虽然年纪大了，但他催捐派款都还能办，"史启发停顿了一会儿，说，"这钱区长真是喂不饱的……"他本想说一个"狗"字，觉得不妥，借吸一口烟咳着将一口痰吐在地板上，用鞋使劲蹭了两下说，"你先就副保长干一段时间再看吧。"

"你和钱贪官差不多，也是喂不饱的狗。"古福贵在心里骂了一句，嘴里却说，"谢谢乡长大人。"他暗暗摸了摸腰间口袋里的大洋——如今人家不爱收纸币了，政府征收赋税，都不再征收纸币，按战前物价，一元征折谷两斗。也是，一百元纸币，前年还可买头小牛，去年就只能买一头猪了，现在呢，买条猪腿都不能超过八斤的——幸好事先没有将这感谢费拿出来。

有人找史乡长，古福贵借机说上街还要办点事，走出了乡公所。

古福贵与颜河义来到街上，在一家店里吃了碗菜豆花绿豆粉。赶场的人，已陆续挤满了宽不足两丈、长约半里的青石板街。街两边站着卖农牧产品的人，产品或用布口袋，或用背篼或用稻草包装着摆在面前，等待买主。街两旁的茅草房以及稀少的木房的屋檐，尽力伸向街心，把这石板街挤得很窄。最显眼的是那史启发家两层的吊脚楼，将旁边的茅草房显得很是寒碜。

古福贵被茅草房前卖老鼠药商贩的吆喝声吸引停了下来，那人吆喝道：

……

老鼠精，老鼠能，不要梯子上房顶。

爬衣柜，上案板，咬坏衣服蹬烂碗。

弓着腰，杵着脖，偷吃粮食不干活。

噔噔噔，叽叽叽，一直吵醒新夫妻。

咱这药，洋人造，省城县城买不到。

吃了药，先麻嘴，鼻孔眼里冒血水。

老鼠药，便宜卖，一包只卖币一块。

币一块，不算钱，吃不了晌午买不到盐。

币一块，不算多，药死老鼠一大窝。

走一走，看一看，心里打打肉算盘。

少吃两颗水果糖，少抽一根纸卷烟。

不坏衣，少损粮，老鼠死完心不慌。

……

"走，我们去下边看看。"古福贵笑着对颜河义说，"这老鼠狡猾得很，只要有老鼠吃药死后，其他老鼠就不沾边了，除非像别人开玩笑说有秘方那样，把药喂在老鼠嘴巴里。"

"也是，不如喂只猫还管得长久点。"颜河义回答。

二人来到街头，看到许多人里外围了一圈，包玉英正在唱《苏三起解》，那音质很是优美，古福贵从未听到过。颜河义看出他想看戏，就喊站在前面的人让让。看戏的回头一望是他，也都主动让开来。

古福贵挤进人群，见唱戏的包玉英生得很标致，一条乌油油的长辫搭在隆起的胸前，另一条垂到了身后蓝底白花衣服上。一曲唱完，坐在檐下的包广林放下手中的二胡，端着一只盘子走向人群，"在家靠父母，出门靠朋友；有钱的帮个钱场，没钱的捧个人场。我包某与小女流落贵地，她母亲生病多天，昨晚去世，在桥下无钱安葬，乞望各位菩萨行善积德，施舍几个钱买几块木板，安葬她母亲"，他还未说完，姑娘已在掩面哭泣。

许多人看到开始收钱，转身离开了，留下的或多或少丢了些铜板或纸币进盘子。老汉转到一个流里流气的年轻人面前时，那人大声喊道："和你姑娘睡一觉多少钱？"随即传出一阵哄笑。

包广林瞧一眼那人身边的两个彪形大汉，身体一抖，侧身将盘子递向其他人。那人抓住包广林的衣领问："你耳朵聋了？还没有回答我呢！"此时只见包玉英脸色苍白，全身颤抖像掉进冰窖一般。

"放你妈的狗屁！"古福贵向前站了一步，双目怒对那人。

"你……"那人放开包广林，右手指着古福贵，突然看到他背后剃着圆盖头的颜河义，手中的枪口正对着他的裆部。那人将手垂下来，嘟囔了一句谁也没听清的话，向场外走去了。站在他身边的两人，也跟着走出了人群。

古福贵从怀中摸出几张一百元的纸币，递给包广林。包广林来到他面前，双腿跪下去并向他磕起头来。

古福贵将包广林扶起来，问他是哪里人氏为何流落到此。

包广林简约讲了家在河南，兵荒马乱，遭遇黄河决堤，离家出来唱戏逃生的事。本想往内地求个平安，谁知儿子在双龙场被抓丁，大女儿包玉蓉在易家寨被土匪侮辱跳崖，如今气病交加的老婆又魂归异乡。

古福贵若有所思，对颜河义耳语了几句。颜河义将老人拉到屋檐下，将财东想娶他姑娘做填房的事，耳语了好一会儿。包广林眉毛一会儿皱，一会儿舒，仰天长叹了一声说："我问问玉英吧。"

包玉英还未听完包广林的话就说："爹！不！我要跟您一道回家，为您养老送终。"

"玉英乖！"包广林长长地叹了一口气说，"不是爹狠心，像现在这样，我们一家五口从河南走到这里，死的死，被抓的被抓，剩下我们父女俩衣不遮体，吃了上顿不知下顿在哪儿，身上有两文钱不是被偷就是被抢。这样下去，我们不知还有命回家没有。再说这位古先生心慈面善，家中有五六百挑田土的家业，跟了他不会吃苦的。虽然是续弦，但他大老婆，上前年因为两岁半的儿子跌在河中溺水死亡后，自己也怄死了。两个女儿也都长大，只要敬老爱幼，生下一男半女，后半生也就有了着落。"

包玉英哽咽道："爹爹如果觉得可以就可以吧。一路走来，明抢暗骗到处都是，你还是将妈妈埋了同我去一趟他家看看，是不是真的。"

包广林走到古福贵面前，说了女儿的意思。福贵连说了几声"可以"。他从怀中摸出一沓纸币交给颜河义，要他为包家父女买两套衣服，为那死去的母亲买好寿服和寿被。古福贵让父女俩去桥下给她穿好后，又喊了几个人来，将她抬去古家寨，找古八字看块地安埋。

一行人匆匆向青龙坝赶去。古福贵在前，包家父女和抬丧的居中，颜河义在后。古福贵安慰父女俩，本地没有大的股匪，李甲一般"不吃窝边草"。也不是不吃，是土匪中本地人居多，人数也不多，怕出大事了官府派人来剿。他们"借"的粮款也不多，多了没有固定的地方存放，被"借"的人家都给了的。如果之前知道包玉蓉的事，他去说说就能将人接回来，可惜知道得太晚了。

古福贵一行翻上青龙山，太阳已在白虎山虎背处的山坳缓缓下沉，最终不见了踪影，残阳形成的霞光，却像喷出来的火焰，染透了山头的天空，渐渐地四周暗下来，坝上的一些水田，映着霞光，变得像铺上了黄绸。他们到达青龙洞前的青龙庙，天已黑下来，好在开始变缺的月亮，在无云的天空越来越明亮。他们来到房前时，父亲古祖明坐在房侧已等候多时。

古福贵安排抬丧的将遗体放在竹林边，同时安排人搭建灵棚。本地风俗，在外死的人不能抬进堂屋治丧，何况死者与本家非亲非故。

中途，古福贵牵着父亲的手进屋，向包家父女介绍，随后介绍了女儿成梅、成兰，安排家人抓紧重新做饭。

吃过饭，古八字翻开发黄破损的古书，查找了半天说第二天是吉日，很适合安葬，否则要等七天后。古福贵想，这不比亲人去世，要通知亲友，要举行祭祀，要操办酒席，包广林的老婆与他古家没有瓜葛。他与包家父女商量，觉得还是让亡人早日入土为安。包家父女觉得也只能这样了。

5.欣喜续弦

包广林老婆上山当晚，古福贵安排包广林与颜河义去厢房睡，包玉英与小女去他的卧室，他去父亲房中睡。

古祖明的唠叨减少了，但父亲的焦虑，却在古福贵的心里越积越厚。如今领回这姑娘不但长得标致，看去也非好吃懒做之人，但愿能了却父亲和自己传宗接代的心愿。

他想着想着，在父亲的鼾声中睡去了。

当晚久久没有入睡的还有包广林，询问颜河义的身世。颜河义将自己如何辗转来到这里的经过说了一遍。说来到这里为古家放牛砍柴割草栽秧打谷做长工，虽然身累却也心安。后来古家发现他人老实，力气也大，就兼做了家丁，睡处也从牛圈楼上搬进了厢房楼下。

他告诉包广林，古福贵自从儿子死后，为人变得谨慎谦和起来。父亲古祖明失明失聪后，拿主意的都是他。这些年未续弦，稍为长得周正的姑娘，嫌弃他父亲是拖累，也不愿当后娘；有的是他看不上，除了长相，除了拖儿带女的寡妇的负担，他还将这些人与前妻的知书达礼相比较，基本上都看不上眼，而包广林这个女儿，他很满意。

包广林已看到古福贵家这长五间房子，板壁用土红打底生漆盖面，变成了棕红色，正房子两边还有厢房和偏厦。院坝和阶沿坎砌满了青石板；厢房和中间两间正房，天楼地楼铺的都是柏木或杉木板。另外两间用来办了私塾。古福贵名下还有两百来亩田土。听完颜河义的介绍，对女儿包玉英的归宿放心了八九分。

第二天吃过午饭，古福贵对包广林说，如果他愿意留下来，将赠送几亩田土给他度日。他犹豫了下回答，不行，他要回去看看儿子是否逃回去了。他只有这个独儿。如果逃回去了，按规定是不会再被抓去当兵的。如果儿子回家找不到他们，肯定会着急，可能还会外出找他们。万一还没逃回去，他也要回去搭个窝棚等儿子。他希望能将女儿的婚事尽快办了，他好放心上路。

经商量，就依包家当地的风俗，不用守孝七七四十九天。男方是二婚，女方娘家无人，前妻娘家的人也不便去请，就不用大操大办了，只请至亲好友来，算是见证。

古福贵请古八字翻书，时间定在五天后。那天至亲好友来了十多人。稍感遗憾的是，双龙场姐姐古福珍一家，因丈夫祖母去世没有来，也只请人代送了人情。村中只请了胡保长。

夜深，大家回屋去睡，成兰回到成梅的房间，古福贵去了先前的卧室而今的新房——包玉英除中途烧纸时出来给祖宗和古祖明磕头外，其余时间都在新房里坐着。古福贵进来脱下衣服喊她睡觉时，包玉英全身颤抖，双手紧紧抱着胸部，脸色苍白，嘴唇青乌，像进杀场一般。

古福贵见状说："你睡床上吧，我睡柜子。"说着就从睡柜里取出棉被、床单，铺在八尺多长、四尺来宽的睡柜上。睡柜内分两格，一格用来装粮食之类，一格用来装衣服杂物。

包玉英跪在木楼板上颤抖着说，"我对不起你，我不是黄花闺女了"。

阴云在古福贵脸上堆积起来，但不一会儿就散去了。他去扶她，她站了起来，全身还是颤抖得像筛糠一样，脸色更加苍白。他只好退回，将衣服穿好坐在木柜边沿。

包玉英说："我知道你们男人很看重女人的第一次，但我是没有办法呀！"随即嘤嘤地哭泣起来。

古福贵从她断断续续的话语中，知道了事情的原委。包玉英说："我一想到男人脱衣服心就跳得难受。"

古福贵喊她坐起来说："过去的事就让它过去了，这些事在我们这里也经常发生，特别是这些年，部队开到前线打仗去了，大小土匪多如牛毛，或强行摊派，或坐垭口拦路抢劫，或绑架勒索。一些穿政府统一服装的人也这样，比如双龙场那些乡丁。老百姓判别土匪的标准只剩下了一条：是不是对百姓摊派勒索。"

古福贵又讲了一些村中的人和事，还讲当地的风俗，见她不再紧张，就喊她睡觉，他在木柜上睡下不一会儿，就传出了鼾声……

第二天晚上，包玉英已将睡柜上的棉絮床单收进睡柜。当晚云收雨住的包玉英，紧紧搂着古福贵说，"今生生是你的人，死是你的鬼"。

不觉冬尽春来，古福贵一早喊包玉英随他上山，看看庄稼的长势，其实是有要事相商。一路走上坡来，看到玉米已起喇叭口，洋芋已在绿叶间开出一片白花，待插的秧苗在田里嫩绿欲滴，水田如镜。他俩来到苞谷地与树林相接的边沿，踏上一块大石板，解下身上的蓑衣，铺在上面坐了下来。

包玉英指着青龙坝对福贵说，"这青龙坝像一只木船"。

古福贵回答，"是像。也像一只收翅滑翔的小鸟"。他介绍过全保十多个寨子的主姓，北边从白虎岩翻过两山相接的双龙坳是去双龙场的必经之路。

包玉英插话，"这我知道，那里有双龙区公所。从易家寨下山谷去双龙场，要经过的那条双龙河，小路绕着河走，要过二十四道河才到双龙场"。

他指着对面青龙山宽约半里长的青龙岩说，石壁上黑白相间的石纹，隐现着一条犹如喝水的巨龙，那零星的松、柏、杂木，组成了龙角、龙须、龙爪。岩脚的洞叫青龙洞，洞上并列的两个洞叫龙眼洞，三洞与下洞洞相连通。说了一通洞内的结构，用杨青云当年追剿晋成皇等例证，证明老鹰岩天坑、龙溪洞与青龙洞相连。

"我在想虎跳崖，"她用手指着南边说，"人跳下去，即使被豺狼虎豹吃了，衣服鞋子应该还在吧？"

"你就不要再想了，姐姐如果没有死那是最好的了，总有见面之日。"古福贵将她的话题引开，"昨天赶到青龙场赶集，史乡长说钱区长已同意我担任青龙坝的保长了，你看做得做不得？"

包玉英侧头看着他问："那人家胡保长呢？"

"他人老了，脑筋不灵活，做事也拖拉，去年拉丁和派款任务都没有完成。"

"你们男人的事，我一个妇道人家懂什么，你看着办就是了。"包玉英迟疑一会儿又问，"成梅的舅舅他们没有找人为你说话？"

"你是说廉家廉杰才？"古福贵没有待她回答就说，"从结婚开始，他们就不主张我做政府的事，说从上到下当官的像换礁嘴一样，稍不注意就跟错了人，跟错人了不仅仅是掉乌纱帽，还可能掉脑袋。他们认为还是置房买田保险，不管是当官还是土匪，送钱拿粮都能摆平。"

"那你现在怎么想起去为政府做事了？"

"这些年我也看穿了，有点钱财的人家，你不在政府这边做点事，在上面没有人罩着，也难免朝不保夕。"

包玉英听不太懂他说的因果，又说，"你看着办就是了"。

两人又谈了一会儿家务事，庄稼活，扯了会儿社会上的事情。至于社会上的事情，也就他们耳目所及，见识所断。

他们下山走到牛家寨边，见牛维富在地里挖洋芋，身后有一个大背篼，旁边放着一堆洋芋叶，背篼里有一把用来割洋芋叶的镰刀。古福贵喊："维富，挖洋芋？"

牛维富一惊，转身一看，慌忙喊道："是大哥、大嫂，你们上山去了？"

包玉英说："你这洋芋要是再长几天就好了。"

"家中只有两升苞谷了，挖回去混着吃。"维富拄着锄把说，"大嫂，你不知道，我们家每年到这个时候都不够吃的。"他将目光转过来看着古福贵，"大哥，你和大伯商量商量，再借点粮食给我们度过这春荒行不？"

古福贵说："开春我就借过一百斤谷子给大叔了。要借，还是老规矩，一百斤谷子还一百斤大米。"他说的大叔是牛维富的父亲。

"就借一斗苞谷。"

"到时候还一斗谷子哟。"

"这我知道。"

"你哪天来吧。"古福贵转身欲走，忽然又想起什么似的，回过头来问，"你家维贵兄弟读书的事考虑好没有？"

"一年哪有两斗闲米供他读书哟！"举起锄头正准备挖洋芋的牛维富，又伸直了腰杆。

"我听福贵说，他都十一二岁了。"包玉英接过话劝道，"姑娘家外头人，不送读书还可以，儿子家还是让他认得两个字好些。"

"理是这个理，我们姊妹太多了。"他沉吟了一会儿道，"这样吧，那就按大哥之前说的，每年两斗苞谷。这苞谷也要先赊着，行不？"

"喊他明天来吧，第一年只交一斗苞谷。我先走了，吃过早饭要上课。"

古福贵说的上课，是到他家的私塾教书。所教内容除了算术基本知识，就是结合识字教《三字经》《增广贤文》之类。

"今年差一个月，借粮食吃，加上利息粮，那明年至少差两个月了。"包玉英感叹。

"那倒不一定。"古福贵解释，"牛维富他家田土少，去年又受旱，收成减少。正是农忙季节，他老汉又生了两个月的病，不但坐在家里吃，还少了做工收入。"

"唉，一个家庭，除了天灾人祸，就怕有人长期生病了。"

"那是。"古福贵回答。

第十章　波平浪起

1.驱恶扬名

暑假，王天堂前往省城告状，状告在乌江城乡人人称为江"真"恶而不是江镇恶的江县长，为人险诈，貌廉心贪，大发国难财。

江镇恶严格把控警队入口关，凡需进入警队冲抵壮丁名额的，达到了明码标价的地步。

征兵中，擅自增加名额，以此要挟收取"赎身费"，甚至寻找借口捆绑过路的行人冲抵任务，如在双龙场，就将河南来的包家戏班包广林的独子包玉成，抓去当了兵。有钱人家，只要将钱交给他，报个名，发个徽章就算当了兵，便可逍遥在家，乡长、保长也不敢抓了。如此，逼得不少百姓家破人亡，有人因此自残躲避兵役，有人干脆落草为寇，造成社会动荡。

不但克扣新兵的安家费中饱私囊，还视县政府颁布的"人民守土伤亡抚恤实施办法"为废纸。对已故人员遗属一次发放恤金八十元、年抚金五十元；受一等伤，一次发放恤金七十元、年抚金五十元；受二等伤，一次发放恤金六十元、年抚金三十元。这钱多吗？不多，开始时还可买头牛，现在最多只能买只母鸡了。去年大旱，入冬粮价猛涨，今年春荒时，大米每百斤已涨到一千多法币，比常年涨了十倍。就这买不了几斤粮食的年抚金，还全都被他克扣过半。

对城镇客栈宿客，每晚征收一百元法币的户口税。

贪污公粮挪用公款。任职不足三年，亏蚀稻谷上万担，麻袋数千条，贪污挪用公款和地方捐保证金法币上千万元。在其侵蚀贪污挪用下，乌江县经济骤然枯竭，财政预算入不敷出，公教人员薪资停发，百业萎靡。在东江街修建乌江抗日阵亡烈士纪念碑时，他用财政的钱支付工匠工钱，却将捐款收入私囊。

对美军飞行员被杀负有不可推卸的责任。

去年初冬，一架不明原因失事的反法西斯同盟国美国的飞机，坠落在青龙乡，飞行员跳伞。当天乡里就派人骑马进城向他报告，他第二天才派人前往核实。伞降于青龙场和青龙坝附近的四名飞行员获得了施救，但伞降于乌江与沿江县交界处的两名飞行员，第二天被当地民众找到后，因语言不通，肤色、长相与当地人大异，被误认为是日本鬼子枪杀了。他却将这一责任推卸给青龙乡乡长和当地民众。

……

江镇恶获悉王天堂前往省城告状的消息，对众人宣布，已得到确切情报，王天堂不但擅离职守，栽赃诬陷政府官员、破坏团结抗战，还擅自前往省城联系中共地下组织，为此，撤销其中学校长职务，开除公职。

为防止王天堂闻讯畏罪潜逃，算其返程之时，还密令心腹率人到乌江县边境将他抓捕，如有反抗，就地正法。

心腹众人守了十来天，不见王天堂人影，再到他房前看时，一把铜锁横锁门上，其妻和女儿、女婿、外孙，都已不知去向。本想点燃他的房子，又怕殃及全街人家，引起公愤，难保自家性命，只好下令贴上封条，待后处理。

省里对王天堂的举报很重视，答应立即追查。

江镇恶正在打听王天堂去向时，新任县长张礼同到达，接替江镇恶并兼任国民党县党部主任、县保警大队大队长。

次日两人会面，请江镇恶交割账目。江镇恶说："江某平常以宏观掌控全县大政方针为主，涉及钱物的具体事宜，都是田粮处秘书兼财政科罗科长在办。""罗科长回家探望生病的母亲去了。你也不要过多追究他了，不图锅巴吃，谁愿在灶边转？"张礼同劝道。

"王天堂列举我的这些，都是诬陷。"江镇恶辩驳说，"作为校长，对刘寿春等老师擅自宣扬三民主义以外的主义不管，对学生妄议政府抗战不力不引导，这样长期下去，难免亡党亡国。县政府拟在这个假期免除他的校长职务。这是他怀恨在心诬告我的原因之一。之二，或者说主要原因，是他的长外孙被征兵。

"他王天堂有三个男外孙，年长的去年已满十八岁，次的已经十六岁，不管是二抽一还是三抽一，都不能免征。如果他这种人家都免征，又怎能说服其他二抽一的人家？又怎么对得起前方英勇牺牲的将士？他提出将长外孙弄到保警队抵名额，可保警队已严重超编。他还以为他是县长，可以徇私舞弊，为所欲为。我江某作为兼任县大队长的县长，党国培养我这么多年，不能不励精图治，为国为民分忧。"江镇恶指着自己的补丁衣，翘起自己的右脚指了指被磨损多层的布鞋，"我江某不抽大烟，不嫖女人，不打牌赌钱，我贪污挪用他说的那些东西拿来装棺材呀？！"

张礼同说："清者自清，浊者自浊。如果是吃喝用度这些小问题，你回省政府继续当你的秘书，他王天堂恐怕就得因诬告去吃牢饭了。"

江镇恶哑巴吃汤圆——心中有数，既然省政府都已派来了县长，说明自己的事上面有所掌握，至少自己的后台已经坍塌了。当天深夜，他喊醒两名随从，挑上两担钱物，到江边乘上之前购买的木船顺流而下，天亮时，已过江边乡离境了。

张礼同交由县参议会召开大会，选定人员审核移交江镇恶在任时的账目。查实他在任县长期间，伙同罗科长等人，亏损公粮六千六百四十九担、麻袋四千八百九十六条，贪污公款一千二百一十九万元法币、银圆九百五十三元，截留挪用地方捐保证金一千零八十四万元法币。上报锦江专署和省政府，要求立即追捕查办。

有人推断，江镇恶可能已沿乌江进长江，回到江苏淮安老家了。那是汪伪政权覆盖地，无法查；有人猜测，江镇恶或许已经船毁人亡葬身鱼腹，或遇土匪做了他乡之鬼。半年下来，生不见人，死也未见尸，加上比这大得多的事一件接一件冒出来，也就不了了之了。倒是知道王天堂去了沿江县中学，任了教导主任。女儿女婿，租房做起了米粉生意。

廉杰才拜会张礼同，恭维说他与前几任县长不同，带着妻小上任，那是要融入乌江这方水土的架势，想成为真正的父母官。

张礼同看了一眼廉杰才进屋时挂在门背后的红布口袋，从轮廓判断，那是一笔不菲的见面礼，便说："那也不一定，有人说，带上家属是为了便于收受钱物，让自己'两袖清风'。"

廉杰才尴尬地笑道："张县长多虑了，必要的礼尚往来也是人之常情嘛。"

"哈哈，我们有礼尚往来？"

"张县长真会说话。"廉杰才用手帕擦拭了头上的微汗，"什么事都是从一而二嘛，有往才有来嘛。我那母亲老了，三儿有荣也是三两年就要成家的人，到时哪有不打扰你县长大人的？"

"那也不一定。"张礼同依然笑道，"如果像前面那些县长那样，三五个月就走了，你这口袋里的货不是打水漂儿了？"

廉杰才的脸上抽搐了下说："那也没有什么，就算交个朋友嘛。"

"这种无名无利的事，我觉得还是少做为好。"在廉杰才张口结舌时，张礼同又说，"我倒是想请你帮忙，为乌江做件功德之事。"

"什么事？"廉杰才有些疑惑，随即表态说，"县长尽管吩咐，只要廉某人能办得到，绝不推辞。"

"你带头捐钱，我们来编修本《乌江县志》。"

"这……"廉杰才迟疑地说，"这是功德？"

"将建置、疆域、地形、地貌、山川、水文、天气、物产、灾害、生物、政治、经济、军事、教育、社会、民俗、人物等的面貌或变迁，尽可能真实地记录保存下来，成为可供后人研究、借鉴的资料，怎么不是功德？比起修座寺庙，架两座桥来，更是功德无量的好事。"

"哦。你县长大人安排就是了，这有什么商量的？"廉杰才好像明白似的回答。

"当然，出力出钱的人也得有名才行。比如你，署名资金筹备委员会主任，编纂人员也要署名，我们将王天堂请回来任总纂。"

"那你呢？我是说你的名字呢？"

"我？不是有政权篇吗？写到历任县长时，自然有我的生年、籍贯、学历、任职时间，还可对应所做的事。"

"只是这得花多少人力、物力？"

"那是。外出搜集资料人的费用不能少，编纂人员的报酬不给不行，印书的钱更要保证。"张礼同沉吟了片刻说，"你看这样行不行，号召大家捐款，不管官员还是百姓，不管富户还是穷人，凡捐款一块大洋以上的——法币、物粮可折成大洋，以捐款多少为序，将姓名和金额印在志书中。"

"这倒是小事。"廉杰才的脸上露出了些许笑容，他担心地说，"这得花多少时间？"

"参与编纂的人，只要不分天晴落雨，不分白天黑夜地多方搜集，有两年应该可以成书。"张礼同皱了下眉，示意张口欲言的廉杰才不要说话，"我了解过了，由于交通闭塞、山川险阻、没有仪器、又无蓝本，地理篇的调查、编写最为艰难，但十年前在钱县长手上已经完成了。我看过金先生绘制的《乌江县疆域沿革图》和《乌江县地图》，稍作修改补充就可以了。"

"两年？"廉杰才睁大眼睛，"如果你一旦离开，那不是半途而废了？恐怕还要为这些钱的收支扯皮。"

"你不用担心，只要我们乌江不出大的事，上面也会让我搞一两年的。当然喽，"张礼同站起来给廉杰才续上茶水，接着说，"万一在我的任上不能完成，他们抄一份让我带走，如果大家放心，将印书的钱给我，我带去千方百计把它印出来。"

"你外地的人都有这份心，我们本县人还不尽份力？"廉杰才讨好地说。

"另外一件事，古今中外，只有教育才能促使国家走向强盛。目前乌江只有县城一所中学，县城和双龙两所公立小学，很不够。我想在双龙场办所中学，在主要集镇都建公立小学。"

"这倒是好事，恐怕这钱……"廉杰才觉得这笔开支庞大。

"修建学校要不了多少钱。木料可以号召当地人捐献，杂工由各乡各保组织投工投劳，师傅的工钱，引导大家捐一点，财粮科这边拨一点。所有捐赠，都可在学校竖立的功德碑上记一笔。"

"老师从哪里来？老师的工资也是问题。"

"对外招嘛，从敌占区来西南的老师多，西南这边学校毕业的大学生也多。比如你家廉有荣，就可回来当老师嘛。"

"你这一说我想起了，老三假期回来，就在问我们这边要不要招老师，说他们有老师、同学想到这边来找份事做，教私塾都行。大城市人才堆积了。"廉杰才有些兴奋地回答。

"就是嘛。现在不是顾虑老师少，而是担心学生不够。也不是学生不够，是穷人太多了。"张礼同感叹，"至于老师的工资，凡是公立学校，都由财粮科负责。"

"也是，这学费和生活费，也不是一般家庭负担得起的。"

"这比进私塾便宜多了。"张礼同说，"总不可能由政府来负担他们的学费、生活费、住宿费嘛。但有能力的家庭，如果不把孩子送到学校接受新式教育，那乡里保里，就得追问一下。"

"有些贫困人家的孩子很聪明，可惜没有钱送，只好回家追牛屁股了。"廉杰才感叹。

"教育是最大的善事，你们这些开明人士，也可以筹集些助学金，加强管理，对个别特别困难成绩又特别优秀的学生，可以资助资助嘛。"

廉杰才没有回答，这种资助是典型的东流水，不复回，没有利，连名都没有的。

"这事不着急，你们几位财神菩萨慢慢商量。"张礼同岔开话题，用关心的口吻谈起一件私事。

2.埋下隐患

张礼同对廉杰才说："你方便时关心下你那三公子廉有荣，我听说，他的言行与政府不太合拍。在省城读书时就喜欢参加那些所谓的进步学生运动，与他德江籍的同学先仲虞等人混在一起，宣传抗战，搞什么抗战游行，与政府的抗战精神不合拍。"

廉杰才正要解释，张礼同示意他不要插话。

"他们到重庆后又参加'实践读书会'，尽读一些政府不提倡甚至禁止阅读的书籍；在人引诱下参与创办'实践墙报社'，写一些含沙射影妄议政府大政方针的文章；张贴一些指责政府不作为或乱作为的标语。已经毕业了，却滞留重庆，参与学生所谓'争取民主、反对独裁，争取抗日、反对投降，争取进步、反对倒退'的游行。"

"没有的事，张县长，你不要听信那些谣传，我家有荣本分老实，即使有参与那些事，也可能是年轻人好奇。"廉杰才急切辩白。

"我也只是听重庆的朋友说的。"张礼同摆摆手，"在这里只是提个醒，学好需三年，学坏只三天。有则改之，无则加勉嘛。卧榻之侧，岂容他人鼾睡？你们都是聪明人，有些话，我只能点到为止。如果他哪天被拉下水，他就成了你一斗二升米的糍粑，吃也吃不完，甩也甩不脱了。"

"谢谢张县长提醒，我一定严加管教。"廉杰才挥袖擦了一下额上的微汗，抱拳致谢。

廉杰才捏了一把汗。之前没有在意廉有荣的一些言行，假期回来搞的社会调查。他说是学校要求的。之前也有学生搞社会调查，只不过写个鉴定，找区里或乡里盖个公章，应付交差而已。就算认真的，也是到一区或一乡就完成了。他倒好，不说跑了乌江城乡，还去了沿河、德江、思南、印江、松桃等县，整个假期都在外面跑。

想到这里他不寒而栗。看来明年得尽快把廉有荣的媳妇接进来，拴住他的手脚。可在媳妇问题上，很是让人伤脑筋，媒人上门说了几户人家，家境不错，姑娘也长得漂亮，可廉有荣却说新青年要自由恋爱。也还和他妈说，他正在追求假期一起来做社会调查的那个女同学。不说人家愿不愿意，就那细皮嫩肉的样子，看着也不是当家过活的女人。

庆祝中国人民抗日战争胜利日活动在江边沙坝举行。

活动结束，中学老师吴焕跃没有随人群走开，他站在台下等待从台上走下来的人。他挥手笑着对走在前面的张礼同喊："张县长，请客。"

张礼同愣了一会儿指着自己的鼻子问："请客？我请客？"他扫了一眼后面走下来的廉杰才、王天堂等人笑道，"这抗日战争胜利是全中国人民的喜事，轮不到我来请客吧？"

"你忘了在廉老板家吃饭打赌的事？"

当时众人议论，国共两党在重庆的和平谈判会不会举行，如果举行，中共一号人物会不会来。众人都摇头，只有吴焕跃说会来，还打赌。张礼同裁定，如果他吴焕跃输了，他请众人到丁朝忠饭馆吃最好的；如果他赢了，每人给他万元法币。

张礼同望着远处的美人峰若有所思时，王天堂提醒道："吴老师说的是重庆谈判。"

吴焕跃接着说："你刚才在会上告诉大家，国共两党已在重庆开展和平谈判，两党首脑都已参加，和平的曙光已经到来。"

张礼同这才想起："是是是，你赢了。"他看了一眼廉杰才、王天堂等人，"不过，那是在廉老板家酒桌上说的话，应该不算数吧？"

"张县长耍赖。"吴焕跃笑道。

廉杰才忙说："算数算数，饭菜酒钱算我的。"他指着其他人道，"愿赌服输，但各人输的钱得自己出哟。"

众人前往丁朝忠饭店，沿途又喊上了几个熟人。等待上饭时，张礼同、廉杰才、王天堂、廉有富每人将十张千元法币递给吴焕跃。王天堂递钱时说："中国人都有宁为鸡头不做凤尾的心态，这明摆着是鸿门宴，居然不怕回不去。"

廉杰才问吴焕跃："你是怎么知道他会来的？"

吴焕跃拈起桌上法币中的两张，向空中一弹笑道："这种事情都算不准，我不是枉读一肚皮英语书了？"随后他将钱递还给四位，"这事儿让人高兴，钱呢也就不收了。"

众人问他理由，他笑而不答说："我们来做个游戏，用两个汉字注音平时我教英语 China，也就是中国的发音，看谁的最接近。"

张同礼笑道："我来带个头，权哪。"

众人笑，吴焕跃说："这符合你的身份。"

席朝发说："应该是这两个字：钱哪。"

"晓得你穷，王天堂对妻弟笑道，但也不至穷到时时刻刻想到钱哪？"

廉杰才说："我来，妾哪？不对，应该是迁哪。"

卫生所的石纯志医生笑道："在座的你纳妾的本事最大，迁哪也符合你的家世。"随后说，"我认为是去哪。"

廉杰才回敬他："这也符合你的身份，只要经过你的手，十有八九都去啦，去阎王那里报到了。"

廉有富说："踹哪。你们认为如何？"

"动不动就踹，这个只有你们警队的人才敢，这更符合你的身份。"吴焕跃笑道。

张礼同说："就我听过发音的人来说，我觉得尚山卒的发音最准，他说的是'抢哪'。"

"晋成皇也是这么说的。这个不算，我觉得还是辛霍的'妻哪'最标准。"刘寿春哈哈大笑。

"他想妻差不多想疯了。但他这个不如你那个：亲哪。我那天晚上亲耳听到你在桂花树下抱着你刚过门的媳妇说的。"王天堂开起了刘寿春的玩笑。

"王校长，你偷听人家年轻人说悄悄话，叫什么来着呢？哦，对，叫老不正经。"

众人大笑。

"我觉得还是符朗星副大队长说的最准确，他动不动就说'查哪'。"廉有富说。

"江镇恶就被查啦。"王天堂说。

"吴老师，这些与刚才问你的话无关，你还没有回答我们的问题呢，他是怎么敢来的呢？"张礼同催促着问。

吴焕跃摆手笑道："天机不可泄露，天机不可泄露。"

其实吴焕跃很大程度上也是猜的，只是感觉从和平诚意出发应该如此。输了很正常，就这小饭馆的吃食，办两桌最多不过万元，吃人三餐还人一席，自己从重庆来这里教书不过半年，平常应邀去在场的不少人家里吃过饭，还没有回请过人家呢。赢了呢，不但让人佩服自己，还能较快与这些人融合在一起。

重庆谈判开始后，吴焕跃就充分利用国民党报刊的报道，从中诠释共产党的诚意，说都是为了保证国内和平，实现民主政治，巩固国内团结，以期实现全国统一，建立独立、自由与富强的新中国。

张礼同质疑道，卧榻之侧岂容他人酣睡。

好在国共双方达成的会谈纪要，结束了他们之间不时的小小争论。

王天堂与众人庆贺，两党都有宽厚包容之心，这下和平的曙光有望了。

"哼，那不一定。骑驴看唱本——走着瞧。"张礼同并不乐观。

廉杰才回家吹灯准备睡觉时，听到守门的在外面喊有人求见。他有些生气地回答，"半夜三更的，就说我睡下了，明天再说"。

守门的回答："我说了，他说他借过钱给你做生漆生意，他对我讲，只要说准备再与你做两笔石头买卖，你就会见他。"廉杰才已明白来人是谁，只好起床。

大门才打开，他听到侧边有人喊"杰才兄"，那人急忙补充说，"我是春和"。

廉杰才看时，雷春和将长衫下摆扎在腰间，蓬头垢面，身上有一股让他龇牙耸鼻皱眉的馊味。他狐疑，这人怎么这身模样，半夜三更一人前来呢?

洗澡换衣吃饭后，雷春和讲起了他这次的遭遇。

抗战胜利后，国民政府开始对日占区进行接收，报上说得清清楚楚的，由陆军总部"指导监督并全权处理收复区内一切党政事务"。可实际呢，除了战区接收机关，行政院各部会的特派员来了，武汉市、区政府的官员也来了，前后来的几十批，数都数不过来，记也记不清楚，但有一点，都是有备而来，都不会空手而归。

他们接收伪政府市长、区长、县长、乡长、厅长、处长、科长那些位子，老百姓欢迎；他们接收敌伪政府或官员的公私房子、车子、金子、银子、珠宝，贴上封条归国库，或有意遗漏化公为私甚至监守自盗，平头百姓不眼红；他们将日伪官员的小老婆甚至青楼女子接收过去做妾或姘头，众人也无所谓。可他们第一招用法币兑换伪币，就让老百姓开始受不了。

人们举着彩旗夹道欢迎国民政府官员和军队入城不到十天，接收官员张贴布告，禁止汪伪政府的货币流通，规定只能兑换为法币后使用，兑换比例为一比两百。

这一公告让富户贫家都傻了眼，之前不管是按物价换算还是黑市的交易，都是一比八十以内。也就是说，之前可买一百斤大米的伪币，兑换为法币后只能买四十斤了。还另规定，每人兑换伪币不得超过一千万元，超过部分需要说明来源。雷春和手中握有十多亿的伪币，尽管以一比三百左右给亲友为自己兑换了一部分，手中的钱财还是缩水了大半，只能购买五百来担大米了（亲友兑换占1∶100左右的好处）。

接下来接收中的索要金子、银子甚至房子，就似割本地人的肉了。老百姓私下直骂国民政府"盼中央，望中央，中央来了更遭殃"，讥讽这些人是"五子登科"——位子、金子、房子、车子、女子全捞。

前来雷春和家登记的几批人，他都给他们塞了红钱，特别是那些有职有权私下"关心"他家的，另给了好处。第八批来的人将他的典当行和房产全部查封，将一家人挤到了偏房里。此时，他家除了私藏不多的金条、银元和少数珠宝，就只有兑换来的法币了。

不几天，接收人员将雷春和家的典当行变卖，名义上是将变卖所得价款悉数解缴国库，但他们标出的售价只有市价的一半，又指定商家变卖。

这种事大家都心知肚明，买家已经内定，观望的人多，出价的人少，那出价的也都是些托儿。结果被一个身穿藏青色制服、梳着大背头的中年人购得，比市价至少低了五万大洋。后来得知，那人是区警察局长的妻兄。

接下来将变卖雷春和的房产。

晚上有位军官来到住处，说他们团长的家在南京，大姨太二姨太和孩子都没有跟过来，想娶房三姨太为他料理起居，昨天便衣的团长在人群中，看上他女儿了。如果答应了团长，他这房产不但不会被拍卖，还会将他的典当行给弄回来。

雷春和女儿是小老婆所生，从小逗人喜爱，似他心肝宝贝一般，今年才十六岁。不说去做三姨太，就是去做大老婆，也不会选军人。

雷春和约定隔天回话，连夜同家人商量何去何从，大家都认为牺牲女儿的幸福只是权宜之计，那团长一走，别人又会以同样的理由查封变卖他家的房产，因为把他家定为汉奸的，是政府这边的官员。最后一致决定还是带上钱财逃到山里大老婆的老家为上。可当他们子夜出门时，发现房前屋后都有士兵把守。士兵说，团长派他们来保护他家的安全。

隔天，团长用一顶花轿将他女儿抬去，在酒楼请了两桌客，算是结了婚。他家那典当行虽然没有讨回来，但房产的封条却被揭下了，一家老少重新住回原处。

开春，团长随军北上，雷春和女儿被送回娘家，等待女婿凯旋。可不到一个月，就传来女婿被俘投降的消息。又过一个月，说女婿被放回了南京。雷春和正准备将女儿送往南京时，得到女婿被军事法庭判刑五年的消息。

一家人愁眉不展之际，政府官员上门查封房产。

傍晚，政府秘书处的一位朋友来到雷春和家，密告政府将重新追究他的汉奸罪，除非花钱——钱少了怕不行——找接收大员买个倒填时间的委任状，就说之前是国民党的地下工作者，否则汉奸罪名难以洗脱。一旦定罪下来，不吃三五年牢饭出不来。

他心里明白，手中剩余不多的钱财，得顾一家老少的命。于是，带着一家人连夜出城，赶到山里岳父家。那里离城毕竟不远，为防追捕，他日夜兼程来到乌江。这里山高皇帝远，想来不会有人知道他来这里的缘由。他家有恩于廉家，如果廉杰才收留他，就成了一根绳子上的蚂蚱，不会出卖他了。

廉杰才说城中认识他雷春和的人不少，正好符朗星的叔父离开了，龙泉廉氏农庄差人管账，就商量他更名为田泰秋，是从重庆请来的账房先生，去那里管管账目。

3.民主选举

国民政府拟召开制宪国民大会，制定《中华民国宪法》，选举总统，分配给乌江一名国大代表名额。

选举结果：王天堂三万五千三百一十九票，廉杰才二万八千四百一十四票，孙献臣二万四千八百二十九票，副参议长黄泽峰一万三千二百零一票，其余人得票在二百三十五至二千八百七十五票之间。

选举结果上报到省选举指导所，省选所回电：均未过半，重选。

在张礼同等人估计重选结果也会大同小异时，省选所派来指导选举的官员隔天乘专车到达沿江，乘船从乌江顺流而下来到乌江县城。

指选官严重批评张礼同的"屁股坐歪了"，没有认识到这次国大代表选举的重大政治意义。

这次大会的民选代表，主要是一九三六年选举的，如今能在乌江县新增这个社会贤达名额，是乌江县的光荣。

指选官指出张礼同的主要错误在于选举监督失控。王天堂在举报信中说得很清楚，廉杰才贿赂选举官员，引导选民投他的票，更有甚者，在青龙坝等保，由保长古福贵等人出面，直接购买选民手中的选票，然后全部在廉杰才的姓名后打勾。

指选官说，他王天堂也不是什么好鸟，他没有贿选，但他拉票却是铁板上钉钉的事。全县区乡长有一半是他的学生，他要求心腹学生在适当场合宣传他什么：做百姓，正派耿直、不畏强权，只身前往省城状告贪官污吏；当县官，敢说敢为、体恤百姓，做了创建乌江中学等利国利民的善事益事；为校长，亲师如兄弟，爱生如子女；任总纂，秉笔直书，使县志成为乌江文化瑰宝。

其他人利用"哥老会""青年社"等拉票，甚至威胁利诱选民，也不是十起八起。

指选官告知他，南京方面为什么要提名孙献臣，他张礼同不可能不了解孙献臣的资历。

孙献臣虽是乌江县城人，但他受辛亥革命运动的影响，民国七年（1918）就参加了国民革命军，时年23岁，屡建战功。因眼伤退伍后，曾在四川、本省多处任县长，后调南京警备区卫戍司令部任秘书。民国二十四年（1935）携家眷东渡日本求学。七七事变发生后回国，仍在原岗位工作。南京危急时，因眼疾严重，提前疏散，携家眷及妻家老少回乌江。民国二十九年（1940）出任省临时参议会参议员，民国三十二年（1943）回乌江任县参议会议长。

孙献臣与廉王二位比起来，除了钱财家产没有他们多，身材瘦弱没有他们胖，长衫礼帽没有他们质量好，文化知识比他们高，对人做事比他们亲和，政治立场比他们稳定。特别值得一提的是，他曾破译过汪伪集团通日的重要电文。

指选官一通批评后，张礼同承认自己当时政治意识差，认为不就是个代表吗，他们有钱有势选去，弄个空名，混吃几天便宜饭而已。他又请教指选官如何补救。

指选官告诉他，此事已惊动南京方面，已电令省党部和省政府，务必保证南京方面备案的候选人当选。将省选所主席的手令交给他，务必按照指定之人选协助选举，否则将严厉处分。

张礼同担心重新选举结果依旧，指选官要求他将廉杰才、王天堂通知到政府谈话，暗示他们弃选。

廉杰才被通知到县政府面见指选官时，指选官并未喊他坐下，还将他放到桌子上的见面礼丢到了他脚下。指选官严肃指出他贿选的事实，按选举法，他和他妹弟古福贵一干人都将吃牢饭。

廉杰才直冒冷汗，急忙致歉，说自己没有见识，没有意识到这个问题的严重性，把它当作游戏了。他说一定按指选官的意见，大张旗鼓地表态弃选，全力支持孙献臣议长当选。

廉杰才几乎是仓皇退出指选官办公室的，连脚下的见面礼都忘记提走了，好在指选官也没有让他难堪，喊他返回来提走。

王天堂不亢不卑地走进指选官办公室，听过指选官的话后回答，"我保证不再打招呼，但按你们颁布的选举法，我尊重民意，也希望你们口中的发扬民主能真正体现在实际行动上"。他心想，那些乡长学生，没有必要再打招呼。其他人退选后，包括那些得票较少当选无望的，大部分选票都会流向他名下，过半应该是三个指头捡田螺——十拿九稳的事。在这山旮旯，能当回比县长还要金贵的国大代表，那是光宗耀祖的好事。

指选官喉节骨碌碌吞了一口气，"那好！但我警告你，如果你再四处打招呼，将依法严惩你破坏选举的责任"。

"悉听尊便！"王天堂说罢气呼呼地出了门。

张礼同听到结果后献计说："就以上次破坏选举为名，将他抓起来！"

"你动下脑子行不行！"指选官回答，"上面提倡依法办事，待你去将他们那些乌七八糟的事情调查清楚，判决下来，猴子都过火焰山了！"

"那总不能让他随心所欲、胡作非为呀？"

"你马上派人将王天堂这次得票最多的几个乡的乡长，秘密通知到我办公室谈话，我和你参加，让他们明白，他们不服从上级安排，再次选举时不正确引导，王天堂的得票依然像上次那样多甚至还高，其后果是什么。后果不仅仅是乡长当不当的问题，坐三两年班房也不一定，他们的儿子今后也不要指望在政府部门干事了，就是赶场上下都不一定那么顺遂、平安。"

指选官与副参议长黄泽峰促膝谈心，说："国大代表不能兼任地方职务，津贴照领，这你是知道的。也就是说，孙献臣当选后，我保证推荐提名你选举参议长，副的顺势递补，于法于理于情都通。"

"听君一席话，胜读十年书。为了顾全大局，实现上面的意图，保证孙议长当选，我自愿放弃这次国大代表选举。"黄泽峰表态，"以我和王校长的关系，我再去劝他退选。"

指选官笑道："这倒不必，为了体现民主，按选举办法，需将得票最多的前两名作为候选人重新选举。"

涉及"哥老会""青年社"和宗族这些人，指选官安排保警队带人荷枪实弹上门，交代一句如果再发现打招呼破坏选举将严肃侦办。那些人明白，怎么选他们都选不上，于是都表态，支持孙议长当选。

"那就按选举办法，将王天堂和孙议长同时列入选票选举？"张礼同很是疑惑。

"依法办事，依法办事。"指选官笑眯眯地回答，"也可另提名的。"

乌江县国大代表选举重新举行。部署大会上，指选官解释了必须重新选举的原因，主要是得票没有过半，只能将得票最高的两人制成候选人名单，重新选举。

在各位候选人表态发言中，让王天堂气得呼呼喘粗气的是，廉杰才、黄泽峰公开表态弃选，这还罢了，还公开支持上面推荐的候选人孙献臣。

各乡开始投票，张礼同还是担心选民会在另提名栏写上廉杰才或黄泽峰的名字。指选官给他支着儿，"派出政治可靠的，下派到那廉王二人得票较多的选区，备好多出一半以上的选票和封条，对特别不放心的选区，投票结束后返回乡里途中查看换票。届时公布、备存的是合法的总数，谁又能去或者说敢去查各选区的得票？"

"如果各选区要求当场开箱计票怎么办？"

"谁提？就没有办法了？你真是书呆子！"指选官教训张礼同，"既然他信不过政府人员，那政府又能相信他们不在开箱中做手脚？谁提就喊他将所负责选区的选民带到县政府现场投票，当场开票，食宿全部由他负责。"

第二次投票结果，王天堂得票只有五千五百二十九票，另提名黄泽峰三百六十一票，廉杰才二百三十八票，只是废票、弃权票、未投票有点多，达到九千八百九十二张。张礼同在会上宣布：孙献臣以八万一千七百八十九票高票当选制宪国民大会代表！全场报以热烈的掌声。

张礼同县长被调回省党部，随队参加制宪国民大会。丁书成接任县长。

4.募兵生意

丁书成对张礼同书生意气随波逐流，在不同的场合进行了批评，拨乱反正。加强政令统一，要求党政警民令行禁止。可过了较长一段时间，他发现阳奉阴违在全县如暗流，特别是双龙区，县政府下达的指令，得看尚山卒高不高兴，点不点头。

丁书成分别找王天堂、廉杰才、孙献臣、黄泽峰等进一步了解，感觉这尚山卒简直是第二个晋成皇，是披着警衣的土匪，罪恶滔天，罄竹难书。

丁书成密谈保警大队中队长及以上负责人，中队长廉有富告诉丁书成，尚山卒现在是软硬不吃，张礼同也曾暗示将免去他副大队长和中队长职务，结果依旧。如果想用保警队攻打他，他在离双龙场二至三里的东、北、南每个隘口，都修筑有炮楼，保警队的战力不强，火力不足，没有大炮攻不下来。

而此时，尚山卒已将赚钱生意进一步扩展到征兵领域，有人也趁机将当兵当作生意来做，牛家寨牛维富就是典型的例子。

牛维富主动到乡里募兵，只要求将奖励的安家费交给他父母，待回家后用来接媳妇。史启发乡长当场兑现了安家费。他当天就到县里与新兵住在了一起。

史启发心里暗笑，叫花子做梦娶媳妇——尽想好事。他能有这小命回来就不错了。但为了响应尚山卒鼓励这种主动当兵的行为，次日通知他父亲来将奖励领了去。其他被抓的壮丁，则要待送到部队后再奖励。

可才一个月，牛维富回来了。

他向史启发报告，到部队后，长官说他走路像鸭子，跑步像母鸡，用他这种人去当兵，不但是敌人的活靶子，还会拖累自己人，就安排他去当伙夫。可他烧火煮的大锅饭，不是被他常常揭开锅盖看是否熟了整成夹生饭，就是烧煳了。用鞭子抽了他几次，还是不长记性，说他是个消耗粮食的饭桶，就将他赶回来了。

事实上，是部队上对他们几个自愿当兵的人放松了警惕，他趁上街买菜带着菜钱跑回来的。回来的事部队没有来函过问，这种逃兵多，如果没有造成大的影响，一般就不管了。地方上只要上面不来函，也是睁只眼闭只眼。尚山卒念其没有造成补征，派人上门只将一半的奖励收缴到了双龙保警中队。

牛维富父亲责骂他擅自去当兵，说战场上子弹不长眼睛，这青龙坝当兵的有几人活着回来了？

牛维富则轻松地说，做这个生意比做活路轻松又划算。隔天，他找上焦头烂额的胡保长家，答应顶替他被抽签抽中的孙子去当兵，按行价，少收二十，给他一百块大洋就行了，交由他父亲为他买田土。事实上，胡保长除了出这一百个大洋，还要另交一百保证金给尚山卒。他说上面有规定，当兵是为党国尽义务，顶替是违法的，逃跑更是牵连亲人的死罪，一旦发现，将按军法处置。

牛维富以胡保长孙子姓名当兵，可不到一个月，他又回来了。

出发时他和其他壮丁一样，双手被反绑在身后推上卡车，只有吃饭和需要解手时，才解开让人持枪监视进行。晚上睡觉时也绑上，统一关在寺庙或仓库里，四周放有岗哨。

有天晚上睡在财主家的堂屋，他看到角落里有片破旧的板锄，顺势坐在那里挡住。一觉醒来，他将身后捆绑双手的麻绳抵在锄口上磨。磨断后将断绳揣进腰包，在大家的一片呼噜声中，双手扣紧露出板壁的半边柱头，爬上大梁躺在上面。

新兵天亮出发时，长官清点少了一人，点名发现他不见了。长官责问站岗的，各班站岗的都说，当班时不但没有睡觉，连坐都没敢坐。新兵解手房内有粪桶，实在内急可以从后面脱裤子解决。门上的锁没有被打开，四周板壁也没有被撬坏。

长官带人到四周随便搜了下，没有发现蛛丝马迹，只好带着新兵上路了。他估计那些人已去十里之外，顺柱爬下来，在主人的目瞪口呆中，大摇大摆出了门。

又隔两个月，牛维富以牛族长小儿之名加入新兵，可过了半年，都没有他的消息。当然，这是不可能从尚山卒那里退还保证金的。但也没有没收牛维富当兵所得。

牛维富被抓进兵营又当了伙夫，主要是上山砍柴，一直没有逃跑的机会。在兵营，有人站岗；上山砍柴，也有人持枪监视。他老老实实砍柴，每次扛回的都比别人重一半左右；别人嘲笑他是笨猪时，他回以嘿嘿傻笑；别人休息时，他主动帮助做饭的烧火、择菜、洗碗。大家对他越来越亲和，监视的人对他也逐渐放松了警惕。

转眼从春到了秋，一天上山砍柴时，持枪监视的两人中，一人闹肚子，将枪放在石壁上解手，他将枪提起来站在黑褐色的腐叶上，翻过去倒过来地看，抬头看着树叶间的天空，好奇地说："这个怎么弄才能打响呢？"另一人看到他憨憨的样子，说"这个很简单"，就将枪靠在一棵树叶开始变红的枫树上，走过来准备教他，才走十几步，他将枪栓一拉，摆着枪口，眼睛扫视众人喊，"都不许动。后退！"解手的蹲在那里不敢动，砍柴的几人也停下手中的砍刀，瞠目结舌地看着他。

他双眼扫视众人，移步过去将靠在树上的枪提起来挂在肩上，对那两人说："我们大家往日无冤近日无仇，只要好好配合，我不会动你们一根汗毛，如果想夺枪什么的，我之前打过野猪，你们也看到过我扛柴的力气。不过今天得委屈二位。随后喊砍柴的那几人，想走的，用绳子将那两个捆在树上，不想走的，待会儿和我们走远后返回来将他俩送回去。"

砍柴那几人都想离开。他们撕下衣服口袋，塞进两人口中，又用藤条系往后颈窝拴牢。他对两眼惊慌的两人说："你俩放心，黄昏如果不见大家回去，长官一定会派人来找的。我们下山后，也会给山下的人家说，喊他们来放你俩。"

他将另一支枪交给同是乌江县出来的老乡，那人是易家寨易族长的儿子易光洪，在家斗殴时一棒打在对方头部，造成对方死亡。逃跑中被尚山卒抓获，同意他家交一百块大洋的保证金改名当兵保命，同时完成双龙区征兵任务。

几人基本上是昼伏夜行，连骗带抢进入本省后各自分散回家。他和易光洪觉得这次闹大了，部队上肯定会派人来抓他们，就决定先不忙回家，在外看看动静再说。

果然，他们还未到家，双龙保警队根据丁书成转来的军方要求，早两天就已来两家搜捕，但都没有搜到，将两人的父亲带到双龙保警中队审问。

尚山卒明确告诉两人的父亲，想在部队混吃混喝，不说关键时刻用不上，还抢劫枪支捆绑士兵蛊惑他人当逃兵，这是任何军队都不能容忍的。他俩不但有管教不严之责，特别是牛维富父亲，还有相互串通获利之嫌，牛维富顶替当兵得来的钱物，在他手中就是铁证。

牛维富父亲力辩："青龙坝全坝人都知道，他上次回来匆忙接了媳妇，是他不听自己的话，说这当兵生意比干农活轻松还赚钱。名义上所得的钱物都交给了我，不准拿给他媳妇，怕她裹着跑了。但也交代我不准动分毫，今后他回来用这钱立栋木房，他说一进这茅草房就觉得秽气。这次去当兵后，再也没有看到他人影，更不晓得他又当了逃兵。"

牛维富和易光洪二人的母亲拿钱找古福贵出面，找史乡长说情，尚山卒担保，被关押十天后，退还了两家这次因两人当兵所得收入，并写下声明：脱离父子关系，抓获后任由警队交部队军法处置，于己无十。最终各罚款一百大洋后将两人放回家。

但有一点是明确的，牛维富、易光洪一旦被抓获，将按军法论处，如果两人的父母知情不报，全家同罪。

尚山卒得到密报，易光洪趁黑夜溜回了家，决定派一个班前往缉拿。

鸡叫头遍，保警班到达易家寨，在狗叫声此起彼伏时，持枪向易族长家的房屋包抄过去，将扑过来的黄狗两枪击毙。有的在外警戒，有的手脚并用爬上牛圈，有几个踹门冲进里屋。待易族长准备穿衣起床时，枪口已抵在他胸口。睡在稻草中的易光洪醒来提枪从牛圈上飞下来，举枪对保警兵准备开枪时，背后的保警兵一枪托打在他的手臂上，枪掉在了地上，几名保警兵跑过来将他按住，用棕绳结结实实捆上。

班长想再建奇功，突袭牛维富家，或许能将牛维富意外抓获。于是，押着易光洪，从双龙坳进入青龙坝，到达牛家寨时，天刚蒙蒙亮。遗憾的是，没有搜到牛维富。他父亲说："我对尚大队长保证过了，只要看到他影子，就将他捆来交给尚大队长。"

受命跟踪保警兵的人跑回来向易族长报告，保警兵命令牛维富父亲准备两天的酒肉饭菜，弄到青龙庙做饭吃。显然，那里四周空旷，便于警戒。这时，庙里的何尼姑也带信来说，保警兵班长派人找李甲去了，可能有事，估计要待到明天后才离开。这何老尼姑是易族长妻子的姑姑，因夫死子伤，伤心出家为尼，常受易族长恩惠。

易族长判断，一天一夜没有合眼的保警兵，饭饱之后肯定会大睡一觉。于是喊易家寨和后山何家寨妻家的族人、亲朋，将易光洪抢回来。当晚，三十多人聚集在易族长家，酒足饭饱后，他痛哭流涕地对众人说："如果我们人心不齐，不给这些匪警一点教训，他们就会像李甲一样，隔三岔五就跑到头上来拉屎屙尿。"

夜深人静时，易族长安排至亲各持一支快枪，带领三五人持长把杀猪刀分头出发，到达青龙庙附近后先杀死哨兵，再打枪、放鞭炮，消耗保警兵的子弹，待其子弹消耗完后，再冲进去救人。

众人到达青龙庙四周。凌晨，易族长的大哥摸到庙墙东边转角处时被哨兵发现，哨兵问话间被他端枪干掉，随即双方枪响。庙墙外一片喊声："交出易光洪！"

这喊声提醒班长，准备将易光洪拉来作为人质，跑进里屋，地上只剩一堆棕绳，他怀疑是何尼姑所为。晚饭后廉妥进里屋没有出来过，而何尼姑则在各房间进出。他抓住何尼姑问了声"是不是你放跑了易光洪？"何尼姑双手合掌不答，气得他提起她的胸襟，朝胸口就是一枪。

班长和副班长想从水沟逃跑，刚到墙边，副班长中弹身亡，班长急返回庙内，手提短枪督令保警队还击。天亮后，保警兵本就不多的子弹耗得差不多了，不敢轻易开枪。墙外的人高喊："保警队的弟兄们，只要放下武器就不关你们的事，我们只要易光洪。"

班长在墙后回答："请大家不要再开枪，易光洪已被何尼姑放跑了，你们不信可以进来搜。"

双方僵持，都怕对方开枪。有人请来古福贵交涉。当院门打开时，古福贵没有看到易光洪的身影，只有一名保警兵死在院内，两名受伤的保警兵坐着靠在墙上，龇牙轻声"哎哟妈呀"地叫着，其他保警兵站在墙边凳子上，持枪对外。何尼姑躺在侧屋地上，廉娑在正厅桌前闭眼敲着木鱼念经。

正在古福贵疑惑时，易光洪从房梁上跳下来，站到了古福贵身边。

古福贵做中，双方都有人死伤，各自将人抬走、医治。他还主动给了一笔安埋费给保警兵。尽管古福贵说了谨防尚大队长报复的话，易族长这边还是坚持"交枪保命"。保警兵的枪支全部被收缴，理由是为了防止他们朝这边的人背后打枪。

尚山卒听过事件经过，气愤难消，一个小小的族长竟敢如此嚣张，在太岁头上动土，不想活了。如果这件事不能平伏，有一就有二，其他人就会如此效仿，他尚山卒怎么在双龙立足？便立即派出一个保警分队前往报仇。在他看来，易族长手中没有几支枪，收缴保警兵那些枪支，也没有几发子弹。没有子弹的枪支，不如一把菜刀。

但结局令尚山卒大跌眼镜。

那天，大摇大摆的保警分队在离易家寨五里的双龙河峡谷遭人伏击，被快枪、土枪打死打伤的人不多，但被滚石砸伤砸死的却有二十来人，一个分队基本报废。

丢失的枪支弹药已全部落入对方手中，尚山卒不敢贸然再派警队报复，死伤多少，都是他的身家，都会丧失要挟政府的资本。他向丁书成县长报告，组织草民暴动，请求派遣县保警大队剿灭。

幸灾乐祸的丁书成回复：上峰有令，县保警大队不得离开县城，本防区的治安自行解决。

尚山卒看罢回信，气得咬牙切齿，但一时也无可奈何，只得将现有人马补充到损失的分队。

5.一箭双雕

丁书成前往省城开会，他向上峰报告，尚山卒已是罪恶滔天，竟然将征兵当作生意来做，这就间接鼓励了逃兵事件的发生；将牛维富之类逃回不可能再去当兵的，以此为由没收已付的款物，还对相关人士进行罚款。这些没收款和罚款本应上交县政府的，但全进了尚山卒的腰包。事实上，他在双龙已成了扰乱社会的土霸王。

丁书成举例说，有次一个头发有些长的人路过，尚山卒手下人问话听是苗族口音，他们听不懂，一冒火就将人家砍了。还有次他派便衣到双龙客栈查号捕杀嫌疑，查出十多人是湖南客商，对方认为仅是路过，不愿交治安费，尚山卒即以漏税为由，将反抗的客商逮捕斩首。最近，又由于他的暴行，产生了易家寨暴动打死保警兵的事件。虽然打死的是尚山卒的人，暂时削弱了他的力量，但不以儆效尤，恐怕会让这些刁民得寸进尺，各地会如春潮汹涌般效仿。

凌晨鸡叫三场，杨青云的第一连到达双龙保警中队街北检查站，揉着双眼醒来的保警哨，一看那背着长枪、扛着机枪、车上放小钢炮的军队，听说是去沿江县驻防，没敢多问立即抬开路障放行。接着是第二连。两个连的队伍过完又归于寂静。

第一连向南，对南边炮楼的保警队称，去沿江县城驻防；第二连向东，称到乌江县城驻防。这些是部队驻防的常态，没有人在意，只是觉得军队夜行军很少，此时应该有什么紧急任务。在东、南两边部队停止前进反身炮击炮楼前，除连长外，没有任何人知道此行的真正目的。

这一切都是杨青云的计策，借口驻防，用暗度陈仓之计，打个尚山卒措手不及。这样，己方伤亡最小，还可避免误伤老百姓，造成没有必要的不良影响。他命令官兵白天睡觉，晚饭后连夜乘汽车到达双龙场。

最先是街北边的炮楼被炮弹击中起火，接着是南面炮楼处传来枪炮声，几乎是同时，东边炮楼处也是枪炮声大作。

尚山卒被枪炮声惊醒，一头雾水，不知发生了什么。此时天已麻麻亮，东边的军队向中队营房冲来，他正号令阻击时，南边也冲来一队。他此时已清醒，北边的军队也应冲到街上了，三个出口肯定已被堵死，来不及返回房中通知其他人，也不敢去地窖取金银，只好钻进营房后的地道，跌跌撞撞进入山后溶洞。

炮楼中的双龙保警兵基本没有存活，其余缴械投降者众多。当日，接报的丁书成骑马带人到双龙对保警中队的人、财、物进行接收。

次日，丁书成率队带着被捆绑的钱忠禄区长及其家人、尚山卒的两个老婆和副中队长、三个分队长等人进城。杨青云部驻扎在双龙中队营房和凤鸣书院，按兵不动。

丁书成经过简单审判，将称霸一方的钱忠禄父子、作恶多端的副中队长和两个分队长枪毙，宣布没收其家产。参与作恶的其他队员，分别处以不同金额的罚款，其余人员混合编入县大队的三个中队，在乌江及周边县通缉尚山卒：生擒者赏关金券十万元，打死者奖关金券五万元，提供有效线索的赏关金券一万元。

包玉英对古福贵摇头笑道："太少了，生擒也才赏不到百斤盐巴，还不如将数字增加二十倍，写成法币好听些。"

古福贵回答："真写成赏盐巴那就好喽，去年七月间盐价每百斤还不到五万元关金券，才一年时间就涨了一倍多，待抓到这土霸王时，不知这点钱还能买什么。"

五天后，杨青云要求丁书成派两个中队第二天赶到双龙场调用。次日，杨青云命令营长率一个连和两个保警中队，天麻麻亮时离开凤鸣书院，翻上松林坡，下到双龙河，绕双龙河溯流而上。

峡谷山上干活儿的人看到像蚂蚁一样的军队和保警队开来时，赶忙从桐子树下提起铜锣，急促地敲起来。军队和保警队就地扎营，停止了前进。

杨青云带着两个连向沿江方向出发，众人以为要去沿江驻防。两个连翻过凝柏桠，到达青龙场后沿龙溪沟上了青龙坳，下到青龙坝驻扎在青龙庙。次日早饭后，向双龙坳开去。

青龙庙事件发生后，在部队学了一些军事知识的易光洪，预感到必遭政府镇压，就派人在双龙场和青龙场打探消息，果然，发现双龙保警队一个分队前来报复，被他组织人员在峡谷成功伏击，取得胜利：己方无人伤亡，缴获了二十多条快枪，不少弹药，使参与人员士气大涨。

易光洪在何尼姑的葬礼上对大家说，易何两族的族亲和亲朋，都有人参与袭击保警队。亲连亲戚连戚，大家已是一根绳子上的蚱蜢——都跑不脱了，只有团结起来，构筑防御工事，才能有效阻击敌人，保护男女老少的生命。

大家这才发觉，已经没有退路可走了，只得按他的办法，整修号军留下的两个营盘。何家寨负责整修双龙口上来的，并负责防守。白虎岩这边的营盘，由易家寨负责。由他和两族各选出五人统一指挥，并在双龙场、青龙场、虎坪场都安排人前往打探消息。

时间过去了两个月，双龙保警队没有动静，县保警队也未前来，还听说丁书成县长喜见坐山观虎斗，两天前还传来尚山卒被杨青云率军队围攻，钱区长等人被丁书成杀死的消息，大家悬着的心已放下大半，只是上山干活儿发现险情鸣锣为号的规定没有改变。

在双龙口这边铜锣急响时，白虎岩那边也敲响起来，两寨在家和在山上干活儿的，提起身边的刀枪，向营盘赶去。两边的军队都停止了前进，抢占制高点，封锁起这两条进出的主要通道，留下两边的深山老林。道路两旁，四处张贴布告，行人准出不准进，指名捉拿易光洪等人。

军警封锁完毕的第二天太阳上山时，军队开始炮击，继而冲锋。众人在易光洪的指挥下，凭险扼守，一天过去了，军警虽然未能接近营盘，但民众已死伤十余人。

为避免重大伤亡，易光洪派何族长代表民众前往军警处谈判，请求停止炮击，愿意交人，条件是只要不伤老百姓，两天内交人。杨青云同意，此时军警伤亡人数也上升到二十多人，带来的炮弹已所剩无几。

易光洪向众人说明，目前处于敌强我弱状态，再打下去，枪弹耗尽，仅凭长刀短棒难以抵抗，伤亡更大，决定秘密组织民众转移。

两天过去了，天上下着大雨，杨青云不见有人将易光洪等人送来。午饭后，雨过天晴，杨青云用强大火力掩护，士兵攀缘上岩，攻入营盘，发现上当，营盘内已空无一人，易何两寨只剩下一些老人。杨青云大怒，两边武装会合后，下令烧毁易家寨、何家寨民房，见人就杀，何族长刚张口准备解释就变成了枪下鬼。随后全部军警前往附近的深山老林搜捕。

搜捕的士兵报告，从洞口痕迹看，有上百人藏在林中溶洞里。

杨青云察看洞口，认为此洞不比青龙洞，狭窄且不会太深远，令用硫磺、辣椒熏洞。熏洞半日，确认洞内没有声息时才停止，进洞查看，男女老少共死亡九十四人，仅有两人还在喘气。另一个洞是穿洞，入洞民众全部从山那边出洞逃走了。另两个溶洞居高临下，不利熏洞，除在洞口被打死的人外，大多则被劝降出洞。出洞民众逼迫在被全部枪杀或指认组织者、持枪抵抗者中选择。被指认者被就地枪决。

杨青云命令部队和保警队，在方圆二十里反复搜山清寨，凡是参与暴动者，包括曾经通风报信的，只要抓获，就地枪毙。让他愤愤不平的是，十来个组织者，除易族长在虎坪场洞中因朋友上山送饭被人告发，被抓获后枪杀割下首级外，其余均未抓到，连易光洪化装在枫林坝朋友家的碾房里也躲过一劫，先后死亡一百六十五人并导致十六户绝户的，主要是妇弱老小。

丁书成在县城，用何族长、易族长的头颅为牺牲的军警官兵祭奠，并举行易家寨殉难官兵追悼会。

杨青云离开时要求丁书成在周边县保警队配合下，继续追捕暴动者，但后来一件又一件接连发生与政治有关的大事，让他将这单纯的暴动扫尾工作丢到了脑后。

第十一章　波谲云诡

1.逆子败家

廉有荣来到廉杰才面前，刚喊了声父亲时，廉杰才就从椅子上跳起来，抡手就给了他一耳光，骂道："你这个败家儿！"顿时，他两个鼻孔都有血流出来，滴到了地楼板上。廉杰才接着向他打第二掌时，他退后一步，廉杰才转了半圈停下来，险些跌倒，随即操起屋角的棕扫把向他横打过来，吼道："老子今天打死你这个败家儿，当没有生你！"

廉有荣抹了一把鼻血，将扫把抓住，使其只能上下左右小幅摆动。廉杰才边骂边拽，最终只得气喘吁吁地放手。廉杰才转身又操起茶几上的茶杯向他掷去，他头一歪，那茶杯碰到柱头上发出啪的一声，杯子碎片散落在楼板上。廉杰才又向他扑来，他一掌将父亲推开，使其后退坐倒在椅子上，转身离开了地楼屋。

廉杰才在椅子上目不转睛盯着板壁，骂了一会儿报应杂种，低头盯着双脚生闷气。

廉有荣到省城读高中那年寒假回来，召集一批青少年，宣称卢沟桥事变是国民政府"攘外必先安内"的结果。

廉杰才指责他，读书就好好读书，不要道听途说，妄议国家大事。好在他也没有当场顶撞。

廉杰才认为，包括他接下来在省城参与抗战宣传、游行，这些都是年轻气盛的行为，也不是很在意。可与江县长的争执，现在回过头去看，明显感到廉有荣变了。

有次他和张礼同争执谁是抗战中流砥柱问题。

张礼同说："这是明摆着的事实，谁消灭的鬼子最多，谁就是中流砥柱。"

廉有荣反问："按你这说法，'运筹于帷幄之中决胜于千里之外'的张良的功劳不如在前线杀死成百上千敌人的某个士兵？"

"那倒不是。但这是驴唇不对马嘴的事。"张礼同嘲笑道。

廉有荣对他的嘲笑不以为然，继续说，"如果中共不坚持以抗战为出发点，制定统一战线策略，不以博大的胸怀促成西安事变和平解决，趁机促成统一战线，而是坐山观虎斗，让国民党军队打内战。就算中央军能干掉东北军，双方得伤亡数十万人吧？至少没有了武汉会战消灭日军有生力量从而形成战略相持伤亡的军人。这还不是简单的加减法，如果因此导致各个派系各个党派的军队互相争战，全国一盘散沙，哪还有力量在全国各地抗击日寇？"

眼见张礼同被问得哑口无言，用哆哆嗦嗦的手指头老半天才从烟荷包里掐断一匹叶子烟的廉杰才，大声呵斥廉有荣："你这个惹祸的包包，你给老子滚出去！"

廉有荣看到廉杰才在操大烟杆，站起来准备离开，嘴巴却在急切地说："是他们在最大限度地动员全国军民共同抗战，是他们开辟敌后战场建立抗日根据地，是他们有理、有利、有节地击退国民党的反共摩擦，巩固和壮大了抗日民族统一战线……"

"你个杂种私儿还要胡说八道？老子打死你！"廉杰才挥起烟杆向他打去时，廉有荣后退一步没有打着。他挥起烟杆向有荣掷去，向门口快步跑去的有荣从身后将门一拉不见了身影，那烟杆撞在门上跌落下来。他气得指着门板骂道："你个不知死活的东西，不要认为你张叔是吃饱饭了撑的，你哪天因为吃张家饭干李家活把脑壳耍落了，才晓得你张叔的一片苦心！"

……

为了让廉有荣悬崖勒马，廉杰才警告廉有荣，杀不完的猪，读不完的书，毕业了就回家，不要在外惹是生非，祸害自己不出奇，还要连累家人。他毕业回来后不准他外出，张罗给他结婚。他扯谎说已在学校谈了女朋友，就是那年暑假和其他同学一道来这里做调查的姑娘。

廉杰才断然拒绝道，"不说已经给你订了亲，就是没有，那种男不男女不女的头发，穿着半截裙子，露着半截脚杆，随便与男的外出，还与男子嘻嘻哈哈的姑娘，送我家做媳妇都不要，不要把我廉家的家风带坏了。"

廉有荣没有坚持，但提出一个条件，如果要结婚就必须分家，那四处田庄，他得分一处，不然宁死不从。

廉杰才想，树大发权，儿大分家，这些早迟都是儿孙的，就喊廉有富将四个农庄用现洋弥补的方式搭配相当。廉有富不得不较为均匀地搭配，写成阄子，按父亲的意见，由其他三个兄弟先拈。

廉杰才事先已声明，二儿媳不管抓得何处，在廉有贵没有回家之前，与小儿子廉有华成家后一样，都得等待两个孙子结婚成家后，再交付分家协议。之前，涉及有贵家的所有吃穿用度，均由他负责，积存多少，都将在交付分家协议时一并移交。

廉有荣抓得了云岩关廉氏农庄；龙阡廉氏农庄被二儿媳拈得，今后由两个孙子享用；刚置三年的钱家廉氏农庄，归了小儿子廉有华；剩下一颗阄子为龙泉廉氏农庄，自然属廉有富所有。

住房每家一栋楼，商号、典当行由廉杰才经营，待他百年归天后再按遗嘱分配。

廉有荣婚后三天陪妻子回娘家，他回家五天后，去接妻子的人回来说，他妻子不回来了。廉孟氏派去问媒人，媒人说，有荣嫌弃她，不与她同房，问原因也不说。

廉孟氏亲自上门问儿媳，儿媳红着脸不说。亲家母在旁说："有荣说有仇家要他的命，保不准哪天就让我姑娘守寡了，留她清白之身今后好嫁。"随后板着脸数落，"这有荣是害我姑娘呢，结婚前退了这门亲事，她不是黄花闺女在旁人眼中也是黄花闺女；现在过了门，休了，是黄花闺女在旁人眼中还是二手货。总不能让后来的女婿满街去向人说吧？说了又有谁信呢？俗话说了，嫁鸡随鸡嫁狗随狗，嫁根捶衣棒背着走，母凭子贵、妻以夫荣，只要有个一男半女，守他一生也有个盼头……"

廉孟氏在亲家母数落完坐下喘着粗气时，说儿媳跟着她回去，后面的事由她来安排。

回来她将一包药粉交给儿媳，晚上给有荣泡茶时放在里面，如果同床了就不能再用了。晚上廉有荣喝下她泡的茶后，不一会儿全身燥热，下体膨胀，看着方桌对面油灯下纳鞋底的妻子，脸色红润，感觉比往常美艳。他放下手中的书，走过去抽下她的鞋底甩到桌上，将她抱起来丢到床上，脱得一丝不挂，自己也急不可耐地将衣服扯下，抛到床头。

廉有荣说那女同学是女朋友是假的，他早前暗示过，对方间接但也无误地告诉他，在城市成家比农村吃穿住行都有品位，如果他父母能在重庆给他们买一栋房子就答应嫁给他。他也不是嫌弃妻子的家庭和品貌，虽说难以门当户对——这在全县难找，但对他而言也是较般配的了。他担心她成寡妇的话，也是内心真实的想法。

刚收割完麦子，就传来廉有荣将云岩关廉氏农庄以一万大洋卖给王天堂的消息。廉杰才问有荣妻子，她说："有荣说在重庆读书时，进校将学费和生活费用来赌输了，在地下钱庄借利息钱上的学，想通过节约家里寄去的生活费还账。钱庄用一半进行抵押，还扣除了一个月的利息。"

利息按借款全额算。第一个月利息不很高，只有两分——事实上相比四分还高，但借款合同上写得明白，如果三个月后不还清本利，余下借款利息将翻倍；六个月后未还部分，在上月利息的基础上再翻倍，依此类推。

半年后，钱庄老板喊他另行借款归还本利，那样利息就少一些。半年后他发现，本利越滚越大，已经无力偿还了。钱庄伙计转告他，按规矩，如果实在还不上，也不要他的命，挑一根脚筋可以抵两千，手筋同价。自己的舍不得，也可以用父母妻子儿女的替代，或烧毁同等价值的房屋也行。

他问妻子愿不愿意替他，她全身颤抖着摇头。好在他走时给她留了一百块大洋。

廉杰才去问王天堂，说这么大的事，怎么也不给他说一声。

王天堂告诉他："有荣说，如果要救他一命，不给一家老少惹祸，就请行善积德将这农庄买下来。我也曾劝他，跟你父亲求求情，家里不是拿不出这万把块大洋。他说，这恐怕不行，家都分了，其他几弟兄肯定有意见。再说，这事儿让我父亲知道了，自己被整一顿事小，怕父亲和大哥以家大势大，与对方硬杠，到时命丢了还找不到凶手是谁。只好依了他。当时手上没有钱，东拼西借只凑了一万。

王天堂嘴上说的是实话,但能便宜收回祖上田产,感觉还是很有脸面的事。

2.游手好闲

腊月间,廉有荣带回一位教书先生,名叫余中兴,被他带到青龙坝姑父古福贵家,推荐到私塾当先生。廉有荣说这是他在重庆读书的那所大学附中教副课的老师,家里做生漆生意,一船货在乌江漩水沱撞岩,船毁人亡,亏大了,还欠了一屁股债。屋漏偏逢连夜雨,船迟又遇打头风。你看他这长相就冤枉他了,何况他已有家有室。因此,其他学校也不敢接收他。现在出来找点事做,能有余钱带回去够家人糊口就行。

古福贵见这人话虽不多,却显亲近温和。说到《三字经》《千家诗》《增广贤文》中的上句,没有接不上下句的。有这人做帮手,自己就不会那么忙了,更不会有事就放假,耽误学生上课。

廉有荣对姑父介绍:"余老师不但熟读古书,就是开设乡小学的所有课程甚至县中学的语文新课,也会教得有板有眼,你这私塾肯定能红火起来。"

"那他怎么不去县城教书呢?"古福贵狐疑。

"你还不晓得我父亲?看到我影子就想喝我的血,他认为我的朋友都是狐朋狗友。"廉有荣双手一摊道。

古福贵忖度,这人其貌不扬,妻子包玉英红杏出墙,也是不可能发生的事。就说,如果余先生能屈就这里,那是求之不得的事。报酬按青龙乡小学老师的标准算,只是得一半付粮一半付钱。余中兴连声称谢答应了。

不觉间过了春夏,有一天,古福贵说去田间望水。就是田中少水或无水了,将沟渠中的水引进来。余中兴和廉有荣说跟他去走走。

稻田夹护的小路上,被牛蹄踩出的窝窝凼凼,使路面变得坚硬不平。水稻已经开始抽穗扬花,古福贵举锄将沟边堵塞溪水进田的石块泥巴掏开,手杆粗的溪水就哗哗流进了浅水田中。

廉有荣问,这田里的水都还没有干,再放水,今后打谷子时就难干了,接下来种麦子、油菜也困难。

古福贵笑答："你一天肩不挑手不提、衣来伸手饭来张口，这都不懂。这天气没有顺秋，沟中的水已经很小了，如果再干一段时间，谷穗谷粒渐渐饱满，弯头时缺水就会爆秆，谷粒就饱不了米。现在掺水，能保证灌浆，待谷子黄后将水放干，挞谷子时下田不就利索了？"

"姑爹，"廉有荣问，"两个表妹谈亲事没有？"

古福贵愣了一下，见他没有戏谑的意思，就说都还小。

"姑爹，我说句你不多心的话，这包姑姑四五年了没有生个表弟表妹，今后谁来给你们养老？我说，你不如招个女婿上门。"

古福贵看了他一眼没有回答。这个问题他想过不下千遍，只是没有从嘴里说出来而已。不是说两个女儿年龄不大，主要是十七岁的大女儿古成梅心性高，有几个媒人上门提亲，她不是嫌人家不富，就是嫌男方长得傻头傻脑的，还要求身高比她高过一头。青龙坝的男孩总体在五尺左右。她本身就有四尺八，哪容易找到门当户对，比她还高五寸以上她又看得上的男孩？另听她常挂在嘴边"远是亲戚近是冤孽"的话，是不可能为她招婿上门了。而次女古成兰今年才十五岁。

再说做上门女婿的，不是家中弟兄又多又穷，就是父母双亡，抑或身体带有残疾。对提及成兰亲事的媒人，他都以年龄还小回绝了。他还在看，如果妻子生下儿子，就不存在招婿上门的问题，越来越让他焦虑的心病是，妻子至今没有怀上一男半女。

他故意回答："招婿上门？你两个表妹都还小呢。"

"表妹确实有点小。"廉有荣将话题转移到长工身上，"颜河义去哪里了？"

"上山割牛草去了。那四头牛，一天要吃四五挑草。"

进入夏天，农村都是将牛关在牛栏里喂，不让其损害庄稼，更重要的是沤渣粪，挑到田间地头，夏天栽红苕，春来肥稻田。他不知有荣是有意还是无意，这颜河义已满二十五岁，之前想过招他为婿。他还算忠厚，也是个知恩图报之人。但成梅不会同意，成兰倒是喜欢他，小时背她，长大了也是颜哥长颜哥短的，做管理庄稼打猪草时，他都护着她。再说这小女儿心地好，用来养老送终可靠。可惜两人相差了十来岁。这还罢了，难题是族人没有先例。就算不顾这些，那也是被人低看一等的事。

还想过将颜河义抱为养子，但是如那样，这份家业就真正是给外头人了。再遇到又无血缘的儿媳不孝，就会鸡飞蛋打，老来无依。也因此，当有人牵线让颜河义去某家入赘，或是与某寡妇成家时，他都说，他家还需要劳力，再等两年。来人也不好说什么，毕竟是他家救了颜河义的命。

"还是招个女婿上门好。"余中兴说，"毕竟是自己的女儿，老了有个三病两痛，他们不会不管的。"

"孩子还小，这事过两年再说。"古福贵算是婉拒再讨论这一话题。他心想，他和包玉英都年轻力壮，找孟医生看过，说两人身体都没有问题，只是建议他将鸦片瘾戒了看看。他试了几次，烟瘾来时比要命还难受，也就时断时续了。孟医生说，戒了都要待一年半载后看看能否怀得上，他这隔三岔五的，当没有戒。他想，事情都有特殊的时候，何况吸烟后精力更旺，也就没有坚持。

"我听那些从战场上放回来的人说，共产党来了要将田土多的分给没有田土或田土少的人耕种。"廉有荣扯起了另一个话题。

"我都想去坐垭口哟。"古福贵转颈对廉有荣撇了撇嘴，"不是撑船手，不要摸桡杆。你一天少去四处胡说八道些，你不怕惹祸，也要为你爹妈和媳妇着想。"

"我是说，如果你将田地分些给颜河义，也是个办法。"

"你说得轻巧，这田土是我的呀，是几辈人精打细算积攒下来的。"古福贵为了截断他的话说，"这些事你就不要操心了，老子自有分寸。"

"颜河义这些年，用工钱已买有十来亩田土在名下了。"古福贵想，最好的办法，是在老宅上面土中另立一栋房子，送给颜河义，再送一些田土，最后将成兰嫁过去，而不是招婿上门。将来包玉英如生下儿子，大部分家业还在手中；万一没有生育，女儿女婿这两人也不会不给自己养老送终。如此，进退两便，面子里子都有了。

"有荣，清官难断家务事，哪家都有本难念的经，何况你是晚辈，少谈这些。古先生自会安排。"余中兴插话。

"嗯。"有荣点头。

"按你这说法，我当这个保长更危险，不如辞掉。听说他们给国民党办事的都要杀头。"

"这倒用不着，听说他们只杀作恶多端的。再说有姑爹这顶帽子罩着，我们走南闯北方便多了。"有荣笑答。

"我在重庆时也听说了，那边对待国民党的党政军人员，不管是当官的还是一般人员，归顺了只要不再反对他们，都不予追究，甚至还有起用。"余中兴补充说。

"那是在天边的事。我们这些老百姓，随大妈是吃饭，随二妈也是吃饭。我只是担心土匪，收点保护费什么的还不很要紧，怕的是不问青红皂白烧杀抢劫奸淫。"古福贵说。

"这可不一定，真的到了那天，共妻倒没有听说，如果人家来共产，你这上千五六百挑粮食的田土怕是保不住了！"

"千年田地八百主，又不是针对我一个人。"古福贵拄着锄把看着远处的田畴回答。

"没想到你还挺想得开。"有荣又说，"姑爹，我去弄些枪来，在你这里成立个护寨队。平时大家做活路，晚上安排人放哨，除了李甲，其他零星土匪就不敢来动你了。"

"你狗日的皮子紧，又在讨你家老子打了。"古福贵说着笑了起来。

"嘿嘿，这个你不管。"

"我当然不管。又不是打我家崽崽，不心疼。再说，想管也管不了。"古福贵有意将廉有荣说不管他如何弄枪的事岔了开去。

王天堂校长得知余中兴是乌江中学吴焕跃老师的同学，就对吴焕跃说教私塾学生年龄大小不一，文化水平参差不齐，学生不多报酬也少，可以到乌江中学教国文。

王天堂请吴焕跃去青龙坝请余中兴，吴焕跃回来对王天堂说："余老师说，他那文化，教私塾还马马虎虎，教中学，肯定是误人子弟了。"

余中兴来中学找吴焕跃玩时，王天堂又劝他。他说，自己与吴焕跃虽然是同学，但在校成绩永不如他，更没有他那股上进好学的钻劲，依然没有答应。

再后来，他进城来赶场或来看望并住在吴焕跃处，甚至请王天堂一起进饭店，都没有再提起这事。

戴一副像小泡粑那么大眼镜的吴焕跃，喜欢打鸟，每到星期天或无课，就背着鸟枪上山了，打着打着，有时就去了余中兴处。

廉有荣一次吃饭时对王天堂说："王叔，你多多安些田买些地干什么，如果共产党来了，把你的田地分了你不是白忙活了？"

项庄舞剑意在沛公，廉杰才一听，这话分明是说给他听的，将酒杯往桌上一杵说："老子就是共产了也不会再拿一分钱给你去闲逛！"随后骂他，"你个浪子败家儿，给老子滚出去，不要回这个家了。"

他反问："你说的是真的吗？是真的我保证不回来了。"

廉杰才骂了声"你这个孽障"，举起酒杯就想掷过去，但随即像斗败的公鸡，双手垂下，耷拉着脑袋靠在椅子上喘粗气。儿媳挺着大肚在院内走动的身影，在他脑中挥之不去。

王天堂趁机劝道："算了算了，老三大树底下歇凉长大，年轻不懂事。当家才知盐米贵，养子方知父母恩，以后有小孩了，就明白父母的苦心了。"

"我也不知怎么出了这个报应儿。"廉杰才道，"老大于公于私都做得好；老二前两天写信来，说已经当上少校营长了；这老四，你是看到的，在学校成绩也是上游；本以为这老三读到大学毕业了，比其他几弟兄有出息，能光宗耀祖，谁知他要给祖宗抹黑。"

廉杰才继续倾诉，"这败家儿回来后不说干农活儿，喊他到中学或小学上课，他说做孩子王烦人；丁县长同意他去政府做秘书，他说整天坐着写写画画缠人；你喊他去云岩关农庄做管家，他说睹物思情伤人。整天骑着马，去找余中兴、吴焕跃这些外地人吹牛，甚至去周边县，十天半月不回家"。

廉杰才醉酒后带着哭腔责骂廉有荣的事，王天堂早就听说过了。他还给他姑爹带去负担，时不时介绍过路的朋友去那里吃住，有的逗留三五天，有的住上一两个月。不管白天夜晚，刮风下雨，只要有朋友来，都要求他姑爹煮饭招待。衣服湿了脏了破了，喊人帮他们烘烤、洗补。好在他的朋友都开了饭菜钱，他姑爹也没有过多埋怨。

让人哭笑不得的是，廉有荣出去时穿的是妻子做的新布鞋，缝制的新衣服，可回来时，脚上穿的鞋是"鱼张口"，甚至是旧草鞋，身上的衣裤，不是补丁缀着补丁，就是破如渔网。很明显，这都不是他出门时穿戴的。问他是怎么回事，他或说在河边洗澡时被抢，或讲在客栈睡觉时被偷，或道在街上抛骰子输掉了。妻子嗔怪之后，继续为他做鞋缝衣，两个嫂子也不时帮忙。

廉杰才坚持不给他一分钱，也喊儿媳们不要管他。他说那些都是扯谎的，特别是说在路途被抢，抢他那衣服不抢马？十有八九是送人穿了。有荣媳妇口中答应，行动上依旧。他估计儿媳手中的钱用不了多久，娘家也不可能有闲钱来填这无底洞。至于他说那些同学朋友，现实是有钱有酒多兄弟，急难何曾见一人？相信要不了多久就会厌烦他，让他无路可走，到时他不找钱过活都不行。

入冬，也不知廉有荣给廉有富灌了什么迷魂汤，廉有富居然将保警队的枪支送了十多支给他。廉杰才听说后生气地埋怨廉有富："瓦罐不离井上破，将军必在阵前亡。之前之所以不主张你姑爹出来做事，能用钱买平安，就不要用枪来保平安。强中还有强中手，一山更比一山高，靠那几支枪能干得过土匪？"

有富解释："那些枪或多或少都有些毛病，在库房里堆着也是堆着，做个顺水人情，他能找到人修就修，修不好也怪不到我。"

3.暗流涌动

像牛维富主动当兵这种事，入秋后没有再在乌江县发生，层出不穷的，都是其他让政府官员越来越头疼的事件。

先是抓壮丁之难，主要是上面分配的名额越来越多，符合条件的兵源却越来越少，更有逃跑的。不过，只要将年龄条件放宽，只要及时兑现提供线索者的报酬，就不难完成任务。即使遇到反抗，也不过是一家一户的问题，只要对其家人惨打恐吓，很少有人忍心让父母遭受酷刑不主动回来的。

现在的难题是，不管是白天还是夜晚，去抓时基本上都扑空，本已打听在家，可父母却说已外出多天没有音讯，不知是死是活，又不好找通风报信的人对质。据线人报告，他们成立了抗丁小组，三三两两互相换工干活儿，抓兵的人来多了就跑，来得少就同他们干。很多时候，上头要抓多少兵，什么时候来，抓哪些人，都能事先得到信息，通知被拉的人赶紧跑掉了。

青龙坝的胡国华，线人报告中午在家，可晚上去时，只有他老婆小孩围坐在灶孔前的火龙坑边，燃着疙篼烤火，问胡国华去了哪里，他老婆说，有半个月没有回家了。本想将计就计，将他十六岁的弟弟抓走，可也不见人影。

有时已经堵在家中了，可待要抓走时，全寨老中青年瞬间就围过来，将派去的治安兵和保长围在中间推搡，只得狼狈不堪地返回。基本上由当地人组成的区乡治安兵，多是贫困人家的子弟，也下不了狠心开枪，当然，也怕开枪了自己难以脱身。

本可以派出保警队杀鸡儆猴，可鉴于外省多地县城闹暴动，上面要求保警队守护好县政府等首脑机关，不要轻易离开县城。要求各区乡充分发挥线人的作用，采取夜袭或"回马枪"等策略，抓他个出其不意，抓到后马不停蹄送进县城。可现实是，感觉对方像长了千里眼顺风耳一样，区乡官员和治安兵空手而归。

第二件让区乡官员头痛的，是青龙、双龙、江边等乡的农民，以干旱严重，粮食歉收，生活极端困苦为由，抗粮抗捐。如果是个别或少数农民，即使提刀动枪杀对抗征收人员，也不足为惧，乡治安兵即可将他们制伏。但现在是连片的村寨不交，甚至整个堡的人集体反抗。

反抗的理由也不能说不充分，首先是先涝后旱，粮食收成大减，没有余粮可交；其次在民众生存艰辛之际，县政府还公布征粮新办法，按人按田都增加了五成，十家有七八家都得靠高利贷过活。农民提出按往年核定的货币交税，政府不同意，说只能按上年核定的折粮计征实物。政府肯定不同意了，前年一百元法币还可买两枚鸡蛋，去年就只能买一枚鸡蛋了，现在只能买三分之一个油炸粑了。

青龙乡乡长史启发派治安分队五人前往青龙坝牛家寨催粮。在牛维富堂伯母家，几个治安兵端起枪来对着她，扳动扳机威胁她限期交粮，不交到时就将她捆到县里。

治安兵走到青龙洞前，从庙中走出五个年轻人，站在路旁让治安兵路过时，几乎是同时，每人抓住一个治安兵枪管朝后或向侧猛力一扯，五个治安兵或往前扑，或往侧翻，被迅速打翻在地。他们用脚踏着治安兵的身体，用枪尖抵住治安兵的胸口，说今后凡来抓丁催粮派款，就要他们的小命。治安兵鸡啄米似的点头，说再也不敢了，然后爬起来，像被野狗追咬一样跑上了青龙山。

丁书成震怒，派出一个分队的保警兵，到青龙坝将此前抗粮抗税的人家抓了十来人押走。可这边才消停，其他地方又此起彼伏。保警队没有那么多警力在乡下坐镇征收。

抓兵、征粮、派款，这是前线补充兵源和解决供给所必需的。更让他坐卧不安的是，这种集体性反抗，背后一定有人指使，否则是不可能的。

背后这人是谁？不可能是当地有组织能力的区乡保长，即便是，也不可能四处开花。上面判断，区乡官员中也有"内鬼"。

丁书成当时不以为意，他们不可能在这崇山峻岭的农村掀起什么大浪，而县城的保警队和集镇治安队的领导权，牢牢掌握在县长、区长手中。

一波未平一波又起，冬至刚过，乌江中学发生了闹学潮事件。

星期天的早晨，乌江中学百多名学生，聚集在校园边的猪圈前，猪圈里是王天堂喂的七八头肥猪和架子猪。他们用石头架起一口大铁锅烧开水，将圈中的肥猪赶出圈门，拽的拽耳朵，抓的抓猪脚，提的提尾巴，按在课桌上，持刀向猪喉咙捅去，那血就喷涌到地上的木盆中，用来做血旺吃。

他们接连杀了四头，在猪蹄上戳一个口子，用铁杆穿进口子，从皮下捅向全身，再用嘴将猪吹胀，用棕叶拴紧，放在铁锅中的开水里，用葫芦瓢舀水淋透后，用刀刨猪毛，挂在树枝上开膛破肚。白花花的猪肉一时摆了一地。

王天堂在家中接到消息，赶到学校看到黑压压的人群，质问为什么要杀他家的猪。学生七嘴八舌地问他，这猪不是学校喂的吗，怎么成他家的了？

他说："猪圈是我建的，猪崽也是我买的，喂养也是我负责在喂，怎么成学校的了？"

学生反问他："你那猪圈还在那里，你随时可以搬走；猪是谁在喂？是食堂的工人；食堂工人是谁在开工资？是学校；猪食是哪里来的？是全校师生吃下的剩饭剩菜。最多是用了你那猪圈。你每年种庄稼从这里挑走的粪水，足够付你的租金了。至于你那猪崽钱，圈上那几头百多斤的架子猪，你可赶回家去，就不收你的猪食和人工费了。"

王天堂跑去向丁书成告状。丁书成劝他息事宁人。他说这不是几头猪的归属问题，是有人撺掇要造反。丁书成只好安排正在政府办事的廉有富和他去保警大队，带保警兵去制止。

他去保警大队。

有人在校门口高喊，保警队来了。只见廉有富带着二十多名保警兵，排成两排，像平常做操一样，已小跑进校园。

此时，四头肥猪已分割成条块，内脏已清洗完毕。聚集的四百多学生，三百多看热闹的群众，见保警队没有带枪，胆子也大了起来，形成了一堵人墙，将猪肉挡在身后。

廉有富挥动双手喊大家安静，质问为什么擅自将王校长的猪拉来杀了，这是土匪行为，立即将猪肉交出来，既往不咎，否则将按抢劫罪论处。

大家自然不愿意将猪肉交出去，保警兵往前走，准备去提猪肉，两边的学生和围观的人群，聚集过来。众怒难犯，在这种气氛里，平常有些敬畏保警兵的不再畏惧，学生和围观的人组成了人墙。

保警兵为了抢肉，强行分开人群向前。学生和围观的人群，尤其是背对保警兵的人，坚决顶住不退让。在双方相互推搡中，保警兵很快被围了起来，四周的学生群众，一会儿将保警兵朝东边推，保警兵就往东边移动，一会儿又将他们往西边推，保警兵又向西边移动。推搡中，二十多名保警兵逐渐被人墙分隔开来，首尾难顾，互相不能照应。

人群开始对分割开来的保警兵"炒菜"，一时间这边推一把，那边拉一下，一些人甚至暗中用力，脚下悄然使绊，在大声喊叫中，把多年来对保警兵平常趾高气扬的怨气撒出来。几个回合之后，保警兵有的衣服扣子被扯掉，有的鞋子被踩脱，有的脸上被抓伤，有的满身是土。

当跳到场外的廉有富举枪示警时，推搡的人有的往后退缩，有的开始悄悄溜掉，但学生特别是之前站在前面的学生，依然恢复到之前与保警兵对峙的位置。猪肉仍然在他们身后。

这时，前来观看热闹的吴焕跃，将廉有富拉到一旁劝道："上面一再强调后方一定要团结和谐，此时大家都在火气上，万一造成学生伤亡，丁县长和你，包括王校长都不好交差。"又劝王天堂，"不就是几头猪吗，就当蚀财免灾了。当然，买猪崽的本钱不能不给，倒不是几个钱的问题，是情理面子问题。"他又到学生中提出给王校长一头猪肉，算是猪崽钱。学生不同意，看在吴老师的面子上，只给半边猪肉。

吴焕跃走回来问王天堂的意见。王天堂想了想挥手对学生说："不就是几头猪吗，那能管几个钱？那半边肉我也不要了，大家杀来吃就杀来吃，就不要为这影响我们师生之间的感情了。只是开始听说后心里不舒服，大家要吃先给我说一声就是了嘛，这样背着干觉得没有面子，心里一急，今天说的有些话，做的有些事，对不起大家了。"

王天堂说完，拉着廉有富的手说："廉中队长，走，我请客，喊上兄弟们，到丁朝忠饭店喝两盅。"王天堂又侧身对吴焕跃说，"吴老师，请你作陪。"

4.暴动失败

丁书成正在焦头烂额之际，乌江县城发生了暴动。

元宵节深夜，炸龙活动结束，不管是参与炸龙的还是看热闹的人，都已回家休息，维护治安秩序的保警队，紧张的神经也松弛下来。整个舞龙活动，只剩正月十六白天，舞龙人员到初九请龙出海的地方，将象征龙骨的竹篾圈烧掉，以示送龙归海就结束了。大家放心地回到营房休息。

此时，和往年一样，热闹过后的街道，尽管月明如昼，却比平常的月夜显得异常宁静，行人极少，远处不时传来两声犬吠，划破夜空的宁静。

子夜时分，城郊三声鸡叫不久，县政府大门外传来哨兵喊"有土匪"的声音，随即响起枪声。枪声停息，哨兵被打死。不一会儿，大门被木棒撞击倒塌。此时，东江街、北江街保警队营地也枪声大作。睡在政府办公室的丁书成惊醒，心想完了。

十天前，省政府来电告诫，严防土匪利用节假日防备松懈偷袭。以为整个春节都无事，元宵已过，看来土匪不敢在太岁头上动土，可以高枕无忧了。谁知城中两个保警中队刚撤走警戒，就发生了意想不到的事。

丁书成从枪声的疏密判断，进攻县政府的有二三十人，而守护的保警兵只有一个班，即使全部醒来抵抗，也是杯水车薪。东江街和北江街两个保警中队营地，一边临江后面靠崖，前面和另一边是高墙，土匪仅靠枪弹不可能将那里攻破，但要想冲破阻击增援县政府，也是困难重重。

他急忙起床，丢开丝绸长衫，穿上中山装，蹬上布鞋，戴上眼镜，将头发分向两边，看上去像个秘书之类的人员。他安排卫兵从大门出去看看。卫兵出门，刚拉开枪栓，就被冲进来的甲鱼脸开枪打死了。那支德二式步枪和十几发子弹落入其手。

甲鱼脸左脚踏在门槛上端枪指着他问："你是谁，丁书成在哪里？"

他判断对方不认识他，就指了指后墙的木栅门说："我是张秘书，丁书成从那边跑了。"甲鱼脸带几人追了过去，他从大门出来，钻进小巷，沿岩壁的溶洞小道，走进了保警大队部。

丁书成的到来稳定了警心。他召集副大队长和中队长指示，"只要坚守，对方的耐心和枪弹都会耗尽，驻守在云岩关的廉有富听到枪声定会率队前来增援。咱们天亮后再反击"。

鸡叫三遍时，进攻者的枪声明显稀疏，云岩关的警队也打着枪壮着胆，沿着石梯向县城赶来。丁书成要求保警队出击，能抓活口抓活口，凡欲抵抗者格杀勿论。

天亮，通过清点确认，丁书成向省政府和锦江专署报功，经过保警官兵顽强抗击，乘胜追击，平息三百余土匪的偷袭，打死土匪十一人，俘获十五人，保警兵牺牲十二人伤十九人。死伤人员主要是县政府警卫班，刚起床端上枪，还未走出门口就遭遇了土匪射来的枪弹。

省政府回电：勿杀俘虏，听候处置。

当天，杨青云旅长自告奋勇率领警卫排，护送省里的特派员符朗星，乘汽车于次日凌晨到达乌江县城。符朗星听取汇报后说，"一块砖砌不成墙,一根木头盖不成房；发现一只蟑螂，说明他们已有一窝。找出他们的同伙特别是背后的教唆者是当务之急"。于是安排立即提审被俘人员。

提审被俘人员时，符朗星发现他们多数受了伤，除了牛维富是分队长，其余都是一般土匪。问受谁人指使时，都说是某某某或某某，这些匪首，除了李甲，多是在前线被俘遣返的小军官，都是耳闻或目睹过的，价值不大。

问为什么暴动时，有的说是打下县城可以当保警兵，有的说论功行赏分大户的钱财。

审讯牛维富时，问他受谁指使，告诉他只要老实交代，不但给他医治腿肚子上的枪伤，还将奖励他十块大洋，送他平安回家。

牛维富交代说，他从部队逃回后，不敢回家，东躲西藏。他父亲被放回后的第二天半夜，他和同伴潜入家中。父亲见罢大惊失色，喊他赶快离开，不然将与他同罪，这房人就绝种了。他俩带着父亲给的一块大洋，投奔了李甲。

牛维富后来得知，李甲和尚山卒分开了，李甲已有上百人，不想再做尚山卒的手下，送了一些枪支给他，并将他的几名心腹交还给他后，就去了青龙乡通往沿江县交界处的山间占山为王。也不知怎么和其他几股绿林武装联合上了，就来攻打县城。李甲说，暴动成功后，可留城数日，开仓放粮，在经济上、武器上都可得到补充。如果城中两个中队久攻不下，只要攻占县政府，杀死丁县长，就算取得胜利，撤回武装人员。

炸龙活动激烈时，他们进入城郊分散隐蔽，约定鸡叫三声后——那鸡叫是口技，部分人攻打县政府，余下人员分成两队，分别攻打东江街和北江街的保警队。李甲有上百人，五十多支枪，十多颗手榴弹，子弹上千发。李甲用一支新的三八式，有子弹五十多发，火力较强，担任主攻任务，一部攻占县政府，一部协助攻打保警一中队营地。杀声四起，惊动了警队，打乱了先前封门夺枪的部署。

云岩关警队增援后，牛维富迷路，碰到云岩关下来的警队，被打伤右腿，其他人则往北江街那边山上跑了。

由于牛维富交代的可信，符朗星说愿意放他回家，今后有人组织抗丁抗粮抗捐时，他得给县里通风报信，这样不但能将功补过，还有奖赏。但如果还参与这类对抗政府的活动，罪加一等。

牛维富满口答应，还写下了保证书。心想，如果李甲等人找上门来，那一家老少的命都难保；即便不如此，也不想再去冒险了。他越想越后怕，子弹不长眼睛，这次险些小命都丢了，还谈什么赚钱蚀本！于是瘸着腿去沿江县乡下做工去了。

符朗星指示，接下来先将抓获的暴动人员拉到沙滩公开处决，以儆效尤。县保警大队将没有提供重要线索的俘虏押到沙滩处决，将一些人的头悬在柳树上示众。

符朗星同步部署，对参与暴动的立即抓捕、审讯；凡提供有效线索的，奖励五块大洋；凡参与抓捕的，每抓一人奖励五十块大洋。涉及匪首的，奖励逐级加倍。五天后，史启发将负伤的两人俘获交给丁书成。审讯中，一人坚贞不屈，骂不绝口，刽子手用杀猪刀蘸上盐水，割一刀问一句，一直割了二十多刀，直到他骂不出声。

与此同时，在各区乡贴告示，已知逃跑者家属，要么交钱赎罪，要么烧房。不少人家拿不出赎命钱，茅草房被烧毁。

符朗星批评丁书成，作为身兼党部主任和保警大队大队长的县长，之前的军事历练，使其临危不乱，迅速平息暴乱值得肯定，但将其归结为土匪暴乱是错误的。

前些年的聚众抗丁抗粮抗捐税，最多只有当事人及其至亲参与反抗，为什么去年以来出现聚众对抗？从这次暴动提审交代来看，参与暴动的，有县内的，也有县外的，有股匪，也有回乡军官组织的贫民。这些一盘散沙的武装，居然能够有组织有计划地行动，难道不是有人在统一指挥？能将这些散兵游勇统一指挥，不是约起赶场，也不是约起去吃酒席，没有三五个月是办不到的，谁有这能耐和心思？

符朗星分析，就算他们暴动成功，占领了乌江县城，只要杨旅长派出一个连就能收复。但它造成的影响，让省里长官的脸往哪里搁？在南京那里汇报本省是政通人和。现在好了，心腹之患的症状出来了，还不知道究竟是哪块内脏出了毛病。这种动荡不安给上下造成的恐慌，不是几句漂亮话就能掩盖的。

丁书成感叹："那我们下一步怎么办？"

"你是说乌江还是南京？"符朗星见丁书成没有回答就说，"南京的问题自有高层操劳，他们要想强渡固若金汤的长江天险防线，躲避明炮暗堡的阻击，比登天还难。至于乌江县这边嘛，来时省政府已经有安排。"说着他从公文包里取出命令，递给丁书成。

丁书成一看，上面任命符朗星为乌江县县长，他被免职。他也明白了，杨旅长带着一警卫排荷枪实弹到来，明的是震慑土匪，暗里是震慑他，促使他乖乖交权。

符朗星见丁书成沉默，就说丁书成将回省城卫戍司令部另有任用。丁书成听后表态说，坚决服从上峰安排，积极配合符县长搞好交接工作。其实他内心还求之不得呢，这次差点脑壳都搬家了，还当啥县长！

5.意随江水

符朗星忙完了急需处理的公事，才去廉府拜望岳父廉杰才一家，说些感谢他们收留叔父老少的话。

"一家人莫说两家话，本来是劝他们留在这里，送些田土给他们过活的，他们还是想叶落归根，抗战胜利那年初冬就回去了。"

"叔父在信中都说了，很是感激你们。"符朗星说，"至今后悔让他们带符原剑辗转去重庆，如果不去，就在乡下无非是粮税多交点，吃穿差些，或者来你们这里躲避，就不会有现在这伤心之事了。"

廉杰才安慰他，生死有命，富贵在天。人在家中坐，祸从天上落，在家也说不清会发生什么。上街有家三岁大的男孩，走路跌下两尺来高的斜坎，太阳穴触在石尖上，死了。下街有家十六岁的孩子，去东江街边的大石礅上跳水，脚挂在石尖上，头触在石头上，翻下江中后往下游漂，红水牵了好宽一条线，待打鱼的弄上岸来，脸色苍白，早已没有了呼吸。

"如果有原剑在，廉娈就不会走那条路了。"廉孟氏一次又一次用衣袖抹泪，像夏天的岩滴水，永远流不干。

"我明天去青龙坝劝劝她，回来过一家老少团圆的日子。"符朗星说。

"你们都还年轻，生个一男半女也不是不可能。"廉孟氏算是安慰符朗星的心。

"明天喊老大和你一道去。"廉杰才说。

符朗星像廉杰才一样默默地抽着烟。从了解看，廉妆好像真的遁入空门了，住进青龙庙已有六七年，平时吃穿用度多是古福贵派人送去，但她从不进他家吃住。父兄去庙里看她，留下些钱物，她也仅合掌称谢。问她吃住行，都说"很好"。自从何尼姑死后，那庙顶就很少冒烟了，似乎一餐煮来吃一两天。去年，她祖母去世，带信儿去，她也没有回家吊唁。

廉孟氏离开后，符朗星说："有些话在外人面前不好说，我怀疑有荣兄弟不学好。"

"管他私儿怎样去吃喝嫖赌四处浪荡，我当没有这个儿！"

"这些都是他个人的事，都那么大的人了，死活由他。我隐隐约约听到些风声，说他干的事，可能要全家老少的命。"

"你是说他之前说那些不利政府的话？"廉杰才停止了吸烟。

符朗星安慰道："说那些话的人多了去了，特别是那些喝了两滴墨水耍嘴皮子的书生，哪个管得过来？只要现在不再乱说，特别是不要去付诸行动，也是既往不咎的。"

他沉默了一会儿还是提醒说："你想过没有，自从他从重庆那边带回一些人后，乌江及周边县份都像暗流一样涌动。大哥被他忽悠送枪成立护寨队，那几支破枪能保护姑爹他们？我猜测他们的人不是少数，暴动可能也与他有关。暴动失败了，可能又在多方筹集准备建立武装。"

"等他提起脑壳耍，哪天把脑壳耍脱了就没有耍的了。"廉杰才谈起就生气，把放进口中的烟杆取下来丢在桌子上。

"他卖农庄的钱，并没有还什么高利贷。重庆放高利贷的就那几家，我派人打听过，如果有，我出面，还他们本钱，那就上对得起天、下对得起地了。可是，我多方打听，都没有这回事。我怀疑他将这钱送给那边的人作为活动经费了。"

廉杰才张大嘴巴说不出话。符朗星继续说："他接待那些狐朋狗友，送他们衣服鞋袜的。那些有准备的抗丁抗粮抗税，就是这些人在组织，包括这次攻打县城。"

"这些事，近两年来我也感觉蹊跷。"廉杰才双眉紧锁。

"还有一个怪现象，之前那些土匪抢劫客商，以零星过往客商为主，现在好像变了，除了老鹰岩的尚山卒，改为抢劫钱多物丰的商队了。"

"骂也骂了，打也打了，是法子都想尽了，他还是那死猪不怕开水烫的样子。现在连人影都难见得到了。"

"方便时我们都要找他谈谈，浪子回头金不换。"

"哪想家门不幸，出这报应儿！"廉杰才似乎带着哭腔地骂。

两人正说到这里，外面进来一个人，定睛一看，是蓬头垢面、衣衫破旧的老二廉有贵，一股淡淡的馊味从他身上飘过来。两人惊奇地站起来，几乎是同时问："你怎么回来了？"他说，他坐便车到双龙后，回家心切，在区长那里借了匹马赶回来了。

洗澡换衣吃饭之后，廉有贵简要说了自己的经历。他作为国民党军队少校营长，随军参与徐蚌会战，死人像割苞谷秆一样，一片一片地倒下。打到后来，他们被包围了，弹药也不多了，什么吃的都没有。空投的吃食不但少，还得看谁先抢到，抢不到的分不到，就动刀枪了。长官看这样不行，就投降了。他说："那边对我们说，需要留下当兵可以，要走的发给路费。和我一起的中尉连长张洪武说，他回来也无去处，就留下了。我从内战开始就厌倦打仗了，但又走不了。现在有了这机会，家里不缺吃又不差穿，就提出回家，他们发了两块大洋作路费。"

廉有贵回家给一家老少带来了喜悦，冲淡了之前的不快。符朗星提出，隔天几弟兄一起去青龙庙。

符朗星安排一个保警班保护，随有富、有贵、有华三兄弟骑马夜宿双龙，第二天一早经双龙河前往青龙坝。他们走进青龙庙，廉叟正敲着木鱼念经，那三兄弟各自称呼妹妹姐姐后，符朗星也喊了声廉叟。她睁开眼睛看了一眼随即又闭上，继续念经。符朗星张嘴又闭上，仰望着香樟木雕刻的观音菩萨走神。

廉有富站到门口边，看着远处田土间正要覆盖住黄土的麦苗。廉有贵跟随廉有华，去厨房找水喝。

她念经完毕，仍然闭眼问："各位施主，有何佛事？"

回到桌边的廉有华说："姐姐，父亲和大妈经常想你。"

廉殳像打了个轻微的颤抖，随即木然地说："各自保平安。"

符朗星说："回去吧，我回乌江来了，我们都还年轻，可以再有孩子的。"见她不回答又说，"你也不要想不开，原剑与我们前世有仇，他是来用感情报仇的。"

"情已无、仇已散。"她依然冷冷地回答。

廉有富指了指符朗星说道："他现在是乌江县党部主任、县长兼县保警大队大队长，上面给的薪水够一家人吃穿用度的。你二哥吉人天相，也回来了，四弟读书成绩也好。你回去，我们几弟兄送你们些田土，帮助立栋房子都不是问题。"

她说了句："苦海无边，回头是岸。"

符朗星问："你是不是还在记恨她，是她没有将原剑带好？"

"阿弥陀佛，仙家凡人各自有路。"她双手合十说。

众人看来无法劝转她了。廉有富摸出一摞大洋放在桌子上说："这是父亲和大妈给你的。"符朗星也悉数摸出身上的大洋和一沓拾万元法币放在旁边。

廉殳说："各位施主，心诚之物请放功德箱。"

廉有富犹豫了一会儿，将钱放在功德箱里。见大家无话就对廉殳说："我们去看看姑爹。你有什么难处，也可托他转告我们。"

但她似乎睡着了一般轻轻回答："小尼一人，粗茶淡饭，早中晚三炷清香，心内心外之物都丰足。"

他们走进古福贵家，此时古福贵午觉醒来，正靠在长条凳上烧鸦片，见他们进屋，连抽两口后起来迎接。

包玉英和两个女儿忙去做饭。符朗星问起他这里有多少学生，都教些什么知识，又问余老师去了哪里。他回答，今天是星期六，他又和吴焕跃上山打鸟去了，要明天才能回来。

"有荣还在和那些人往来？那些往来的人你都认识吗？"符朗星将古福贵喊到里屋问。

"除了短暂路过的，我也认识些，有的说去走亲戚，有的说去什么地方做木工，有的说去某地教书，有的说去某地坐医馆。他们都说是老三的朋友，我也就没有细问，吃饭也提出开钱，除了硬塞的，都没有主动收过他们的。"

"交朋结友吃点喝点是小事，但眼睛要放亮点，目前时局复杂，不要养虎为患，被人卖了还帮着数钱。"

古福贵愣了一会儿，连连点头称是。

饭后，符朗星说警情趋紧，得趁着月色连夜赶回双龙，以便次日一早进城。

第十二章 拔旗易帜

1.寻找突破

符朗星上任不久,从省城来了一批朋友求职,他将这些朋友分别安排到各区公所任秘书,或去中小学当老师。他对各区长乡长进行了调整,其中,史启发任双龙区副区长,刘明兴任青龙乡乡长,古福贵任副乡长。对其他外来人员暗中逐一进行排查。

雷春和被请到县政府,带进县长办公室。符朗星见他随秘书文隽勇进门,立即从椅子上站起来,笑着喊道"雷老板,你好",快步走过去与他握手,符朗星的衣角将桌边的两个卷宗绊了下来。在文隽勇捡拾卷宗时,符朗星已将他招呼到中间隔着茶几的太师椅上坐下,并递上了一支纸烟。

受宠若惊的雷春和,目光从文隽勇出门的身影返回,在茶几上飘着白雾的茶水和符朗星充满笑意的目光间来回游走,心中好似打鼓地说道:"符县长为人谦虚平和,真是名不虚传,初次见面就这般客气。"

符朗星说:"一回生二回熟嘛,何况你我又不是初次见面。"

"我们认识?"雷春和诧异。

"雷老板贵人多忘事。我在戴老板手下混饭吃时,也曾到府上讨了杯茶喝。那时你在汉口任维持会会长。如今你虽然化名田泰秋,头发变白了一些,但人没有化妆嘛,何况这田泰秋,也不过是雷春和三字掐头换面加尾,一看就知。"

雷春和颤抖着擦燃火柴点燃纸烟,在大脑中迅速搜索,那时上门的不是一拨两拨,如果是戴老板的手下,那就是重庆来的那批人。那批人曾到他家警告,如果加入汪伪政府,为日本人做事,特别是接收来历不明的人破坏抗战,当心吃饭的家伙搬家。当时只注意那个头头的长相,其他五六个黑衣人帽檐遮眉,又隔得有些远,且分散在客房门口内外,都没有具体印象。

雷春和当时向对方表态,只做生意,不问政治,并给了来人一万大洋支持重庆方面作为抗日经费。此时有人活动想替代他的位置，他趁机称因心绞痛，去医院检查开出证明，因患有先天性心肌桥，心律失常，症状越来越明显，如果操劳过多或心情紧张，很容易导致心力衰竭、心肌梗死，以此为由辞去了会长职务。抗战胜利后接收人员到来时，但他拿不出支持抗战一万大洋的收条，也无人能证明。

雷春和见符朗星这么说，喜出望外地说："符县长，现在你可以证明我支持国军抗战，并没有做汉奸呀。"

"我用什么来证明呢？"符朗星将半截烟头丢到地板上用脚碾灭，双手一摊说，"你那钱又没有交给我，我们头儿那钱送到什么地方去了也没有告诉我，也没有留下什么依据，他被杀后至今也不知是姓汪的干的还是姓日的干的。"

"难道那钱被他吞了？"雷春和双眉紧锁，脸色由晴转阴。

"没有依据的话不要乱说。"符朗星道，"我也知道你有些冤枉，但你参与汪伪政府的活动，接待日寇军官的笑脸，那报纸上都是图文并茂的。支持汪伪那些款项，人证物证俱在。"

雷春和低头不语。

"不谈这些影响心情的事了，我们出去转转。"符朗星起身伸手向外示意。

两人从中街转到下街，漫步朝保警队走去，不觉走到审讯室前，里面传来呼爹喊妈的声音。符朗星走进去，看到十字架木杆上捆着的人，大声问这人犯了什么事？

陪同的副大队长回答，"参与抗粮还持杀猪刀砍伤了抓捕他的两位弟兄"。

"严加审讯，要从他嘴中撬出他的同伙。"说完瞟了雷春和一眼。

雷春和看到那人的双脚已无法站立，又碰到符朗星的目光，觉得这目光像道寒冷的利剑，穿进了他的骨髓，不觉全身一阵痉挛。

两人来到乌江边的一棵乌杨树下，符朗星指着乌杨树根说："你看这乌杨树，根须被洪水冲刷露出了表面，像蛛网一样，但却依然茂盛，你说这是为什么呢？"

雷春和擦了下头上的汗珠摇头。

"这就叫根深叶茂！"符朗星道，"有人在乌江搞暴动。乌合之众，蚍蜉撼树，谈何容易！"

"那是，那是。"雷春和心中忐忑，不知符朗星葫芦里卖的是什么药。

雷春和一听，符朗星将话题又转到他身上来了，更加不安。

"比如你雷老板，只要你立功，我们就会既往不咎，还要嘉奖。"符朗星双眼盯着雷春和的眼睛说。

雷春和觉得，自己犹如一只鸭子被符朗星捏住了脖子，出气粗细，就得看他手松手紧了。"符县长，本人愚笨，在这人生地不熟的地方，耳闻不过五里地，见识只有油盐米，能力有限，不知怎么做才对党国有利。"

"兄长不必紧张，有心打端午，六月都不迟，只要有为党国尽忠的心，现在也不晚。"符朗星安慰道，"你回忆回忆，所见所闻的人和事，有什么异样没有。"

雷春和思索了会儿说："有倒是有一件，不知算不算。"

"但说无妨。"

"上个月初十，王天堂校长喊我去云岩关王氏农庄为他理账，最后那天晚上，我可能是吃多了，肚子气鼓气胀的，睡不着觉，半夜起来沿着庄子慢步行走——天上没有一丝云彩，一轮圆月在天空白得耀眼。看到离庄子不远处山坳里的那栋房子有灯亮着，我好奇地走过去。我听到有人在说话，从木板缝隙看到里面有四个人。一个是廉家三公子廉有荣，另一个是中学的吴老师，还有两个，对，其中一个五大三粗的汉子，长着一张甲鱼脸，他们称他甲兄。还有一个长得有些文静也戴眼镜的，他们称余老师，想起来了，是余中兴老师。只听余老师对那甲兄说，在界上抢的这批盐巴是小商贩的，还给人家，今后只能抢那些大财主的……"

被抢这事符朗星听过报案汇报。

一个月前，五六个做盐巴生意的客商报案，说在沿江与乌江交界的地方被抢了，抢走全部盐巴三百二十五斤，还有一些布匹。抢劫者虽然蒙面，但李甲的身形很熟悉。

生长于沿江县的李甲，原名石卫群。膀大腰粗，可以赤手空拳抓野猪，还去贵州讲武学校上过学，因感觉从武太危险，回乡任了乡治安队队长。一次，与乡长喝酒，乡长喝高了，说李甲的妈妈脑子进水了，没有问清石匠有没有妻室，究竟是何方人士，就与人家私奔，结果被人家卖到青楼做了娼妇。要不是他托人赎出来，不知在里面还要做多久的皮肉生意。

羞愧难当的李甲举杯劝乡长，"乡长，娼盗二字家家都有，不谈那个，我们喝酒"。

乡长将他的酒杯推开，"娼盗与娼盗不同，别的女人只卖给丈夫一人，而你妈妈就卖得多了，三年下来，没有一千也有八百。如果我不托人将她解救出来，少说也要卖个上万人。这人，吃草要晓得回嚼（感恩）……"渐渐说话不清，头歪在椅背上睡过去了。

李甲将酒杯往桌子上一杵，垂头丧气地离开了。酒醉心明白，乡长今日之言行，似与自己托人欲娶他女儿他不同意有关。癞蛤蟆想吃天鹅肉的回答已经够伤自尊的了，今日还揭他母亲这伤疤，还想以此让他感恩，为其卖命，使他抑郁不平，彻夜难眠。

第二天，他将一把锋利的斧头掖在腰背，看到乡长走出乡公所时，冲过去将乡长几斧劈倒在地。准备前来劝阻的文书，被他吓得转身逃跑，也被他追上往头上砍了一斧，倒在路旁。

沿江县通令缉拿，他从沿江东边两县边界的山脚，逃到西边沿江与乌江交界的山腰，给人做养子，改名换姓为李甲。

婚后老婆认为李甲一身武力未能力尽其用，经常唠叨，张家女人新布撕得哗哗哗的，李家老婆大洋数得嗒嗒嗒的。人家男人像诸葛亮，自家男人跟猪一样！自己当初瞎了眼，以为找了个吃香喝辣的靠山，谁知是个只晓得翻泥巴的软蛋！

她说的那两家女人的丈夫，不时参与抢劫，收获颇丰。可不久在界上抢劫伸手取客商背篓布包里的布匹时，被退后数丈的客商从腰部抽出两把飞刀，朝面向他目光却盯着取货人的那人胸口飞去，另一个抬头还未弄清发生了什么茫然张望时，背上也被插了一把飞刀。客商拿过两人身边的砍刀，向两人胸口补了数刀。至此，他女人才不再羡慕那两家女子了，但不时还是嘟囔他没有出息，致使他做起了倒卖生漆的生意。

前一段历史极少有人知道，只知他因做生漆投机生意被青乡治安大队捉拿，入伙晋成皇，后追随尚山卒，犯事后便拉起一批人，以抢劫为生。乌江、沿江两县也曾派保警兵捉拿过，每次都让他顺利逃脱了。在正规军抽不开身之际，渐渐坐大到百余人，甚至参与了县城暴动。

符朗星当时没有将这事放在心上，抢劫地虽然在交界处乌江一侧，但匪首李甲是沿江县人。听到雷春和谈及此事，才知李甲与廉有荣有关，还与以教书为业的余中兴相连，这又不得不让他警觉起来。

"那个人不姓甲，应该是匪首李甲。"符朗星分析并问道，"廉老三怎么也与土匪勾结在一起了？"

"我也纳闷。"雷春和说，"那姓甲……那李甲还说，他本意是为他们筹集经费，将功补过。"

"廉家这败家子，没有东西败了就开始当土匪了。"符朗星苦笑着说，随即摇头，"你刚才说哪个吴老师，是不是中学那个吴焕跃？"

"是他。没有想到他也嫌教书收入少，开始搞外快了。"

"不对……"符朗星张开的嘴合不拢，他觉得一个彬彬有礼的老师，不可能去干这种勾当。与之前掌握的情况联系起来，可疑之处越来越多。

吴焕跃住的木房只有十多平方米，床是在两张课桌上铺几块木板组成，冬季用的棉被、夏天盖的毯子都显破旧，枕头基本上是他自己的衣服和书籍，穿的是棉长衫和质量很差的黑色中山服。饮食更简单，经常在学生食堂吃饭，即或在教师食堂吃，也是一菜一汤，更不抽烟喝酒。老师们戏谑他，吴老师，你一个人领两个人的工资，吃也舍不得吃，穿也舍不得穿，要拿来包起下孔（埋葬）呀？他笑答，"我存起来立房子娶媳妇呢"。可有人给他介绍时，他又以种种借口推托。当时人们议论说，他男性功能不行。

还有一个值得怀疑的现象。吴焕跃除了经常约外地老师到寝室喝茶、聊天、打字牌，有时还约他们一起到郊外打鸟雀、野兽。由于他高、中、低年级都教，接触学生也多，不少学生有空就跑去他寝室里问这问那，多数人是问功课或作业难题，也有描述家乡的风俗人情的，更有刘寿春等老师常聚集议论各种各样的问题。有时说某老师教学不负责，有时反映学校贪污学生伙食。

当时也有人到县政府向县长丁书成反映吴焕跃立场偏共，但并无其他通共的把柄。丁书成认为是一个臭知识分子茶余饭后的显摆，也符合言论自由。

2.顺逆互撞

符朗星将雷春和反映的事和吴焕跃之前的言行联系起来，发现疑点重重。他忽然想到，只要将吴焕跃抓来审问不就明白了？为了防止消息泄露，他对雷春和改口说："我是说可能是你认错人了，吴老师身兼英语和几何两门课，薪水比一般老师高一倍，他没有必要去做这些傻事。你说，还有其他没有，比如，抗粮抗税，抗丁抗捐，是谁在串联？"

"这个我不清楚。"

"有人找你做什么异常的事没有？"符朗星问。

"没有。"雷春和仿佛明白似的说，"廉家三公子曾向我借钱，我的钱本来就不多，更怕他在外面赌钱打牌输得满屁股债，变成老虎借猪，再说他老子已打了招呼，不要拿钱给他，就说已经借给别人了，手边已没钱。他开玩笑说：'不要做葛朗台哟。'我当时也开玩笑说：'你家老爹那老虎都不怕，我这只病猫还有什么可担心的？'"

"哦，我知道了。这些话就不要在外面讲了，对方万一出点什么事，就会怪罪到你头上的。"

"这个我明白。"雷春和点头。

符朗星送走雷春和的当天傍晚，安排秘书文隽勇通知从省城新来县政府做事的六人开会，夜深时决定派出县政府警卫班抓捕吴焕跃。

会中，文隽勇到门外对负责政府安全保卫的中队长石辅仁说，吴老师舅舅死了，通知他火速回家。

石辅仁抱着自己的肚子皱眉龇牙对手下说，要拉肚子，去会儿厕所。下楼对译电员说了文隽勇的原话。

译电员到政府对面的餐馆，对老板丁朝忠转述了石辅仁的原话。

丁朝忠跑到中学，一脚踹开吴焕跃的寝室门，气喘吁吁地说："你舅舅死了，火速回家！"说毕，转身钻进夜色中。

吴焕跃从内衣口袋和床板上取出一些纸张，放进火盆，擦燃火柴点燃。当他离开宿舍在树后朝校门看时，大门边已有人持枪把守，门外两旁有几名保警兵在游动，禁止人员进出。几个黑衣人带着几名保警兵向他寝室跑去。他估计，临街和围墙两边的巷道也会有人埋伏，只好向王天堂校长的卧室跑去。他拨开门闩，轻轻关门走到床边，用手推醒王天堂说："王校长救我。"

王天堂惊醒，揉着眼睛问发生什么事了。

他答："有人诬告我，这种事千口难辩，待搞清楚时，恐怕人已奄奄一息，甚至黄土掩身了。"

王天堂欣赏吴焕跃，乌江中学老师少，准确地说是真正能教书的老师更少，不少是廉杰才、参议长黄泽峰和时任县长等推荐来的，大多只能教一点副课。也有教正课的，只能评价为误人子弟。他们只不过是南郭先生，为了领取份薪水罢了。吴焕跃到来时，英语、几何课缺老师，找他商量，他一咬牙关答应了。

吴焕跃主学的是英语，为了将几何教好，他有空就自学，认真备课。课堂上，他采取启发式教学，课堂内外常用英语与学生对话。王天堂从未发现他不按时批改作业，也没有打骂学生的事。虽然礼拜天有喜欢外出打鸟的习惯，但也常去家访，还拿钱给贫困的学生家庭。城内有权有势的人常请他去吃饭、交谈，他从不厚此薄彼，卷入派性争斗。可以说，学生反映不错，作为校长的他也很满意。特别是学生杀猪闹事那次，是他给自己找了台阶。

王天堂从床底下扯出抬猪的棕绳，一头系在床脚，一头丢给吴焕跃，示意他抓住棕绳，从窗口外的高坎上滑下去。他说："江边有不少打鱼船，你随便解开一只就可借着星光顺流而下了。"

过了一盏茶的工夫，保警兵从学生宿舍查到老师宿舍，走到王天堂门前敲门问："王校长，看到吴焕跃没有？"

"他没有在寝室？"王天堂披衣打着哈欠惊讶地开门，"晚自习时见到过，下晚自习后回寝室了。"

"继续搜！"带队的喊，"那火盆中烧的纸灰都还是热的，肯定没有跑多远。"

"这是从什么地方搜到的？"符朗星从带队人手中接过收音机，翻看了两眼说，"这是组装的。"

带队人回答，"从吴焕跃床下搜出的"。

符朗星派廉有富带队去龙泉廉氏农庄，抓捕长工辛霍，听说抗粮那次，他跑前跑后最勤。

瑟瑟缩缩地把两手插在补疤袖筒里的辛霍，穿着两只新旧不一的草鞋，被带到保警队审了不到一袋烟的工夫就交代说，当初廉有荣说，解放军马上要打过长江了，大家只有联合起来反抗腐朽的旧政府，建立新政权，才能过上平等共富的好日子。今天谁最革命，明天谁就是当家的主人。就这样，稀里糊涂上了廉有荣的贼船。

符朗星要他将功补过，今后发现可疑的人，要及时向政府报告；如果阳奉阴违，新账旧账一起算！

符朗星派便衣去廉家时，廉杰才骂道，有三四个月没有看到那短寿儿了。

线人报告，廉有荣已逃往省城。

符朗星电告上司，廉有荣已逃往省城，并描述了他的身高、长相，告知了他可能掩藏的地方。

符朗星同时安排保警队中队长石辅仁前往青龙坝，抓捕教书先生余中兴。

石辅仁骑着高头大马，率一个班到达青龙场时，受到刘明兴乡长的热情款待，酒足饭饱后才重新出发。到达青龙坝古家寨，古福贵说余中兴刚才赶回家去了。一个时辰前有人带信儿来，说他舅舅死了，后天安葬。

石辅仁回来被符朗星踢凳拍桌大骂一通，说他中途擅自接受宴请，不是泄密也会让暗探起疑。这种贻误战机之事，如果在部队将会被就地枪决。石辅仁一再认错，说下次定加小心。

雷春和感觉形势严峻，到县政府找符朗星，请他开具立功证明回汉口。

符朗星笑容满面地说："我已将你这次顺藤摸瓜的立功表现上报省政府。

请放心，没有任何人怀疑你。目前正是党国用人之际，你要争取更大的作为，充分利用别人信任你的条件，将打进我内部的敌对分子的线索摸出来，将那些骑墙分子找出来。"

"哪有那么多坏人哟？"雷春和像小孩一样忐忑不安地卷着衣角说。

"哼，他们无孔不入。"符朗星道，"你想象得到吗？沿江县县长的主任秘书、译电员、收发员、电台台长，甚至连他担任监印员的小老婆，都暗中为他们办事。幸好被我方破获，将交代不出有多少价值情报的这些人枪毙了。"

雷春和抹着额上的汗珠，龇牙倒吸冷气，回答说那好吧。

雷春和提心吊胆地回到龙泉廉氏农庄，刚下马，辛霍就走过来对他说："晌午时管家来找你，说廉老爷请你今晚去他家商量件事。"

这是辛霍对雷春和扯的谎，管家并未到来，到来的是余中兴和丁朝忠，面朝他摆弄着手枪要他这样说的。

"管家？我刚从城里来，早晓得我直接去他家了。"雷春和嘟嚷道。

"他也说，早晓得你去了城里，他就不跑这一趟冤枉路了。"辛霍疑惑地问，"你们路上没有碰到？"见雷春和若有所思地自言自语，就说有可能他从其他路回去了。

雷春和看看天边缓慢移动的彩霞，迟疑一会儿翻身上马向县城赶去。他爬上山坳重新上马才走几步，只见丁朝忠和余中兴从路边草丛上站起来打招呼。他一惊，硬着头皮打着招呼下了马。

丁朝忠指着余中兴向雷春和介绍，这是余中兴老师。

雷春和说："认识。是在青龙坝教书的余先生，之前在廉老板家一起吃过饭，当时三公子廉有荣也在。"他疑惑地问，"你们这是要去哪里？"

"我们去县政府。"丁朝忠说，"有人胡咬，他想亲自去找符县长说清楚。"

"那样最好。"雷春和说，"有人还说那几个被抓的人是我告的密。我连他们的面都没有见过，真是冤枉好人。"

"想来也不可能是你，你和廉老爷家关系那么好，不可能将他三公子置于死地。"

"听说他不是跑到省城去了，怎么说些死活的话？"

"你还没有听说？"余中兴显得惊讶，"那边带信儿来说，三公子廉有荣受命安排有关人员转移。他本来可以逃脱的，因为去朋友家通知同伴耽误了时间，同伴平安转移了，他出门不久就被暗探抓捕了。软硬兼施审讯了好几天，要他交代同伙。他就是宁死不屈，什么也不讲，包括他在内的八人，被特务勒死在市郊的干洞中。唉，让人痛惜，今年才二十九岁。"

雷春和手一抖，手里的缰绳掉在了地上。弯下身子抓起来后说："这么年轻，可惜了。"

丁朝忠和余中兴朝山下走，雷春和稍迟疑牵着马跟了上来。转弯处，余中兴指着一蓬缀满金黄果实的刺梨说："饿了，我去摘点来。"说着拨开树枝，往刺梨边走去。

丁朝忠笑道："几十岁的人了，还像小崽崽那样馋嘴，喜欢吃这些。那个都能充饥的话，田土不用种喽。"说完转头往下走，边走边说，"进城了我请你吃，胀死你都行。"雷春和走到了丁朝忠身后。

余中兴在雷春和走到转角处转身向下时，从背篼中摸出事先打好活结的绳子，扑过来套向他的头顶，待他听到响声转颈睁大惊慌的眼睛时，绳套已套牢在他的颈部。他急忙丢下缰绳，双手抓着颈项上的绳子，不让活结收紧。那马惊慌转身向山上跑去了。听到响声的丁朝忠转身跑过来将他双手扳开。余中兴在后面使劲一扯，将他扯倒在路上。待他吐出舌头，双脚不再蹬踢时，才放松手中的绳子。

丁朝忠踢了一脚不再动弹的雷春和骂道："我们在为死去的同志报仇，你做异乡鬼有没有冤屈，你内心清楚。"

第二天有人到县政府报案，说雷春和在半山一棵桐子树上，用一根棕绳上吊自杀了。

符朗星听后，明白发生了什么，口中却说，身上不见了分文，骑的那匹马也没有了踪影，这分明是谋财害命嘛。要求保警队严肃侦办。

3.天翻地覆

王天堂将廉杰才喊到里屋对他说，外面到处在传，南京早已被共产党军队占领。没有想到固若金汤的长江防线，居然像道竹篱笆，不到一天一夜就被数十万共产党的军队冲垮。

廉杰才起身将窗门关上轻声道："这个可能是共产党的心理战，我听符县长说，只是少数人流窜过江，我军正在全力追剿。他还说了，即使如共产党宣传的那样又如何？当年国民政府寓居西南数省，同样取得了抗战胜利，想来结果必然相同。"

王天堂说："我估计外面传的是真的。你看目前上面的兵役奖励政策，谁招的兵多谁的职务就高。带来的人达到一个班的当班长，招到一个排人数的任排长，满足一个连人数的自然为连长，如能组成三个连，营长一职就非他莫属。像这样招收的新兵，既没有作战经验，又不知为谁当兵，连老兵都意志消沉，士气低迷，这新兵能有什么用？"

廉杰才道："这是有点饥不择食的味道。但符县长说了，为了利用崇山峻岭阻击可能到来的共产党军队，这也是一个有效的办法。自愿来当兵的，比抓来的可靠。"

王天堂说："我听说杨青云的同学汪惠臣，当年同在贵州讲武学校毕业，现任副团职，目前在沿江县招兵，这次只要招满一个团，他就是当然的团长了。"

确如王天堂所说，汪惠臣在沿河、印江、思南、德江、沿江招到了两个营的人马。让他喜出望外的是，在他老家沿江县招兵时，一次就来了两百多人，加上沿江县拉丁组成的一个排，第三营圆满组建。

符朗星听说后在电话中不忘提醒汪惠臣。

汪惠臣自信地回答："这点我早就想到了，主体不会有问题。前来投奔这些人，都是李甲的。这李甲是干什么的？说好听点是绿林好汉，说不好听点就是聚啸山林的土匪。"

符朗星说："这李甲上次参与县城暴动，后来又发现他和几个地下党混在一起，还是小心为上，最好派出或收买些人安插到各班，至少要安插到排里。"

"这个我考虑到了，带李甲前来投奔我那人，叫廉有贵。这廉有贵你不了解？我住乌江姑妈家读书时，与他是同学，关系莫逆。当然，这不是主要的，主要的他是少校营长，在淮海会战中被俘虏后放回来的，在家肩不想挑手不愿提，经常被他父亲训斥，现在找上门来操弄老本行显下本事，也在情理之中。"

"我比你了解廉有贵，他是我妻兄。他名下的田地，够他躺着吃几辈人的。可他一天鬼鬼祟祟的，还常常住进他名下的龙阡廉氏农庄十天半月的，他老子说他，他说当兵习惯了，在这深宅大院里住久了郁闷得要死，他老子也就随他了。"符朗星继续提醒汪惠臣。

"这个他说过了，而今就算是卖命，也是为了保卫他家的财产。"

"至于李甲，李甲也掏了知心话，整天提心吊胆过日子，保不准哪天就像晋成皇那样，被灭了。来这里参加正规军，不但有军饷可领，还有一官半职光宗耀祖。"

"不要看他说什么，关键要看他做什么。害人之心不可有，防人之心不可无。你老兄还是多长个心眼为上。"符朗星再次告诫汪惠臣。

"我有意将廉有贵安排为三营营长，李甲任副营长，连长排长班长由他们任命。"汪惠臣摆手，好像符朗星在他对面一样，"你不用担心，后天一早我们开拔到锦江，到达后我立即将三个营的各级军官混调，各排士兵全部混编，加上会合在大部队中，他们就是想飞天，抬头就碰天花板了。"

符朗星竖起拇指哈哈笑道："你好像得到了真传。"

"过奖过奖。"汪惠臣嘴上谦虚着。他内心想的，这团长的任命，似乎已呈现在眼前。

汪惠臣将三营安排在中学教学楼。为笼络军心，按班长一元，排长两元，连长四元，营长八元发银圆作为军饷；为拉近与廉有贵、李甲的距离，还常来三营食堂吃饭，吃小份菜，喝两杯烧酒。

第二天深夜，三营营房边的茅厕起火，团部打往三营的电话不通，正不知损失如何时，来人报告说，三营的人暴动，将队伍拉走了，带走了当天发给他们的六十多支长短枪，六千多发子弹。

汪惠臣赶到营房时，地上扔满了发给三营的帽子，他明白这些暴动人员将不戴帽子作为标识了，气得将头上的帽子一把抓下来摔在地上骂娘。

符朗星接到线人报告这些人将要暴动拖枪时，电话已不通，待汪惠臣打电话给他时，时间已经过去一整天。汪惠臣愤然道，没有想到这些土匪是来拖枪的，更没想到这廉有贵堕落到愿意为匪！

"但愿如此。"符朗星见汪惠臣沉默，急忙解释，"如果是为壮大土匪的实力，那是好事，万一共产党军队打来，不会让他们成为眼中钉；土匪呢，也不会让共产党的政府成为肉中刺。"

"有道理。"汪惠臣竖起大拇指在电话那头称赞。

"如果是受到蛊惑，拉他们组建游击队呢？"

汪惠臣张大嘴巴，随即摇头冷笑道："你那军统的职业病又犯了。"

接连传来的报告让符朗星感到事态越来越严重。这三营果然如他预料，是地下党派来的，目标就是伺机暴动拖枪。事实上，廉有贵、李甲只是执行者，营部书记官、参谋、文书，才是真正的决策者，他们成立了临时党支部，连长甚至一些排长，都是他们安插的人。连汪惠臣的通讯员，也是潜伏在他身边的中共地下党员。

出事前那天下午，团部才将枪支和子弹发到三营，以壮声威。汪惠臣认为，对大多数新兵来说，这些枪到他们手中就如一截掏火棍，何况四人一支都不足，多数是赤手空拳，绝对没有风险，再说次日一早就要开赴锦江。

当晚，廉有贵从团部开会回来说，队伍将于次日一早开拔锦江。共产党地下组织临时支部举行紧急会议，决定立即行动，晚上十点举行暴动，由廉有贵任军事指挥。目标是带走枪支，约定了撤退的路线和会合的地点。七连派人负责破坏电话线和桥梁；如果遇到追击，八连负责阻击团部和一营，九连负责阻击二营，七连回防作为掩护。暴动人员的标志是不戴帽子，行动口令是"前进"。

行动前，七连选派两个班去割断连接南北的电话线。南边这班的人爬上电杆，一手抱着电杆，一手用镰刀勾拉电线。这电线有时连风都能吹得悠悠晃动，但要弄断，却不那么容易。割电线的人将刀口对着电线往下拉，突然刀子从电线上滑脱，向上一弹，上下不断振动，发出呜呜的响声，惊得附近人家的狗都叫了起来，割电线的人差点摔下来。

他们改换方法，几个人抱着电杆用力摇，边摇边拔，终于将电杆拔起推倒，可电线未断，反而绷得更紧了，这才抱来石头，放在电线下，用石块轻轻砸电线，其他人分成两组向不同方向拉扯，终于断了。又砸下几丈长一段，扔到远处的天坑中。即使对方发现电线被割，也无法立即恢复通话。

团部连接沿江县和一、二营以及保警队的电话线都被割断。

晚上十点钟，点燃中学旁的木瓦房茅厕。这火光就是暴动信号。

这事还未尘埃落定，陆续传来的消息，让符朗星如坐针毡。

暴动营将人枪拖出沿江县城，袭击乡公所，打死乡丁三人，抢走枪支十二支、手榴弹四十枚、电话机一部。傍晚，又在乌江与沿江交界的界上，伏击军车一辆，打死士兵八人，抢走长短枪十五支，手榴弹二十五颗，一名上尉军官被俘。

余中兴、廉有荣早就在自己眼皮底下组建了游击队。

之前廉有荣向廉有富索赠枪支，说搞个鸟枪队，廉有富将库房中的十几支枪送给了他，让他自己拿去修。

接着史启发乡长报告，乡公所库房中的十二支枪被偷走。后来争取李甲加入，余中兴掌握的枪支达到上百支，此时乌江游击队已具雏形。他们分散抢劫过往的官车、军车、商车，但不伤害肩挑背驮的小商贩。那次被抢的盐巴，如数退还了失主。失主转忧为喜，也疑惑不解，这些土匪真怪，抢去了又还回来。

双龙天主堂德国神甫的盘尼西林等西药，半夜被蒙面人低价强买。报案时符朗星当时没有马上表态追查，他对这神父有些反感——传说神父常常单独约请有几分姿色的女信徒施教。

"那些人以为是糖精，想拿去打水喝。"在场的王天堂开玩笑，"说蚀财免灾，何况你还没有蚀财，只是受了点惊，比起你让人家受的惊来，那是小巫见大巫，小巫见大巫。"

符朗星一听，王天堂说的此"惊"是彼"精"，不觉笑起来，其他人捂嘴笑出了声。

神父双手一摊，这，这，这，没有说出一句完整的话，脸红脖子粗出了门。

玩笑过后，符朗星还是安排人进行了密查，他知道这些药很可能是被拿去医治外伤。受伤不敢公开医治的是什么人？只能是土匪。一查，果然是李甲干的，也就不了了之了。

没想到，这也是李甲为共产党办的事。

4.改天换地

去年八月，沿江保警队的十几人，因擅自带枪离开时被发现而开除，现在看来是共产党的人；年初，他们派去国民党部队的五十来人，被编入炮兵连，因炮多枪少被迫分散逃回……这次他们得手了。

不几日，这支两百多人的暴动营打出了"乌江游击队"的旗号，下辖三个支队。廉有贵任司令，余中兴、李甲任副司令，史启发任了支队长——如此看来当初他报告枪支被偷是假，支持了共产党的武装是真。除余中兴怕被认出未参与外，那些书记官、参谋、文书等，都是参与暴动的指挥人员。这证实了廉有贵、李甲的军事行动，都是在共产党地下组织的指挥下进行的。

符朗星没有想到，国民党的少校营长廉有贵，在战场被俘没有参加共产党的军队，而是选择回乡养老，不说没有了名利思想，至少也是贪生怕死了。回乡后平常也有人报告说，他说国军节节败退，都是因为从上到下层层腐败无能。符朗星将其理解为一个落魄军官的满腹牢骚，没有想到被共产党地下组织拉下水了。

现在看来，可能是廉有荣将他策反了。他看到国民党大势已去，投机取巧以博得将来在共产党政府里有一席之地，甚至升官发财。之前古福贵想辞去保长职务，廉有荣劝说他继续当着，方便为他的朋友开个路条什么的；史启发也是骑墙派，治安大队的枪支都送给共产党使用了。如今看来，这些都是廉有荣行动的一部分。

在乌江游击队去向不明时，传来保安第八团在青龙乡与双龙乡交界处的凝柏垭被游击队伏击的消息。

从沿江开往省城或者说是逃窜路过乌江的保八团，夜宿青龙街。次日上午，保八团先头部队，沿着公路，从山脚往上，懒洋洋地接近凝柏垭时，山坳两边山头枪声突然大起，走在前面的保安兵被打得晕头转向，不少还未取下身上的枪支，就被打死在公路上，或被打伤滚到路坎下的灌木丛，深浅不一的黄叶，被撞得四处翻飞。没有被击中的，连滚带爬，像潮水一样往后退去。待后面的指挥官将小钢炮、机枪调到前面，一阵炮击、扫射，督战冲上山坳时，只有倒伏的柴草，堆放的石头，留下的弹壳，没有发现一个人影。而保八团，则阵亡十七人，轻重伤三十一人。

符朗星联络周边各县县长商议，按照省里的应变计划，在双龙设立乌江联防"剿匪"指挥部，"清剿"乌江游击队。各方还在为各县负责多少人员、枪支、弹药、钱粮争执不下时，他从收音机中听到了解放军占领省城的消息。

符朗星自知危险将至，次日，率政要二十余人，县保警大队副大队长廉有富、中队长石辅仁等百来名队员，加上家眷、亲信等，百多人放弃县城逃往江边乡，拟过江外逃。

符朗星逃跑当晚，王天堂召集廉杰才等城中知名人士商议，县城已处于无政府状态，提议成立维持会，维护县城的秩序和治安。推让中，王天堂任了会长，廉杰才、孙献臣、黄泽峰任副会长，黄泽峰兼任秘书长。

第二天，乌江游击队副司令李甲率部追剿符朗星，双方对峙时向符朗星喊话，劝其缴械投降。

符朗星令人将携带的乌江县政府档案烧毁，销毁曾经在国民政府任职、加入国民党和三青团等人的痕迹。牛维富曾经在保警队写下的保证书，也因此被销毁。可随同烧毁的，不仅是政治、军事方面的资料，还有农业、工业、商业、文化、教育、卫生等社会档案，也玉石俱焚，让后人撰写《乌江县志》时断线。

他号召保警队，投降是死路，反抗才可能生存，即使牺牲，也是为党国尽忠，无上光荣。他命令二中队中队长率一个分队阻击。交火不久，二中队的人死的死伤的伤逃的逃，他连夜率队逃往辛家寨，企图利用石墙石巷抵抗。

次日清晨，江边乡街上的何龙成走进寨子，碰到站在院坝眺望的符朗星，问："谁是石辅仁？"

符朗星略略一惊问："你从什么地方来？"

"江边街上。"

"看到带枪的人没有？"

"看到了，有两三百人，昨天晚上住进了乡政府。"

"那你找石辅仁有什么事？"

"有人喊带封信给石辅仁中队长。"

"信上写的什么？"符朗星盯着那人的眼睛问。

"我没有读过书。"何龙成傻笑着不好意思地说。

符朗星略一停顿说："我就是石辅仁，信在哪里？拿给我。"

何龙成从贴身衣服口袋里掏出信递给他。

他接过信又问："交信的人给你钱没有？"

何龙成停顿一下说："给了，拿了五个铜板。"

"那我就不另给你了，你先去吧。"

何龙成走出院子，符朗星准备看信时，看到石辅仁迈出侧门，朝猪圈走去。符朗星见石辅仁进猪圈关上圈门后，将信展开。李甲信上说，千方百计拖住星，必要时可将他就地击毙。符朗星看毕吓出一身冷汗。幸好这何龙成不识字，也不认识石辅仁，不然自己的老命丢了还不知是怎么回事。

符朗星站到猪圈门边，让人觉得他是在等候解手。从圈中出来的石辅仁与他打过招呼刚转身，他向其后心连开两枪。他弯腰查看倒地的石辅仁，确认其死亡后，向院内走去，对听到枪声赶来的廉有富等人挥了挥手中的信说："石辅仁是中共党员，已被我处决。大家赶快返回之前的位置防守。"

符朗星心绪难宁，自己亲自提携的保警队中队长石辅仁，居然是中共党员，保警队还隐藏有多少共产党人？还敢信任谁？他立即带上几名亲信，往后山林中逃跑。

李甲率部赶到辛家寨，喊话廉有富，他只有弃暗投明立功受奖这条路可走。廉有富得知符朗星悄悄逃跑后，心中已无主张，只好率保警队起义。

李甲打听得知，符朗星已向西逃窜。

廉有富自告奋勇率部追赶。翻过两个山头，看到符朗星和几名亲信正气喘吁吁地向山坳爬去。他将手枪别在腰间，抓过身旁队员的长枪，抬手一枪，走在中间的符朗星向前一扑，一头栽进了路坎下的灌木丛。接着他又端枪点射，走在前后的随从，不管是先前没有反应过来的，还是滚向路旁树丛躲避的，全被击倒。

李甲到现场查看时，刚才击毙的符朗星，并非本人，而是穿着他服装的卫兵。据伤者交代，出门不久，他让兵分两路，带着另一名卫兵钻进了树林。

李甲率队到达乌江县城时，从双龙场率部出发的司令廉有贵也从云岩关率队进入乌江县城。

乌江县城宣告解放。

乌江县维持会负责人王天堂、廉杰才、孙献臣、黄泽峰等，组织民众上街，热烈欢迎游击队解放乌江县城。

次日，廉有贵对王天堂等人说，维持会是日本侵略者利用汉奸当傀儡，在沦陷区内建立的临时性地方政权组织，不宜沿用。孙献臣提议，将维持会改为人民工作委员会，以行使县政府职权。廉有贵未置可否。

两天后的晚上，路过的解放军首长在双龙场主持召开临时会议，决定以乌江游击队为基础，将乌江及周边县的游击武装合编为"中国人民解放军乌江纵队"，任命余中兴为司令员，廉有贵为第二副司令员，李甲为参谋长。下设三个支队，原乌江游击队改为第一支队，李甲兼任支队长、副支队长为廉有富、史启发。

余中兴到乌江县城召集王天堂等人宣布，由开明人士组成的乌江县人民工作委员会，不宜使用，更名为地方治安委员会，原任职务，相应转任。在县人民政府成立之前，第一支队一中队和治安委员会代行乌江县人民政府职权，维持社会治安。

中旬，上面对纵队进行整编。双龙场会议后加入的，以及老弱病残成员，安排返回原籍务农。将各支队改编为各县人民武装大队，各县县长兼大队长，县委书记兼大队政委。其中，第一支队改编为沿江县大队和乌江县大队，沿江县副大队长为廉有贵，乌江县副大队长为李甲。乌江县大队下辖三个中队，第一中队中队长廉有富、三中队中队长为丁朝忠。

一九五〇年一月中旬，中共乌江县委、县人民政府主要负责人率队从锦江出发，翻山越岭，避开梵净山股匪，击溃沿途小股土匪骚扰，步行半月到达乌江县城。李甲率县大队战士，王天堂、廉杰才、孙献臣、黄泽峰率治安委员会成员和民众到中学门口夹道欢迎。

听过随行介绍方知，原中共乌江总支书记余中兴已是县委书记。此时他率领带着长短枪的上百名干部进驻乌江县。这虽在大家预料之外，也是情理之中。让人大吃一惊的是，县长兼大队长这人，居然是乌江中学原英语、几何老师吴焕跃。

二月初，乌江县人民政府成立，改地方治安委员会为支前委员会，王天堂任主任，廉杰才、孙献臣、黄泽峰等转任副主任等职。不几天，县委、县政府着手建立各区人民政府，各乡各保，暂时由旧政府乡长、保长留任。

重新在老鹰岩占山为王的尚山卒，加固了之前的暗堡、石墙、石屋。县人民政府成立后，曾派人与他接触，只要他放下武器，改恶从善，既往不咎。他提出，可以，条件必须是任命他为双龙区区长。余中兴、吴焕跃对他这种还想继续旧日威风的想法，断然拒绝。县人民政府成立不几天，他带信儿给吴焕跃县长，如不任命他为双龙区区长，他将把乌江搅个天翻地覆，打进县城过年。

县委派往双龙区组建区人民政府的十四人中，有曾资助游击队十二支枪的史启发，他被任命为副区长，在离双龙场两公里处遭遇尚山卒率领百余名土匪伏击。交战中死伤四人，失利撤回县城。

县大队进剿失利，便组织沿江等邻县的县大队参与进剿老鹰岩，又以伤亡十多人的代价告终。

正月初八，刚刚被提拔为解放军营长的张洪武率部进驻乌江剿匪。

张洪武率一连官兵穿上县大队的灰色军装，乔装成县大队，由区乡人员带路，次日太阳下山时到达双龙场，以引诱轻视县大队的尚山卒股匪出山。部队大张旗鼓地从街上住进区公所的木楼里，有意让土匪探子去给尚山卒报信。他在双龙河边的小山头，区公所后面的小山头，安置了岗哨。

尚山卒因上几次轻易获胜而得意忘形，迫不及待地想夺取"县大队"的枪支，特别是垂涎已久的机枪。接报后，当天晚上集合起大队人马，拂晓前来到双龙。其中一股进入双龙河时，哨兵听到水响，问是谁。

"缴枪不杀！"众匪大喊着向河对岸冲过来。

哨兵立即用冲锋枪打了一梭子弹，土匪横七竖八倒下了一片。张洪武等从梦中惊醒，按事先部署，在二楼栏杆上架起轻机枪扫射，从后面冲向区公所的土匪倒下了一串。区公所周围的三个小制高点都有解放军占据，土匪的第一次进攻被打退。

中午时分，土匪组织敢死队冲到区公所后面的小山头，企图夺取机枪。机枪射手端起轻机枪向山下扫射，土匪败退。机枪射手头部中弹牺牲。

守卫在双龙河边小山头的炮班，用炮向蜂拥而至的土匪轰击，土匪这才恍然大悟。

成群的土匪开始惊慌失措地逃窜。张洪武在电话中指挥驻扎在县城的两个连，出发前往老鹰岩。原来"引蛇出洞"全歼尚匪的计划，由于地形复杂，兵力不足，难以实现。

部队决定分三路发起冲锋，逼其归巢。全体战士听到冲锋号，似猛虎下山，直捣匪阵。众匪徒拔腿就跑，竞相逃命。部队有意不再追杀，让其回归老鹰岩，以便一网打尽。

5.死有余辜

次日黄昏，另两个连按计划从县城赶到青龙场，兵分两路，一路留下一个班堵住龙溪洞，这个洞的入口也较狭窄，不便进攻，当然，也不利逃跑。其余爬上地属沿江县的老鹰岩山头。另一个连全部翻上青龙坳，一个排前往青龙洞堵守，只要土匪没有出洞就算完成任务。

天麻麻亮，包围老鹰岩的解放军从两方用扩音器向土匪喊话，宣传剿匪政策，令其缴械投降。土匪不回话，用枪向喊话的地方射击。

张洪武下令还击，一阵机枪扫射，将土匪的火力布局暴露出来。几轮炮击后，解放军攻上老鹰岩。土匪丢下十多具尸体、二十多名伤匪，余下百来人从天坑底部洞口，钻进青龙洞。

解放军救出石屋关押的几人。张洪武命将天坑洞口炸塌，派一个班留守，其余官兵随他赶往青龙洞。

古福贵等人来到青龙洞前，听解放军宣传剿匪政策，看到解放军有付出多大代价也要歼灭尚山卒的决心，于是，杀猪宰羊，到青龙庙前做饭，扛来桌子挑来碗筷，欢迎解放军进驻剿匪，为民除害。

尚山卒吸取被杨青云追剿的教训，除洞内堆放了上万斤粮食和干柴外，在龙眼洞右洞修筑了工事，安排有土匪把守。居高临下，下洞是不敢往里仰攻的。

右洞口有个偏脑壳的岗哨，朝洞前边撒尿边狂叫。张洪武操起一支长枪，枪响那人扑倒在地。旁边的土匪见状，立即抱头趴下向后爬进洞内。

土匪凭借悬崖绝壁，向外射击。解放军向洞口仰头打炮，呈抛物线飞行的炮弹，只能在洞口边沿爆炸。土匪龟缩回洞内。解放军战士沿着通往上洞的小道进攻。

这是一条在悬崖陡壁上人工开凿的小道，宽不足两尺还凹凸不平，有的地方只能侧身或贴壁通行。洞门内的土匪，凭借用大石块垒成的卡门，向洞侧射击。五名战士刚冲到可见洞口的石墙，就被里面射出的子弹击中，有两人从上面滚下来牺牲了，其余人员退回石壁外的山坡上。

张洪武下令停止进攻。

解放军晚上在洞前和洞旁不远处燃起篝火，加强岗哨，防止土匪逃跑，并召开军事民主会议。有人提议，从下洞潜入，用炸药将洞炸毁。有人反对说，土匪在暗处，易造成己方人员伤亡，且岩石坚固，难以达到预期的爆炸效果。有人提议，用绳索从山上将战士直接吊放到洞顶，往里掷手榴弹。张洪武说，从土匪火力布局来看，如果人到不了洞口，投弹杀伤力有限；如果人暴露在洞口，将会被暗处的土匪作为活靶子射击。

张洪武决定用长竹竿，竹竿上系一条麻绳，竿头绑上数颗手榴弹，将手榴弹的弦与麻绳相连，组织精干小组，悄悄接近，送进土匪卡门前，拉响手榴弹，杀伤土匪。

卡门石墙被炸开了一个大缺口，突击班的战士端起冲锋枪向洞内扫射，依然打在卡门上；将手榴弹往洞内投，难以越过卡门，或飘到洞口去了。有的战士被碰着石壁反弹回来的手榴弹弹片崩伤。

张洪武正在思考计策时，洞口支起白色短裤，喊话愿意投降。他答复可以派人出洞谈判。

张洪武提出的条件是要他们放下武器，优待俘虏，对尚山卒可以从宽处理。两个土匪小头目带来尚山卒的条件是保证他们的生命安全。

尚山卒并不是真心投降，是为了拖延时间。在谈判的时间里，又命令匪徒重新垒起石墙卡门。两个小头目回洞后，再也没有出来。

时间又过去了一天。张洪武决定将手榴弹包裹上石灰，用竹竿送进射口上方。手榴弹爆炸，虽然弹片炸伤匪徒的威力不大，但四处飞扬的石灰，呛得土匪睁不开眼睛，一时呼吸困难。张洪武率战士们趁势冲进去，占领了卡门。

在冲锋枪扫射和手榴弹的爆炸声中，卡门后的土匪死伤大半，余匪纷纷往洞内逃窜。解放军迅速占领了洞口。

夺取卡门只能作为冲击出发阵地，要想冲进洞内消灭全部土匪，还得另想办法。

古福贵等人建议，为了减少伤亡，可像杨青云当年对付晋成皇那样，封死两个龙眼洞，从下洞放辣椒、硫磺烧柴草熏洞，或者将这里包围起来，不出三五个月，饿也会把这些土匪饿死在洞里。

张洪武回答，不行。那次也没有熏死晋成皇，再说时间也不允许。

张洪武率战士在牛维富、胡国华等向导的带领下，将电筒垂直绑在竹竿顶部，侧面举起向前照射，分队朝洞内各条洞道摸去。走了不多远，土匪向电筒开枪，电筒没有被击中，张洪武等一阵冲锋枪扫射，几声惨叫从里面传来。如此三四次后，再往里摸索前进时，再未遇到抵抗。

牛维富说将进入第三个空旷的洞厅时，张洪武再次命令向内发射照明弹，随后喊话"首恶必办，胁从不问，立功受奖"。被强光刺得睁不开眼的土匪，大都将枪丢在地上举手跪了起来，只有少数还在往里钻，试图开枪的，早被解放军击毙。

张洪武被流弹划伤了左腿，他咬牙坚持带人继续向洞内搜索。岩龛内传出咳嗽声，他侧身在一根粗壮的钟乳石后喊话："谁？缴枪不杀！不然将你打成筛子！"

岩龛内的人回答："我是尚山卒。不用你们动手，我带一支二十响和一支卡宾枪，给自己留有足够多的子弹。"

"我们优待俘虏！"张洪武回答。

"你们不会放过我的。"尚山卒沉默了一会儿说，"如果你们不伤害我老婆和儿子，我就缴枪。她一个妇道人家，什么事都没干过，这孩子才满九岁。"他说这儿子是他大老婆生的，虽然后来也生了几个，但都是姑娘。他也知道，如果继续顽抗，对方的子弹没长眼睛，难免老少同丧。

张洪武回答："这点我可以保证。共产党不会像你们那样不分是非曲直胡作非为，不问青红皂白滥杀无辜！他们现在就可以出洞。"

尚山卒说："我只是要你们当着众人说这句话，你们将我捆上后再枪杀他们我也无法。"

"我们不是土匪，我们的政策是白纸黑字写着的，也是严格执行的，不会像你们那样翻手为云、覆手为雨！"

尚山卒便将枪丢了出来，走出站在张洪武面前说："请不要捆得太紧了。"

"这时你想起捆紧了难受？你想过之前你捆那些人的感受没有？"见他不答，张洪武说，"我来给你捆，不松不紧的。"

张洪武明白，尚山卒无论如何都是死路一条。活捉他，是为了召开公捕公判大会，让群众揭发他的罪恶行径，以平民愤，同时震慑其他匪首，感化一般匪众。

吴焕跃突然决定不再搜集尚山卒更多的罪证，提前召开公捕公判大会将其枪毙。

当天下午，手臂被捆绑到背后的尚山卒，低头弯腰，背插着王天堂书写的"匪首尚山卒"木牌，上面用土红水打了个大"×"，被人用绳子牵着游街。从县城上街游到中街再转到下街，走过北江街，进入江边沙坝。跟随观看的人越聚越多，如潮涌般铺满了沙坝。沙坝临街一边鹅卵石砌成的台上，悬挂着用土纸书写的"乌江县人民政府公捕公判大会"的横标。

会上，请出几个曾被尚山卒残害过的人上台揭发。

台上高喊——打倒土匪恶霸尚山卒！台下也一片高声呼喊。

凝柏垭的一位农民上台控诉：

"尚山卒在凝柏垭抢劫时，将他抱着小孩的老婆和弟媳抓去了老鹰岩，酷刑相逼，要她们通知家里人，用一百块大洋去取，限十天交清。没有大洋，一百两鸦片烟也可折抵。

"大家都知道尚山卒心狠手辣，是个说得出做得到的家伙。去年抢走印江县的客商各种布匹三十多挑，在易家寨抢走五头耕牛、六头肥猪，还当场打死了两个反抗的乡民。没有办法，只好借了利息钱去取人。谁知走到青龙场时，被乡治安联防队的查出来没收了，我只好回家再打主意。限期即将到来，为了救儿子、老婆和弟媳，又借了一百块大洋绕道易家寨、青龙坝，送到老鹰岩。可他们又加了十块大洋的生活费和床铺费。身上已无分文，人没有领得回来。他扬言，他们三人每天才收一块大洋的生活费和床铺费，天经地义，公平合理。

"我只好回来借钱。这时，解放军打进老鹰岩，他们才被救了出来，脱离了魔掌。我老婆和弟媳回来哭诉，她们受尽了尚山卒这帮土匪的侮辱和折磨。今天，我恨不得剥他的皮，喝他的血，吃他的肉。"

台上台下又响起了打倒土匪恶霸尚山卒的口号声。

晋成皇的伯父上台控诉：

"腊月二十日清晨，外面下着鹅毛大雪，像筛糠一样密，地上的积雪足有半尺厚，满山满岭的树叶树枝都加厚了一层。我们还未起床，尚山卒的手下带着十几人闯进我家，说我之前欺负他大哥晋成皇家，参与攻打老鹰岩。晋成皇母亲死后霸占了他家的房屋田产，要我交罚款四百块大洋，我实在没有那么多现钱，就被他们抓上山了。临走前他们喊我家里人拿钱赎人。我和其他地方抓来的两个人被押在土匪当中，深一脚浅一脚，一溜一滑地向老鹰岩走去。

"两天过去了，家里没有人来交货。我知道，这么多钱不是一时半会儿能够筹齐的。

"第三天早上，尚山卒向我走来，捻着右腮黑痣上的胡须，鼓起一对大眼睛吼道：'你要命还是要钱？'

"我颤抖着回答，多宽限点时间吧，这开箱子都要三个时辰呢，一时哪能凑齐？话音刚落，他拿起一根柴火棒对着我的腰杆就是两棒。我年前都六十岁了，疼痛难忍，一下扑倒在火堆旁，把刚抓来那女子怀中的小孩吓得大哭起来。

"我托人带信儿回家，将田土卖了来赎我。过了两天，我妹夫交来两百块，余下的说正在联系人卖田。尚山卒当着妹夫的面，让我受'猴子抱桩'之刑。

　　"尚山卒喊人在地上钉了一根木桩，木桩顶部劈一个口子，用麻绳把我的两个大拇指紧紧捆在木桩上，然后在木桩口子里打进一个木楔子，不时用斧头敲一下，木楔越往下敲，口子胀开，麻绳绷得越紧。看着看着，手指肿起来了，紫红紫黑的。麻绳勒进肉里，十指连心，痛得我大哭。可才哭几声，他吼你还敢哭？又打了我两耳光。

　　"尚山卒故意当着妹夫的面打我，用意是让妹夫把这种惨景告诉家里人，让家里人难过，早点送钱来。家人最后只好把五十挑水田廉价卖给了本寨人，尚山卒才放我回家过了年。"

　　台上台下口号声不断。

　　吴焕跃宣布，因时间关系，控诉到此结束。随后宣读了尚山卒的罪行。

　　在"打倒土匪恶霸""中国共产党万岁""毛主席万岁"等阵阵口号声中，尚山卒被拖到江边沙滩执行了枪决。

第十三章 风起云涌

1.政府撤退

乌江县的解放军离开了，周边县的解放军也在迅速撤退，留下的很少。有人说是去西边打仗，也有人说是国民党军队打回来了。一时间，流言四起，人心惶惶，乌江两岸各县蛰伏的土匪，公开攻打区人民政府，另行委派区长。

一些投诚的国民党军队，与国民党撤退前潜伏下来的特务联络，公开打出反共旗号，攻打县区人民政府，杀害共产党干部的事件此起彼伏。

三月二十九日，因余中兴去锦江开会，在县里主持工作的吴焕跃，忽然接到沿江县驻军转来锦江地委的通知，为避免不必要的损失，进入乌江接管的党政干部、县大队、驻军，一律撤离乌江，其他愿意撤退的工作人员和各界人士，也可随行。次日赶赴沿江，集中后撤往行署所在地锦江办公。他立即分头安排人员前往尚未架设电话的各区通知，就近赶往沿江县城集中。

这是吴焕跃决定提前枪毙尚山卒的原因。当然，尽管当晚就电话通知各区派出通知各乡撤退的人员，但待北边的人赶往县城，至少也得第三天才能出发，抽出中间这半天，对尚山卒进行了公开判决。

清晨连续不断的电话铃声，将双龙区区长张洪武从梦中吵醒，睁眼惊讶地发现，史启发的小老婆睡在自己身边。

张洪武因伤转业任双龙区区长时没有住房，应邀住进副区长史启发购买的住房内，以便吃住方便。史启发的小老婆对他格外殷勤，不是主动将他换下的衣服拿去洗了，就是给他端来洗脸水洗脚水，给他添饭，甚至给他夹菜。史启发神态自若，像她在对待她的兄弟一样，视而不见。他下乡回来，无其他人时，她甚至近身去拈他身上沾上的野草什么的，说有个表妹长得比她还好看，哪天给他做媒。那鼻息体香，让他心里痒痒的。

张洪武觉得这样下去有些危险，担心自己情不自禁，与史启发小老婆做些出格的事来，半个月后便搬到已经整理出来的区长办公室兼卧室睡觉，在新开的区食堂吃饭。昨天是史启发的生日，邀请他去吃饭。史启发被众人劝得酩酊大醉，他离席时也晕糊糊地被送到办公室睡下。电话铃声把他吵醒，发现史启发小老婆与他赤身裸体睡到一起时，他像被火烫了一样往外一让，推了她一把道："你怎么进来了？"

"张区长，你问我，你装什么装？"史启发小老婆揉了揉睡眼惺忪的眼睛说，"昨晚我来看你吐没有，准备给你打扫下，谁知你拉着人家的双手不放，将人家扯到床上，脱光了人家的衣服，人家喊又不敢喊。你太猛了，把人家折腾了好长时间才睡着，人家也软得起不来，一觉睡到被你推醒。"

张洪武怎么也想不起昨晚的事来了，听到桌上电话铃声一个劲地响，只好披衣起床拿起话筒，吴焕跃在电话中大发脾气，"张区长，你昨晚去哪儿了，难道你想死吗？"

张洪武一惊，这事被人告发了？应该不可能，就说："吴县长，昨天一早下乡催粮，回来太累了，一觉睡到了现在。"

吴焕跃问："你身边有谁？"

他望了一眼床上双眼盯着他的史启发小老婆说："没有人。"

"虎坪场那边的土匪已经开始暴乱，我们的人员下落不明，情况紧急，你赶快通知还在乡下征粮的，近处的，与区公所在家的干部一道进城，其他来不及进城的，就近去沿江县城集中。沿途要注意安全，防止敌人伏击！"

史启发小老婆这时大声问："张区长，谁在打电话呀？你还要来睡吗？"

张洪武急忙用手捂住话筒，向她摇头摆手。那边电话传来吴焕跃的怒骂声："张洪武，屋里是谁？你在找死，马上给我滚进城！"

张洪武挂断电话抽出手枪对小老婆一摆吼道："你给老子滚！"

张洪武召集在家的区公所干部开会，马上给各乡征粮队写通知，喊他们务必于今日下午三点前到区公所集中，来不及的，就近到沿江县城集中开会。

由原治安大队改编的区武装民兵排，听说要到各乡各保送信，都要求趁机回家一趟。他答应了他们回家的要求。那些民兵走后，他发现一支捷克式步枪在门后放着，子弹袋也在，趁机拿在手里，转身向排长说了句，我们进城开会，这枪暂时借一下，回来就还给你们。排长见要不回去，无可奈何地转身走了。

太阳偏西，征粮队能到的陆续到齐，张洪武准备下令集合进城。这时，史启发说，家里为大家做好了饭菜，马上就熟了，吃了再走。他答，还早，进城去吃。再次动员史启发一道进城。史启发说，肚子不舒服，一会儿去弄点药吃，明天看看，好了再去。

张洪武回楼上办公室取背包时，同样不愿意进城的排长悄悄跟随上楼，跨步提起他靠在桌子边的步枪转身就往楼下跑。他见状丢下背包，从走廊栏杆上跳下楼，在院内从排长手中把枪夺了回来，气愤地朝天打了两枪，对排长等人喊道："离我们远点，不要靠近！"排长和身边几人见他们有所准备，不敢动手了，眼睁睁望着他带着队伍向城里走去。

张洪武走出约三里地时，排长等人便在后面朝天放起枪来，但无人敢追击他们。

史启发将电话打到县人民政府，请接电话的秘书转告吴县长，请吴县长为他做主，他小老婆昨晚被张洪武区长强奸了，在家中要寻短见。

吴焕跃通知完各部门干部做好撤离准备后，召集乌江县支前委员会主要成员到办公室开会。他脸色凝重地说："我们接到上级新任务，准备组织一次外出剿匪行动，由县委书记和县长亲自带队，需要暂时离开乌江。我现在征求各位意见，如果你们愿意跟随，就收拾好一道离开。"

王天堂接话说："吴县长，说句心里话，我们在这里土生土长，田土带不走，房屋背不动，亲友也离不开，出去举目无亲，板壁上挂甲鱼——四脚无靠，还是在这里等你们回来为好。"

廉杰才、孙献臣、黄泽峰等也表达了故土难离的意愿。

吴焕跃心里清楚，这些人都有难以舍弃的家产田地，不比外来人员随时离开了无牵挂。他们开明人士的身份，不管是土匪还是叛军，应该不会过多为难他们，可能还得依靠他们。他就说，县人民政府已决定将乌江县支前委员会改组为乌江县临时工作委员会，以维护社会治安为主。既然大家都不愿意离开，原任职务都跟随转任。但要提醒大家，必须等待人民政府返回，不得擅自变更称呼和改变职能。

王天堂欠身眉开眼笑地表态："请人民政府放心，我们一定按照吴县长的指示办，尽力维持好地方治安，恭候你们返回。"廉杰才、孙献臣、黄泽峰等也满口应承。

公捕公判大会结束，按通知，晚饭后撤退人员每人带着五斤以上大米、两斤盐巴——盐巴主要用来在路上与老百姓换菜吃。撤退人员陆续到达县政府院内集中时，三中队中队长丁朝忠急匆匆跑来向吴焕跃报告，县大队有人叛变。

吴焕跃带人到县大队营地时，院内一片混乱，有士兵正背着枪争先恐后地朝后门涌去。有人报告，副大队长李甲对大家说，宁为家乡鬼，不当异乡神，带着二中队中的五十多人往云岩关去了。他还说，驻扎在云岩关王氏农庄的廉有富中队长，将率领一中队迎接他们。双龙区副区长史启发已经杀猪宰羊做好夜饭。

吴焕跃命令随行人员往后门堵住他们去路，拔出手枪，顶上子弹，朝天鸣枪，大声喊道，谁也不准动，谁动就打死谁！院内安静下来。他摆着手中的枪说："凡是要离开的，把武器放下，凡是愿意跟随我们走的，到县政府集合。"

有近半的队员放下了武器。

驻军干事率驻军赶到，准备组织追击。吴焕跃说，天已黑下来，这仅有一个排的驻军，需保护撤退人员立即赶往沿江。

当晚，吴焕跃率城区两百多人乘着月色离开，第二天到达沿江县城时，集结了五百来人，比计划少了一百多人。除了李甲、廉有富、史启发外，还有一些人也接到了撤退通知，但他们滞留了下来。有说身体有病的，有说家中老人小孩无人照看的，也有人称没有接到通知的。随队撤离的县大队战士，不足二分之一。

县人民政府的突然撤离，犹如热闹的乡场散场后一般，让乌江这座县城瞬间变得空旷起来，行人寥寥无几，空气寂静得好像凝固了，让人有些窒息。

2.南辕北辙

十天后的一个傍晚，王天堂来到廉杰才家，分析县人民政府撤退后的形势，他认为，国不可一日无君，一个县也不能长时间无主。

廉杰才眯着眼问，是将支前委员会改回治安委员会，还是将临时工作委员会改回人民工作委员会？

王天堂回答，都不妥。维持会是国民政府符朗星县长还在任时的事，"人工委"是那些游击队的叫法，余中兴还认为具有县人民政府性质，不准称呼呢。"治安委"是余中兴的说法，他内心一直不认可。

廉杰才睁大眼睛盯着他，"你的意思是……成立县政府？"

"老兄你这脑袋瓜，什么事都瞒不过你。"王天堂用食指指着他笑道，"一个县，从古至今，没有一个政府，像什么话？谁来保护民众人身安全财产不受侵犯？谁来组织发展经济？谁来架桥修路建学校？"

"贤弟说得有道理。"廉杰才喃喃地回答。财产不受侵犯这一点，让他沉思和心动。共产党消灭剥削、消灭压迫，让穷人翻身的政策是公开的。他担心地说："吴焕跃临走时不是说，不准进行任何变动吗？"

"铁打的衙门流水的官。天命无常，唯有德者居之。是他们自己主动放弃的，又不是我们把他们赶走的。"王天堂见廉杰才微微点头，狡黠地笑道，"仁兄如果觉得可行，我建议你来当县长，牵头将乌江县政府成立起来。"

"不行不行我不行，"廉杰才急忙摆手，"你老兄能说会写，之前也干过，做这个是轻车熟路，找遍全县上下，也只有你的才华和经验最合适。我嘛，最多只能给你们敲下边鼓，需要点小钱时，愚兄当仁不让。"

两人推让了一番。王天堂说："为了乌江大众，那我就恭敬不如从命了。但我有一提议，兄长不得再推辞。"

"你说。"廉杰才笑嘻嘻地望了望王天堂中山装上衣口袋别着的钢笔，盯着他的双眼道。

"兵马未动，粮草先行。你得出任副县长兼财粮科科长，帮愚弟管好后勤保障这一块。"

"那武装这一块呢？"廉杰才默认了王天堂的提议。

"我已找李甲谈了，由他任副县长兼县武装大队大队长，委屈有富公子，他担任副大队长。"

"谢谢兄弟高看我父子了。"廉杰才对王天堂先找李甲后找他有些不满，但结果却也让他欢喜。

王天堂认为此时成立县政府，是天时地利人和。

王天堂认为，这人都有名利思想，都有宁为鸡口无为牛后的需求，提升了李甲、廉有富等人的官职，保障了他们的权益，就不会对他有二心，武装保卫政府就无后顾之忧了。

王天堂没有费多少口舌，就说服了"临工委"其他成员赞同自己的主张，并安排了相应的职务，只有孙献臣不但不接受副县长提名，还对他说"南京政府已经垮了，北京政府已经存在，不要去做这些争名夺利、劳而无功的事了。"

王天堂反驳说："李闯王当初打下北京城，不也称王称帝？结果又如何，还不是屁股都没有坐热就被赶跑了？"

孙献臣觉得自己遇上的不是有理说不清的兵，而是利令智昏自以为是的校长，就说："我年纪大了，特别是我这视力，越来越看不清人事风物了，不想再过问世事。"

孙献臣的话对王天堂似有触动，女婿找他欲为外孙到政府谋职，说外孙初中毕业，到政府做文书合适。他制止说："有我这棵大树在，你们就有乘凉处！历朝历代，耕读为本，把精力放在农庄管理上才是正道。"

非常时期，简化程序，王天堂以拟任区长、乡长、县属各部门科长等为代表，召开成立县政府、参议会暨县长、副县长、参议长选举大会。经举手表决，王天堂满票当选为县长，廉杰才、李甲满票当选为副县长，黄泽峰满票当选为参议长。随即委派了政府部门负责人，各区、乡长，史启发被委派为双龙区区长，刘明兴、古福贵分别被委派为青龙乡乡长、副乡长。

王天堂就任县长一个月后，接到从锦江带来的信，署名"乌江县人民政府县长吴焕跃"，信中称他"临时工作委员会王主任"，简要回顾了与他在乌江中学共事的日子，感谢他曾经的救命之恩，也因此特写信劝告他，不要与人民为敌，撤销所成立的伪政府，人民政府长则半年，短则三个月就要打回来，并重申了"约法八章"中的相关内容。其中一条是，国民党的各级政府官员，凡不持枪抵抗，不阴谋破坏者，人民政府和人民解放军一律不加俘虏，不加逮捕，不加侮辱。如果他一意孤行，不听劝告，他和参加他政府的人，都将视为违反这条，承担为匪的后果。

王天堂将信一丢，哼道："他吴焕跃才当几天县长？就以上级口吻训人，即使他猴年马月打回来，又能把救命恩人咋样？还真敢将为全县民众办事的县政府，与尚山卒等打家劫舍的土匪一样对待？"

王天堂上任后才感觉这县长难当。修桥补路办学这些需要钱的事可暂搁一边，但打架斗殴不能不管，杀人放火不能不查。可自己手中这点人力物力，管不过来，也查不下去。有的区长、乡长服委不服调，他批转下去的诉状，基本上是石沉大海，少数也是文来文往；要求征收上调的粮食，离任务数相去甚远。

有的如烫手山芋，抛到哪只手都难受。

史启发区长的侄儿在青龙场，拳打脚踢中被刘明兴乡长儿子用杀猪刀捅死这事，就让他一直劝和不成。史区长非得要求用刘乡长的儿子抵命。王天堂谁都不敢得罪。如果是之前，喊他们不服判决上诉就是了，而今去哪里上诉？

上月底，十多个国民党军队伤兵到政府院内高喊要生活费。他解释说没有这笔钱，之前是由上面下拨的，现在已经有一年多没有拨付过了。

伤兵说自己是为保护他们这些人才受的伤，当然应该由他们负责安度晚年。一天不解决好，一天不把之前欠的生活费补齐，就让他一天不得安宁。

月初又来了一批国民党军队阵亡将士的家属，到县政府要抚恤费，说他们没有田种，只能靠打短工过活，现已年老或多病，没有饭吃，没有衣穿。面对他的解释，都指责他新官不能不理旧账。李杜氏的孙媳说，她丈夫是打日本鬼子牺牲的，发了烈士证的，不能白死。

这些本应由上面解决的事，让他头痛不已。如果仅仅是来访的这些人，与廉杰才等城中财主商量捐款就可解决，但这是拉不干的痢疾，只要解决一个，就会有成千上万的人出现。面对这些问题，他没有上级可请示，也无办法可想，只好安排李甲从县大队调来一个班守卫县政府，闲杂人员一律不得进入院内，凡不听劝阻强行闯入者，轻则捆绑关押，重则格杀勿论。

这一办法，让他耳根清净了不少，烦恼事少了许多。但才两个月，江边乡急报，有一支约三百人、穿戴不整的军队往乌江县城开来了。

3.同流合污

王天堂组织人员到中学门口欢迎到来的军队，他远远看见，骑在高头雪白大马上的军官，不是别人，正是曾经在这里几进几出的杨青云旅长。听说，已是副师长的杨青云跟随他们师长投诚参加了解放军，如此狼狈地到来，肯定是传说中的反叛了。

还有两个人让他眼熟，一个是在此当过县长的符朗星，另一个是廉有贵。杨青云与王天堂等人打过招呼，向众人介绍随行人员，符朗星、汪惠臣现任副师长，廉有贵任为师参谋长。

杨青云坐在马上向欢迎的人群喊话："各位父老乡亲，我部已占领乌江中下游各县，鄙人奉命率警卫营接管乌江县。"随后命令士兵从附近商店取出鞭炮，庆祝"南京光复"。一时间，鞭炮齐鸣，硝烟弥漫。

鞭炮停息，杨青云说："当初我们并不是投降，而是按照潜伏人员的指示，用假投诚的计谋，避其锋芒，达到迷惑其的目的，最终与撤退前潜伏下来的人员一道，伺机暴动。事实证明，这一计策是可行的，是成功的。也就是说，不存在我们是反叛部队的问题。今后如有人再这样谣传，侮辱我等军人人格，损害我杨青云的声誉，定当严惩！"

次日，廉杰才举行宴会，欢迎杨青云"全师官兵"进驻乌江，保境安民。饭后廉杰才将廉有贵留下来问是怎么回事。

廉有贵："我本意解甲归田，可南京被占不几天，老三找到我分析形势说，国民党已是日薄西山，唯有支持革命参加革命，才能将功补过，给一家老少带来平安。于是，我就参加了他们组织的沿江拖枪行动。"

"这老三不知滚哪里去了，有一年没有见人了。"廉杰才问，"如果他在，问一下他就知道了。"

廉有贵短暂犹豫后回答："这兵荒马乱的，哪个晓得？就是在城里，办事、干活儿不在一个方向，也是三五个月见不上一面的，何况有荣他们做的还是秘密的事。"他见父亲点点头，明白父亲确实不知道有荣已经死亡。之前吴焕跃县长通知他去县政府，告知他有荣已是光荣的革命烈士。他要求吴焕跃暂时保密，将这一消息与大哥有富商量，怕父母承受不住，决定暂不告诉父母和弟弟妹妹，待时局稳定后再说。

"你继续说拖枪的事。"廉杰才说。

"这次拖枪，如果不是我与那个汪惠臣是战友，关系莫逆，是难以取得他信任的。如果他不信任我，就算给我一个营长当，却将我的人马混编，也难成事。这也是我一个光杆司令，他李甲任副职也不得不服的原因。虽然暗中是余中兴派人在组织领导，营部、连、排都有他们的人掌控要职，如果不是我从团部开会得知，队伍将于次日开拔锦江这一重要情报，他们不可能召开紧急会议，研究对策，立即行动。如果不是由我作军事指挥，调度得当，暴动是否能成功将打一个大大的问号。

"暴动能够成功，余中兴有自知之明，也怕我甩手不干，所以推举我为乌江游击队司令。不说之前，就是暴动拖枪之后我指挥的几场战斗，也是功不可没。可在双龙，他余中兴抱上解放军大腿了，改编为解放军的纵队，他成正的，我成副的了，而且还名列第二，列那个秘书文隽勇之后。改编为县大队后，还让我和李甲异地任职，上有县委书记兼政委，县长兼大队长，下面三个中队的中队长都是他们的人，我基本上被架空了。当指派我去重庆学习，我心里更打鼓，是去被关押还是像雷春和叔叔那样，在中途被干掉？在去学习的路上，听说杨青云起事了，我就投奔他了。

"现在，具体情况也不是很清楚。又没有报纸看，外面的情况更不了解。可惜乌江那台唯一的收音机被符朗星带到途中摔坏了，连杨青云也没有，只有一台发报机，要不也能收到些外面的消息。"

坐在椅子里的廉杰才，双手交叉搭在腹部，双眼盯着双脚，看到廉有贵不再说话，才长长叹了一声道："不管哪家说的是真，现在看来是箭在弦上，不得不发，骑在虎背上下不来了。"

第二天，杨青云召集王天堂、李甲、廉杰才、黄泽峰、廉有富等人开会，要求县政府为乌江驻军筹集首批夏、秋两季军服各五百套；提名副师长符朗星兼任副县长，主要负责部队后勤保障工作；建议县政府成立军事科，提名副师长汪惠臣兼任科长，主办征兵等事务。要求王天堂立即通知各区长、乡长到县城开会，部署相关事宜。

王天堂听到杨青云"推荐"曾经的县长符朗星出任副县长，惊出一身冷汗，当即对杨青云辞让说，还是请符副师长出任县长为上，他对这里的官民和经济社会都了解，管理也是轻车熟路。

杨青云还未回答，符朗星冷冷地哓了一句，"王县长，现在是抢江山不是争位子钱财的时候"。

王天堂被噎住了，躲开符朗星的目光，越过他的侧面从窗口望出去，远处的哨兵正在摇头。

十天后，王天堂主持召开有乡长级以上官员、社会贤达列席的军政联席会议。军政联席会议由包括各区区长在内的县政府组成人员和营级以上军官组成。他说——

"本府自两个多月前恢复以后，早就该请各位乡长进城开会，商讨政务，但因时局不安，一直未能举行。本府因没有上级政府的领导，一切政务政令无所依据和遵循，所以政治未上正轨，地方治安紊乱，社会状态异常。在此关键时刻，幸得杨总司令以英勇无畏的精神，不辞劳苦，转战进驻本县。我代表乌江二十五万人民致以崇高的敬礼并热烈欢迎！"

他转身向台上的杨青云鞠躬，伸腰后拍手。台下也响起一片掌声。

"今后，我们要以杨总司令的一切指示作为施政方针，同时还盼望在座各位把地方民隐和应兴应革的事件报告出来，贡献给杨总司令做参考。卑职在杨总司令的领导下尽力办好乌江的一切。下面，请杨总司令讲话。大家欢迎！"

杨青云讲话后，按会议议程，副师长兼副县长符朗星宣读了经杨青云建议重新调整后的"乌江县政府组成人员"名单，五个区区长，十八个乡乡长任职名单。之前通知未到会也未派代表参会的乡长，已不在其中。

参议长黄泽峰宣读 "乌江县党政军促进委员会"名单。主任黄泽峰。他说明，此委员会与县政府平起平坐，有监督县政府及县属机关和各区乡之权。

参谋长廉有贵宣读"中国人民自救军总司令部"名单。由营长以上军官组成。五个兼任自救军独立团团长的区长名列其中。

副县长兼县大队大队长李甲宣读"乌江县民众自卫军指挥部"名单。总指挥为李甲（兼任）。下属五个指挥部，指挥官由区长兼任。

副县长廉杰才宣读"田粮税捐征收办法"，每保派光洋六十元，大米六担，其余收税。其中食盐税，进按百分之十征税，出按百分之二十交纳。

县长王天堂宣布，军政联席会议起草的各种文件，稍后将印发到各区乡要求执行。

符朗星宣读杨青云命令，十天内，县大队改编为"自救军"独立团，李甲任团长，廉有富任副团长。支队长改任营长，分队长改任连长。各区相应组建"自救军"独立营，在所属各乡组建连，各保成立排，各甲设立班；营长、连长、排长分别由区长、乡长、保长兼任。这些军队编制，对内分别称民众自救大队、中队、分队。随杨总司令前来乌江驻防的警卫营扩建为警卫团，每保至少征集两名新兵充实到警卫团。

4.你死我活

王天堂越来越感觉自己这县长成傀儡了，甚至比傀儡还不如。傀儡是不能自主、被人架空，自己可以不闻不问，让揽权者操心去。但如今，涉及武装后勤保障，都是杨青云、符朗星说了算，他得不折不扣地执行。

地方大小治安呢，得王天堂自己决断，遇到难题，却不能轻易往杨青云那里推。纸上说得好听，实施起来却艰难。

江边乡辛家寨辛应豹家被土匪抢劫，养子被杀成重伤。保长向乡长汇报，乡长向区长报告，区长急报王天堂。他批示，本案已报总司令部，将派部队前往查办。但半个月过去了，毫无动静。

青龙乡客商遭股匪抢劫，此案报到总司令部，总司令部批转给县政府查办，王天堂只好批示"转令双龙区区长史启发密缉匪犯，送府严肃法究"。史启发又批转给了乡长刘明兴。被抢者上下往返跑了两个月无果，只好安慰自己"折财免灾"。

杨青云与符朗星、汪惠臣、廉有贵、李甲等谈心。杨青云说看到解放军军官和士兵，在地上围着一个用来洗脸的装着大锅菜的木盆一起吃饭，这种没有军官与士兵等级之分的生活，他过不来。

他们形成共识：不如充分利用共产党军队、政府溃败之机，公开拥护国民党，消灭共军武装，抓捕革命分子，立功受奖。即使死，也要像扑灯蛾一样，死在亮处。

不几天，双龙区区长史启发到县城向杨青云报功。

根据杨青云的部署，史启发设计行动，破坏双龙桥，阻止共产党军队西调。他吸取青龙乡乡长刘明兴破坏青龙桥，只掀掉所有桥板被修复的教训。夜深人静时，他带着十多名自卫队队员，乘着月色拿着锯子斧头来到桥边，把桥面上的木板撬起掀入河中冲走，将每根桥梁的背面用锯子锯入约二分之一的口子，行人可通行，车辆则难过。

第二天，他们坐在不远处的松林间观望。太阳落山时，解放军约两个团到来，先头部队从附近的农户家迅速买来木板，重新铺上，前面的人员和车辆陆续通过，正在他们后悔应该将桥梁口子锯深一些时，后面的一辆汽车开到桥中，桥塌车翻了。

他们随当地百姓跑过去观看，车上一人被抛到车外，头颈被血包裹，不能动弹，停下的解放军将其包扎；另五人随车掉进河中，被四轮朝天的车子压在水里，待抢救上来时，都已停止呼吸。从抢救时对死者的称呼看，有一个营长，有一人是教导员，还有通讯员、驾驶员和卫生员。重伤者是司务长。这辆烧木炭的汽车之所以压断了桥梁，是车里装有砖盐和布匹等物资，较重。

尽管如此，部队并没有停下来，一部分将砖盐布匹捞出来，一部分人去寨上买棺材，将死者草草安埋，向天空打了一阵排子枪，匆匆往西去了。

杨青云召开军政官员、民众代表会议，给史启发佩戴大红花，敲锣打鼓，巡游城区各条街道，并按之前的奖励办法，对造成共产党部队六人伤亡的功绩奖励六十块大洋，六支步枪；另奖励史启发一匹高头大马，一把手枪。

杨青云得到情报，沿江县大队的一个中队，将护送三百多商客经乌江县前往省城。指挥官是曾经的解放军营长、双龙区区长张洪武。为节省时间和规避风险，他们行走的是小路，渡乌江经江边乡出乌江县境。他召集下属军官和县大队改编的自救军布置伏击。

杨青云得到的情报无误。

张洪武撤退到沿江县城当天，就被吴焕跃宣布暂停职务。他与史启发小老婆的事，是告发的强奸，还是他辩称的陷害，待今后调查清楚了再作惩处。考虑到他的军事指挥才能，同意沿江县委要求将他留在沿江县大队，负责军事工作。这次由他率领战斗力最强、武器装备最好的一中队护送商队，也是基于他的战斗经验丰富。

肩挑背驮的商队行走在崎岖狭窄的山道上，前后连绵数里。县大队也带着十多匹驮着军用物资的战马。进入乌江境内，张洪武判断，遭遇土匪拦截的可能性增大，难免打硬仗。于是，他集合商客训话，告诫他们如果中途遇上土匪，不要乱跑，务必听从指挥，就地选择地形隐蔽。他还组织前哨搜索队，分成两个小组，在队伍三公里前，从沿途两山搜索哨探，以防不测。特别是人烟稀少、地形险恶的上隘口、乱洞沟、倒马坎等地，护商部队都要进入战备状态。但一路都没有发现土匪，倒是参与商队的商人增加了十多人。

为不扰民，商队在一块缓坡上停下来，撤回前哨搜索队吃午饭，饭后继续向前。再穿过一个小山沟，翻坳就到了人烟稠密的辛家寨。张洪武估计土匪也不敢在这一带设伏，就没有再派出搜索队。

队伍进入山沟，突然，在前面沟口半山响起了机枪声，接着左右两山枪声响成一片。张洪武这才发现中了埋伏，一面指挥商客去溪沟中隐蔽，一面向土匪还击。

山沟两面，坡陡树密，大多是难以攀登的陡坡和稻谷变黄的水田，凡易攀越的每一个地点，对方都布置了相应的制控火力，并在所有上山路径的要隘处，组织了以机枪为核心的火力点。山沟两头，都有两挺机枪和十余支步枪封锁。整个山沟，居高临下形成火力网对准了道路。张洪武预感到，他们遭遇的，不是一般土匪，是既懂军事又阴险毒辣的恶徒。

尽管县大队的战士沉着应战，也毙伤了不少敌人，但因有利地形多隐藏有客商，有时只得站在路上举枪射击，致使伤亡增大。激战中，客商聚集的溪沟内响起枪声。原来是十几名恶徒扮成商客，肩挑货担，暗藏短枪，从沿途先后混入客商行列。战斗进入白热化时，他们利用有利的地理条件，从背后向县大队战士射击。

战斗从下午两点开始，激战到五点多，终因寡不敌众，地形不利，致使伤亡过半。张洪武率队，一边用火力掩护，一边投掷手榴弹开路，打开一条上山通道，带领几近弹尽粮绝的五十多名战士突围出来。

所有县大队的伤员被枪杀，商客被洗劫一空，连稍微好一点的衣裤也被脱去，稍事反抗的客商，被打死五人，打伤十多人。

杨青云在江边沙坝召开大会，展示战利品，通知全城民众参加。王天堂、廉杰才在会上称赞杨青云是诸葛亮再世，姜子牙重生，是乌江流域广大民众安定的再生父母。

趾高气扬的杨青云，率部攻打沿江县城，却碰得头破血流。

这次"自卫军"指挥部部署近三千人分别围攻四百多人的沿江县大队和解放军一个连，本是易如反掌之事。但西路上千人的队伍，在离城六公里处，前部就遭到县大队伏击；北边千多人的武装，被解放军的一个连阻击不能前进。杨青云近千人马赶去增援北边时，发现解放军越打越多，根本不是一个连，少说也有一个营的兵力，好像到处都是机枪、迫击炮，渐渐对他们形成反包围之势，只好丢下两百多死伤者夺路逃回。西路人马也在死伤三百余人后撤退。

杨青云召开军政联席会议分析，此战总计死伤失踪六百多人无功而返是小事，因为胜败乃兵家常事。问题在于，这次计划周密，半夜才命令出发的行动，对方像早就知道一样，进行了充分准备，特别是突然增加那么多解放军，不能说不蹊跷。更为可怕的是，连万一形势不利，"自救军"总部仅几个人知道撤退到台湾的路线图，都被对方掌握。

他后悔地说，早该听取符朗星副师长的建议。

第十四章 云开日出

1.垂死挣扎

早前符朗星看过吴焕跃给王天堂的信，他对杨青云说，共产党对乌江的情况了如指掌，说明他们安排有人潜伏在这里，为他们收集情报，通风报信，比起老百姓的相互扯皮打杀，甚至比起三五个土匪奸淫掳掠来，更加危险。他们的目标明显，就是要迎接共产党政府返回乌江。

杨青云当时不以为然，一封虚张声势的信，能说明什么问题？

杨青云说："如今看来，'自卫军'内部和地方，都可能有共产党的人，他们就在我们身边。磨刀不误砍柴工。'自卫军'总司令部已部署，同时在各县清党。必须执行'宁可错杀三千，不可放过一个'的政策。"

他命令符朗星、汪惠臣和李甲具体实施。

王天堂签发的"户籍奖惩规则"规定：实行"联保"，一人"犯罪"株及众人；有通匪、窝匪及隐藏谍特者，除正犯应予枪毙外，花户及联保人罪与正犯同，所属乡、保、甲长，各处以一百元以上五百元以下大洋的罚金，或处以一年以上五年以下有期徒刑……

青龙乡副乡长古福贵被"自救军"指挥部通知进城，将杀猪宰羊欢迎人民解放军的事情交代清楚。

拘押次日，廉杰才出面担保，找杨青云说情，古福贵所作所为，都是被逼迫的，并拿出两百块大洋慰问军队，才得不予追究刑事责任，下不为例，并被撤销了青龙乡副乡长职务。

江边乡乡长文清尚，曾代理人民政府管理盐巴，因抓捕未果，交代不出其去向的父母被枪杀于房中。

查实江边乡为石辅仁送信的农民何龙成，未能如期完成捐款任务，犯"抗款不缴""罪上加罪"被拘押。

沿江县虎坪乡兄弟俩来乌江县城赶场，其中一人曾给解放军开过车。他们打听亲戚下落时，被人报告，说其亲戚还是撤往锦江的共产党骨干。杨青云派人将其抓获并枪决。

双龙场袁玉珍，为共产党双龙区人民政府煮过饭，与区长张洪武接触频繁，被捆进县监狱吊打。尽管被刺刀捅伤五处，也交代不出通匪细节，又因交不出可释放的五十块大洋保证金，被继续拘押。

卫生所的石纯志，与吴焕跃是老乡，当初两人是一起来到乌江的，嫌疑最大。可在抓捕前，被王天堂老婆支使女婿报信逃跑了。他老婆认为，当初要不是石纯志为王天堂治病，肚皮痛得在地上打滚的王天堂，早就不在人世了。

因母亲体弱多病不愿撤退的乌江中学教师刘守春，在一天清晨，人们发现他被人用斧头劈死在城郊水沟中。

三个月里，杨青云核准枪毙的有十七人，其中儿童两名，罪名为曾经给解放军带过路；王天堂、符朗星批准杀死的有三十二人；汪惠臣同意执行死刑的有二十六人；李甲命令枪决的有四十五人……

死在南柯一梦中的，当数国大代表孙献臣。

他隔三岔五，带着七八个同街邻居和亲友上山打猎。

打猎前，本要进行祭山的。焚香烧纸，斟酒倒茶，叩首念"山神开恩，满载而归"。如果打猎的地方较远，需要在岩洞过夜，还要准备一两天的吃食和被子，再带上火枪、绳网、铁夹、杀猪刀等器具出发。

接受新式教育的孙献臣，总是省略祭祀环节。几次下来，收获颇丰。人们对他关于猎物走向的判断，对堵截关卡的选择，弹无虚发的灵敏，似有五体投地的佩服。上个月，一头山羊钻进了他放置的绳网。十天前，一头野猪蹿出灌木丛，狗追上去撕咬，野猪嚎叫奔逃，他"砰"的一枪，击中野猪脑门，跑没几步，倒下了。

杨青云安排李甲带几人随孙献臣上山打猎。

李甲不解，没有必要这么奔波吧？恐怕树荫下歇，岩洞里睡，挂烂衣服，划破皮肉，一天追到晚，也只能打到几只野兔、山鸡。

"你动下脑子行不行？"杨青云批评道，"孙献臣不愿为我们办事，说视力不好却能上山打猎，枪法还那么好，这是为什么？"

李甲看着杨青云点头说："我明白了，孙献臣的寿数尽了。"

杨青云微笑着点点头。

李甲再三提出随孙献臣上山打猎，孙献臣推辞几番之后只好答应："有李县长助阵，大家会如虎添翼，结果肯定会旗开得胜。"

孙献臣内心明白，重任在肩的李甲是不会有闲心来打猎的，也不是为了吃动动嘴就有人送上门的野味，目的无非是找个借口打自己黑枪罢了，但已无更好的选择，只有坦然面对。

大家都知道"围山打鸟见者有份"的道理。打到山鸡野兔之类，熬一锅汤，众人同喝。如果打到了野猪、山羊，砍几根木棒抬回去，除了共同吃的，余下的每人分一块肉带回家。他对众人说，有李县长带人参加打猎，不但人气旺，猎物就更难逃走了。

孙献臣、李甲一行穿行在龙泉廉氏农庄后的大山中。黑压压的森林，似有遮天蔽日之势。发现野猪的踪迹后，孙献臣安排在野猪必经处安下铁夹，盖上枯草，放上红苕、玉米棒之类。在野猪可能逃走的狭窄路口安上绳网。狗主人急忙解下狗脖上的绳子，用手捂住狗的嘴巴。准备停当后，孙献臣吩咐同伴分散隐蔽。

李甲朝响动的树丛打了一枪，并向远处的人喊道："打中了，打中了，野猪打中了，大家快过来。"

众人听到枪声和喊声，随李甲跑去看时，并不是什么野猪，分明是一个人躺在地上，额头上中了一枪，眼镜抛在了一旁。这个人不是别人，正是前国大代表孙献臣，从褪到脚踝的裤子看，他准备在这里解大便。

李甲抱起孙献臣大声喊道："孙代表，怎么是你？我该死，错把你当成野猪了！"他向众人解释道，"我听到野鸡鸣叫，随着叫声摸过去，发现一个黑影在远处的树丛移动，我觉得运气不错，一头野猪撞上枪口了，怕被野猪发现，果断地开了一枪，准备打第二枪时，却发现没有了动静，这才喊大家过来看，谁知……"

有人安慰道："李县长，你就不要自责和难过了，这种现象之前也发生过，新手打野猪，常常紧张到误事。有人打不准，枪声反而引来野猪被咬得半死。青龙坝牛家寨牛族长，前年就是这样被他亲家公误认为是野猪打死的。"

李甲安排随从将孙献臣的尸体抬回孙家，说起这想象不到的失误，主动出了一笔安葬费给家属。孙献臣儿子联想到近期许多蹊跷死亡之事，李甲肯定是有意为之，而且是受人指使。但他不敢质疑，只有连声称谢。比起坚辞江边乡乡长职务的黎明潜，从船上跌落溺水而亡，他父亲算是死得体面的了。后来他儿子佩服父亲睿智，不仅没有参加伪县政府，还选择了另一种体面形式的"自杀"，不但他有葬身之地，儿孙也未受到大的牵连。

杨青云原以为解放军不会再回来了，至少短期内不会，没想到，西边各县传来消息，曾经离开的解放军不是逃跑，是去参加西部省份的战斗，而今胜利后一部分打了回来，从西北开往乌江县的，是一个团。此时，从县长到乡长，听到消息的，都如惊弓之鸟。

他深知一个团上千人，而他自己号称数千人的部队，只有之前跟随自己的那三百来人和后来收罗的散兵游勇能战，其他都是乌合之众，包括征集才两三个月的五六百名新兵，以及以本地人为主的县大队改编的独立团。

杨青云在会议上通报，根据"自卫军"司令部命令，他将率领警卫团前往沿江县参加战斗。命令王天堂县长、李甲团长率其他武装维持好地方治安。他派人前往副师长汪惠臣家，待其父亲安葬后，迅速赶往梵净山会合。

符朗星提醒杨青云。杨青云说："'自卫军'司令部已发布命令，尽快向梵净山集结，那里有彭景仁、闻希哲的上万人。如果不与这些武装抱成团，进入进可攻退可守的梵净山，单凭我们这几百人在这里，很快就会被吃掉。"

符朗星叹息道："即将进入冬季，不说冻死，连野果都没有吃的，饿也会饿死的。"

杨青云反问："那你有什么高招？"见符朗星不语，就说置之死地而后生。

2.烟消云散

杨青云为防被伏击，不走乌江沿线，率部上云岩关，翻山越岭到达青龙场。

在五里范围内放好探哨，派出数十人上街到农户家提取粮油蔬菜，以借为名，牵猪拉羊捉鸡，饱餐睡好以便赶路。

一夜平安无事。

次日清晨，为避开战斗力较强的沿江县城的武装，也防内部消息泄露，杨青云临时决定，改变之前宣称沿公路前往沿江县的计划，沿着青龙沟，翻上青龙山，走过青龙坝，穿越柏树林，到达虎跳崖，准备绕道虎坪场，离开沿江县前往梵净山。

一路上没有异常。

杨青云骑在白马上，在虎跳崖两山悬崖峭壁相夹的路口，俯视如蚁蜿蜒下行的队伍，说这地方易守难攻。

前哨部队已对两山进行火力侦察，惊起了一些山鸟，一头麻灰色岩羊被击中滚下悬崖，跌进黄绿相间的杂木丛。枪声停息，啁啾的鸟声传来，山野又归于宁静。

他下马从身旁开始变红的红籽树上，摘下两颗红籽丢进嘴里，一股涩、酸、甜混杂的味道，顿时就在嘴里蔓延开来，随即呸呸地吐掉。他判断，解放军大部队和他们的距离，至少还有一天的行程。他为自己的声东击西之计得意。

杨青云向下行走不远，身后传来密集的枪声，后面的人潮水般往下涌来。他从火力判断，肯定是解放军追来了，突然问身边的人："这地方叫什么名字？好熟悉，一时就想不起来了。"

有人回答："虎跳崖。"

杨青云惊问："虎跳崖？"得到肯定回答后，"啊"了一声，自言自语道："我这是羊（杨）落虎口啊！"

那人不知他为何惊讶，接着说了句，"下到谷底是羊落坨"。

杨青云似乎没有听清那人在说什么，快步跳跃着向下奔去，那马受惊也跳起来随即向下奔跑，撞翻了几人，马蹄弹在他背上，他一个趔趄，跌进"阎王刺"丛，正在他"哎哟妈呀"喊痛时，那马被击中，随即向他滚去，将他压得没有了声息。

后面被追击的士兵，像没头的苍蝇，慌不择路向谷底奔跑。由于道路狭窄，有的被撞滚下悬崖，不是摔断了手脚，就是跌断了腰杆；有的被挤得跌进刺丛、石尖、树桩，喊爹叫娘声伴随枪声在山谷回荡。

已经下到羊落坨的士兵，听到枪声，急忙往右边的山坳跑，以抢占制高点，可前面突然遭到机枪、冲锋枪的扫射，急忙又滚爬着退回谷底。也就在同时，两边山头，也响起了枪声，谷内响起手榴弹爆炸声。当枪声渐渐稀疏时，四周缴枪不杀的喊声，在山谷回荡。

解放军打扫战场，包括杨青云在内的百余人被击毙，三百多人做了俘虏。

负责断后的符朗星，在青龙山进树林解手后，没有跟上来。

杨青云被歼灭，当乌江县人民政府在解放军护送下返回乌江的消息传来时，李甲才发现杨青云玩的是"金蝉脱壳"之计，自己被这位仁兄抛弃了。他连夜找王天堂、廉杰才、廉有富等人商量对策。他们分析认为，如果抵抗，无异于以卵击石，不抵抗，则是坐以待毙。

王天堂决定不走，就凭他救过吴焕跃县长的命，也不会把他怎样。

廉杰才也不同意走，自己做那些都是被引诱，甚至是胁迫。再说，做了大来难做小，享了富贵难受贫，丢下自己的家业财富锦衣玉食的日子，逃到荒山野岭提心吊胆东躲西藏，比死还难受。

李甲、廉有富则认为，留得青山在不怕没柴烧，决定外出躲避。两人带上枪弹和盘缠，连夜出城。

县人民政府返回，各部门恢复运行。

乌江县军事管理委员会主任、解放军团长签署命令，收缴"中国人民自救军"独立团枪支，拘押王天堂、廉杰才等人除了少数有功的，辞职不干的，一律枪决；对众乡长中少数有功和辞职不干的外，一律拘捕判刑。

王天堂的女婿来到吴焕跃办公室喊了声吴县长，坐在办公室后面的吴焕跃扶了扶眼镜，嗯了声，没有喊他坐，也没有泡茶水的意思。他面对重新低头写材料的吴焕跃道："吴县长，我来找你是为我亲爷的事，'蛇无头不行，鸟无翅不飞'，我亲爷所做的事，都是形势所迫，也是为了全县民众着想。请看在过去的情面上，看在报信让你老乡许纯志医生出逃、安葬刘寿春老师的行为上，放他一马，至少将他的性命保住。"

吴焕跃放下手中的笔盯着他说："现在的局面不是我能作主的。当初给王校长写信，劝他撤销伪政府，就是看在过去的情面上，好话歹话都说了，但他听不进。全县人民没有逼他成立伪政府，他只是想借此光宗耀祖罢了。"

杨青云没有到来前，他就成立了以他为主任的"促进委员会"，杨青云到来后更名改组了，他也是副主任。他不但没有辞职，还认为有了靠山，签署十多份文件，支持杨青云。除了他签署枪杀的，他呈请杨青云等人决断后枪杀、关押的有多少？作为组织者，每一条罪状他都有份儿。实说了吧，他所犯的每一条，人民政府都不会饶恕他！

吴焕跃见王天堂的女婿站在那里不走，闭目犹豫了一会儿，从抽屉抽出一张纸，给他写了一张条子。"你可带一家老少去探望他一次。"沉吟片刻又说，"鉴于他曾经对我党地下组织的支持，虽然是无意，但实际贡献也在，可以考虑他吞食鸦片自杀。"

"算了吧，那样一时断不了气，一家老少更难受。"王天堂女婿拿过纸条叽咕了一声。过了一会儿，他没有离开的迹象，张了张嘴，没有出声。

"你还有事吗？"

"没有了。"他鼓起勇气试探着问，"那廉老爷廉杰才呢，人家二儿子廉有贵打过日本鬼子，三儿子廉有荣还是你们的人，如果没有被杀的话……他不该有事吧？"

"廉杰才做了什么他心里明白！"吴焕跃斩钉截铁地回答，"功是功，过是过，老子是老子，儿子是儿子，就是一个人，也要是非分明。你知道张洪武区长吧？调查的结果并非他强奸了史启发的小老婆，而是小老婆勾引陷害他，但他还是被免去了区长职务。如果是前者，他吃几年牢饭是免不了的。"

"廉老爷那小儿子有华，没有参加他们做事。"

"这个我们知道，何况他才十七岁，也没有人要拘捕他。"吴焕跃挥挥手，让王天堂的女婿出去了。

县法院召开公捕公判大会，捆绑着的王天堂，用祈求、哀怨的目光朝台上的吴焕跃看去，吴焕跃像触电一样，将目光移开，头扭到了一边。法院院长宣判王天堂、廉杰才、黄泽峰等匪党政军官员五十二人死刑，立即执行。所属财产大部被没收。

廉杰才的五重堂房屋收归人民政府，用于开设乌江县人民银行和干部居住，各庄园暂由租种农户免租耕种。他的老婆及其儿子、儿媳、孙子，被安排住进王天堂家。王天堂的女婿等人，则回到自己之前的住房居住。

接着，乌江县开展追捕被缺席判刑的匪首。

解放军团、营党委分别参加县和区党委工作，团包干县，营包干区，连包干乡，以排为单位分散到各村，配合区乡干部，发动群众，建立以贫雇农为核心的民兵小分队，摸清土匪的人数、枪支及其行踪。对外逃的匪首实行远征追捕，对隐藏起来的匪首，发动群众检举揭发，组织民兵站岗、放哨、查路条、搜山、进洞，不放过任何一个可疑点，反复宣传党的政策——首恶必办，胁从不问，立功受奖，投诚自首宽大处理。

汪惠臣接到杨青云通知前往梵净山会合的口信，以为迟两天也无碍。可将父亲埋上山当日，就听到杨青云在虎跳崖覆灭的消息，就连夜逃往虎坪乡朱家寨岳父家，岳父让其在寨侧树林边的稻草垛里藏了起来。岳父半夜为其送饭时被群众发现，解放军驻军连长带领一个排和民兵小分队将其包围，对射中汪惠臣被击伤抓获，解放军将其押解到虎坪场街头伏了法。

史启发的结盟弟兄找到张洪武，举报史启发藏在云岩关前往青龙场半山的溶洞中。他之前上山砍柴时悄悄为史启发送饭，现在响应政府号召，将功补过，洗掉窝藏土匪的罪名。

民兵小分队配合张洪武带领的那个排，天麻麻亮就前往抓捕。睡在岩洞前的史启发觉察后，两山已无路可逃，急忙从洞前小路跑下来跳进水田中，准备钻进对面的森林里。

为了抓活口，张洪武也跳进水田中，追上抓住他的头发，将他往田中猛灌水。他奋力反抗，两人翻滚在田里。张洪武最后将他像死猪般拖上田埂时，两人都成了只有眼睛亮的泥人。

第二天，将史启发连同之前抓获的破坏双龙桥的土匪，押往桥边，召集群众，历数他们的罪状后枪决，以祭桥断翻车死亡的英灵。

有人报案，在青龙与沿江县交界处被脸涂锅灰的土匪抢劫。从那人描述的体形看，很像李甲。相邻两乡则组织群众、民兵，配合解放军搜山，钻溶洞，也没有发现人影。

隔天，张洪武装扮成客商，背着布匹翻山。事实上，在他前面和后面几百米外，都有装扮成过往行人的一两个解放军战士接应。他顺利地走进邻乡地界下山。

数天后，他穿上长衫，套上棉衣，戴上棉帽，独自一人挑上布匹和盐巴翻山。事先约定，两乡群众和民兵堵住各路口，解放军守在两山脚下的公路上。半小时后，分批派出零星人员上山接应。如果出现意外，立即组织搜山。

"不准动！"刚爬上山坳的张洪武听到身后有人厉声喝道，他惊慌失措地丢下挑担，抱头蹲在地上。身后的人又喝道："不要回头，将衣服裤子脱掉！"

"大哥，这天气太冷了。"

"少啰唆！你怕冷不是？我数到十不脱就让你去见阎王，那你就不晓得冷了！"随即身后传来"一、二、三"的数数声。

对方还未数到五时，张洪武只好将外面的衣裤脱掉，又按他的吩咐转过头来。他眼皮上翻，看到那人满脸漆黑，衣服褴褛，一双眼睛闪亮，挥着手枪喊他往前走。

他双手抱胸缩颈弯腰颤抖着向前走去，走出五六米时，回头看那人弯腰准备拿衣服，他迅速捡起路边两块石头，猛回头大喊：李甲！那人抬头惊诧时，他掷出的一块石头已打在那人脑门上，只听那人哎哟一声，血刚从那人额头流出，第二块石头已命中鼻梁。待那人反应过来，左手蒙脸右手举枪时，张洪武已扑上去将那人按倒，压在那人身上，抓起那人的右手腕不停地往石头上猛撞，直到那人痛得放弃扭动。

张洪武解下那人的布裤带，将那人双手反捆在身后，又撕下布条将那人双脚捆上。他捡起抛到树丛的手枪说："我是解放军营长张洪武，知道你是作恶多端的土匪头子李甲，如果你敢乱动，我一枪打死你。"

李甲说："开始我就该一枪打死你，张洪武区长！"

"这些都在我计划中，只要听到枪响，四周搜山的人将立马赶到，你插翅也难逃。"

李甲不再说话，任凭额头鼻子上的血，从脸上往下流淌。张洪武刚穿好衣服，抬头看到前来接应的人已经到了半山拐弯处。

次日双龙场赶集，满脸乌肿的李甲被捆绑在马车上游街。

李甲被押到双龙河滩上枪决的消息，很快传遍了周围的村寨。不到几天，到双龙区政府登记悔过的匪众达千余人，收缴各式武器三百余件。

被缺席判决死刑的人中，还有符朗星、廉有富、廉有贵在逃。

3.法不容情

张洪武召集大家分析后认为，廉有富的主要关系除了亲人，就只有之前的政界和警界，稍有能耐的，已是泥菩萨过河——自身难保；稍有往来的亲友，都已查询，但生未见人，死也没有看到尸。

张洪武带着几个民兵走进青龙庙，询问廉姎是否见到廉有富，她敲着木鱼念经不答。他又说，如果窝藏知情不报，将与土匪同罪。

廉姎终于开口说，佛门圣地，此刻只闻到血腥味。

张洪武只好出门。

事实上，廉有富来青龙庙找过廉姎，他讲了父亲廉杰才、二弟廉有贵凶多吉少的话。她不回答。廉有富提出进青龙洞躲藏，让她半夜送饭。她只回了句："找晋成皇、尚山卒给你送。"

廉有富两只手揣在衣袖里，缩着头，呆望着她，张开大嘴一时落不下来，半天才明白她的意思，如果钻进洞里躲藏，当年晋成皇、尚山卒的结局，就是他廉有富明天的下场。于是搓着双手哈气说："马上天寒地冻了，不饿死也要冷死。"

"翻瓦匠家欠钱，你去取。"廉姎说。

"他人都早死了，欠什么钱？"廉有富又是一头雾水，廉姎低头敲着木鱼念经不再回答。廉有富只好抱着死马当做活马医的侥幸心理，连夜前往翻瓦匠家。

出门时廉有富想起来了，翻瓦匠死后，他陪同她在姑爹古福贵家借了一百块大洋给翻瓦匠父母送去。那家穷得叮当响，即使有钱，即使能要回来，也难有用处呀。走着走着，他忽然明白，翻瓦匠家欠的不是钱而是情，救他老少于生活困苦中的那份深情。

廉有富推开竹栅门走进翻瓦匠家时，两个老人于昏暗的油灯中，看见胡子拉碴的他吃了一惊。当得知是当年给他们送来一百块大洋的恩人时，连忙烧火做饭。他说明了来意，在对方惊愕之际又说："你们可以把我捆起来交给政府，立功受奖，我毫无怨言。"

男主人说："那怎么可能？吃水不忘挖井人。当年要不是你们救济，我们一家保不准早已见阎王了。后来用你们的钱买了几丘田土，还送孙子读了几年书，在寨子边修造了栋四列三间的房子。孙子已成家，有了一男两女三个曾孙，分家另过了。平常我们这茅草房很少有人往来，之前已经来人搜查过了，你白天就到桌子下这苕坑里躲起来，晚上再出来活动活动筋骨。"

张洪武一行到古家寨询问古福贵，古福贵说廉有富还是符朗星当县长时几兄弟一道来过，已有一年多没有看到他们一家的身影。那次我进城去交罚款给土匪司令杨青云，去廉家吃饭后就走了，也没有见到廉有富。

这时，从地楼屋走出的包玉英，让张洪武呆呆地看了好一会儿，心想此生如果娶到这么漂亮的女人，也知足了。听说古福贵长她十五岁，可肤色与他正在灶头后做饭的大女儿古成梅比起来，也大不了两岁。

她对张洪武说："张区长，这人在人情在，人死两丢开。自从廉老板的妹妹去世后，人家就很少来走动了，特别是我来这里后，即使偶尔来，也像借火一样，来去匆匆，与一般熟人差不多。两个姑娘虽说是他们的亲外甥女，但这山高路远的，也不好让她姐妹俩进城去沾光。"

张洪武询问廉娶的身世。

古福贵将她嫁给王天堂儿子，不久她丈夫病故，后与翻瓦匠私奔遭土匪抢劫，嫁给符朗星生了儿子，儿子在重庆死亡等事说了一遍。他说："这姑娘重情重义，这翻瓦匠人都死了，钱也被抢了，她还给翻瓦匠家送去了一百块大洋。唉，如果不是她儿子在重庆被踩死，她也不会出家。"

"她送去的？"张洪武问。

"是。当时在我这里借的，她大哥廉有富陪她送去的。"

"翻瓦匠家住什么地方？"

"不太清楚。好像过虎坪场了还要往南走十多里。"

张洪武经过多方打听，终于问到了翻瓦匠家。他假装进翻瓦匠家找水喝，指着桌子下的苕坑说："饿了，能不能下去拿几个红苕来吃？"翻瓦匠家的老汉有些惊慌地说："对不起，没有了。"

张洪武没有再问，离开了。他知道，一个家庭再没有吃的，也要留些苕种，不可能没有。这苕坑里十有八九藏着人，而且十有八九是廉有富，但怕自己一人对付不了，只好暂时离开。

次日，他前往虎坪乡协调驻军共同围捕。

在乡场上，张洪武看到一个赶场的女人，怎么是包玉英？不可能！问与她刚才买针线时交谈的杂货铺老板，老板说，那女子姓周，叫周玉蓉，是周家寨周医生的女儿。

他询问周医生家里有些什么人。那人介绍说，只有夫妻俩和这个女儿，这女儿也不是亲生的。

周医生在虎跳崖下采药那天上午，一个姑娘从上面飞下悬崖，幸得树枝树叶遮挡，下地时衣服已难遮体，全身布满了血痕，好在只断了几根肋骨，内脏无损。他将自己的上衣脱下来给她穿上，把她放到背篼里背回了家，用药将她医好了，了解她身世后，征得她同意，取名周玉蓉。

不觉间，周玉蓉过了二十七八岁，亲事依然没有落实。穷的人家她父母不太愿意，富的人家嫌弃她来路不明，渐渐还传说被李甲股匪蹂躏过。这已经是难找人家了。他们还有两道难题，一是招婿上门，这哪有她看得上、人家又愿意的？何况入赘总容易受妻家族亲欺负。还有一条难如登天：谁为她报了仇就嫁给谁。天下哪有那么巧的事？一般人哪有能耐将杀人不眨眼的匪首李甲干掉？即使有，那怎么又刚好是看得上她的单身男儿？

众人知道她的遭遇后，背后议论纷纷，好像她随身带着李甲的气味一样。她也不回避，看到有人可能在议论她，就主动走过去，那些人只好顾左右而言他了。加上她对寨上的人"叔叔娘娘哥哥嫂嫂姐姐妹妹"亲热地喊，又姓了周，就慢慢将她当成族中姑娘一样对待了，后来就不再议论之前的事情。其他人议论时，周姓男子还有意提醒对方："你们在讲周医生女儿吧？她叫周玉蓉，是我房下侄女。"对方只好闭嘴。

张洪武想，自己倒是符合她家的条件，但不知她家的意愿如何，待有时间了，请媒人去问问。

张洪武随虎坪乡驻军连长率领一个排，加上虎坪乡一个民兵小分队，堵住周家寨四周可能逃跑的出路，将老汉的茅草房围了起来。他们搬开桌子，揭开苕坑。里面有两百多斤红苕，但没有人。老汉夫妇声称没有外人来过这里。他们孙子孙媳也说，确实没有见到过生人。

部队撤走。过了五天，有妇女看到翻瓦匠母亲傍晚时分背着背篼上山，怀疑她是去给廉有富送饭。解放军接到消息后，与民兵将后山包围起来，天明开始搜山。可到达山顶会合，也不见廉有富的踪影。进入半山溶洞察看，洞中果然留有稻草、旧棉絮、碗筷等住人的痕迹，证明群众提供的情报不虚。

张洪武再次来到翻瓦匠父母亲家，告诫他们："你们窝藏土匪罪名已经成立，最好是提供线索，将功补过，否则你们是猫抓糍粑——脱不了爪爪。"

孙媳也劝道："你们就说了吧，现在政策是明摆着的，他逃得过初一躲不过十五，你们帮不了他，还要害一家老小。"

老汉短暂沉默一会儿后叹息说："他可能去山那边保长家了。他说，他看到保长后，才想起两人在乌江中学读初中时同班，关系也密切。"

保长慑于形势和教育，表示愿意替共产党、人民政府效劳，将功补过，但担心得不到人民政府信任。

张洪武以自己的亲身经历告诉他："我曾在国民党军队里当连长，起义后改编参加解放军，继续担任连长，后来还升任营长，受伤转业到地方当了区长。这足以让你放心吧？如果你在此次剿匪中站到人民一边来，就能争取到自己光明的前途。"

保长听后激动地连声说："谨受教！谨受教！但廉有富已离开这里。"

部队组建小分队，由保长担任向导。大家觉得，在崇山峻岭、茫茫林海中去追捕一个人，真像大海捞针。

保长说："廉有富能去的地方只有几个，只要他不出沿江，我是能找到他的。但你们不能和我一起找，那样容易被他发现，他就会藏起来又跑掉了。"

张洪武和连长同意了。

第三天晚上，保长托人捎口信给张洪武，说廉有富已找到。他们迅速赶到将那个村寨包围起来。捎口信的人把他们带进一户老百姓家里。

张洪武跨进屋时，廉有富从火龙坑旁的凳子上站起来，踩翻了一根正在燃烧的木块，坐在旁边抽烟的保长吓了一跳，叫烟呛了一下，一面咳嗽，拿呛得流泪的眼睛望着廉有富，一面拿指头朝他点着。他准备将手伸向腰间时，张洪武大跨两步、伸手抓住廉有富的手说："廉队长，欢迎你悬崖勒马、弃暗投明。"

廉有富感觉再动弹也于事无补，张口辩解道："我本来不肯干，是杨青云他们逼得我没有法子。"

张洪武装着漫不经心地笑道："这么说来你也算胁从了。"随后假装不解地问，"廉队长你的家伙呢？"

廉有富抽出手枪交给张洪武，显得有些尴尬地说："我本来还有一支手枪和子弹，有天晚上在山上睡觉时，连同大洋被随从偷跑了。"

"那人已被抓到。"张洪武笑道，"这大概也叫作众叛亲离吧。"

晚上，张洪武布置好严密的警戒，与廉有富睡在这家外屋的床上。第二天，张洪武一行钻进纷纷扬扬的雪花，将廉有富从虎坪场经青龙庙带到青龙场。第三天，众人鞋绑草绳，踏着积雪，沿着山路，将他带进县城关押起来。

驻军团长认为，廉有富罪大恶极，也不具备自首情节，不杀不足以平民愤。

廉有富被押到江边沙坝处决后，翻瓦匠父母和保长均被判处有期徒刑一年。后来，保长刑满出狱，因身强力壮，到汞矿当了工人。

年底，随着梵净山的土匪被歼灭，乌江流域公开活动的土匪已不存在。

4.动机各异

青龙山上如缀满补丁的衣服一般，绿一块灰一块。绿的是青松杉柏，灰的是落叶后的柏杨青杠，还有稀稀落落悬叶的枫树。此时，三个人踏着腐叶，从青龙方向爬上青龙山，又从青龙坳向下，朝青龙坝走来。他们是双龙区驻青龙乡青龙坝清匪反霸工作队，队长张洪武，穿着黄色军大衣，腰间别着一把手枪。他身后背着长枪的两个人，是县武装大队的队员。

张洪武一路思考的，是如何在青龙坝做好"清匪、反霸、减租、退押、征粮"五大任务。

青龙坝虽然偏远，但自尚山卒匪帮被剿灭后，尚未发现成股土匪，只是时而接到密报，有少数流窜的土匪经过这里。当然，如果按上级的界定，将凡在国民党政权中任过中队长或保长以上的人列为土匪的话，还有，但那已是和尚头上的虱子——明摆着。最危险的是潜伏下来的敌特分子和国民党骨干窜逃人员。不过，只要依靠群众，发动群众，这些人也是躲得了今天逃不过明天。

张洪武进村后，住进胡家寨祠堂。第二天，分头通知胡家寨的胡国华，牛家寨的牛维富，古家寨的古福贵等人前来开会，商议召开群众大会，宣布废除保甲，建立行政村，组织农民协会事宜。

张洪武在会上告知他们，工作队决定，曾参与县城暴动受伤失散和积极参与解放军剿匪的牛维富担任村主任，曾积极参与剿匪的胡国华任村民兵连长，推选古福贵为村农民协会主席。他对古福贵任职原因解释道，古福贵有文化，虽然担任过伪保长和伪副乡长，但基本上没有对人民群众犯过罪，还做了不少善事，而且有功于解放军，因支持解放军剿匪还被杨青云撤职勒索。当然，古福贵必须带头执行交粮、减租、退押，为全村财东做出表率。

张洪武提名古福贵任职，有假公济私之嫌，只是一般人不知道罢了。

之前他已请媒人去周家提亲，答应周家之前提出的条件，以那里为家当上门女婿可以，婚后将双老接过来一起生活也行。这于他而言，都差不多的。

周家二老同意，并说，女儿可以随张洪武走，二老跟随他们生活不现实，不说没有住房，就是没有田土种粮，连吃菜都要花钱买也让他承受不起。今后老来不能动弹了再看。周玉蓉得知张洪武就是生擒李甲的英雄，更是满心欢喜。当她见到他英俊威武的形象时，连连点头，恨不得马上出嫁。

周家用张洪武给的钱买了些订婚茶食，送给族亲，算是告知。张洪武没有实在的亲人，就在周家举行了婚礼，算是入了赘。

周医生老婆对恭贺的人笑嗔："哎呀，我这嫁了姑娘还要接媳妇，他家不说没有房屋田土，连个牛栏猪圈都没有，得个光人。"

恭喜的人就说："你这是得了便宜还卖乖，招的这女婿能文能武，又无牵无挂，比儿子还强。还是有工作的同志。你们家就像干田一样，现在月月都有股水掺了，泥巴不会干涸，庄稼永不歉收。"

周玉蓉新婚之夜诉说了她的经历，这样一来，他之前猜测古福贵之妻包玉英，就是她妹妹也得到证实。还有与他一起投诚，现在锦江文工团的战友包玉成，极有可能是她们的哥哥。但古福贵的现状，是不能让他们三兄妹轻易相见的，最好是将他改造成革命分子后再相认。

古福贵听了张洪武的要求，带头表态，"张队长，你放心，我一定拥护共产党，拥护人民政府"。

数天后，全村群众大会在祠堂举行。为防止敌人破坏，四周部署了持枪握刀站岗的民兵。

古福贵当众表态，将租种他土地的租金，从之前的每亩一百斤减为五十斤；虽然从来没有收过承租人的押金，但之前借款、借粮的利息，自去年年初县人民政府成立之日起，全部免除，只收借本；人民政府成立之前尚欠的，减一半利息收取。随后，他喊颜河义将两支长短枪拿上台，交给张洪武。

他的举动出人意料，也大受欢迎，选举时，大多数村民将象征选票的苞谷粒，丢进了压有古福贵姓名纸条的碗中。他顺利当选为农会主席。

张洪武作工作动员报告，身后青砖砌筑的墙上，用石灰浆写着"抗美援朝保家卫国"的标语。

他说道，征粮是抗美援朝的需要，是保证军队和城市居民生活的需要，是党和人民政府站稳脚跟的重要工作，是一项刻不容缓的紧急任务。他就如何以原户籍田亩为基础，开展查田评产，按土地肥沃程度、水源条件好坏评定等级，合理计算征收一九五〇年度的公粮，补征一九四九年度所欠的公粮等作出了具体安排。

他说："肃清残匪，打倒恶霸，是巩固新政权所必需的。明处的土匪恶霸被消灭了，但潜逃的匪首、恶霸也不少，比如伪副师长符朗星、伪师参谋长廉有贵，至今还未被捉拿归案。

"全国上下正在组织力量远征追捕。少数漏网匪特活动的特点，一是依靠匪亲匪友、伪甲保长、地主富农等为其往山洞送饭、送情报。比如伪县独立团副团长廉有富。二是隐藏在山沟、山洞，从已抓获的匪特来看，有的藏匿之地深达四里，比如伪区长史启发。三是有时干脆潜伏在城镇、公路或村庄附近的草堆、薯窖、谷仓内，比如伪副师长汪惠臣。"他咕噜噜一口喝了半缸茶后接着说，"不管他们如何隐蔽，一般都不会离老巢太远，一旦远离，他们会人地两生，更难隐蔽。"

张洪武针对上述特点，布置了断绝匪特生存条件的对策。要求农会、民兵、妇女等群众组织，充分发动群众检举揭发。"一定要团结起来，做到关键地段放哨，山山有人搜查，路路设卡盘问。民兵再入青龙洞等溶洞反复搜查，不能让逃匪有曾经搜查过的地方最为安全的妄想。同时要反复宣传政府'首恶必办，胁从不问，立功受奖，投诚自首宽大处理'的清匪政策。一句话，决不能让漏网的匪徒从我们眼皮底下溜走，使我们再遭二遍罪，受二遍苦。"

古福贵回家没有吃晚饭，不是不想吃，是咽不下。转眼间，属于自己的家财，就少了许多，祖上传下来的家业，将在他的手里败完了，这无异于割他的心头肉。如果不是前些日子符朗星的到来，他宁愿不当农会主席，也要等一等，观望一阵再说。

那天深夜，符朗星穿一身破旧衣服，戴一顶宽檐草帽，来到他家门口时，古福贵没有认出来。符朗星叫了他一声姑爹，又喊了声古乡长。他定睛一看，差点惊呼出了"符县长"，急忙将他让进屋，关好门，喊包玉英站到窗边望风。

他俩走进地楼屋，黄豆般的桐油灯前，符朗星狼吞虎咽吃完了古福贵为他端来的饭菜，随后轻声告诉古福贵无事不登三宝殿。称他用特殊的身份作为掩护，开展"地下工作"，现接上级命令，已担任国民党乌江县党部主任兼乌江纵队司令。他还恭喜古福贵，已被任命为乌江县政府县长兼县保安团团长，并拿出委任状叹息说，以前的官员，被关的关，杀的杀，只有古福贵来担起这副重担了。

符朗星通报了目前的形势。

"为了有利于工作，你必须伪装进步，争取打入他们的内部组织。"符朗星还特别提醒古福贵，"你要想办法将田土先送人，不然到时你就很被动。俗话说，留得青山在，不怕没柴烧。"

他拿出一粒药交给古福贵，"这是组织上发的，给你一粒。如果你的行动一旦暴露，就找可靠之人配合，实施'假死诈埋'计划。这个你不用担心，我们试过多次了，服药后心脏出现骤停，但二十四小时后就能苏醒。这就像在战场上装死一样，只要不打扫战场，或打扫战场的不认真，就会躲过一劫。"

符朗星趁着星光离开古家寨，钻进了青龙庙。他对一惊之后一语不发的廉㚥像说别人的家事一样，说："你父亲被五花大绑押到沙坝打头了。"他有意突出"你"字，好像他与她家从来没有任何瓜葛一样。

她敲木鱼的手抬起来停了会儿又落了下去。

他接着说："你二哥廉有贵在他岳父家寨前的草垛中被抓到枪决了——"他有意将汪惠臣说成廉有贵，"你大哥廉有富已经自首，但还是被他们拉到乌江边的沙滩上处死了。你家'五重堂'的房屋，已被他们没收用来办银行。"

她敲木鱼的木槌掉在桌子上。

"此仇不报誓不为人！"符朗星见她还是不语，将包着两颗黑褐色药丸的土纸摊开放在桌子上说，"这是你们女人说的'负心汉'药，吃后能让人变哑，喉咙肿胀窒息而死。给你两颗，或许你今后有用。"见她依然不答，说了声后会有期，又钻进了夜色中。

廉㚥停止敲打木鱼，软软的身子向后坐下时，板凳滑倒，瘫坐在地上。

古福贵悬着的心落了下来，几十年的经验告诉他，能稳稳当当地骑墙是最好不过的，今后不管这天下姓国还是姓共，他都稳赚不赔。

当了农会主席的古福贵，积极配合工作队搞好五项工作，完全取得了张洪武等人的信任。一天，他向张洪武汇报，他想将前年新立在他房后的四列三间房子送给长工颜河义。

张洪武拍着他的肩膀连称他开明，还说他前些年陆续送给长工颜河义几十挑田土，也是思想进步的表现。

古福贵说："我想将小女成兰嫁给颜河义，想请张队长证婚，不知高攀得起不？"

"你姑娘好像还小吧？"张洪武疑问，随即明白似的笑道，"你原来是把田土送给女婿了哟。"

古福贵尴尬地笑笑，只回答了前面的问题，"张队长，她已经十八岁，早该成家了。我们这地方，以前也有十二三岁结婚的。"

"可你那大姑娘都还没有成家，就先嫁小女儿？"

"张队长，我们这里有句俗话，不会剖鱼先剖背，不会嫁女先嫁妹。也没有什么忌讳的。"

张洪武沉吟了半晌说："那好吧。不过，必须征得姑娘同意才行，也不能大操大办。"

"那是，那是。"古福贵脸上堆着笑连连点头。

颜河义见包玉英跟他谈起这桩婚事时喜不自禁，口里一再说，只是委屈了二妹。古成兰没有反对父亲的安排，只是觉得父亲要急着将她赶出门一般，不过，好在是嫁给自己喜欢的人。最为不满的是古成梅，她认为父亲听后娘的，偏心。虽然她看不上颜河义，但找一个富裕人家的子弟入赘有何不可？没有必要将田土白白送人了现在又送房屋！当然，她只是阴沉着脸，在心里嘀咕而已，不敢公开说出来。

古福贵请古八字择了黄道吉日，分给女儿一些用具，请族亲、工作队和村里的干部吃了一顿饭，就分开另过了。

5.水落石出

新任乡长张洪武组织召开抗美援朝村民动员大会。他在报告中介绍朝鲜战争的起因后说："去年入冬以来，全县开展了抗美援朝活动，县区乡都成立了抗美援朝组织，全县首批选送了一百四十二名青年参加中国人民志愿军入朝参战，青龙坝的牛维贵就是这一百四十二名优秀青年之一。"他越讲越来劲——

"有人说，中国是穷兵黩武。是的，我们四海初平，百废待兴，人心思定，但人家骑到我们头上来拉屎拉尿了。我们怎么能让他国军队像当初日本鬼子那样驻扎在我们的领土上？怎能像日本鬼子占领我东三省一样忍气吞声？那样的结果是什么，鬼子占了东北还想吞并全中国！听听以美国为首的联合国军总司令是怎么说的！他宣称鸭绿江并不是不可跨越的障碍！

"有人说，我们不抗美援朝，美国就会让我们解放台湾，美国第七舰队就不会开到台湾海峡威慑中国。这是谎言，朝鲜战争开始后的第二天，美国第七舰队就已开赴台湾。

"可以说，半年多来，我们通过几次战役，已将美国为首的联合国军赶回了'三八线'以南，打出了国威和军威。是的，我们付出了较大的伤亡和作战物资作为代价，但他们的代价也不比我们小。相对于家国的安宁来说，我们军人的付出是值得的。大家想想，整个抗战期间我们伤亡了多少人？是三千五百多万，其中军人三百多万。如果这些伤亡的军人当初能将日本鬼子阻挡在国门外，国土就不会遭到践踏，人民就不会遭到蹂躏，我们三千多万同胞就不会无辜伤亡！

"战争还在激烈进行中，和平的曙光还没有出现，我们必须全力支持抗美援朝，有钱出钱，有力出力。坚决制止吃张家饭干李家活的谣言传播者，坚决打击破坏抗美援朝的汉奸言行。"

众人觉得这张洪武有水平，这些内容报纸上也都讲过，但没有他这样讲得通俗易懂。

他的动员报告取得了预期效果，青龙坝的青年义愤填膺，要求报名参加中国人民志愿军入朝参战，保家卫国。经体检、政审，又有三名青年被批准为全县第二批入朝参战的四百九十二名志愿军之列。

古福贵还在窃喜朝鲜战场有好戏看时，张洪武的报告无异于晴天在自己头上响了个炸雷，以美国为首的联合国军已被赶回"三八线"那边去了。符朗星之前说国军占领海南岛攻取福建，与张洪武宣讲的相反。但美国率领的联合国军还在组织力量反攻，这是从张洪武的报告中听出来的。加上还在动员青年参加志愿军，号召大家献物捐钱，这是摆在眼前的事实。为取得张洪武的信任，他率先捐献了一枚金戒指和一只玉圈。

追捕土匪的工作同步进行。

县区分别组织的追捕小组前往重庆、湖南、云南等地捕捉潜逃罪犯，不出一个月，清出、捉拿、争取、清洗出匪首、匪众等各类人员七十九人。中统特务何正中，曾任江口县党部书记和"民众自卫总队指挥部"的"参谋"等职，人民政府返回后，隐瞒历史，伪装积极，竟然混进德江县玉溪街任了文书；陆伯俞曾任思南县匪首张敏道的"联络参谋"，混进人民政府参加查田评产；任过杨青云匪部大队长的张泽民，竟混入双龙区任清匪委员会主任委员……

乌江在逃匪首廉有贵、符朗星也有了下落。

廉有贵逃到沿江与乌江交界山中的一处老人家。这家男主人姓陈，住在半山，远离村寨，往来人员极少。投宿期间，他得知其家境贫寒，就出钱让他们去买米买布，骗得二老好感。在平时闲谈中，他有意了解了这家的亲友关系，往来疏密。直系亲属已无存，大儿子抗战初期被拉兵外出，至今杳无音信。

小儿子到峡谷江中洗澡那天，天上只有几丝白云，太阳也像针一样刺人。可刚游到江中，上游山谷突然传来雷鸣般的轰隆声，随即涌来洪水。这本来也没有关系，他平常在这水流较为平缓的地方可连续往返游数趟，还常常跑到石礁上，往江中一跳，双手前伸，头朝下，脚朝上，扑通一声钻入水中。当大家都目不转睛盯着他入水处时，他已在十多米外的江中露面了，口鼻喷着水，脑壳像鸭子般地摆着头，向大家招手，有时手里还举起一条鱼。这次在他奋力往回游时，洪水冲来一棵被连根拔起的大树，枝丫缠绕在他身上，接着一道浪头将他淹没在滔滔黄水中，连尸骨都没有找到。

廉有贵向二老撒谎说，他是乌江县江边乡的地主，父母已去世，为逃避群众批斗离家逃走，请求二老行善，给予庇护，待风平浪静后，将二老接回家中赡养，让二老坐享清福安度晚年。

二老特别是陈老太的迷信思想浓厚，把子亡家贫视为命苦，是前世作恶的报应，一心想以行善作为忏悔，求来世富贵平安，就同意了他的请求，将廉有贵改名姓陈，对人说他儿子从国民党的部队里逃回来了。陈老太还通知亲人与其见面，有人感觉不是很像他家的儿子，但十多年了况且之前也不常见面，谁也说不准他儿子究竟长什么模样。

政府对每个来历有疑问的人开展调查，从国家干部到农民，不惜穿越数省从出生地开始，弄清可疑人员的来龙去脉。廉有贵感觉终有败露之日，对二老撒谎说去当两年志愿军回来，就可以将功折罪，吃国家饭了。他的目的，是想趁机逃跑去台湾。二老也不明白当志愿军与当解放军的区别，积极配合让他参加了志愿军。

廉有贵到部队后伪装积极，不久取得了班长职务，还主动要求上前线作战。可他所在部队的任务却是负责抢修被敌机炸毁的铁路、桥梁。

连队闲暇时，通过诉穷苦，挖穷根，控诉帝国主义、国民党反动派及地方封建势力的滔天罪行，开展忆苦思甜活动。声称穷苦人家出身的廉有贵，无苦可诉，无冤可申，编造吃饭没有肉吃的苦，在国民党军队被长官勒索大洋的冤屈，漏洞百出。被人笑话后只好一言不发。不说话可以，但心里却生怕别人检举揭发自己，以致坐卧不安，精神面貌反常。

连长、政治指导员对廉有贵的反常状态开始注意，对他进行放下包袱的谈话。他避重就轻地交代了在国民党军队当兵时奸淫掳掠的历史问题。谈话第二天深夜，他逃跑了。本来是向南寻找联合国军的，可他转了半夜，天亮又回到了连部附近。

部队将廉有贵押解回国进行审查，在乌江县等地方政府的配合下，他的底细全部暴露出来了，他不仅仅是大地主的子女，还是杨青云部匪师参谋长！他被判处死刑，就地枪决。

前往江西分宜县符朗星老家调查其行踪的人，在当地民兵配合下，从其家中搜出了一九五〇年年初他写给父母的信。信中称，他已逃到重庆涪陵乌江边的朋友家，很安全，勿担心。众人获此信后，随即组织力量按信上所写地址前往追捕，结果受骗扑了空。用余中兴的话说就是，像符朗星一样的土匪，犹如定时炸弹，还混杂在人民群众中。

符朗星没有离开乌江县，他隐藏在江边乡辛家寨辛应豹的大弟家，直到入秋涨水时才暴露身份。

辛应豹大弟在乌江渡口渡船为生,大弟死后由其子继承父业。弟媳已年老,在家料理家务。侄儿妻子是个哑巴,侄儿常住渡口。辛应豹二弟夫妻双亡,其子早年自愿入伍未归、杳无音信。

符朗星在武汉认识辛应豹侄儿时,其侄儿是汪伪军队的连长。本来连长之类的军官多如牛毛,加上来去匆匆,难以留下印象。只是两人第一次应熟人邀请吃饭时,被误以为是双胞胎才彼此关注。

符朗星从镜子中端详,两人的长相确实相似。为此,得知他是乌江县江边乡辛家寨人,说自己也算半个乌江人,就结拜为兄弟,他年长半岁为兄。两人无话不谈,互通了家庭的亲友关系,往来疏密。

符朗星得知辛家侄儿与家里联系甚少,原因是父母去世后,两个伯父不但不关照,反而想方设法将家中不多的田产收归到了他们名下。这也是他一气之下出走当兵的原因。

辛家侄儿从伪军改编为国民党军队第三年,在与解放军作战中失踪,两人也因此失去联系。辛家侄儿既无被俘返回的身影,也无参加解放军南下的消息,想来是战死了。

符朗星走投无路之际,来到辛家侄儿二伯母家,撒谎说他是她的侄儿,在战场上被打散后,给人做短工过活,打听到乌江解放了,全国都已安定,就回来了。

二伯母通知在渡口掌渡的儿子及辛氏亲族与他见面,到村里报到。工作队在调查中也没有发现可疑之处,分给了他田土。他以未成家为由,与伯母家一起生活。别人给他介绍媳妇时,他说自己在战场上下体受过伤,不能害人家。

问题出现在后来辛家侄儿的来信上。

这封信被符朗星接到了,信上说,他被俘后参加了解放军,负伤转业到地方林场当了工人,将择期回家探视亲人,为父母扫墓。符朗星将信悄悄丢进灶孔烧了。

半年后,第二封信寄到了乡里,乡里将信转给伯母的儿子。母子俩悄悄议论究竟真假堂兄的话,被随时警觉的他听到了,心想自己的死期将至,只有孤注一掷了。

乌江水在一场秋雨后涨了起来，将江面扩宽了五十多米，比平时增加了一半。这天赶场，他得知锦江文艺工作队在江边乡演出后，要从这里过江返回乌江县城。吃饭时劝堂弟喝他买来的瓶子酒，不胜酒力的堂弟喝酒后无力撑船，他说他代堂弟去撑。堂弟见他撑过几次船，也还算稳当，收的渡船钱，也没有发现他私吞过，就让他去了，自己则在房中一觉睡到了太阳下山。

符朗星将赶场的客人从东撑到西，从西渡到东，虽然按规定只装十五人的船，上午往东赶场，下午散场往西，每趟都有二十多人，也都平安渡过了。

太阳离山头还有数丈高时，文艺队的表演结束，来到江边上船。这时正是散场的高峰，客人也争先恐后上船，实在装不下还在挤，文艺队的提出下船让老百姓先渡。他安慰说没有问题，并将船撑离渡口，沿江边往上游缓缓撑去。

凡是遇到这种涨水，平时都要从渡口把船往上撑大约二十米，到"猪腰石"后，在主流与缓流交汇处，才调转船头朝西岸，斜斜地漂到河西。符朗星在本船客人之前也是这样做的。可这次船才刚撑到"猪腰石"旁边，正是汹涌激流处，他将船头正对激流，猛力一撑，船头突入主流部分太多，船身颠簸，人们开始慌张，船头插入水中。船身进水后，立即下沉。与此同时，符朗星跳入江中，向下游飘去。

"符朗星！"在他回头狞笑瞬间，船上的包玉成认出了他，也飞身跃入江中向他游去。不一会儿包玉成从侧面追上了他，从他后面伸手准备去抓他的衣领时，他突然抽出一把匕首转身向包玉成刺来。一道大浪打来，两人沉浮了一下，不见了踪影。三天后，两人紧紧抱在一起的尸体，在下游的石旋沱被找到。

在两人跳入江中的同时，江面上已经乱成一团。站在船头和船尾的，有慌乱中急忙跳入水中的，有船翻后落入水中的，一时间，有喊爹叫娘的，有喊救命的，有你抓我我抓你的，有一浮一沉乱刨的，让人心痛不已。那些购买的东西，连同背篼以及船上的其他物品，不断从水里冒出来，漂在江面上，随着急流远去。

附近的三四只打鱼船发现以后赶忙过来施救，只救起了十多人。被淹死的，最大年龄有七十多岁，最小的是母亲身上背着的小孩，只有八个月。包玉成的妻子被救起时，已无呼吸。

包玉成及其妻子被追认为烈士。

随着符朗星的覆灭，乌江在册匪首已全部被消灭。

后　记

　　二十年前，萌发用小说来反映乌江流域经济社会百年变迁的想法，于是，经过几年断断续续的创作，2008 年出版了曾获烟雨红尘原创文学网"人气·评论奖"的长篇小说《猪朝前拱》，时间涉及 20 世纪 60 年代及之后的半个多世纪。此后口头向文友们"吹"了多年，拟创作其姊妹篇《鸡往后刨》，时间跨度为 20 世纪 50 年代及之前的半个世纪。尽管也搜集了一些资料，但拖延症导致《猪朝前拱》2012 年获贵州省首届少数民族文学"金贵"奖、2014 年更名为《青龙坝》出版参加全国第二十四届书博会了，还未动笔。后来为创作出版反映德江 20 世纪 30 年代神兵运动的长篇小说《神兵》，一直拖到 2019 年年初才开始在电脑上陆续码下这些文字的初稿。

　　与本人创作的其他作品一样，这也是一本属于"集体"创作的作品。集体成员之一，是曾经为《德江文史资料》《德江剿匪》等书籍提供文章的作者，许多故事都来源其中，我只不过是想象一些情节，设定一些人物，虚构一些细节，将这些故事连起来而已。

　　集体成员之二，就是先后为各次修改打印稿修改的张玉泉、吴安怀、周志刚、沈应雄、夏国清、吴金伟、吴剑、杨旭等师友，对电子版书稿增删进行详细标识的谢怀富，还写了书评。申报铜仁市文艺扶持基金项目时，第一次审读的评委袁景波由书稿到相关问题，在电话中讲了 49 分 57 秒；安元奎将修改意见标注在书稿中，用快递寄给了我。随后我请他写了序。第二次申报后，刘照进、龙志敏、罗漠等，也提出了修改意见。

　　拙作在创作过程中得到了贵州著名作家冉正万老师的指导和鼓励，他认为故事不错，主动推荐过两家杂志社，编辑说不便发表。后来通过长篇小说《止狩台》作者刘媛投到江苏凤凰文艺出版社。编辑看过三章样章后的第四天，要求填写包括选题名称、选题评估、选题类型、策划人评估意见、故事梗概、故事大纲、精彩样章等内容的"选题评估表"。七天后要求将全本电子版发过去，又二十三天后按要求提供"重点人物小传"。我还以为有望了，结果，十四天后，对方留言：我们这边评估了，最终没有过，主要是领导觉得后期不好孵化，不好操作。不好意思，主要是这个题材。

获知此消息的罗漠说，只好理解了；冉正万老师说，主要原因不完全是市场，是……

后来中国作协拟在京举办建党 100 周年主题创作改稿培训班，征集三十人（部）长篇小说，这篇稿子被省作协作为两部之一推荐过去了，最后是无疾而终。

袁景波、龙志敏评价说，比《猪朝前拱》要写得好点。2021 年 12 月获得铜仁市第十二批文艺创作扶持基金项目资助（共三部）出版。

……

能走到这一步，已经超出我的预期了。

清除障碍天地新

——从张贤春小说《鸡往后刨》说起
谢怀富

我看到本书作者是在 2004 年的一天上午十二点过。他从德江报社下粉房巷，匆匆忙忙过董家水井公路时，一个同行的朋友对我说："你看嘛，那个人以前和我还是同学、是朋友，后来，他每天就是写他那些这样那样的东西，和我们就疏远了，现在有哪个和他要哇。"我不解地问："他是哪个哇？"友答："张贤春"——这算是我第一次对他的所见所闻。

后来，也是因为自己平时喜欢写点东西，不断地向报社投稿，才逐步认识了他。

而他，正是凭着夜以继日地写那些这样那样的东西，后来长成了中国作家。

有位黔东作家曾说："一个作家作品的成功，也往往都与其故乡有着密切的关联，他的笔只要一伸进滋养其成长的母地，就获得了灵气、生命和力量。"

张贤春就是这样的人。

《鸡往后刨》中所涉及的一幕幕往事，恰与乌江河畔黔东北的过去有暗合之处，使得故事中的人事物都能大体找到"对家"。小说故事鲜活，感染性强，油然而生亲切感，篇中大量情节时而浮现在我的脑海。

纵然走到天涯海角，只要是两个乌江人在一起，总可以在这里找到共同的话题，找到共同的认知。

《鸡往后刨》以德江县两次解放为主线，介绍了受外地政治因素的影响，结合根深蒂固、盘根错节的地方势力，与新政权之间的较量。主体故事在原型的基础上充分加以构思和想象，做到了生活真实与艺术真实相融合；讲的虽是底层人物命运的沉浮，窥视的却是中国命运的起伏，提示的却是得道多助失道寡助的规律。情节跌宕起伏，故事余味悠长。

小说中，王天堂与五重堂有德江王记商行王老板的影子；政治训导官符朗星，与1949年9月15日，德江县末任县长赴贵州省参加反共动员应变会后，回德江县组织"反共救国委员会"，自任主任委员的戴朗星有相同的行为。并且，同年11月18日，黔东北游击队一部进击沙溪"流亡政府"，与只身逃走的戴朗星有重合的踪迹；县长江镇恶就是德江县1943年至1946年9月任职三年贪污公款1196元，积谷6649石被查处而潜逃的县长；张礼同有主持编修首部《德江县志》，于1941年冬成书的张礼纲县长的痕迹；一中老师吴焕跃，与1948年从重庆地下工作者中密派来德江中学任教的英语教师、首任德江县县长谢焕耀的相似；丁朝忠饭馆在德江县城坨街；刘寿春的原型是与覃茂松先生在思南中学教英语，后调德江中学教书的湖南吉首的刘寿椿老师；廉有荣的人生与先仲虞相近，结局却似宋至平。

先仲虞（化名黄涛），贵州省德江县复兴明溪人，1923年5月出生，1947年入党。青年时代受贵阳、湄潭、思南等地地下组织抗日救国运动影响，暗中和周启知、周翔（周知群）等人，多次找寻共产党组织。1945年下半年，在徐放（地下党员）的帮助下组织了"实践读书会"。1947年"六一"大逮捕，重庆乡村建设学院有二十余名师生被捕。先仲虞积极参加营救活动，部分师生被释放。同年冬，中共重庆地下组织川东临委会派宋至平、黄涛（先仲虞）赴德江，开展地下工作。1947年12月，中共黔北工委成立，张立（贵州荔波人）任书记，指定宋至平前往德江主持工委日常工作，先仲虞任联络员。

工委成立前后，先仲虞同志主要做了五个方面的工作：一是深入发动组织农民群众；二是争取父兄支持革命；三是争取地方官吏同情革命；四是争取绿林朋友参加革命；五是争取还乡军人拥护革命。组建"黔北游击队"。先后任中共德江县地下组织负责人、中共黔北特支书记、黔北游击队副司令员、黔东北游击队副司令员、中国人民解放军黔东北纵队司令员、思南县县长等职。

在商言商，无商不奸。贤文上说，人无横财不富，马无夜草不肥。这在张贤春这部小说中就表达得淋漓尽致。钱庄老板雷春和与地主老财廉杰才相互勾结，骗取远在武汉钱庄的存款，雷用金蝉脱壳之术，获得利益。而廉杰才，从此的思想和情感就被雷所绑架，不得自由。几十年提心吊胆、忍气吞声过日子，生怕某一天事情败露，自己一个人承担一切责任。

权钱、权色交易，以达升官发财之目的。廉家怕得罪权贵，贪图富贵，攀附权贵，同时，也为了有靠山，廉杰才无奈将自己貌美如花的闺女嫁给了县长王天堂那患有残疾的儿子作妻；杨青云为了升官，应付检查，虚报浮夸，把数据无限扩大，无恶不作。官兵勒索、土匪压榨，民众流离失所，或折财免灾，苦不堪言。作者作了深刻的揭露。

作者在古语、方言、民俗、歇后语的运用方面有特色。如：饱暖思淫欲，饥寒起盗心；虚火、放稍、抽喝皮、干筋瘦壳、挑起不臭提起臭、没有朱砂土红也是宝；前天晚上吃预备席没得来，昨天晚上吃副酒。这是明显的德江过红白事务的吃酒习惯；吃"过河菜"会被视为没有教养，特别是有老人同桌时，在乌江这一带是不允许的；拦门礼、摆礼、安和酒，这也是乌江这一带结婚过程中常有的特色礼节；蚂蟥嘴巴——两头吃、上树的桑蚕——往外吐、月母子见旧情人——宁伤身体，不伤感情、鸡毛扫打鼓——臊皮。这是地方上常用的歇后语。

以前在黔东北一带，达官贵人或富人出门，或是结婚，都是用轿子迎送。作者小说中的轿夫调很有地方特色：前面报路——前面横沟一尺八呀，后面应：哦，我后来一步跨呀；前面报路：天上明晃晃啊，后面应：地下水荡荡哦，以此提醒后面的人走的时候就要注意避开，不要踩到水了；如果前面报：脚下乱石"窖"哎，后面就应：我们不乱跳啊；如果前面遇到弯来弯去的路时就报：之字拐也，后面就应：哦，两边摆呀；如果将要遇到下长坡，前面就报：斜斜坡哎，后面就应：慢慢梭哇；等等。这些从山区土生土长的地域语言，在小说中可见。

小说中词语组合得好，读来朗朗上口。如：水涨雾消、生金长银、沟多桥众、貌廉心贪；一碗粗粮同果腹，半壁岩龛共躲雨；铜盆破了斤两在，老虎死了不倒威；耳闻不过五里地，见识只有油盐米；宁做家乡鬼，不为异乡神；不会剖鱼先剖背，不会嫁女先嫁妹；有枯树不死之技，无返老还童之术；宁在穷家补破衣，不去富家做小妾；恍恍惚惚出了门，迷迷糊糊上了街。

文中根据漆质色彩辨别其生长的土壤，看漆膜、看色彩、看漆液、看转色、看丝条、看漆渣以及纸试、圈试、水试、煎盘法等，是验漆质量常用办法，写得内行。

一个贯穿全文的、似《金瓶梅》中潘金莲之类的风骚美女——廉娿：在她没有出嫁以前，也是善良、纯洁的女孩。后来被父亲当作筹码嫁到人品卑劣的县长家，做了形同废物的男人的妻子；后来顺便做了浪迹天涯、以手艺为生的翻瓦匠的爱人；而后做了土匪晋成皇的情妇、驻军杨青云连长的情妇、上峰配置的政治训导官符朗星的妻子等。这一切皆因国民政府的国家权力有限，使得三教九流、各色人等都能在政权所未及的角落里自由生长，从而产生尔虞我诈的争斗和五花八门的烦心事。

廉娿一路走来，迭遭变故。这种现象往小处说，是她父亲道德出了问题，往大了说，是整个社会的龌龊、道德的沦丧。这一点，作者也是用心良苦，特取名意为"廉娿"——廉价就可以得到貌美如花的女子。

该小说与其姊妹篇《猪朝前拱》中的乌江县、双龙场、青龙场、青龙坝、青龙山、古家寨、古八字、古祖明、张洪武、颜河义、古成兰等地名及人物都有连贯性，读来使人亲切。

小说告诉人们，兵匪横行，就会给普通百姓带来民不聊生的深重苦难。国无宁日，官员富户生命财产照样受到威胁，特别是贪官奸官，唯恐被仇家报复；为富不仁者骄傲蛮横，会招致怨愤，给自己埋下祸患；既怕仇人报仇，又怕绿林强盗打劫，还怕官员勒索；急功近利者事与愿违，会使百姓遭殃。

鸡往后刨，才能够人尽其才，才能充分并且最大限度地利用自己的力量，清除障碍，找寻新的天地，从而取得更大的成就。

（作者系贵州省作家协会会员、中华诗词学会会员；本文于 2022 年 4 月 25 日原载作家网）

生命背后的动力

闻明星

（1）

十几年前读过张贤春的长篇小说《青龙坝》（原名《猪朝前拱》）一书，心中一直念念难忘。

今年又将《青龙坝》再次读一遍，感叹回味之余，想法联系到张贤春本人，向他索讨新作。很快，就收到张贤春的新书样稿《鸡往后刨》。（注：《鸡往后刨》是《青龙坝》的姊妹篇，两书的人物、场景等都具有连续性。）

只看了十几页，我就完全被这本书深深吸引，无法释卷。读完一遍后，意犹未尽，又重新读了三遍。

放下书稿后，书中人物，无论是好是坏，是正是邪，都一直在心头萦绕不去，让人久久无法释怀。

虽然，《鸡往后刨》无论在人物刻画，还是在情节设计上，亦或是语言风格上，都非常引人入胜，但是，如果单纯将其当作文学作品来读，就未免有点"买椟还珠"的遗憾了。

在当代众多的作家和作品里，张贤春和他的作品无疑是一个非常独特和奇特的存在。

许多作者，是为了艺术而写作，他们对艺术的理解和追求，远远超过了对人和社会的理解和追求。张贤春则完全相反，他完全是为了人和社会而写作。

所以，张贤春对人、对社会，以及对生命价值和意义的理解和探索，是很多作者都无法企及的。

《鸡往后刨》一书，涉及到的人物众多，几乎涵盖了整个社会的各个方面。从县长到农民，从商人到流浪艺人和乞丐，从军人到土匪，都在同一社会生活的场景下生存着，挣扎着，死亡着。

他们为生存而挣扎时，似乎都是孤立无助的个体，相互之间毫无关系。没有人在乎他们的死亡，任由他们在洪流里自生自灭。

当需要他们承担责任，特别是需要承担危险和苦难时，他们又是紧密联结的整体，似乎有无数看不见的锁链，把他们紧紧地拴在一起，让他们无处可逃。

张贤春的作品里，看不见可歌可泣的英雄主义，看不见欢欣鼓舞的理想主义，看不见让人心向神往的浪漫主义，看不见嫉恶如仇的批判现实主义，只有每一个生命为了生存而不屈的挣扎。

每一个人物，不论贫富贵贱，也不论贤愚善恶，都无一例外地在挣扎中、选择中诠释着生命的价值和意义。

每一个场景，无论是个人的日常生活，还是牵动社会的重大事件，都紧密地联系在一起，全面、深刻地揭示着人生、生活和社会的内涵和本质。

因为，作者在《鸡往后刨》一书里，对人、对生命、对生活、对社会等的描写，太过真实、全面和深刻，不同的读者，会在在书中得到各自不同的感受、感悟和反思。

此书带给我太多的联想、感受和反思，要想全面进行陈述和分析，几乎是不可能的。在此，我只能就此书最让我共鸣的两个深层意义，和大家分享。

《鸡往后刨》里，最能引起我深思的两个重大、深刻的问题为：

第一，生命的价值和意义的的问题。这也是困扰人类的永恒难题。生命的价值和意义是什么，人活着到底为了什么，生命的价值和意义在生命自身内部还是在自身之外，人在什么时候才能真正感觉到生命的价值和意义……这样的问题至今仍深深地困扰着很多人。

第二，生命的过程是选择的过程。但是，生活在社会中的人们，真的可以自由、自主地进行选择么？

《鸡往后刨》一书揭示，虽然，每个人都具有选择的意愿和意志，但是仅仅具有选择的意愿和意志，似乎远远不够，你必须首先拥有选择的能力、机会和条件等。

而且，绝大部分人永远都只具有选择的意愿和意志，却很少拥有选择的能力、机会和条件等。事实上，绝大多数人的人生里，根本就不可能进行自由、自主选择。

（2）

从古到今，多少哲人智士都在孜孜不倦地探求生命的价值和意义。普通人也经常会发出活着到底为了什么的疑问。

读完张贤春的《鸡往后刨》后，你会发觉关于生命价值和意义的任何探求和疑问，都是那么的苍白、荒谬。因为真正的答案非常简单，生命自身的价值和意义就是"活着"。奋斗也好，创造也罢，这一切都不过是实现"活着""更好地活着"的手段和途径。

和平、安定和富足的生活，使人在无所忧虑中，将本身十分简单的生命价值和意义，弄得复杂、隐晦了。

我们的欲望和闲情逸致，掩盖了生命的本质，让我们看不见、也感觉不到生命的价值和目的，陷入到一种整体的迷失和迷茫状态。

无论是情感的体验、欲望的诉求，还是身外的财富、地位，全部都是为了"活着"服务。只有活着，一切才有了存在的价值和意义。生命消失了，一切的价值和意义也跟着烟消云散，彻底归为虚无。

"生存，还是死亡，这是一个值得深思的问题。"——（英）莎士比亚《哈姆雷特》。

人们认为，人生就是选择的过程。虽然，每一个人都会遇到各种各样的选择，但最根本、最重要、也是唯一的选择就是生和死的选择。至于其它一切的选择，都建立在生死这一选择的基础之上。

张贤春笔下的人物生于乱世，几乎时刻都在生存和死亡之间拼命地挣扎着，生存和死亡是刻不容缓的选择。所以，他们根本就没有任何闲情和闲暇，矫情地去考虑生存还是死亡的选择问题。

其实，他们根本就没有选择的机会和权力。他们只能凭着生命的本能，尽自己所能，拼命地争取"活着"。

如果，我们这些生活在和平富庶时代的人，和那些身处贫困动荡乱世的人，进行比较和思考，就会发觉，那时的人因简单而更接近生命的本质，我们则因为复杂而迷失了生命的真正价值和意义。

"活着"，才是生命真正的的价值和意义。因为贫穷和战乱，那时人们的需求都十分简单、直接，所以他们也就活得更明白，更透彻，也更容易满足。

我们则恰恰相反，我们在各种纷繁欲望的困扰下，已经迷失掉了自身真正的价值和意义。因为，我们自身真正的价值和意义，完全被身外之物所取代，甚至是被剥夺掉了。可以说，我们真正的自身，已变得毫无价值和意义了。

也正是这个原故，人们在富足、安全、稳定状态下，才容易被"活着没有意思""活着究竟是为了什么"这洋的问题所苦恼和困扰。

当我们的生命处于安全和确定状态时，我们往往会忽略了或感觉不到生命自身的价值和意义，甚至完全忘记了自己生命本身的价值和意义。我们总是茫然四顾地去自身之外追求、寻求生命的价值和意义。

只有当我们的生命处在危险之中，受到严重威胁，随时都有可能失去生命时，我们才会突然意识到生命的无价和宝贵，才能真切地感觉到自身真正的价值和意义。

这一点，一般人只有在年老体衰、岁月无多时才慢慢开始醒悟过来。一些人终身为金钱、地位、权势等苦心焦虑着，某一天突然发现自己得了不治之症，生命行将终结时，他们对自身生命的价值和意义体会得更加透彻和强烈。此时，他们是多么渴望能够用平时心心念念的财富、地位、权势等，去换回自己的生命。这时，他们才后悔还没有好好地体会并享受生命的过程。这种反省和后悔，可惜总是为时已晚了。

现代社会里，人们已经习惯了将一个人拥有的身外之物，如财富、地位、权势等，作为衡量一个人价值的标准。我们习惯说某某人身价几十亿、几百亿，甚至几千亿。殊不知，就算你身价几百万亿、几千万亿，当死亡降临时，都无法买回你那看似不值一文的小命。这应该就是自然法则对人们愚蠢和荒谬的嘲讽和惩罚吧。

似乎，只有饥饿、死亡等的威胁，才能让人真正明白和感觉到自身生命的无价和宝贵。

当身外之物，如财富、地位、权势等，替代、剥夺掉生命自身的价值和意义时，"活着"似乎就变得无足轻重了。

王天堂用五千大洋将他父亲从绑匪晋成皇手上赎回时，他父亲因失去钱财而活活气死。在他父亲心里，生命的价值和意义就是那些钱财，钱财没有了，生命也就完全没有任何的价值和意义了。

现代人被物化得更为严重和彻底，生命自身的价值和意义完全被身外之物所剥夺、挤占。

虽然，他们不必再去拼命地"活着"，但是，他们活着的意义和目的，则是拼命地去占有身外之物。

若是不能有效地占有、积累那些身外之物，他们也就感觉、寻找不到自身的价值和意义。生命对于他们而言，反倒成为负担和累赘了。

所以，现在有太多人迷茫于活着的意义，有人空虚抑郁了，有人悲观厌世了，有人轻生自杀了。那些因破产自杀的人，其性质与王天堂的父亲是一模一样的。

哈姆雷特之所以被"是生存还是死亡"这样的问题困扰，是因为他是一位年轻的王子。他没有直面死亡威胁的折磨和考验。他根本就不知道为了"活着"而拼命挣扎意味着什么。

我想，如果把哈姆雷特放到张贤春的《鸡往后刨》里，让这位年轻的王子和那些人物一起，体验一下真正拼命挣扎的绝望和无助，他的困惑也许会立即烟消云散了。

（3）

《鸡往后刨》中人物，无论他们为善还是作恶，都同样折射出生命的光辉。这种光辉，远远超出了人类社会所特有的是非、对错和善恶的标准。它纯粹来源于一个人对生存的渴求和顽强的本能。

人的生命，都是一次性的。人的生命过程一旦结束，就是永远的终结。正因为这样，生和死之间的选择，才是一个人所有选择里唯一的、真正重要的选择。

在每个人眼里，自己的生命是无价的。但是，在别人眼里，一个人的生命则有着具体的价值。

所以，虽然每个人都把自己看得极其重要，而在别人和社会那里，你却是那么的卑微和无足轻重。

个人和外部环境的这一矛盾，使每一个活着的人都感到深刻的无助和孤独。这种无助和孤独，在极端的乱世里显得更加明显和突出。在朝不保夕的动荡岁月里，每个人都象卷入激中的溺水者，都自顾自地拼命挣扎。他们会抓住任何一根可以救命的稻草，为自己赢得活命的希望。

在这样的情况下，哪怕他们真的做出了一些伤天害理和十恶不赦的行为来，我们不能用所谓的道义去要求、责怪他们。

生命的价值和意义，也并不是永恒不变的，会因为所站角度的不同，而不断地发生变化。

一般来说，对于自己来说，生命永远是最宝贵的。无论你是富人还是穷人，或者是一无所有的乞丐，自己的生命都是无价的。

但对于别人来说，你的生命是否有价值，还要看你有多少的利用价值，以及你拥有多少的财富。全书中，随时随地都有人的生命，因这样或那祥的原因而被剥夺掉。

张贤春没有像许多作者那样，总是站在上帝的角度去干涉和安排笔下人物的命运。他自己也只是一个"人"，和笔下的人物融为一体。

他更没有站在所谓道德、所谓正义等的高度去评价笔下的人物。他只是站在每一个人物的角度上，倾注了对每一个人物的理解、尊重、同情和怜悯。

正因为张贤春心里装着"人"，为了"人"而写作，所以，他对人和社会的理解，是那样的深刻和全面。他在这一方面的表现，让不少作者望尘莫及。

也正是对人和社会的深刻、全面的理解，才导致他对书中每一个人物都充满了同情和悲悯之心。

在他的笔下，没有主角人物的光环和可敬，也没有反派人物的阴暗和可憎。他的同情和悲悯，都一视同仁地给予了每一个人物。

他的书中，似乎没有主要角色，但他写到的每一个人物，又似乎都是主要角色。无论是县长还是流浪乞丐，无论是军人还是土匪，也无论是富人还是穷人，在作者眼里、心里，他们都是在汹涌激流里挣扎求生的人。

所有人都陷入激流里，除了靠着求生的本能拼命挣扎外，或沉或浮，是生是死，去向何方，每一个人都无法自己决定。

看着一个个生命被激流吞噬，作者心里只有对生命的同情和慈悲，而不是站在对错善恶的道德上，去评价谁的死是罪有应得，或谁的死充满正义和悲壮。

在书中，即使是那些杀人越货的土匪得到了惩罚，不仅不能引起正义得到申张的丝毫快感，反而让人生发出无限悲凉之情。

（4）

读《鸡往后刨》，让人明白一个道理：人很多时候都是身不由己，无可选择的。

特别是在社会急剧动荡的年代，每个人虽然都有着自由选择的意愿和意志，却没有自由选择的环境和能力，他们最终也只能是身不由己地随波逐流。

或为官，或为匪，或为恶，或为善，虽然一个人看似有着各种各样不同的选择，但一旦置身于社会洪流之中时，你其实是毫无选择的能力、机会和条件。

当我们将目光从书中收回，转向现实时，我们仍然能够感受到人生的许多无奈感和无力感。

即使在现代这样的太平时代，若是只有自由选择的意志和意愿，而无自由选择的条件、能力和机会，我们仍然只能身不由己地被生活所驱使。

现实中，所有上学的孩子估计都希望自己能考上清华或北大，将来当专家学者或国家领导人，但最后绝大多数人却被生活的激流冲到了建筑工地，去当了一名搬砖家。

很多时候，我们想着要如何如何，但最后被生活所迫，也只能如此如此了。

张贤春的书中，涉及到许多非常不起眼的小角色、小人物。无论是在书中还是在现实生活中，他们是那么卑微，让人经常会忽略了他们的存在。

可偏偏就是这样的小角色，他们的命运在读者心里引起的震颤感和悲怆感，常常超过主要角色带给读者的感受。

面对生活中的选择，自己却无选择的能力、机会和条件时，实际上就是无可选择。这时，你只能被社会的激流裹挟着，完全是身不由己。

古福贵在生命的终结前所说的一段话，充分地反映了一个人无可选择时的无奈和悲哀。

古福贵是一个勤俭节约、精打细算的财主。他的财富却给他招来了各种危险。为了活命，他不得陪着笑脸，任由土匪、官员、军队等的敲诈勒索。也是为了活命，他不得不诈死诈埋，四处躲藏苟且偷生了几年。最后，他还是因通匪通敌的罪名被枪毙掉了。

临死前，他悲愤交集地对审判他的人说：如果我生在和平年代，就不会有土匪。面对土匪的勒索，不得不给。当国军来剿匪时，这些又成了通匪的证据，只得给剿匪的军官送钱送物。土匪剿而不灭，又来报复，只得又给土匪钱财。如果社会不动荡，就不会冤死好多人了。

像古福贵这些人，他们只不过是想活着，难道有错么？

在极端贫穷而又动荡的社会环境里，人们不仅完全被剥夺掉了选择的机会和条件，而且还被剥夺掉了选择的自由，最后只剩下毫无用处的选择的意愿和意志。

人们守着毫无用处的选择的意愿和意志，无可奈何中，只能将其转化为求生活命的执着。

这时，对于人们来说，一切都显得无比的简单和直接，人生唯一需要进行的选择，只剩下生存和死亡之间的选择了。不是生存，就是死亡，除此之外再无别的路途可供选择了。

也正是没有选择的自由，人们在无可选择中，将生命和生活的意义和目标完全浓缩成为最后、也是唯一明确的选择：活下去。

我们现代人有幸拥有了选择的自由权和自主权，在这一方面，我们要比书中人物幸运得多。但不幸的是，很多人只拥有着选择的自主和自由，却缺乏选择的能力、机会和条件。面对着天高地大海阔的无限自由和自主，我们反而只能茫然四顾，不知道向何去处。

这也许是自古至今，一切人都无可逃避的宿命和无奈吧。

张贤春的书中，还有一个非常奇特的现象，是和传统文学完全相背离的。

传统文学里，每一个人物都是作者刻意安排的，在书中起着不可或缺的作用。去掉任何一个角色，故事情节就会出现断裂。

张贤春的书中，出现一个非常大的矛盾现象：一方面，每一个人都是非常重要，缺一不可；另一方面，似乎每一个角色都是可有可无的，无关紧要，即使随意去掉某一个角色，都不影响故事情节的连续性。

读者在阅读时，若是细心体会，就觉得书中所描写的每一个人都不重要，他们都孤独地活动着，但又总是被种种看不见的绳索紧紧地拴扯在一起。只要生命尚存，看不见的绳索就发挥着作用。生命熄灭了，绳索就断掉了，就像这个生命从未出现过一样。

这很有一点"离了谁地球都照样转动"的意味。现实生活中，也确实如此。

在每一个人自己的心里，他都是独一无二，无可替代的。

对于别人和社会来说，每一个人都是无足轻重的。离开其中任何一个，生活几乎不受丝毫影响，一切都会按照既定的步骤，正常地运行下去。

这正是作者独具匠心的精妙之处。他将现实生活中每个人的可有可无和无足轻重，完全运用到书中人物的安排和描写上。

这种将现实生活文字化的写作，只有深刻、全面理解社会和生活的人，才能够轻松做到。

随着一个接一个的人物生命的终结，《鸡往后刨》一书也慢慢收笔了。作者以"古成兰意外怀孕，生下了不足月的颜仲江"来结束全书。

作者看似不经意的一句，却揭示了全书，也也是生命所蕴含着的重要意义：希望。

生命自身的价值和意义，在于"活着"。希望，则是活着的深刻、强大的内在动力。

（闻明星，1965 年出生于湖北黄冈。社会心理学硕士、哲学博士。曾在西藏研究佛教，现专注于社会及人性方面的研究。）